天草版『平家物語』の原拠本、およびび語彙・語法の研究

近藤政美 著

和泉書院

目　次

まえがき……1

第一部　天草版『平家物語』の原拠本の研究

第一章　はじめに……7
第二章　原拠本研究史の概観……11
第三章　天草版『平家物語』の原拠本（［イ］の範囲）……31
〔Ｉ〕巻Ｉの原拠本……31
—百二十句本系諸本との語句の照応を視点にして—
〔Ⅱ〕巻Ⅱ第１章（妓王）の原拠本……49
—百二十句本系諸本との語句の照応を視点にして—
〔Ⅲ〕巻Ｉの原拠本と『平家物語』〈早大本〉との関連……66
第四章　天草版『平家物語』の原拠本（［ロ］の範囲）……83
—巻Ⅱ第２章～巻Ⅲ第８章、および巻Ⅳ第２章～巻Ⅳ第28章—
第五章　天草版『平家物語』の原拠本（［ハ］の範囲）……105
—巻Ⅲ第９章～巻Ⅳ第１章—
第六章　むすび……123

第二部　天草版『平家物語』の語彙・語法の考察

第一章　はじめに……129
第二章　天草版『平家物語』の基幹語彙（自立語）の計量的考察……131
〔第二章付録〕
資料Ｉ　天草版『平家物語』の基幹語彙（自立語）……193
資料Ⅱ　『平家物語』〈高野本〉の基幹語彙（自立語）……247

第三章　天草版『平家物語』の語彙（付属語）の計量的考察………303
〔Ⅰ〕　助動詞の基幹語彙……………………………………303
〔Ⅱ〕　助詞の基幹語彙………………………………………324
第四章　天草版『平家物語』の文末語の計量的考察……………355
［Ⅰ］ピリオド終止の語およびその文の種類との相関性…355
［Ⅱ］ピリオド終止の場合の品詞・活用形などと文の種類との
相関性………………………………………………………372
第五章　天草版『平家物語』の語法の考察………………………387
—原拠本との比較を中心にして—
第六章　むすび……………………………………………………415

あとがき………………………………………………………………425

〔付録〕　天草版『平家物語』の日本語の音節のローマ字綴り

まえがき

天草版『平家物語』(〈天草版平家〉等と略す)は中世の日本語、特に室町時代の話し言葉の語彙・語法を解明するのに最も重要な資料である。本書はこの作品の原拠本(口語訳の原拠に用いた『平家物語』)および語彙・語法に関する既発表の研究を中心にして一書にまとめたものである。

この研究の基礎作業として、次のことをした。

［1］第一部(原拠本の研究)では、ポルトガル語式のローマ字で綴られた〈天草版平家〉の本文を漢字平がな交じりに翻字した。『天草版平家物語語彙用例総索引』(近藤政美ほか編、勉誠出版刊行。第1巻の影印・翻字篇の翻字は近藤が作成)参照。

次に『平家物語』諸本(100種余り)の古写本・古版本を原本・写真・影印本によって調査した(現存するのは約200種と推測する)。そして、それらの本文を〈天草版平家〉の翻字文と対照して、原拠本との距離の遠近を推測した。

結果を簡略に表示すると、次のようになる。

『平家物語』(十二巻本)による範囲の表示	〈天草版平家〉の原拠本に近い諸本の例	〈天草版平家〉の原拠本との距離
(イ)巻　一〜三	〈竜大本〉〈高野本〉	かなり近い
(ロ)巻　四〜七・ 巻　九〜十二	〈斯道本〉一次・二次(断片)	極めて近い
	〈小城本〉〈鍋島本〉	かなり近い
(ハ)巻　八	〈平松本〉〈竹柏園本〉	近い

そして、諸先学の説に対して多くの新説を提出した。たとえば、『天草版平家物語の基礎的研究』(清瀬良一)では上表(ロ)の範囲の原拠本の本文

は〈斯道本〉の二次本文（断片が残存）と同文であると判断した。が、多くの諸本を調査して、〈斯道本〉の一次·二次の本文が同じ語句でもその口語訳が〈天草版平家〉の語句とはなりえないものの存在を発見した。そして、原拠本は二次本文そのものではなく、それらが一方流の古写本や〈竹柏園本〉に見られることから、他の範囲の原拠本として用いられたものと校合して形成されたと推測した。

また語彙・語法の解釈について、原拠本との比較を重視して多くの新説を提出した。が、前著『中世国語論考』において発表したので、一部に触れるのみとした。たとえば、〔有明《ありあけ》の月も明石《あかし》の浦風《うらかぜ》に，波ばかりこそ寄ると見えしが.〕（10-6、頁・行を示す）　下線部は〈天草版〉xiga、〈斯道本〉シカ、〈小城本〉シガ、〈鍋島本〉しが。『ハビヤン抄キリシタン版平家物語』（亀井高孝ほか）は〈天草版〉の xiga を xica（助動詞「き」の已然形）の誤植と解している。が、これは他の解釈もできよう（第一部第一章参照）。

［2］第二部（語彙・語法の考察）では、（A）『平家物語高野本語彙用例総索引』（自立語篇）・（B）『平家物語高野本語彙用例総索引』（付属語篇）・（C）『天草版平家物語語彙用例総索引』（すべて近藤政美ほか編、勉誠出版刊行）を完成することができたので、これらを使用して語彙の考察に計量的分析を導入した。また、『平家物語』との比較も可能になった。さらに『古典対照語い表』（宮島達夫）を参考にして『源氏物語』の語彙をも加えて、〈天草版平家〉の語彙・語法を、室町時代・話し言葉・作品の内容という視点から比較計量的方法で分析して把握することができた。たとえば、基幹語彙を中心に考えると、〔こと，もの，あり，言ふ〕などは平安時代から今日に至るまで盛んに使用されている日本語の基礎語、〔軍《いくさ》，射る，馬，死ぬ〕などは軍記物語に共通する語、〔源氏，平家，敵《てき》，合戦，鎧，謀反〕などは『平家物語』（〈天草版平家〉も合せて）に共通する語、〔おぼしめす，召す，まらする，ござる〕など時代と共に変遷する語も少数含んでいる。

この研究の方法論として　次の点を重視した。

［1］第一部では、原拠本の本文の探求と漢字平がな交じりへの翻字に関して、〈天草版平家〉の序文の指針を重視した。そこには、「師の命に従って，

嘲りを万民の指頭に受けんことを顧みず，この物語を力の及ぶところは本書（平家物語）の言葉を違へず書写し，抜き書きとなしたるものなり」とある。その成果はこの書の第一部第一章に掲載する。

〈天草版平家〉の「xicarubecaran tocorode」(228-16)（「御所の体《てい》もしかるべからんところで」の「ん」）は、『天草版平家物語本文及び総索引』（江口正弘）では助動詞「ン（推量）」の連体形と解しているのは誤り。原拠本に近い『平家物語』では、「然ルヘカラス・サルトコロニテ…」〈斯道本〉、「…しかるべからざる所にて…」〈鍋島本〉などとあるから、助動詞「ズ（打消）」の連体形「ヌ」の母音が脱落したものであろう。

［2］第二部では、比較の資料として『平家物語』の〈高野本〉を選んだ。覚一本系で〈天草版平家〉の巻Ⅰ・巻Ⅱ第１章（妓王）の原拠本にかなり近いこと、（妓王）の章の存在は比較研究に重要である、等による。

また語彙の集計には独自の基準を設定していたが、自立語は理解の幅を広げるため大野晋氏の「平安時代和文脈系文学」の研究に合せて試みた（第二部第二章参考）。付属語は大野理論を適用できないので、岐阜聖徳学園大学の『紀要』と『国語国文学』に発表した当時からの基準を用いた。

また、今回〈天草版平家〉と〈高野本平家〉の基幹語彙を掲載して利用者の便をはかった。

第一部
天草版『平家物語』の原拠本の研究

第一章　はじめに（原拠本の本文探求の意義）

天草版『平家物語』（〈天草版平家〉と略称）は、鎌倉時代に成立した和漢混交文の『平家物語』を室町時代末期の話し言葉に訳したものである。序文によれば、編者の不干ハビヤンが苦心したのは、『平家物語』の原文を尊重しながら標準的な日本語の話し言葉に書き直すことであった。室町時代には平曲の多くの流派が興亡し、『平家物語』もまた詞章が工夫され転写を重ねて多くの異本が成立した。そのため、現在の読者が〈天草版平家〉を室町時代の話し言葉の研究資料とする場合、原拠本として使用したのがどのような本文であったのか特定できていないこと、刊行までには①漢字かな交じりの原文②その口語訳文③ローマ字文に翻字した原稿④印刷の過程が推測できること、などでいろいろな問題が生じている。それらのうち、語彙・語法に関しては原拠本を探求しながら『平家物語』諸本の本文を比較考察することにより、かなり解明できるようになった。

なお、今日までに私が調査した古写本・古版本の100余種（原本・写真・影印本）の『平家物語』諸本を整理し、本文が原拠本に近いと推測したものを表示すると、次のようになる。また著書・論文については、第二章の末尾に説明をした。

表1　天草版『平家物語』の原拠本に近い『平家物語』諸本

『平家物語』（十二巻本）（〈天草版平家〉の頁・行）	〈天草版平家〉の原拠本に近い諸本の例	〈天草版平家〉の原拠本との距離
［イ］巻一～三（3-1 ～ 107-9）	〈竜大本〉〈高野本〉〈西教寺本〉	かなり近い

[ロ]巻四〜七（107-10 〜 196-10）巻九〜十二（228-5 〜 408-18）	〈斯道本〉（漢字片かな交じり本）	一次本文（巻八は欠）	極めて近い
		二次本文（断片）	最も近い
	〈小城本〉（漢字片かな交じり本）〈鍋島本〉（平がな本）		かなり近い
[ハ]巻八（196-10 〜 228-4）	〈平松本〉〈竹柏園本〉		近い

原拠本に近い『平家物語』諸本の本文との対照により解明することができた語彙・語法は多い。そのうちの５例をあげてみよう。

◆語彙の例

(i)　乳母《めのと》の女房はそこはかともなうあこがれ行《い》たに：(386-14：〈天草版平家〉の原本の頁・行を示す）

「行《い》った」「行《い》って」には促音の脱落現象が見られた。〈天草版平家〉の「acogare ytani」を『ハビヤン抄キリシタン版平家物語』（亀井・阪田：昭41）で「あこがれゐた」と翻字したのは誤り。「行《い》た」とすべきであろう。原拠本に近い『平家物語』では「浮《アコカレ》行」〈斯道本〉、「あこがれゆく」〈鍋島本〉とある。「行《い》て」２例が天草版『伊曾保物語』では取り上げられるのに、〈天草版平家〉の「行《い》て」「行《い》た」が見落とされてきたのも、上書の翻字の不備によるものである。

(ii)　平家には負けたれども，大臣殿の父子も生け捕りにせられさせられず，民部の大夫も降人に参らず，…．(340-23)

〈天草版平家〉を読んでいて、どんなに熟読しても、翻字文を繰り返し読んでも、理解できない語句に出会うことがある。〈天草版平家〉の原本にも「Feiqeniua maqetaredomo」とある。「平家には…」の主語は源氏方のように思えるが、後の人物は平家方である。〈斯道本〉も「平家ニハ負ケタレ共」と同じ語句になっている。〈鍋島本〉などのように「平家いくさ（軍）には…」とあるのがよい。が、〈天草版平家〉は原拠の本文に〈斯道本〉のような脱落があり、それを誤って踏襲してしまったのであろう。

(iii) 江《え》を尽して漁《すなどり》をなす時は，多くの魚《うを》ありといへども，明くる年《とし》には魚なし：(174-1)

口語訳を試みた編者が、原拠にした『平家物語』の本文を理解するのが不十分であったために、誤読して生じた語句がある。〈天草版平家〉の原本には「Ye uo tçucuxite」とある。が、〈斯道本〉には「江」に似た字形の「流（古体字)」を用いている。〈鍋島本〉に「ながれ」、〈小城本〉にも「流《レ》」とあり、原拠本にも用いられていた〈斯道本〉のような古体字を誤読したのであろう。

◆語法の例

(iv) 有明《ありあけ》の月も明石《あかし》の浦風《うらかぜ》に，波ばかりこそ寄ると見えしが．(10-6)（本書のまえがき参照）

〈天草版平家〉には「miyexiga」とある。〈小城本〉で［見へシガ］、〈鍋島本〉で「見えしが」とある。『ハビヤン抄キリシタン版平家物語』は〈天草版平家〉の xiga を xica（助動詞「き」の已然形）の誤植と解している。〈斯道本〉に「見へシカ」とあるが、これには濁点を完全に付しているわけではない、〈小城本〉〈鍋島本〉には濁点が付してある、室町時代末期には〔こそ…已然形〕という係り結びの法則が崩壊し始めていた、などを考慮すれば、すでに原拠本の段階で「シガ」となっていて口語訳の際にこれを踏襲したもので、〔し（助動詞「き」の連体形）＋が（助詞)〕と解することもできよう。

(v) 頼朝一定思はれなんだれども，….（文覚に対して）さもおりゃらうず，御坊も勅勘の身で，人を許さうと承るは，大きにまことしからぬことぢゃ：(145-22)

〈天草版平家〉には「Samo voriarŏzu」とある。が、〈斯道本〉「サモサウス」、〈鎌倉本〉「左モ候ハス」、〈熱田本〉「左《サモ》不レ候」とある。「さもさうず」は原拠の『平家物語』で「さも候はず」(相手の発言を受けて強く否定、とんでもないないことです）の変化した語として用いられている。が、室町時代には「さも候はむとす」（相手の発言を容認・肯定、その通りでしょう）の転化した意味でも用いられた。ここは後者のように、意味を取り違えて口語訳してしまったようだ。

以上の諸例の中には、諸先学や現代の読者の理解が行き届かなかったもの（語彙のⅰ）、原拠本の誤脱を踏襲したもの（語彙ⅱ）、原拠本の古体字を誤読したもの（語彙ⅲ）、室町時代に理解・表現が変化しはじめたもの（語法ⅳ，ⅴ）がある。これらは〈天草版平家〉の本文を、原拠本に近い『平家物語』諸本と比較対照して考察することにより解明できたものである。ここに原拠本の本文を探求する意義がある。

付記

1　語彙の例(ii)のような誤りは、他にも見られる。『天草版平家物語語彙用例総索引』巻(1)の「翻字注記」(835頁）参照。

2　語法の例(v)は日本古典文学大系『平家物語』上巻の解説（巻二の三、441頁）の金田一春彦氏の説明を参照。

第二章　原拠本研究史の概観

一　まえがき（説明）

天草版『平家物語』（〈天草版平家〉と略称）は前章でも述べたように、和漢混交文の『平家物語』を室町時代末期の話し言葉に訳したものである。イエズス会の外国人宣教師たちが布教活動、特に日本人に対する説教を有効に行うためには話し言葉を学ぶ必要があった。この書はそのためのテキストとして編集された。『平家物語』を右馬《うま》の允《じょう》の問いに応じて喜一検校《きいちけんぎょう》が語るという問答体を採用し、ポルトガル語式の写音法によるローマ字で綴られている。

1592 年（文禄元年）にイエズス会の天草学林（熊本県）で刊行された。現在は大英図書館（British Library、大英博物館から 1972 年に独立）に所蔵されているものが確認されているのみの、天下の孤本である。そして、それは 1593 年刊行の天草版の『伊曾保物語』『金句集』と合せて一冊に綴じられている。

〈天草版平家〉は江戸時代を通じてその存在を日本では知られていなかった。それは苛烈なキリシタン迫害が原因である。当初何部印刷されたのかも不明である。

明治の初期、ロンドンでサンマース氏が東洋学の雑誌に本書を紹介してその 1 章を掲載したのが発端となり（新村：明 42)、アーネスト・M・サトウの『日本耶蘇会刊行書誌』（サトウ：明 21）によって日本の学者にも知られるようになった。そこには大英博物館所蔵の書として、扉に記されていること、扉裏の天草版の『伊曾保物語』『金句集』を合綴した三作品の総序、続いて〈天草版平家〉の序（読誦の人に対して書す）などが翻刻され、その右欄に英語の訳文が付されている。これは知人の間に頒布する目的で 100 部に限って印刷された私版本であった。そのため、大正 15 年に復刻版が刊行された。

『平家物語』にはきわめて多くの異本が存する。現存のものだけでも古写本・古版本を合せて 200 種くらいはある。〈天草版平家〉がそのうちのどの系統の本をもとにして口語訳されたのか。このことについては、その本文の一部を日本に紹介した新村出博士をはじめ、諸学者に関心が持たれ、今日に至るまで調査研究が続けられてきた。が、現在まだ特定するまでに至っていない。

今、この書の口語訳の原拠にされた『平家物語』（原拠本）の研究の道程をふりかえり、これからの進めるべき方向を知る手がかりにしたい。

原拠本の研究は最近では山下宏明氏の『平家物語研究序説』（山下：昭 47)、『平家物語の生成』（山下：昭 59）等により『平家物語』諸本の研究が進められるのに続いて歩み、関係の深い『平家物語』の古写本が出現すると、飛躍的に進展した。これを四期に分けて整理し、現在における筆者の見解を述べたい。

なお本章においては著書・論文等を著者・年号（山田：明 44）と略式で示し、章末に題名等を説明した。

二　第一期（明治 20 年～昭和 20 年）

この時期は、原拠本の研究に関していわば模索期である。

新村出博士は本書の紹介と研究、一部の漢字平がな交り文への翻字など、先駆的業績を残された。その中に本書の系統に関する見解も述べられている (新村：明 42)。

1　本文を普く諸異本と対照することを未だ試みていないので確言はできないが、流布本と合するところがきわめて多い。同一源に出たものであろう。

2　流布本と篇目の順序が異なる。これは口訳者の所為であろう。

そのころ山田孝雄博士は『平家物語』諸本の研究をされていた。そして、新村博士から寄せられた〈天草版平家〉の目次をもとにして、他の『平家物語』諸本との関係を考えられた。『平家物語考』（山田：明44）に示された博士の見解は、次の通りである。

1　組織からいうと、八坂本の系統に属する。

2　一方本の系統で灌頂の巻にあるべき章段が巻Ⅳの第19・23・29の各章に分けて上げられ、平家断絶の事で終わっている。この点では百二十句本に酷似する。

なお、山田博士の上げられた百二十句本は〈国会本〉〈京都本〉の二種で、いずれも平がな本である。

明治の末期における両博士の研究は資料の入手も難しく、調査も十分な範囲にまでわたらなかった。そのため異なる視点から考察することになり、相違する系統を推測する結果となった。

ローマ字で綴られた〈天草版平家〉を漢字平がな交り文に翻字する作業が、一部は明治末年に新村博士によって試みられた。これが亀井高孝氏によって引き継がれ、雑誌「芸文」に連載された（亀井：大15）。そして、昭和に入るとこれをまとめて『天草本平家物語』（亀井：昭2）として刊行された。以後、『平家物語』諸本との本文の比較が容易になった。

これらの成果を引き継いだ土井忠生博士は、〈天草版平家〉の本文を百二十句本（〈京都本〉など）と対比された。そして、『近古の国語』（土井：昭9）において、次のような見解を示された。

1　巻Ⅱ第2章以降は百二十句本に基づく。

2　巻Ⅱ第1章（祇王）はよく照応せず、流布本系統に近いものに基づく。

ここに至って、新村博士が『平家物語』と校合したのが巻Ⅰを主とする範囲であったと推測されるのである。

他方、高橋貞一博士は〈天草版平家〉を翻字した（亀井：昭2）を用いて、『平家物語』の各巻ごとに諸本と本文を校合された。そして、『平家物語諸本の研究』（高橋：昭18）において、原拠本に関して次のように述べられている。

1『平家物語』の巻一より巻六に相当する部分は、流布本より先出のものである。

2　巻七以降に相当する部分は八坂流甲類本と同類のものであるが、巻八に相当する部分のみは「宇佐行幸」の条の歌の順序が〈鎌倉本〉と一致する。

3　一方流の詞章を参照したかもしれないが、百二十句本に近いものを原拠にした。

なお、高橋博士のあげられた百二十句本は〈大島本〉〈安田本〉〈京都本〉〈国会本〉の四種である。

高橋博士は新村・山田の両博士の考えられた視点を考慮に入れられたが、原拠本が一種であると仮定されたためか、不透明な結論になってしまった。が、巻八に相当する部分が異質であることを推測させる指摘もある。

この時期には、『平家物語』諸本の系統を解明しようとする研究が山田・高橋の両博士によって大きく進められた。そのため、〈天草版平家〉の口語訳の原拠はどのような本文の『平家物語』であったかというより、〈天草版平家〉は『平家物語』のどの系統に属するかという視点からの見解が多い。そういう中で、原拠本が二つの系統にわたるという土井博士の見解には注目しておかなければならない。

三　第二期（昭和21年～昭和40年）

この時期は、原拠本に関していわば二系統論の展開期である。

第一期に、原拠本に巻Ⅰ・巻Ⅱ第１章（祇王）が流布本系統に近いもの、巻Ⅱ第２章以降が八坂流甲類の百二十句本であるとする、おおよその見通しが立てられた。これを受けて、この期では現存の『平家物語』諸本との本文の比較による探究が続けられた。

清瀬良一氏は巻Ⅱ第１章について、照応する点が多いと思われる『平家物語』の四本を選び、これらを中心にして本文の対比を試みられた（清瀬：昭35）。

〈西教寺本〉（大東急本）・〈高野本〉（旧古典文学大系本）・葉子本（古典文学全書本）・〈京都本〉（百二十句本）

そして、a. 語句の順序、b. 語句の増減、c. 語句の差違、という3つの観点から検討して、覚一本系の〈西教寺本〉が〈天草版平家〉の本文にわりとよく密着していることを明らかにされた。

続いて、原田福次氏が巻Ⅰ・巻Ⅱ第1章の原拠本について考察された（原田：昭38）。巻Ⅰについては、a.一方系と八坂系（国民文庫本）、b.大系本と葉子本（古典文学全書本）、c.大系本と〈西教寺本〉という3つの場合の本文の対比を行った。そして、平曲の諸流派と『平家物語』諸本との関係、および〈西教寺本〉と天理図書館の〈竜門文庫本〉との関係を考慮して、〈西教寺本〉〈竜門文庫本〉の系統本に葉子本以降の詞章がかなり混入したものであると結論づけられた。又、巻Ⅱ第1章については、（清瀬：昭35）の〈西教寺本〉に近いという見解を認めた上で、氏自身の調査結果に基づいて、天理図書館の〈竜門文庫本〉がさらに〈天草版平家〉に近い本文を有すると判断された。そして、巻Ⅰと同様に、〈西教寺本〉〈竜門文庫本〉の系統本に葉子本以降の詞章がかなり混入したものであると結論づけられた。これによって、巻Ⅰ・巻Ⅱ第1章は覚一本系の『平家物語』が原拠本になっていることが明確になった。なお、『平家物語』の巻八に相当する部分について、大系本の詞章が混入しているという記述はともかく、前後と異質であることに気づかれているのは（高橋：昭18）と合せて注意される。

その翌年、清瀬氏が〈天草版平家〉の全般にわたって原拠本の問題を取り上げられた（清瀬：昭39）。先ず、巻Ⅰについて、原田氏と同じような方法で本文の対比を試みられた。そして、原拠本は〈竜大本〉のような詞章を骨子にして新態の詞章を加えて作った本、あるいは古態の本の中に新態の詞章による書き込みのある本であると推測された。次に、巻Ⅱ第1章について、（清瀬：昭35）を踏まえて、〈西教寺本〉に見られるような詞章を骨子としつつも、八坂系列の本に見られる語句が多数取入れられていると推測された。又、巻Ⅱ第2章以降については、従来百二十句本が原拠に近いとされてきたが、漢字表記を介した語句の誤りが見られることを根拠にして、平がな書きの現百二十句本よりも先出の漢字の多い百二十句本に依拠していると推測された。なお、『平家物語』の巻八にあたる部分は百二十句本に全般にわたって照応しにくく、〈竹柏園本〉に近いと考えられた。

風間力三氏は高橋博士が（高橋：昭18）（高橋：昭24）で明らかにすることが出来なかった『平家物語』の巻一～巻三に相当する部分の原拠本の性質を解明しようと試みられた（風間：昭40)。『平家物語』諸本を校合した結果、この部分の原拠本は一方系であり、その中でも〈竜門文庫本〉〈西教寺本〉が近いと考えられた。この論文は風間氏の大変な努力にもかかわらず、後にほとんどかえりみられることがなかった。それは、a. 推測されたことが先行の（原田：昭38）と同じである。b. 〈竜門文庫本〉〈西教寺本〉が原拠本に近いと考えながら、両本の調査をせず、不完全な旧大系本の校異欄によっている、などが原因であろう。

麻生朝道氏は『平家物語』の〈小城本〉が佐賀大学に架蔵されることになったのを機会に、〈天草版平家〉の原拠本の再調査の必要を認め、巻Ⅱ第2章より巻Ⅲまで（『平家物語』の巻四～巻八）について次の諸本との本文の対比を試みられた（麻生：昭40)。

〈屋代本〉・〈平松本〉・〈竹柏園本〉・〈鎌倉本〉・〈青谿本〉（百二十句本）・覚一本（大系本）・〈小城本〉

その結果、現在の『平家物語』では百二十句本（平がな本）と並んで〈小城本〉も巻四・巻六などはかなり近い相を示すことを明らかにされた。

氏は続いて、巻Ⅳの第16章から第20章まで（『平家物語』の巻十一に相当）の原拠本についての調査をされた（麻生：昭42)。本文の対比には（麻生：昭40）と同じ諸本を用いているが、〈小城本〉のみは巻十一を欠くため除かれている。そして、これらの諸本のうちでは百二十句本のみが示す〈天草版平家〉との同一文があると共に、両本共通の脱落があることを根拠にして、これが〈天草版平家〉にもっとも近い相を示すものと考えられた。又、百二十句本が仮名書きであるために示す相違は、その原拠本が漢字交り文であったことを想定させるものと解された。

〈天草版平家〉の原拠本を探究する過程では、麻生氏のような地道な努力もあった。(麻生：昭 40) で〈小城本〉が取り上げられたことは評価すべきであろう。が、翌年には原拠本にきわめて近い〈斯道本〉の紹介があり (亀井・阪田：昭 41)、やがてその影印本『百二十句本平家物語』(汲古：昭 45) も刊行されたため、(麻生：昭 42) とともにその後ほとんどかえりみられることがなかった。

この時期には、『平家物語』の諸本研究を土台にして、前期より多くの諸本が本文の対比に用いられた。又、原拠本を探究する視点も、口語訳の原拠になった『平家物語』の本文が、現存諸本から考えてどのように位置づけられるかという方向に移って来た。巻Ⅰ・巻Ⅱ第 1 章は流布本の系統に近いとされていたが、覚一本系の『平家物語』を基軸にしていることが明らかになった。現存諸本から考えると、たとえば〈西教寺本〉〈竜門文庫本〉または〈竜大本〉である。が、巻Ⅱ第 1 章については、八坂流諸本に見られる語句の存在も指摘された。巻Ⅱ第 2 章以降は、平がな百二十句本より先出の漢字交りの百二十句本であるという推測が清瀬氏と麻生氏によって別々の調査からなされている。又、前後とは異質であると思われてきた巻八が〈竹柏園本〉に近いという指摘があった。

四　第三期 (昭和 41 年～昭和 60 年)

この時期は、原拠本に関していわば二系統一補足の説の成立期である。

『ハビヤン抄キリシタン版平家物語』(亀井・阪田：昭 41) は『天草本平家物語』(亀井：昭 2) の改訂版である。が、新たに「札記」を添えている。そこには「原本の本文批判に関するものの一斑」として、〈天草版平家〉と系統の上で深い関係にある百二十句本系を中心とする『平家物語』との本文の対比をした結果の報告がある。用いた諸本は次の通りである。

(百二十句本系) 〈斯道本〉〈鍋島本〉〈大島本〉〈京都本〉〈国会本〉
〈安田本〉

(参考) 〈平松本〉〈熱田本〉〈屋代本〉〈延慶本〉

そして、まとめとして次の二項をあげている。

1　〈天草版平家〉は〈斯道本〉に対していちじるしく他をしのいで近い関係に立つ。

2　このことは、〈天草版平家〉を百二十句本に近い関係にあるというだけではまだ不十分であることを意味する。

具体的には、〈天草版平家〉と〈斯道本〉だけを他から切り離してみることのできる有力な目じるしとして、a. 物語の展開の仕方（順序など)、b. 人名に関する誤り、c. 原文をそのまま引用したと思われる重衡の東下りの条、などをあげている。

続いて、〈斯道本〉の影印『百二十句本平家物語』（汲古：昭 45）が刊行された。そして、その後の巻Ⅱ第２章以降の原拠本の探究はこれを中心にして展開されることになった。

又、〈天草版平家〉の影印本も『天草本ヘイケモノガタリ検案』、同上（続）（桜楓：昭 42)、『天草版平家物語』（吉川：昭 44）と続いて刊行され、『天草版平家物語』（上）（下）（勉誠：昭 51）に及んで研究者・学生にも容易に入手できるようになった。これと合せて、国語学（語彙・語法など）の研究が盛んになるのである。

鎌田広夫氏は〈天草版平家〉の巻Ⅰ・巻Ⅱ第１章（祇王）と次の諸本との本文の対比を行い、現存の『平家物語』諸本の中における原拠本の位置づけを試みている（鎌田：昭 54)。

〈竜大本〉（旧大系本)・〈高野本〉（新大系本)・〈西教寺本〉（原本)・〈竜門文庫本〉（原本)・〈芸大本〉（山下宏明校注)・〈熱田本〉（影印)・葉子本（古典全書本)・流布本（梶原正昭校注とその脚注)・下村本（同左の脚注)・〈国会本〉（百二十句本）

その結果を要約すると、次のようになる。

1　〈西教寺本〉と一致、又はよく照応する例が多い。が、〈高野本〉などと比べてよく照応しない例もある。

2　〈西教寺本〉の傍書の語句がよく照応することもあり、それは流布本に存する。

3　流布本はよく照応する例もあるが、照応しない例も多い。

4　葉子本の詞章とよく照応する例もある。

そして、原拠本は〈西教寺本〉と流布本との中間の位置にある、葉子本と並ぶ、もう一つの性格をもった『平家物語』であると推測した。

巻Ⅰと巻Ⅱ第1章との区別をすることなく、同じ本を原拠にしているという考えに立って論じている。調査の結果は（原田：昭38）とほぼ同じである。

（清瀬：昭56）は、覚一本系の『平家物語』五本と本文の対比をしている。

〈竜大本〉〈西教寺本〉〈陽明本〉〈熱田本〉〈芸大本〉

続いて発表された（清瀬：昭57・6）（清瀬：昭57・9）は一方系の『平家物語』七本と本文の対比を行っている。

葉子本・〈静嘉堂本〉・下村本・流布本・〈波多野流本〉・〈良一本〉・〈康豊本〉

この三編は（清瀬：昭39）で論じたことについて、さらに多くの『平家物語』諸本と本文の調査をして、その論旨を補強したものである。

清瀬氏の『天草版平家物語の基礎的研究』（清瀬：昭57）は二部構成になっていて、その第一部に氏の原拠本に関する全研究がまとめられている。

第一章では『平家物語』の一方流諸本と原拠本との関係について述べている。巻Ⅰに関しては上記の三編を基にしており、原拠本は〈竜大本〉の類の本文を基軸にして、〈西教寺本〉以下の覚一本や葉子本以下の一方系本の本文に基づく校異語句の書き込まれた、一方流諸本の総合的な書き入れ校合本の形態をそなえたものであると考定している。又、巻Ⅱ第1章に関しては（清瀬：昭35）（清瀬：昭39）をさらに進めて、原拠本の本文は〈西教寺本〉の本文を基軸にして、覚一本では〈高野本〉の類や〈芸大本〉の類に見られる語句、一方系本としては葉子本の類と波多野本の類に見られる語句、さらに〈竜門文庫本〉や百二十句本（平がな本）に見られる語句も書き込まれた校合本の形態を備えたものであると推測している。百二十句本の影響を考えた点を除けば、指すところは（原田：昭38）と同じである。

第二章では『平家物語』の百二十句本と原拠本との関係について述べてい

る。巻Ⅱ第２章以降の原拠本は（清瀬：昭 39）（麻生：昭 40）によって漢字の多く用いられた百二十句本であると推測された。が、その後漢字片かな交りの百二十句本の〈斯道本〉が出現したので、これを中心にして考察を進め、（清瀬：昭 52）（清瀬：昭 53）の調査を積み重ねて、この章に至っている。本文の対比には、山下宏明氏の「平家物語百二十句本再考」（山下：昭 43）を参考にして次の諸本を用いている。

（百二十句本系）〈斯道本〉〈小城本〉〈鍋島本〉〈京都本〉

（周辺諸本）　　〈屋代本〉〈平松本〉〈竜大本〉など

そして、原拠本の本文は〈斯道本〉の第二次本文（「経正竹生島参詣」と「新院厳島御幸願文」を増補するために追加された料紙二丁分）と同一ので、〈斯道本〉ときわめてよく似た同類本の本文を基軸にして、一部に他の本の語句をも取り入れてよりよい一本を作ろうとする営みがあり、〈斯道本〉の類のもう一本として世に出たものと推測している。

第三章では『平家物語』の巻八に相当する部分の原拠本について論じている。〈斯道本〉は巻八を欠く。これに相当する部分（巻Ⅲ第９章〜巻Ⅳ第１章）の本文は〈小城本〉や平がな百二十句本と対比してみてもよく照応しない。そこで、渥美かをる氏の『平家物語の基礎的研究』〈渥美：昭 37〉を参考にして〈竹柏園本〉〈平松本〉を中心にして〈鎌倉本〉〈屋代本〉・覚一本との本文の対比を試みている。その結果、この部分の原拠本の本文は、〈平松本〉的性格の本文に〈竹柏園本〉の類の本文が大幅に加わって形成されたと推測している。

この書は〈天草版平家〉の原拠本について、全体を有機的にとらえていて、この時期においてはもっとも進んだものである。そして、以後は原拠本の研究の多くがこれをあるいは土台にして、あるいは検証して、進められている。

鎌田広夫氏は『平家物語』の〈佐賀本〉（久原本とも）が出現したのを機に、これが〈斯道本〉の巻八の欠巻を補うことができるものかどうかについて考察された（鎌田：昭 59)。〈佐賀本〉は他の平がな百二十句本（〈鍋島本〉など）と対比すると、詞章がやや異なる。そして、その部分は〈平松本〉に近く、次いで〈竹柏園本〉に近い。が、〈平松本〉や〈竹柏園本〉は人物の行動や心理を具体的に描いた詞章などで〈佐賀本〉と異なることがある。このような場合、〈天草版平家〉は前者に近い。したがって、〈佐賀本〉は他の平がな百二十句本よりも〈天草版平家〉によく照応する部分をもつが、〈斯道本〉巻八の欠巻を補うものとしては〈平松本〉や〈竹柏園本〉を越えない。

鎌田氏の調査とこの論旨は正しい。が、原拠本の探究という点からは、(清瀬：昭 57・12) を側面から補強するにすぎない。

遠藤潤一氏は巻Ⅰ・巻Ⅱ第 1 章の原拠本の本文について (清瀬：昭 57・12) に焦点を合わせながら考察された (遠藤：昭 60)。

先ず、巻Ⅱ第 1 章について、清瀬氏のあげた問題の語句 19 例に 4 例を加えて、23 例を『平家物語』諸本と対比している。続いて巻Ⅰについて、清瀬氏のあげた問題の語句 10 例に 13 例を加えて、23 例を『平家物語』諸本と対比している。そして、総合的考察としてこれらの問題語句およびそれらと一致する語句が見られる『平家物語』諸本を表にして示し、これから帰納される事項を述べている。簡約して示すと、次のようになる。

1　巻Ⅰと巻Ⅱ第 1 章を比較すると、後者の方が八坂流甲類本と一致する例が多い。

2　巻Ⅱ第 1 章は八坂流甲類本としか一致しない例もあるが、巻Ⅰにはそのような例はない。

3　一方流の諸本にも八坂流甲類本にも一致する語句が見出される場合、本来は八坂流甲類本と考えられる場合もある。

4　八坂流甲類本の中では平がな百二十句本と一致する例が多い。

最後にこれらの調査を踏まえて、原拠本に関する 5 つの考え方を示された。そして、

①〈竜大本〉〈高野本〉〈西教寺本〉のような覚一本 (又は一方本) が底本であったが、口語訳者が八坂流甲類本 (特に〈鍋島本〉などの平がな百二十句本の類) に親しんでいたため、口語訳に際してその語句の影響が生じたことによるもの。

という考え方がもっとも可能性が大きく、これを中心とする検討の必要性を説いている。

この論考には問題がある（(近藤：昭62）参照)。

イ．（清瀬：昭57・12）の一方流諸本についての不十分な調査をもとにしている。

ロ．八坂流甲類本の調査にも、原本・写真・影印本によらず、底本を改変したテキストやそこに記載された校異などによっている。

それ故、各用例を点検してみると、遠藤氏の主張の論拠となり得ていないものがかなり混入している。

この期における原拠本の研究は、清瀬氏を中心にして進められてきた観がある。が、問題もある。

巻Ⅰ・巻Ⅱ第1章については、前期に（原田：昭38）がその性格を「〈西教寺本〉と〈竜門文庫本〉の系統本に葉子本以降の詞章が混入したもの」とし、(鎌田：昭54）が「〈西教寺本〉と流布本の中間の位置にある、葉子本と並ぶ、もう一つの性格を持った『平家物語』」と位置づけている。共に一本と考えているのに対して、(清瀬：昭57・12）では巻Ⅰが「〈竜大本〉の類の本文に…」、巻Ⅱ第1章が「〈西教寺本〉の本文を基軸にして…」と、二本を考えている。現存の『平家物語』諸本からでは、この点を明確にできないであろうか。又、八坂流甲類本に関しては、清瀬氏は巻Ⅱ第1章に、遠藤氏は巻Ⅰにもそれぞれ平がな百二十句本の語句の影響があると主張するが、もっと精密な検証が必要である。

巻Ⅱ第2章以降については、前期に清瀬氏と麻生氏が異なる立場から現存の百二十句本より前出の漢字を多く用いたものであると推測した。これは〈斯道本〉の出現により確認された。そして、清瀬氏が原拠本は〈斯道本〉の第二次本文と同一のものであると結論づけている。この検証も必要であろう。

又、巻八に相当する部分については、清瀬氏が前期に〈竹柏園本〉に近いとされたが、(清瀬：昭57・12）で、「〈平松本〉的性格の本文に〈竹柏園本〉の類の本文が大幅に加わって形成されたもの」と改められた。これでこの部分の原拠本が前後の部分と異なることが明確になった。が、それをどう解釈するかはさらに考究が必要である。

五　第四期（昭和 61 年〜現代）

この時期は、原拠本に関していわば検証期である。

私は、〈天草版平家〉巻Ⅰの問題語句について『平家物語』の古写・古刊五十種余りの該当箇所と校合し、原拠本が一方流諸本の総合的な書き入れ校合本の形態を備えた本文であるという清瀬説（(清瀬：昭 57・12）など）に対して疑問を提出し、新しい見解を示した（近藤：61・7）（第三章〔Ⅰ〕）。その概要を述べよう。

1　〈天草版平家〉の語句の中で現存の一方流諸本の該当する箇所によく照応するものを見つけることができない場合、それらは百二十句本系諸本の中に見られる。このことから、百二十句本系の『平家物語』が原拠本の本文の形成に関与していると推測する。

2　〈天草版平家〉の問題の語句とよく照応するのは〈斯道本〉が多く〈小城本〉がこれに次ぐ。このことから、それは巻Ⅱ第 2 章以降の原拠にした漢字片かな交りの百二十句本の巻Ⅰに相当する部分であると推測する。

〈天草版平家〉の巻Ⅱ第 1 章（祇王）の原拠本については、清瀬氏が覚一本系の〈西教寺本〉を基軸にして本文が形成されたと想定し、それには〈鍋島本〉のような平がな百二十句本の本文の関与があったと考えた（清瀬：昭 57・12 など）。

これに対して、私は（清瀬：昭 57・12）にあげた〈鍋島本〉の用例を検討し、それらが氏の主張の論拠となり得ていないことを指摘し、さらにこの章全体にわたって『平家物語』諸本と本文を比較検討して、次のような見解を示した（近藤：昭 61・11）（第三章〔Ⅱ〕）。

1　百二十句本系の中でも漢字片かな交りの〈斯道本〉にきわめて近く、〈小城本〉にも近い『平家物語』が原拠本の本文の形成に関与している。

2　それは巻Ⅱ第２章以降の原拠本として用いたものと同一の『平家物語』のこの章に相当する部分であると推測する。

私の上記の二編は、原拠本が覚一本系を基幹としている範囲について、八坂流甲類本の本文の関与の有無およびその性格について論じたものである。清瀬氏よりもはるかに多くの『平家物語』の古写・古刊の諸本を精密に調査・対比した結果を分析して得た見解である。

（近藤：昭 62）は（遠藤：昭 60）を批判し、自己の見解を主張したものである。

現在、巻Ⅰ・巻Ⅱ第１章の原拠本の本文の形成に一方流以外の諸本が関与しているかどうかが問題になっている。このことについて、清瀬・遠藤の両氏と近藤の見解を簡約して示すと、次のようになる。

表１　巻Ⅰ・巻Ⅱ第一章の原拠本の本文の形成に関与した百二十句本系の『平家物語』

	巻Ⅰ	巻Ⅱ第１章
清瀬	百二十句本は関与していない。	〈鍋島本〉などの平がな百二十句本
遠藤	〈鍋島本〉などの平がな百二十句本	同上
近藤	〈斯道本〉にきわめて近い漢字片かな交じりの百二十句本	〈斯道本〉にきわめて近い漢字片かな交じりの百二十句本

〈遠藤：昭 60〉は、（清瀬：昭 57・12）の取り上げた問題語句について、一方流諸本の再点検をせず、自らの八坂流甲類本の調査を加えて論じている。（清瀬：昭 57・12）の一方流諸本についての調査は不十分である。「覚一六本以外の覚一本や一方系本は共通であってもよいように思われるので、…」と考えて、一部の調査しかしていない。清瀬氏は山下宏明氏の『平家物語研究序説』（山下：昭 47）の諸本分類によっているが、これは諸本論の立場からのものであって、語句の異同がすべてこれと重なるわけではない。同類にされているものでも、語句についてはかなりの相違がある。このように不確かな考えで清瀬氏が取り上げた用例の中には、氏の主張の論拠となり得

ないものも含まれている。これらを一々再点検せずに、八坂流甲類本の調査を加えて論じた遠藤氏の用例の中には、論拠例として不適切なものが混入している。遠藤氏が新たに取り上げた用例についても、一方流諸本の調査に関して問題が多い。その大部分は、清瀬氏の「覚一六本以外の覚一本や一方系本は…」という考えに引かれてか、それ以外の諸本調査を試みなかったことや、原本・写真・影印本の調査をせずに、底本を改変したテキストやそこに記載されている校異などによったために生じた誤りである。それ故、これらについても氏の主張の論拠となり得ないものが含まれている。したがって、以上のような方法によって取りあげられた用例と、それをまとめた4つの事項、およびそれらを論拠にした見解を肯定することができないように考える。

その後に遠藤氏は「天草版平家物語小考（その2）」（遠藤：昭62・12）において上記の近藤論文の批判を受け入れ、再検討した結果、次のように訂正された。

> すなわち、天草本平家巻第二の一（妓王）以前の範囲は覚一本系の底本によって編集されたが、その底本のほかに巻第二の二以下の底本となった片仮名百二十句本（慶応本の類）が参照されたと考えられる。これが結論としてまず述べるべきことである。（筆者注・慶応本は〈斯道本〉のこと）
>
> そして、巻第一よりも巻第二の一（妓王）の方に参照されたと考えられるふしが強く感じられると言える。これは、つまり、巻第二の一（妓王）は巻第一の編集終了後の反省によって追加再録されたものであり、その反省がまた巻第二の二以下の底本変更という問題にも及んだのかと考えられるわけで、このような関係から特に巻第二の一（妓王）の編集においては、巻第二の二以下の底本となった片仮名百二十句本を参照されることが多かったのではないかと推測されるのである。そして、その参照とは口語訳草稿文を片仮名百二十句本と校合するという形でおこなわれたのではないかと推測されるのである。なお、巻第一の範囲にも微々ではあるが参照の徴証があり、これらが認められるとすれば、巻第

二の一（妓王）の口語訳草稿文と片仮名百二十句本との校合後、さかのぼっても巻第一の口語訳草稿文にも校合がおこなわれたのか、あるいはすでに巻第一の編集時から時々校合がされていたのかと考えられることになる。以上が本稿の結論である。

六　補記

その後の筆者の〈天草版平家〉に関する次の論考がある。

○「天草版平家物語の原拠本について－巻Ⅱ第２章から巻Ⅲ第８章までと、巻Ⅳ第２章から第28章までの範囲－」（近藤：平２・２）（第四章）

○近藤政美「天草版平家物語の原拠本について－巻Ⅲ第９章から巻Ⅳ第１章まで－」（近藤：平４・２）（第五章）

又、鎌田広夫氏の『天草本平家物語の語法の研究』（おうふう、平10）も刊行された。この書で氏は原拠本の編者が３人いて、ハビヤンは有力な編者として各編を監修したという、編者複数説を主張した。しかし、福島邦道氏は『天草版平家物語叢録』（笠間書院、平15）で批判的である。筆者も鎌田氏の編者複数説には同感できない。

◆著書・論文の説明

（サトウ：明21）　アーネスト・M・サトウ『日本耶蘇会刊行書誌』（Jesuit Mission Press in Japan）私版本、明21。復刻版、大15。

（新村：明42）　新村出「天草出版の平家物語抜書及び其編者について」『史学雑誌』明42・９、明42・10。

（山田：明44）　山田孝雄著『平家物語考』国定教科書共同販売所、明44。

（亀井：大15）　亀井高孝翻字「天草本平家物語抄」 雑誌『芸文』大15・３～大15・12掲載。

（亀井：昭２）　亀井高孝翻字『天草本平家物語』 岩波書店、昭２。

（土井：昭９）　土井忠生著『近古の国語』（国語科学講座31）明治書院、昭９。

（高橋：昭18）　高橋貞一著『平家物語諸本の研究』 冨山房、昭18。

（高橋：昭24）　高橋貞一著『平家物語』（新註国文学叢書）上　講談社、昭24。

（清瀬：昭 35）　清瀬良一「天草版平家物語の原拠－祇王の場合について」『国文学攷』23 号（昭 35・5）。(旧古典文学大系本は「祇王」の章に〈高野本〉を使用)。

（渥美：昭 37）　渥美かをる著『平家物語の基礎的研究』　三省堂、昭 37。

（原田：昭 38）　原田福次「天草版平家物語の底本について－巻一・巻二（祇王）まで－」『国語国文研究』（北海道大）25 号（昭 38・6）。

（清瀬：昭 39）　清瀬良一「天草版平家物語の原拠覚書」『国文学攷』33 号（昭 39・3）。

（麻生：昭 40）　麻生朝道「天草版平家物語巻 2 の 2 から巻 3 までの底本について」『人文紀要』（佐賀大） 1 号、(昭 40・3)。

（風間：昭 40）　風間力三「天草版平家物語の口訳原典」(上)『甲南大学文学会論集』28 号、(昭 40・11)。

（亀井・阪田：昭 41）　亀井高孝・阪田雪子：翻字『ハビヤン抄キリシタン版平家物語』　吉川弘文館、昭 41。

（麻生：昭 42）　麻生朝道「天草版平家物語巻 4 の 16 から 20 までの底本について」『文学論集』（佐賀大） 8 号、(昭 42・3)。

（桜楓：昭 42）　島正三編『天草版ヘイケモノガタリ検案』、同（続）　影印本。共に昭 42。

（山下：昭 43）　山下宏明「平家物語百二十句本再考」　古典文庫『平家物語百二十句本』四（昭 43）所収の解説。

（吉川：昭 44）　亀井高孝編『天草版平家物語』　影印本。吉川弘文館、昭 44。

（汲古：昭 45）　『百二十句本平家物語』　斯道文庫蔵本の影印。汲古書院、昭 45。

（山下：昭 47）　山下宏明著『平家物語研究序説』　明治書院、昭 47。

（勉誠：昭 51）　『天草版平家物語』(上)・(下）の二冊。影印本。勉誠社文庫 7・8、昭 51。

（清瀬：昭 52）　清瀬良一「天草版平家物語の本文批判－本文の誤謬・欠陥が原拠本に起因する場合－」『文教国文学』（広島文教女子大） 7 号、(昭 52・12)。

（清瀬：昭 53）　清瀬良一「天草版平家物語の文意理解上の問題点とその発生誘因」『国語国文論攷』（広島文教女子大、昭 53・12）所収。

（鎌田：昭 54）　鎌田広夫「天草版平家物語の底本について－巻一及び巻二第一の場合－」『米沢国語国文』 6 号、(昭 54・9)。

（清瀬：昭 56）　清瀬良一「天草版平家物語の原拠本－巻第一の場合－」『文教国文学』（広島文教女子大）11 号、（昭 56・12）。

（清瀬：昭 57・６）　清瀬良一「天草版平家物語巻第一の原拠本（上）－一方系本との関係を視点にした場合－」『国文学攷』94 号（昭 57・６）。

（清瀬：昭 57・９）　清瀬良一「天草版平家物語巻第一の原拠本（下）－一方系本との関係を視点にした場合－」『国文学攷』94 号（昭 57・９）。

（清瀬：昭 57・12）『天草版平家物語の基礎的研究』　溪水社、昭 57・12。

（山下：昭 59）『平家物語の生成』　明治書院、昭 59。

（鎌田：昭 59）　鎌田広夫「天草版平家物語の依拠本についての考察－斯道本巻八の欠巻を補ふもの－」『東洋学研究所集刊』（二松学舎大）昭和 58 年度版（昭 59・３）。

（遠藤：昭 60）　遠藤潤一「天草版平家物語小考－清瀬良一氏の『天草版平家物語の基礎的研究』について－」『鈴木弘道教授退任記念国文学論集』（和泉書院、昭 60・３）所収。

（近藤：昭 61・７）　近藤政美「天草版平家物語巻Ⅰと平家物語百二十句本系諸本との語句の照応について」『国語国文学』（名古屋大学）58 号、（昭 61・７）。

（近藤：昭 61・11）　近藤政美「天草版平家物語巻Ⅱ第二章（祇王）と平家物語百二十句本系諸本との語句の照応について」『松村博司先生喜寿記念国語国文学論集』（右文書院、昭 61・11）所収。

（近藤：昭 62）　近藤政美「天草版平家物語巻Ⅰ・巻Ⅱ第一章（祇王）の原拠本の本文の形成に関与した百二十句本系の平家物語について－遠藤論文の批判－」『説林』（愛知県立大学）35 号、（昭 62・２）。

（遠藤：昭 62）　遠藤潤一「天草版平家物語小考（その２）」『奈良大学紀要』16 号（昭 62・12）。

（近藤：平２・２）　近藤政美「天草版平家物語の原拠本について－巻Ⅱ第２章から巻Ⅲ第８章までと、巻Ⅳ第２章から第２８章までの範囲－」『名古屋大学国語国文学』67 号（平２・12）

（近藤：平４・２）　近藤政美「天草版平家物語の原拠本について－巻Ⅲ第９章から巻Ⅳ第１章まで－」『愛知県立大学文学部論集』40 号（平４・２）

付記

1　この章は「天草版『平家物語』の原拠本研究史」(『愛知県立大学文学部論集』38号、平2・2）を改稿したものである。

2「妓王」の漢字表記は『平家物語』の諸本の中には「祇王」と記されたもの（高野本など）も存する。

第三章　天草版『平家物語』の原拠本（［イ］の範囲）

〔Ⅰ〕　巻Ⅰの原拠本
――百二十句本系諸本との語句の照応を視点にして――

一　はじめに

巻Ⅰの範囲の原拠本は覚一本系の『平家物語』が基幹になって形成されたものと考えられる。
覚一本系というのは、室町時代の平曲演奏家覚一検校が弟子に筆録させた『平家物語』（覚一本）の系統に属する諸本をいう。

山下宏明氏は『平家物語研究序説』[1]において、次の14本を4類に分けて掲げている。

第一類　〈竜大本〉〈高良神社本〉〈寂光院本〉〈高野本〉
第二類　〈西教寺本〉〈竜門文庫本〉（巻一以外）〈天理一本〉（田安本）
第三類　〈陽明本〉
第四類　〈天理二本〉〈梵舜本〉〈熱田本〉（巻一以外）〈灌頂本〉〈芸大本〉〈東大国文本１〉

そして、後に刊行された『平家物語の生成』[2]では〈芸大本〉を除き、〈西教寺本〉を所蔵者によって分け、次の8本を加えて、22項にして分類せずに掲げている。

〈山口県立図書館本〉〈秦音曲鈔〉〈駒大本25〉〈和学講談所旧蔵本〉〈学習院本２〉〈学習院本５〉〈京都資料館本〉〈加藤家本〉

清瀬良一氏はこれらの覚一本系のうちの前者（４類14本）に一方系を加えた現存諸本の多くを調査研究した上で、〈天草版平家〉巻Ⅰの原拠本の本文の具有すべき要件を『天草版平家物語の基礎的研究』[3]において次のように総括している。

〈竜大本〉の本文を基軸にし、それに、覚一本のうちでも〈竜大本〉以外の〈西教寺本〉、〈陽明本〉、〈芸大本〉に見られる問題の語句が加わり、更に一方系本の〈静嘉堂本〉、〈下村本〉、〈波多野本〉、〈康豊本〉に見られる問題の語句が加わった異色の本文ということになる。

更にこの本文の形成について、次のように推測されている。

原拠本の本文は諸本の本文の校合の結果形成されたように思われるのである。天草版の編者は、校合の結果書き添えられた後出本の語句を本行の語句が訂正されたものと解して、それを口訳本文に取り入れたのではあるまいか。 (pp. 76 ～ 77)

そして、

原拠本の本文は、基軸にした〈竜大本〉の類の本文に、〈西教寺本〉以下の覚一本や葉子本以下の一方系本の本文にもとづく校異語句の書き込まれた、一方流諸本の総合的な書き入れ校合本の形態をそなえた本文 (p. 77)

と考定された。

ところが、〈天草版平家〉巻Ⅰの本文を『平家物語』諸本と校合しながら検討してみると、覚一本系をも含めた現存の一方流諸本においては該当する語句を容易に見つけることができない場合や、該当する語句はあるがよく照応しない場合がある。これらについて、清瀬氏は正面から取り上げようとされていない。

この章〔Ⅰ〕では、これらの語句が百二十句本系の諸本に見られることを指摘し、原拠本が「一方流諸本の総合的な書き入れ校合本の形態をそなえた本文」とする清瀬説に対して疑問を提出する。更に、百二十句本系の平家物語が原拠本の本文の形成に関与していると考え、それがどのようなものであったかについて論究する。

なお、以下で引用する『平家物語』諸本は次の通りである。

○覚一本系

〈竜大本〉　竜谷大学付属図書館蔵、写真・影印本。

〈高野本〉 東京大学国語研究室蔵、影印本。

〈高良本〉 高良大社蔵影印本。（前節で山下宏明氏が「高良神社本」と記しているもの）

〈西教寺本〉 巻一は大東急記念文庫蔵、原本。巻二以降は西教寺蔵、山下宏明氏所持の写真。

〈陽明本〉 陽明文庫蔵、写真。

〈梵舜本〉 内閣文庫蔵、原本・写真。

〈熱田本〉 前田育徳会尊経閣文庫蔵、影印本。

〈東大国文本１〉 東京大学国文研究室蔵、原本・写真。

〈駒大本25〉 駒沢大学付属図書館（沼沢文庫）蔵、原本・写真。

〈学習院本２〉 学習院大学国語学国文学研究室蔵、原本・写真。

〈学習院本５〉 学習院大学国語学国文学研究室蔵、原本・写真。

○葉子本系

〈米沢本〉 米沢市立図書館蔵、写真。

〈駒大本29〉 駒沢大学付属図書館（沼沢文庫）蔵、原本・写真。

〈早大本〉 早稲田大学付属図書館蔵、原本。

○下村本系

〈駒大本26〉 駒沢大学付属図書館（沼沢文庫）蔵、原本・写真。

〈駒大本28〉 駒沢大学付属図書館（沼沢文庫）蔵、原本・写真。

〈昭女大本〉 昭和女子大学付属図書館蔵、原本。

〈静嘉堂平仮名八行本〉 静嘉堂文庫蔵、原本・写真。

〈静嘉堂片仮名本〉 静嘉堂文庫蔵、原本・写真。

〈加賀本〉 東京都立中央図書館（加賀文庫）蔵、原本。

〈康豊本〉 彰考館蔵、写真。

〈学習院本１〉 学習院大学国語学国文学研究室蔵、原本・写真。

〈学習院本３〉 学習院大学国語学国文学研究室蔵、原本・写真。

〈筑大本11〉 筑波大学付属図書館蔵、写真。

〈静嘉堂平仮名十行本〉 静嘉堂文庫蔵、原本・写真。

〈名大本〉 名古屋大学付属図書館蔵、原本。

〈お茶の水古鈔本〉　お茶の水図書館蔵、原本。

〈お茶の水慶長写本〉　お茶の水図書館蔵、原本。

〈東大国文本９〉　東京大学国文研究室蔵、原本・写真。

○流布本系など

〈学習院本４〉　学習院大学国語学国文学研究室蔵、原本・写真。

〈駒大本27〉　駒沢大学付属図書館（沼沢文庫）蔵、原本・写真。

〈国会本（流布）〉　国立国会図書館蔵、原本。

〈安藤本〉　彰考館蔵、写真。

〈東北大本丙〉　東北大学付属図書館蔵、写真。

〈京都本（流布）〉　京都府立総合資料館蔵、写真。

〈元禄四年刊本〉　早稲田大学付属図書館蔵、原本。

〈東大波多野流本〉　東京大学付属総合図書館蔵、原本。

○百二十句本系など

〈斯道本〉　慶応義塾大学付属斯道文庫蔵、原本・影印本。

〈小城本〉　佐賀大学付属図書館蔵、影印本。

〈鍋島本〉　天理図書館蔵（鍋島家旧蔵）、写真。

〈国会本〉　国立国会図書館蔵、写真・影印本。

〈青谿本〉　天理図書館蔵（青谿書屋旧蔵）、写真。

〈京都本〉　京都府立総合資料館蔵、写真。

〈久原本〉　佐賀県立図書館蔵、影印本。

〈平松本〉　京都大学付属図書館蔵、影印本。

二　巻Ⅰの本文に見られる百二十句本系『平家物語』諸本の語句について

〈天草版平家〉の本文を『平家物語』諸本と校合してみると、巻Ⅰの原拠本は一方流諸本の総合的な書き入れ校合本とする清瀬良一氏の説では納得のいく説明ができない多くの語句がある。これらは大抵百二十句本系の諸本の中によく照応する語句を見つけることができる。ここでは『平家物語』諸本を100種余りにわたって調査し、次の２つの場合について例を上げて考えてみる。

A 一方流諸本に該当する語句を見つけることができなかったが、百二十句本系諸本によく照応する語句が見られる。

B 一方流諸本に該当する語句が存するが、それらよりもよく照応する語句が百二十句本系諸本に見られる。

●Aの場合の例

1 〈天草版〉あるあした磯の方からかげろふなどのやうにやせ衰へた者がよろぼひ出たを見れば，もとは法師であったとおぼえて，(85-20、頁・行を示す)

〈竜大本〉ある朝いその方よりかけろふなとのやうにやせおとろへたる者よろほひ出きたり、もとは法師にて有けると覚えて、

〈西教寺本〉…よろほひ出きたり、もとは法師にて有けりと覚《おぼ》えて、

上と同語句：〈陽明本〉〈梵舜本〉〈熱田本〉〈駒大本 25〉〈学習院本 2〉など。〈早大本〉〈米沢本〉〈駒大本 29〉など。〈加賀本〉〈昭女大本〉〈康豊本〉〈学習院本 1〉〈学習院本 3〉〈名大本〉〈東大国文本 9〉など。〈学習院本 4〉〈安藤本〉〈元禄四年刊本〉など。

百二十句本系

〈斯道本〉…弱《ヨロホヒ》下ルヲ見レハ、本ハ法師ニテ有ケルカト覚ヘテ、

上と同語句：〈小城本〉。

〈鍋島本〉…よろぼひいできたり、もとはほうしにてありけるとおぼしくて、

上と同語句：〈国会本〉〈青谿本〉〈京都本〉〈久原本〉。

〈天草版平家〉の「を見れば」は〈竜大本〉をはじめとする一方流の諸本には見出されない。『平家物語』諸本と対校してみると、文が切れている箇所を〈天草版平家〉は接続語句などを補って続けていることが多い[4]。この場合も原拠本に近い〈竜大本〉などと校合している限りでは、口語訳に際してこれが補添されたものだと解される可能性もある。

ところが、百二十句本系の〈斯道本〉および〈小城本〉にこの語句が用い

られていることを看過することはできない。この両本は上接の語句「よろぼひ下る」が〈天草版平家〉とは異なり、原拠本と離れたものである。が、〈竜大本〉などと重ね合せることによって、「よろぼひ出で来たるを見れば」という口語訳の原拠と考えられる語句が成立するからである。換言すれば、〈天草版平家〉のこの部分の原拠の本文は、〈竜大本〉のような覚一本系の本文に〈斯道本〉のような百二十句本系の本文を校合することによって形成されたと解することもできるのである。

2 〈天草版〉成親卿（原本 :Naricachiqiŏ）は…結構な車に乗り，侍三四人連れて，常よりもひきつくろうて出でられた.

〈竜大本〉大納言…･あさやかなる車にのり、侍三四人めしくして、雑色牛飼に至るまでつねよりも引つくろはれたり。

上と同語句 :〈西教寺本〉〈陽明本〉〈東大国文本 1 〉など。〈早大本〉〈駒大本 29〉など。〈駒大本 26〉〈駒大本 28〉〈昭女大本〉〈康豊本〉〈筑大本 11〉〈名大本〉など。〈国会本（流布)〉〈学習院本 4 〉〈安藤本〉など。

百二十句本系など

〈斯道本〉…常ノ出仕ヨリモ引繕《ツクロヒ》テソ出ラレケル。

上と同語句 :〈鍋島本〉〈国会本〉〈青谿本〉〈京都本〉〈久原本〉。

〈小城本〉引繕《ツクロフ》テソ御坐《ヲワシ》ケル。

〈平松本〉引繕《ツクロウテソケル》被ㇾ出。

〈天草版平家〉の「(常よりも）ひきつくろうて出でられた」は、一方流の諸本では調査したすべてが「(常よりも）ひきつくろはれたり」となっている。原拠本に近い覚一系の諸本と対校してみると、〈天草版平家〉では主たる動作を表現する語句にそれを補足する動作語が添えられたものが対応していることがある[5)]。この場合も原拠は〈竜大本〉のような語句で、口語訳に際して日本語を学ぶ初歩の外国人にも状況が理解しやすいように「出づ」が補添されたと解せられないこともない。

ところが、この例もやはり〈斯道本〉などの百二十句本系の諸本に「出づ」の語が存することに注意を払わなければならない。原拠は覚一系の本文に斯道本のような本文を校合して形成された「(常よりも) ひきつくろひてそ出でられける」と解した方が穏当であろう。

しかし、上のような解釈に対しては一つの疑問が出されることになろう。というのは、序に「本書の言葉をたがへず書写し」とあるから、原拠は〈小城本〉〈平松本〉に見られるように「ひきつくろうて」とウ音便の形であったと考え、上接の語句をも参考にすると〈平松本〉のような本文が校合に用いられたと解せられることである。原拠本から〈天草版〉への口語訳に際して、音便がどのような役割を担ったかについては別に論じなければならない。が、〈竜大本〉のような覚一系の諸本と校合している限りでは、ハ行四段活用動詞の連用形には〈天草版〉ではウ音便形が対応しており[6]、原拠「ひきつくろひて」と口語訳「ひきつくろうて」との関係を一概に否定することはできないのである。

3 〈天草版〉ただし近日御前の人々私に対せられてなにぞたくませらるる子細があるといふ儀を伝へ承って，(8-18)

〈竜大本〉但近日人々あひたくまるゝ子細ある歟の間、年来の家人事をつたへきく歟によて、

上と同語句：〈西教寺本〉〈陽明本〉〈梵舜本〉など。〈早大本〉〈米沢本〉〈駒大本 29〉など。〈駒大本 26〉〈昭女大本〉〈静嘉堂平仮名八行本〉〈加賀本〉〈お茶の水古鈔本〉〈名大本〉など。〈国会本（流布）〉〈学習院本 4 〉〈元禄四年刊本〉など。「東大波多野流本」など。

百二十句本系

〈斯道本〉…近習《キンシユ》ノ人々《ヒトヒト》相《アイ》巧《タクマ》ルヽ由《ヨシ》ヲ…、(「習」の左傍に「日《コノコロ》」とある)

〈小城本〉…近日▼人々被㆓相巧《タクマ》㆒由…、(▼印は文字がないことを示す)

〈鍋島本〉…きん日▼▼あひたくまるゝよし…、

上と同語句：〈国会本〉〈青谿本〉〈京都本〉〈久原本〉。

〈天草版平家〉の「御前の」も〈竜大本〉をはじめとする一方流諸本には見出されない。覚一本系の諸本と対校してみると、「人々」というような意味

範疇の広い体言は〈天草版平家〉では限定して形容する説明的な語句を補添したものと対応する場合がある[7]。この「人々」は先行する「公家たち」(4-17)・「殿上人たち」(8-1) と同じ表現対象を指しているのであるが、形容語のない〈竜大本〉のような一方流諸本の語句をそのまま踏襲したのでは日本語を学ぶ初歩の外国人には理解しがたい。それ故に、口語訳に際して「御前の」が補添されたと解せられるかもしれない。

しかし、この例でも百二十句本系の〈斯道本〉の記述に注目したい。本行の「近習ノ」は〈平松本〉と同じ系統のものであろう。又、「習」の左傍に記された「日」は〈小城本〉などと同種の百二十句本系の本の「近日」との校異を示すのであろう。が、これは〈竜大本〉などの覚一本系の諸本に見られる「近日」とも一致する。〈天草版平家〉のこの部分の原拠は〈竜大本〉の本文に斯道本の「近習ノ」を加えた「近日近習の人々」となっていて、「御前の」は「近習の」を口語訳したものとは考えられないであろうか。換言すれば、〈天草版平家〉のこの部分の原拠本の本文も又、覚一本系の本文に〈斯道本〉のような百二十句本系の本文を校合することによって形成されたと解することができるのである。

●Bの場合の例

4 〈天草版〉その時都は傾いて，幽王も敵に滅びられた．(51-24)

〈竜大本〉其時都かたむいて、幽王終にほろひにき。

上と同語句：〈西教寺本〉〈陽明本〉〈梵舜本〉〈熱田本〉など。〈早大本〉〈米沢本〉〈駒大本 29〉など。〈駒大本 26〉〈駒大本 28〉〈昭女大本〉〈加賀本〉〈名大本〉〈東大国文本 9〉など。〈国会本（流布）〉〈東北大本丙〉〈学習院本 4〉〈元禄四年刊本〉など。

百二十句本系

〈斯道本〉…、幽王敵ニ捕ハレヌ。

上と同語句：〈鍋島本〉（ようわう）、〈国会本〉〈青谿本〉（ようわう）、〈京都本〉（ようわう）、〈久原本〉。

〈小城本〉幽王終ニ滅《ホロヒ》ニキ。

〈天草版平家〉の「敵に滅びられた」は覚一本系の〈竜大本〉では「終にほろひにき」とあり、一方流諸本でもすべて同じ語句になっている。これらと校合している限りでは、「敵に」に該当する語句が「終に」となっている、「滅ぶ」を自動詞とする当時の一般的な語法からは意味が一貫しない、助動詞「らる」が補添されているなどの疑問点があり、なぜこのような口語訳が成立したのかを理解しがたい。

他方、百二十句本系の〈斯道本〉では「敵ニ」とあり、〈鍋島本〉以下の百二十句本や〈平松本〉でも同じ語句になっている。この語のみは〈天草版平家〉と一致するが、「捕ハレヌ」と続くことによって意味をなすのである。覚一本系の本文に百二十句本系の本文が校合されたと考えると、〈天草版平家〉に現われた語句の形成については理解できる。例えば、次のように表記されていたと仮定するのである 8)。

覚一本系　　終に滅《ほろび》にき
百二十句本系　敵ニ捕《とらは》レヌ
原拠本　　敵ニ 滅《ほろびら》 レヌ

が、そこには両系の文の意味の把握が充分でなかったために生じた混同があり、それが原因となって原拠本の本文が形成された。そして、その本文に忠実ならんと努めたために、〈天草版平家〉に見られるような首尾一貫しない口語訳文が成立してしまったものと思われる。

5 〈天草版〉色は黒うて，牛のごとく身にはしきりに毛が生《お》へて，
(60-11)

〈竜大本〉色黒うして牛の如し、身には頻に毛おひつゝ、
上と同語句：〈西教寺本〉〈陽明本〉〈駒大本 25〉〈梵舜本〉など。〈駒大本 29〉〈早大本〉など。〈昭女大本〉〈静嘉堂平仮名十行本〉など。〈国会本（流布）〉〈駒大本 27〉など。

〈東大国文本 9〉…、身には頻に毛生つゝ、
上と同表記：〈駒大本 26〉〈加賀本〉など。

百二十句本系

〈斯道本〉…、身ニハ頻ニ毛生《ヲイ》、

上と同語句：〈鍋島本〉〈国会本〉〈青谿本〉〈京都本〉。

〈久原本〉…、身にはしきりにけおへ、

〈小城本〉…、身ニハ頻リニ毛生《ヲヘ》テ、

6〈天草版〉髪は空様へ生《お》へ上《のぼ》って，よろづの藻くづがとりついて，おどろを戴いたやうで，(85-22)

〈竜大本〉髪は空さまへおひあかり、よろつの藻くつとりつゐて、をとろをいたゝいたるか如し、

上と同語句：〈西教寺本〉〈駒大本25〉など。〈早大本〉〈駒大本29〉など。〈加賀本〉〈昭女大本〉など。〈国会本（流布）〉〈学習院本４〉など。

〈駒大本26〉髪はそら様に生あかり、…、

上と同表記：〈筑大本11〉〈京都本（流布）〉など。

百二十句本系

〈斯道本〉髪ハ天《ソラ》へ生ヒ上リ、…、

〈小城本〉髪《カミ》ハ天《ソラ》へ生《ヲヘ》上リ、…、

〈鍋島本〉かみはそらさまにおえあがり、…、

上と同語句：〈国会本〉〈青谿本〉〈京都本〉〈久原本〉。

「生ひ」（上二段活用）と「生へ」（下二段活用）とは『日葡辞書』の記述[9]や『平家物語』諸本の上にあげた用例から、共に自動詞として同じ意味に使われていたと推測される。

〈天草版平家〉の５「生へて」は、一方流諸本では該当する語が〈竜大本〉「おひつゝ」と同じである。ただし、〈東大国文本２〉のように漢字で記して読み方を示さないものもある。百二十句本系でも多くは〈斯道本〉と同じ「おひ」である。が、〈久原本〉〈小城本〉では〈天草版平家〉と同じ下二段活用になっている点に注意しなければならない。転写の過程で「生ふ」が上二段から下二段に変ることは、原拠が「生ひ（つゝ）」でその口語訳が「生へて」となる可能性を示唆するからである。

〈天草版平家〉の６「生《お》へ上《のぼ》って」と〈竜大本〉「おひあかり」などとの関係も、下部要素となる語の相違を除外すれば、上と同様である。

他方、5は原拠の本文が百二十句本系の〈小城本〉の「生《ヲヘ》テ」のような本文と校合して形成され、〈天草版平家〉はそれを踏襲していると解することもできる。6も同様に〈小城本〉の「生《ヲヘ》上り」のような本文と校合し、「上り」を「のぼり」と読んで「生へ上って」としたと解せられよう。

「生ひ」（上二段活用）と「生へ」（下二段活用）との用法、およびこれらの原拠と口語訳した〈天草版平家〉の語形との関係の詳細については別に述べなければならない。が、覚一本系の「生ひ」が大抵は〈天草版平家〉の「生ひ」に対応し、百二十句本系でも同様の関係があることを考慮すると、この2例は後者のように解するのが妥当であろうと思われる。

7〈天草版〉重盛はこれを聞いて，大きにさわいで，その所へ行き向うたほどの者をみな勘当して言はれたは：(17-14)

〈竜大本〉小松殿こそ▼大にさはかれけれ、▼ゆきむかひたる侍とも皆勘当せらる、

上と同語句：〈陽明本〉〈梵舜本〉〈学習院本5〉など。〈康豊本〉など。

〈学習院本2〉小松殿▼大きにさはひで、…。

上と同語句：〈早大本〉〈米沢本〉〈駒大本29〉など。〈駒大本26〉〈駒大本28〉〈昭女大本〉〈静嘉堂平仮名八行本〉〈静嘉堂片仮名本〉〈加賀本〉〈学習院本1〉〈学習院本3〉〈お茶の水古鈔本〉〈名大本〉〈東大国文本9〉など。

〈お茶の水慶長写本〉こ松とのこのよしをつたへきゝ給ひて、おほきにをそれさはかれけり、…、

〈学習院本4〉小松殿このよしをきゝたまひて、おほきにおそれさはがれけり、…。

上と同語句：〈元禄四年刊本〉など。

百二十句本系

〈斯道本〉小松殿是ヲ聞テ、大ニ騒レケリ、…、

〈小城本〉小松殿コレヲ聞、大ニ驚カレケリ、…、

〈鍋島本〉こ松殿これをきゝ大きにおどろき、…、

上と同語句：〈国会本〉〈青谿本〉〈京都本〉。

〈久原本〉小松どの▼大きにおどろき、…、

〈天草版平家〉の「これを聞いて」は、覚一本系の諸本では該当する語句を見つけることができない。が、これらと校合したのみで、口語訳の際に補添されたとするのは早計であろう。一方流諸本の中には〈お茶の水慶長写本〉に「このよしをつたへきゝ給ひて」、流布本系の〈学習院本４〉に「このよしをきゝたまひて」という語句が見られる。が、これらは問題の語句と似ていても敬語法上の差異があるなど、よく照応しているとは言いがたい。

他方、百二十句本系の〈斯道本〉に「是ヲ聞テ」とあり、〈平松本〉にも同じ語句が見られる。〈小城本〉や〈鍋島本〉以下の百二十句本も助詞「て」を欠くものの、照応する語句が見られる。〈天草版平家〉のこの語句の原拠は、覚一本系の本文に欠ける部分を〈斯道本〉のような本文と校合して補添することにより形成されたと解するのが妥当であろうと思われる。

以上の用例と百二十句本系諸本とのかかわりについての検討をまとめてみると、次のようになる。

Ａの場合、１は接続の機能をもつ語句で百二十句本系諸本の中に一致するものを見出せる例、２は従たる動作性の語で百二十句本系諸本の中にそれを見出せる例、３は体言を形容する語句で百二十句本系の諸本の中に口語訳の原拠となったものを見出せる例である。

Ｂの場合、４は述語部で覚一本系と百二十句本系との混同を思わせる例、５・６は用言で活用が百二十句本系と一致する例、７は挿入句で百二十句本系の諸本の中に一致またはよく照応するものを見出せる例である。

これらはいずれも一方流の諸本においてよく照応する語句を見出すことができず、百二十句本系の諸本の語句との関連を思わせるものである。すべてが原拠本になくて口語訳の際に補添または改変されて現われたとは考えがたい。多くは諸本の転写や詞章の校合の過程を経て形成された原拠本の段階で既に存在していたであろう。そして、その本文の形成の過程で、上の検証により百二十句本系の『平家物語』が関与したであろうと推測されるのである。

三　巻Ｉの原拠本の本文の形成に関与した百二十句本系の『平家物語』について

〈天草版平家〉巻Ｉの原拠本の本文の形成に関与した百二十句本系の『平家物語』とはどんなものであったか。前節で検証した用例をもとにして論究してみたい。

山下宏明氏は前記の『平家物語研究序説』において、百二十句本として第一節（引用諸本）で示した〈斯道本〉以下のはじめの７本をあげられている。そして、これらの諸本の関係を次のように推測された。ただし、〈久原本〉の位置付けがなされていないので、仮に欄外に添えることにする。

図Ａ

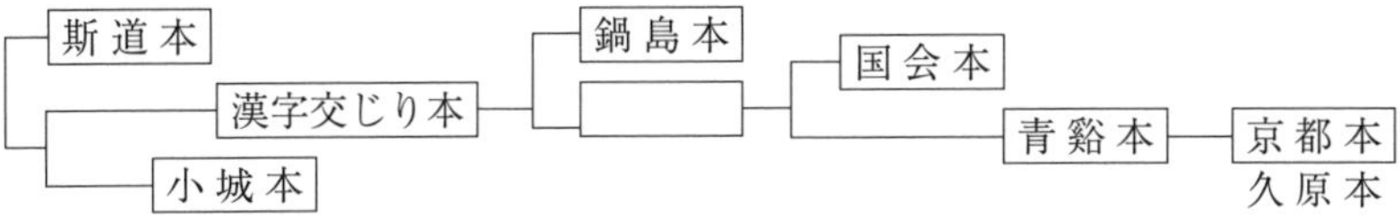

これは諸本論の立場から現存本をもとにして作成した仮説の図である。したがって、山下氏が私に語られたように、新本が発見されれば修正されることになろう。が、現段階ではこの図を用いて論を進めたい。

〈天草版平家〉の巻Ｉの語句と百二十句本系の諸本の該当する語句との関係を整理してみると、次のようになる。なお、以下の図において点線で囲んだ部分は、原拠本の本文の形成に関与したと考えられる本と同じ本文を有する諸本の範囲を推測したものである。

（ａ）〈天草版平家〉の語句が漢字片仮名交じりの〈斯道本〉〈小城本〉と一致する場合

用例１（を見れば）

図B 1

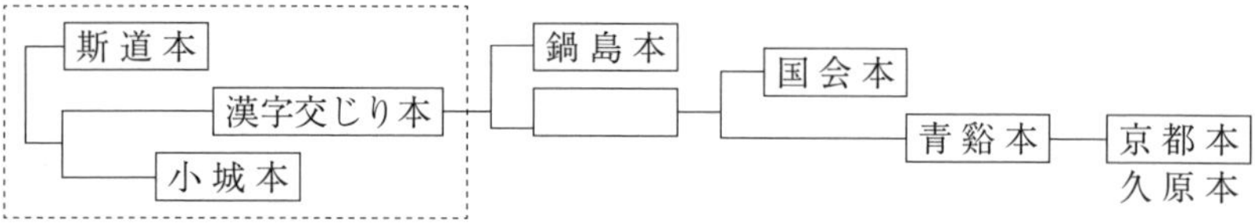

（b）〈天草版平家〉の語句が〈小城本〉を除く百二十句本系の諸本とよく照応する場合

用例2（ひきつくろうて出でられた）・4（敵に）

図B 2

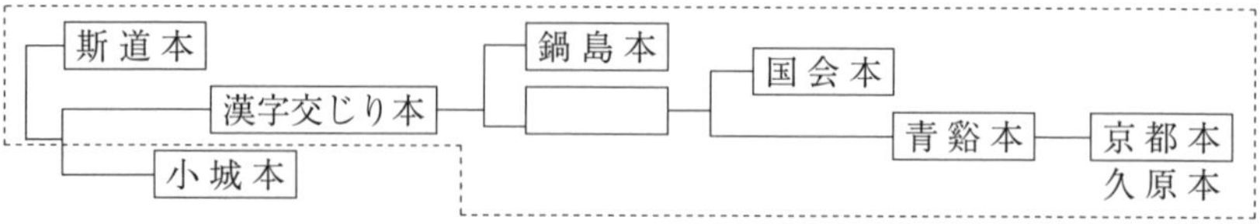

（c）〈天草版平家〉の語句が〈斯道本〉によく照応する場合

用例3（御前の）・7（これを聞いて）

図B 3

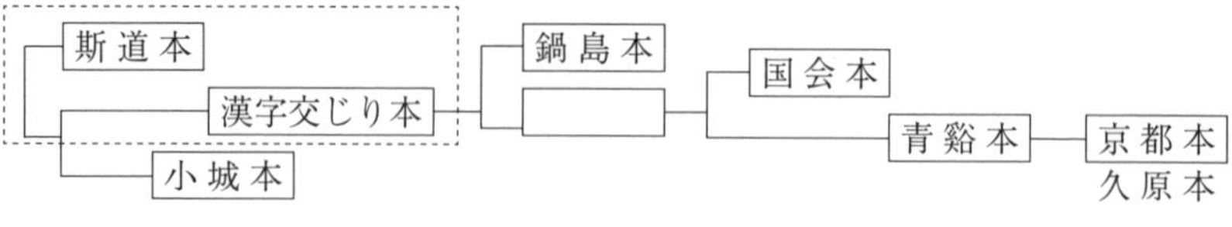

（d）〈天草版平家〉の語句が〈小城本〉と一致する場合

用例5（生《お》へて）・6（生《お》へ上《のぼ》って）

図B 4

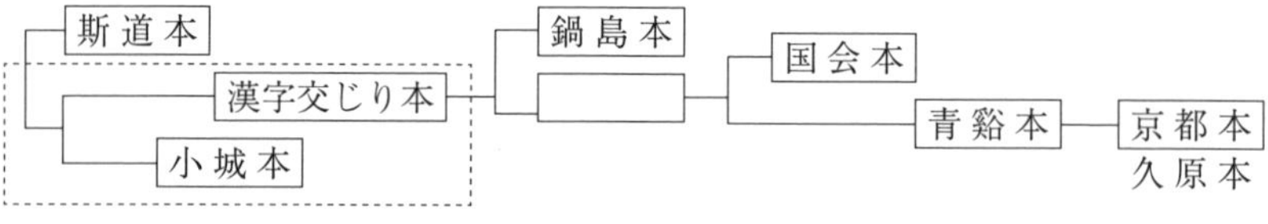

上の四つの場合の関係図において、巻Ⅰの原拠本の本文の形成に関与した本と同じ本文を有すると推測した諸本の範囲を重ねてみて、すべてに共通する部分を示すと、次のようになる。

図C

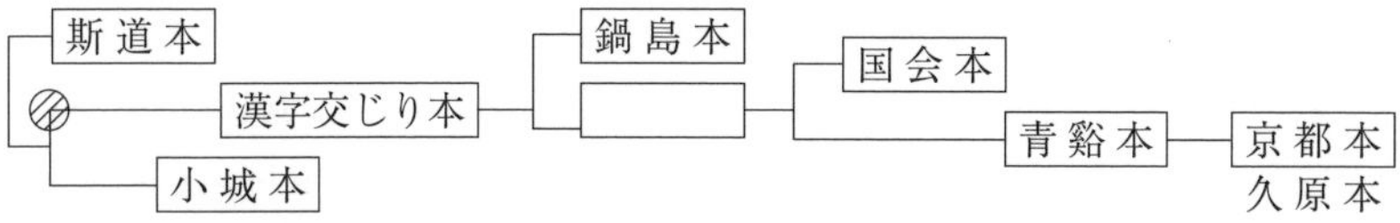

原拠本の本文の形成に関与した百二十句本系の『平家物語』を一本と仮定すると、図Cから判明するように現存諸本の中には該当するものがない。山下氏が存在を推測した漢字交じり本がこの範疇に入る。又、巻Ⅰの本文とよく照応する用例の数は〈斯道本〉が多く、〈小城本〉がこれに次ぐ。このことから、これは漢字片仮名交じりの〈斯道本〉にきわめて近く〈小城本〉にも近い、図Cで円形の斜線によって示した箇所に位置づけられるものであろうと思われる。

〈天草版平家〉には扉に1592という刊行年次が記され、同年12月10日付のハビヤンの自序がある。不干ハビヤンが『平家物語』の口語訳に従事していたころ、天草学林には『平家物語』が何種ほどあったか。〈天草版平家〉の原拠に関する研究をもとにして考えると、少なくとも次の三種はあったであろう。

（イ） 覚一本系の〈竜大本〉〈西教寺本〉に近い（巻Ⅰ、巻Ⅱの第1章）

（ロ） 〈斯道本〉にきわめて近い百二十句本（巻Ⅰの第2章～巻Ⅲの第8章、巻Ⅳの第2～28章）

（ハ） 〈竹柏園本〉〈平松本〉に近い本（巻Ⅲの第9～13章、巻Ⅳの第1章）

〈天草版平家〉の（ロ）の範囲を〈斯道本〉と校合してみると、それは原拠本にきわめて近いと考えられる。（イ）の範囲の巻Ⅰを〈竜大本〉と校合してみると、それと原拠本との懸隔は前者よりも大きいと思われる。もし不干ハビヤンが一人で同じ方法によって『平家物語』を口語訳したと仮定すれば、(ロ) の範囲と〈斯道本〉との懸隔と同じか、それよりも近い原拠が (イ) の範囲についてもあったことになる。山口明穂氏はこのような原拠本が存在したであろうと推測されている。又、清瀬氏はそれが一方流諸本の総合的な書き入れ校合本と考定された。これに対して、私は百二十句本系の『平家物語』が巻Ⅰの本文の形成に関与しており、それが〈斯道本〉にきわめて近いものであることを論証した。そして、それは具体的には不干ハビヤンが口語訳の作業をしていた時、手もとに置いて (ロ) の範囲の原拠として用いていたものの巻一〜三の部分であろうと推測するのである。

四　むすび

〈天草版平家〉の巻Ⅰの原拠は一方流諸本の総合的な書き入れ校合本であるとする清瀬説に対して、これを疑問とする私の見解を述べた。

第一に、〈天草版平家〉の語句の中で現存の一方流諸本の該当する箇所によく照応する語句を見つけることができない場合、それが百二十句本系の諸本の該当する箇所に見られることを根拠にして、百二十句本系の『平家物語』が原拠本の本文の形成に関与していると推定した。

第二に、〈天草版平家〉の問題の語句とよく照応するのは〈斯道本〉が多く〈小城本〉がそれに次ぐのを根拠にして、それは第三節で示した (ロ) の範囲 (巻Ⅱの第2章〜巻Ⅲの第8章、巻Ⅳの第2〜28章) の原拠とした百二十句本系の『平家物語』の (イ) の範囲の巻Ⅰに相当する部分であろうと推測した。

換言すれば、不干ハビヤンは〈竜大本〉に近い覚一本系の『平家物語』に、手もとにあった上のような百二十句本系の『平家物語』を校合して語句の校異を記したものを原拠本にしたということになろう。

これと同じ観点から巻Ⅱの第1章 (妓王) について検討したところ、上と同様の結論を得た。このことに関しては、本章の次節 (第三章〔Ⅱ〕) で述べる。

注

1）『平家物語研究序説』（山下宏明） 明治書院、昭 47 刊。

2）『平家物語の生成』（山下宏明） 明治書院、昭 59 刊。

3）『天草版平家物語の基礎的研究』（清瀬良一） 渓水社、昭 57 刊。

4） 覚一本系で文が切れている箇所が〈天草版平家〉で接続語句を用いて続けられている例

（i） 覚一本系：西光法師…院の御所法住寺殿へ馳参る。▼平家の侍共道にて馳むかひ、（〈竜大本〉〈西教寺本〉なども同じ）

〈天草版〉：西光は…院の御所へ馳せ参るところに，平家の侍ども道で馳せ向うて，（25-6）

（ii） 覚一本系：（僧都は…）もし此事の夢ならは、さめて後はいかゝせん。▼有王うつゝにて侯也、（〈竜大本〉〈学習院本 2〉なども同じ）

〈天草版〉：（俊寛は…）もしこのことが夢ならば，さめてのちはなんとせうぞと悲しまるれば：有王現《うつつ》でござる：（87-7）

5） 覚一本系で主たる動作を表現する語句に〈天草版平家〉では補足の動作語を添えたものが対応している例

（i） 覚一本系：信俊涙をおさへ申けるは…六波羅よりゆるされねは力及候はす、（〈竜大本〉〈駒大本 25〉なども同じ）

〈天草版〉：信俊涙をおさへて申すは…平家より許されなんだれば，力に及ばいでまかりとどまった．（62-4）

（ii） 覚一本系：有王は…諸国七道修行してしうの後世をそとふらひける、（〈竜大本〉、〈西教寺本〉なども同じ）

〈天草版〉：有王は…諸国を修行して主《しゆう》の後世をとむらうて果ててござる．（92-19）

6） 覚一本系でのハ行四段活用動詞の連用形に〈天草版平家〉でそのウ音便形が対応している例

（i） 覚一本系：月、日のかさなるにしたかひて、（〈竜大本〉、傍線部は〈西教寺本〉なども同じ）

〈天草版〉：月，日のかざなるにしたがうて，（37-7）

（ii） 覚一本系：さしつとひて皆悦泣共せられけり、（〈竜大本〉、傍線部は〈西教寺本〉なども同じ）

〈天草版〉：みなさしつどうて喜び泣きども，せられてござった．（41-18）

7） 覚一本系の体言に〈天草版平家〉では限定して形容する説明的語句を補添

したものが対応している例

（ｉ）　覚一本系：有重か申にたかはす書れたり、奥には、なとや三人なかされたる人の…、（〈竜大本〉〈西教寺本〉なども同じ）

〈天草版〉：有王が申すにたがはず書かれて，その文《ふみ》の奥には，何とて三人流された人の…，(89-20)

（ⅱ）　覚一本系：夫は山攻らるへしとこそきけと、（〈竜大本〉、傍線部は〈西教寺本〉なども同じ）

〈天草版〉：それは比《ひ》叡《え》の山を攻められうずためと聞いたと，(21-21)

8）　この部分の表記の参考例

梵舜本：終ニ亡ニキ、

熱田本：竟《ツヒ》ニ滅ニキ、

平松本：敵ニ捕レヌ、

9）「生ひ」（上二段活用）と「生へ」（下二段活用）についての『日葡辞書』（長崎学林、本編 1603 刊・補遺 1604 刊）の記述。オックスフォード大学ボードレイ文庫蔵本の影印（勉誠社、昭 48 刊）により、ポルトガル語の説明の部分は日本語訳で示す。

Voi,vŏru, 1, voyuru, voyeta.（髪の毛や草や新しい小枝が生える。または獣の角などが生え出る）

Voye, 1, voi, yuru, eta.（髪の毛とか、草や植物とかなどが生ず.）

Voyenobori, oru, otta.（Voinobori, ru　と言う方がまさる。草や髪の毛などが伸びる、即ち、成長する）

付記　この章は名古屋大学『国語国文学』第 58 号（昭 61・7）および『中世国語論考』（和泉書院、平 1 刊）に掲載したものを再度改稿したものである。

〔Ⅱ〕 巻Ⅱ第1章（妓王）の原拠本
——百二十句本系諸本との語句の照応を視点にして——

一 はじめに

現在、この範囲の原拠本の解明の作業を最も進めているのは清瀬良一氏である。氏は『天草版平家物語の基礎的研究』[1)]の中で、巻Ⅱ第1章の原拠本の本文の形成について次のように述べられている。

> 巻Ⅰの場合も妓王の章の場合も、原拠本の本文が書き入れ校合本の形態をそなえていたと想定される点では共通している…。しかし、妓王の章の場合と巻Ⅰの場合とでは原拠本の本文の形成に関与したと思われる諸本の種類に相違がある。

そして、巻Ⅰでは一方流諸本に限られるのに対して、「妓王」の章では他に〈鍋島本〉のような平仮名百二十句本が関与しているとみられることを主眼として用例をあげて説明している。

この章〔Ⅱ〕では、まず清瀬氏のあげられた〈鍋島本〉の用例を検討し、それらが必ずしも氏の主張の論拠とはなり得ていないことについて述べる。続いて、〈天草版平家〉の「妓王」の章を全体にわたって『平家物語』諸本と比較し、一方流諸本においては見付けることができないか、又は稀にしか見付けることができない〈天草版平家〉の語句が、漢字片仮名交り本をも含めた百二十句本系の諸本に見られることを指摘する。そして、「妓王」の章の原拠本の本文の形成には百二十句本系の『平家物語』が関与していると考え、それがどのようなものであったかについて考究したい。

なお、この章〔Ⅱ〕で引用する『平家物語』諸本は次の通りである。

A百二十句本系

〈斯道本〉 慶応義塾大学付属斯道文庫蔵、原本・影印本。

〈小城本〉 佐賀大学付属図書館蔵、影印本。

〈鍋島本〉 天理図書館蔵（鍋島家旧蔵）、写真。

〈国会本〉　国立国会図書館蔵、写真・影印本。
〈青谿本〉　天理図書館蔵（青谿書屋旧蔵）、写真。
〈京都本〉　京都府立総合資料館蔵、写真。
〈久原本〉　佐賀県立図書館蔵、影印本。
B覚一本系
〈高野本〉　東京大学国語研究室蔵、影印本。
〈西教寺本〉　巻一は大東急記念文庫蔵、原本。
〈陽明本〉　陽明文庫蔵、写真。
〈梵舜本〉　内閣文庫蔵、原本・写真。
〈東大国文本１〉　東京大学国文研究室蔵、原本・写真。
〈駒大本25〉　駒沢大学図書館（沼沢文庫）蔵、原本・写真。
〈学習院本２〉　学習院大学国語学国文学研究室蔵、原本・写真。
C葉子本系
〈米沢本〉　米沢市立図書館蔵、写真。
〈早大本〉　早稲田大学付属図書館蔵、原本。
〈宝玲本〉　天理図書館蔵（宝玲文庫旧蔵）、写真。
D下村本系
〈昭女大本〉　昭和女子大学付属図書館蔵、原本。
〈静嘉堂平仮名八行本〉　静嘉堂文庫蔵、原本。
〈静嘉堂片仮名本〉　静嘉堂文庫蔵、原本。
〈加賀本〉　東京都立中央図書館蔵、原本。
〈康豊本〉　彰考館蔵、写真。
〈筑大本11〉　筑波大学付属図書館蔵、写真。
〈お茶の水古鈔本〉　お茶の水図書館蔵、原本。
〈お茶の水慶長十六年本〉　お茶の水図書館蔵、原本。
E流布本系
〈国会本（流布）〉　国立国会図書館蔵、原本。
〈駒大本27〉　駒沢大学付属図書館（沼沢文庫）蔵、原本・写真。
〈学習院本４〉　学習院大学国語学国文学研究室蔵、原本・写真。

〈元禄四年刊本〉 早稲田大学付属図書館蔵、原本。

〈享保十二年刊本〉 早稲田大学付属図書館蔵、原本。

二　清瀬氏の〈鍋島本〉からの論拠例について

清瀬氏は〈天草版平家〉の妓王の章の原拠本の本文の形成について、〈鍋島本〉のような平仮名百二十句本の本文が関与していると考えた。そして、『天草版平家物語の基礎的研究』においてはその論拠として５例をあげている。この節ではこれらの用例について検討してみたい。

山下宏明氏は『平家物語研究序説』[2]において、いわゆる百二十句本およびそれに近い本として次の諸本をあげられている。

甲類本（漢字片仮名交り）……斯道本

乙類本（漢字片仮名交り）……小城本

丙類本（平仮名） a 鍋島本　b 青谿本　c 京都本　d 国会本　e 久原本

そして、これらの諸本の関係を次のように推測されている。但し、 e は未見のためと記して除かれている。

図A

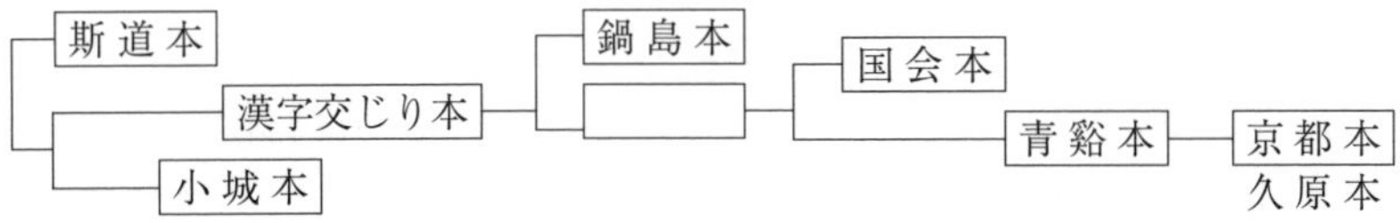

この関係図は現存諸本をもとにしたものである。従って、山下氏が私に語られたように、新本が発見されれば多少の修正もなされることになろう。が、現段階ではこれを参考にして論を進めたい。

清瀬氏はまず〈鍋島本〉の本文が〈西教寺本〉の本文に一致しないけれどもその箇所が〈天草版平家〉の本文に一致する場合があるとして、次の例をあげられている。

(23)　京中の上下「妓王こそ清盛の暇をくだされて出たといふに、いざ見《げん》

参《ざう》して遊ばう」と言うて、（Ⅱ・98）

〔西教〕妓王こそ入道殿より暇たまはて出たんなれ。

〔高野〕同文　〔葉子〕出でたるなれ

〔鍋島〕ぎわうこそにう道殿のいとま給はりて出たるなれ。

〔慶応〕（筆者注・〈斯道本〉のこと）義王コソ入道殿ヨリ暇タヒテ出タルナレ。

〔竜門・平松〕ソレゾレ慶応本トヤヤ異ル。タダシ、両本トモ「入道殿ヨリ」トス。

そして、上の用例から「清盛の」のところは〈鍋島本〉の「にう道殿の」に一致し、原拠本がこのようになっていたから〈天草版平家〉はそれにもとづいているのだと考えた。

さて、私の調査では、平仮名百二十句本の〈国会本〉〈青谿本〉〈京都本〉でも〈鍋島本〉と同文になっている。但し、〈小城本〉〈久原本〉はこれらと異なり、〈斯道本〉と同じ語句である。

山下氏の推測された諸本の関係図（図A）から考えれば、「入道殿ヨリ」（連用修飾語）が転写の過程で「入道殿の」（連体修飾語）と改められたものであろう。この変容が当時のより口語的な表現への移行を意味しているとすれば、原拠が「入道殿ヨリ」で、その口語訳が〈天草版平家〉の「清盛の」であると解することもできよう。ところが、〈西教寺本〉などの覚一本系の諸本と〈天草版平家〉を対校している限りではこのような口語訳を考えることは不自然で、原拠が「入道殿ヨリ」となっていれば、「ヨリ」を踏襲するか「清盛から」と口語訳されると考えられる。とすると、この場合のみについては原拠が〈鍋島本〉と同じ語句であったと考えてよいようである。但し、この「入道殿の」は清瀬氏のあげた〈鍋島本〉に限られたものでなく、〈国会本〉〈青谿本〉〈京都本〉といった平仮名百二十句本にも認められ、山下氏がそれらより先出の本として想定された漢字交り本などのような、〈斯道本〉や〈小城本〉に近い範囲の本にまで及ぶ可能性もあると推測されるのである。

続いて、〈鍋島本〉の本文に注目すべき語句が見られるとして、次の例をあげている。

(24)　（母→妓王）「…。この世はわづかの仮の宿りなれば、恥ぢても、恥ぢいでもさせることでもない。…」（Ⅱ・102）

〔西教〕此世バかりのかりのやとり也。

〔田安〕同文

〔高野〕此世はかりのやどりなり。

〔葉子〕此の世ばかりの宿りなり。

〔静嘉・神宮〕同文

〔鍋島〕此よはわづかにかりのやどりなり。

〔慶応〕此世ハ仮ノ宿《ヤト》也。

〔平松〕同文（宿）〔竜門〕「也」ナシ（宿《やとり》）

そして、〈天草版平家〉の「わづかの」が問題点である。この語が〈鍋島本〉の「わづかに」と関係があるとすれば、〈鍋島本〉に見られる「わづかに」では意味が不鮮明であるので、〈天草版平家〉において「わづかの」という連体修飾の言い方に改めたのではあるまいかと、〈天草版平家〉の本文の形成について説明されている。

私の調査では、平仮名百二十句本の〈国会本〉〈青谿本〉〈京都本〉も〈鍋島本〉と同文で「わつかに」となっている。これらの諸本が同文で書承しているのであるから、一概に意味が不鮮明であるとは考えがたい。仮に原拠本においても「わづかに」となっていたとすれば、「本書の言葉をたがへず書写し」（序文）という口語訳の態度からして、〈天草版平家〉でも「わづかに」となったであろう。清瀬氏は用例（23）では助詞「の」について、又これに続く箇所では助詞「も」の有無をさえ問題にするというように、細心の注意を払いながら原拠本の解明を進めている。が、ここでは〈鍋島本〉の表現に引かれた解釈をしたようである。

〈天草版平家〉に「わづかの」とあるのだから、原拠本もこのようにあったと考えるのが自然である。〈西教寺本〉は原拠本に近いが、原拠本そのものではない。これと同系の諸本を調査してみると、次のような例を見出すことができる。

〈駒大本 25〉此世はわづかのかりのやどりなり。

〈駒大本 25〉は原拠本そのものではないが、それに近い。それ故に、〈天草版平家〉のこの部分の原拠は覚一本系の上記のような本文であったと推測される。そして、原拠を〈鍋島本〉のような「わづかに」として論じた清瀬氏の主張は誤りと考えざるを得ない。

次の例は〈鍋島本〉と〈平松本〉の本文に共通している語句が〈天草版平家〉の本文に一致しているとして、清瀬氏があげられているものである。

(25)　うらやむ者どもは「…。あはれこれは妓といふ文字《もんじ》を名についたによってこのやうにめでたいか。…」と言うて、(Ⅱ・94)

[西教] …。いかさま是×妓といふもしを名について、かくはめでたき哉覧。

[高野]　いかさま是は

[鍋島] …。あはれこれはぎといふもじを××つゐてかやうにめでたきやらん。

[慶応] 哀《アツハレ》　[平松]京　[竜門]「あはれ」ナシ

私の調査では、「あはれ」は〈鍋島本〉のみでなく百二十句本系の〈小城本〉〈国会本〉〈青谿本〉〈京都本〉にも見られる。又、これが〈斯道本〉には「哀《アツハレ》」となっている。

〈小城本〉哀レ是ハ義ト云文字ヲ××付テ加様ニ目出キヤラン。

〈国会本〉あわれ　〈鍋島本〉〈青谿本〉〈京都本〉あはれ

〈天草版平家〉のこの部分の原拠は、〈西教寺本〉と〈小城本〉(平仮名百二十句本も可)の本文を重ね合わせてできるようなものであろう。換言すれば、この部分の原拠本の本文の形成に百二十句本系の『平家物語』が関与していると仮定した場合、それは〈鍋島本〉に限定することができず、平仮名百二十句本や〈小城本〉にまで範囲を広げて考えなければならないのである。又、〈斯道本〉についても全く否定することはできないであろう。

他方、百二十句本系以外の諸本を調査してみると、〈屋代本〉と覚一本系との中間の本文を有するとされる〈学習院本 2〉には次のようになっている。

〈学習院本 2〉あはれ是はぎといふもしを名《な》に付《つき》てかやうにめてたきやらん。

覚一本系の原拠本の本文が上のようになっていてこの部分に関しては百二十句本系の本文が直接には関与していなかったとも考えられよう。

次の例も又、清瀬氏が覚一本以外の〈鍋島本〉〈竜門本〉〈平松本〉の三本に共通している語句に〈天草版平家〉の語句が一致しているとしてあげられているものである。

(26)（仏→妓王）「…、そののちはゆくへをどなたとも知りまらせなんだに、…」（Ⅱ・105）

〔西教〕其後は在所をいつくにともしりまいらせざりつるに、

〔高野〕いつくとも[3]

〔鍋島〕このほど御ゆくゑをいづくにともしらざりつるに、

〔慶応〕其後行末《ユクヘ》ヲ焉トモ知サリシニ、

〔竜門〕ほぼ同文（御行方）〔平松〕ほぼ同文（行末）

私の調査では、平仮名百二十句本の〈国会本〉〈青谿本〉〈京都本〉〈久原本〉も〈鍋島本〉の「御ゆくゑ」と同語句である。そして、清瀬氏は〈鍋島本〉などが〈天草版平家〉と一致していると説明されているが「御」が冠せられており、上接語の「このほど」や下部の「しらざりつるに」が異なることなど、〈天草版平家〉の本文とはよく照応しない。むしろ、〈西教寺本〉に〈斯道本〉を重ねて、「在所」を〈斯道本〉の「行末《ユクヘ》」と入れ替え、「いつくにとも」の「に」を〈斯道本〉にならって削除したものに前後がよく照応する。

覚一本系の諸本では、多くは〈西教寺本〉と同じく「在所」となっている。が、諸本を探索してみると、上に考えたような本文も存在するのである。

〈駒大本 25〉そのゝちはゆくゑをいづくともしりまいらせざりつるに。

〈天草版平家〉の「ゆくへ」を含む前後の語句は原拠を〈駒大本 25〉のようであったと考えてはじめて解決するのである。そして、清瀬氏の考えられた〈鍋島本〉のような本文の関与は、この例においても肯定することができないように思われるのである。

次の例は語句の順序が〈鍋島本〉などの３本と一致しているとして、清瀬氏があげられているものである。

(27)　(妓王→仏)「…。今そなたの出家にくらぶれば、ことのかずでもない。そなたは歎きもなし、恨みもなし、…」(Ⅱ・107)

〔西教〕…。わ御前はうらみもなし、なけきもなし。

〔高野〕同文

〔鍋島〕…。わ御ぜはなげきもなし、うらみもなし。

〔竜門・平松〕同文

〔慶応〕…。和御前ハ恨モ歎モナシ。

私の調査では、この例も又百二十句本系の〈小城本〉〈国会本〉〈青谿本〉〈京都本〉と〈天草版平家〉との語句の順序が同じである。

〈小城本〉和御前ハ歎モナシ、恨ミモ無。

〈天草版平家〉のこの部分の原拠本の本文の形成に関与しているものも又、氏のあげられた３本に限定して考えることはできず、平仮名百二十句本をはじめ、漢字片仮名交りの〈小城本〉にまで広げて考えなければならないのである。

以上、清瀬氏が〈鍋島本〉のような平仮名百二十句本関与説の論拠としてあげられた５例について検討した。そして、用例(24)(26)の２例は誤りであり、原拠が覚一本系で〈駒大本25〉のような本文であったと推測した。他の３例は百二十句本系の『平家物語』が関与していると仮定すれば、それは〈鍋島本〉に限定できず、平仮名百二十句本や山下氏が存在を推測された漢字交りの百二十句本、用例によっては〈小城本〉〈斯道本〉にまで範囲を広げて考えなければならない。このように、５例のうちで論拠となり得る可能性を内包するのは３例、確実だと思われるものは１例もなく、私はこの論を肯定することができないと考える。

三　百二十句本系の諸本に見られる〈天草版平家〉の語句について

〈天草版平家〉の本文の語句の中には、一方流諸本に該当する語句はあるが口語訳の原拠とは異なっているであろうと考えられる場合がある。そして、それらの中には百二十句本系の諸本の該当する語句と一致またはよく照応するものがある。

（1）　その上年もまだ若うござるが，たまたま思ひ立って参ったをすげなう仰せられて帰させられうことは，不便な儀ぢや：(95-11 頁・行を示す、以下同じ)

〈西教寺本〉其上年もいまたおさなふさふらふなるか、…。

上と同語句：〈高野本〉〈駒大本 25〉など。〈早大本〉〈米沢本〉など。〈昭女大本〉〈お茶の水古鈔本〉など。〈国会本（流布）〉〈駒大本 27〉など。

〈斯道本〉承《ウケタマワル》ニ未《イマ》タ年モ若《稚（ヲサナフ）》（ワカ）ウ侍《サムラウ》フナルニ、…。

〈小城本〉…稚《イトケナク》…、

〈国会本〉そのうへとしもいまたおさなふ侯なるに、…。

上と同語句：〈鍋島本〉〈青谿本〉〈京都本〉〈久原本〉。

〈天草版平家〉の「若う」は、百二十句本系の〈斯道本〉の本行の「若ウ」と一致する。その傍書や平仮名百二十句本・〈小城本〉などは一方流諸本と同様、〈天草版平家〉の語句と異なる。

（2）（仏…）おし返しおし返し，三べんまで歌うたれば，見聞く人みな耳目《じぼく》を驚かいたによって，(96-8)

〈西教寺本〉…、けんもんの人々皆耳目を驚かす。

上と同語句：〈高野本〉〈駒大本 25〉など、〈早大本〉〈宝玲本〉（けむもんの）など、〈昭女大本〉〈お茶の水古鈔本〉など、〈国会本（流布）〉〈駒大本 27〉（けんもむの）〈元禄四年刊本〉など。

〈康豊本〉見聞人々も、

〈斯道本〉…、ミキク人皆《ミナ》耳目ヲ驚《オドロカ》ス。

〈小城本〉見聞人、

〈国会本〉…、一もんの人々しほくをおとろかし、

上と同語句：〈鍋島本〉〈青谿本〉〈京都本〉〈久原本〉。

一方流諸本では、「けんもんの」「見聞の」などと表記は異なるが、〈西教寺本〉と同じ語句を用いている。〈康豊本〉も同系統で「の」の無表記と考えるべきであろう。〈天草版平家〉の「見聞く（人）」がこれらの諸本の語句を口語訳したものと解するのは、後続語の対応語句が「人々」となっていることを考えれば無理であろう。これは〈斯道本〉の「ミキク（人）」と一致し、〈小城本〉の「見聞（人）」はそのように訓読することもできる。〈天草版平家〉は〈斯道本〉のような語句を踏襲していると考えるべきであろう。なお、〈国会本〉などの平仮名百二十句本は「一もんの」とあり、別の意味の語句になっている。

（3）（清盛…）この体《てい》では舞もざだめてよからうず：(96-10)

〈西教寺本〉このちやうては舞も定てよかるらん。

上と同語句：〈高野本〉〈駒大本 25〉など。〈早大本〉〈米沢本〉など。〈昭女大本〉〈加賀本〉など。〈国会本（流布）〉〈享保十二年刊本〉など。

〈お茶の水古鈔本〉此条ては…。

上と同語句：〈お茶の水慶長十六年本〉など。

〈斯道本〉此《コ》ノ躰《テイ》ニテハ舞《マヒ》モ定《サタメ》テ能《ヨ》カルラン。

〈小城本〉此謡《ウタイ》ニテハ…。

〈国会本〉このちやうにては…。

上と同語句：〈鍋島本〉〈青谿本〉〈京都本〉。

〈天草版平家〉の「この体《てい》では」は〈西教寺本〉などの「このちやうては」の口語訳と解せられないこともない。が、〈斯道本〉に「此《コ》ノ躰《テイ》ニテハ」とあり、このような原拠からの口語訳と考える方がよいように思われる。

（4）　さうあったれば毎月《まいぐわち》に送られた百石，百貫もとめられて，今は仏がゆかり，かかりの者どもはじめてたのしみ栄えた．(98-8)

〈西教寺本〉去程に毎月に送られつる百石百貫もとゝめられて今…。

上と同語句：〈駒大本 25〉など。〈高野本〉（いまはとゝめられて）など。〈早大本〉（今《いま》はとゝめられて）など。〈お茶の水古鈔本〉など、〈昭女大本〉（いまはとゝめられて）など。〈国会本（流布）〉（今はとゝめられて）など。

〈駒大本 27〉〈学習院本 4〉…をしとめられて今は…。

〈斯道本〉サル程《ホト》ニ毎《マイ》月下《クタ》サレツル百斛《コク》百 貫《クワン》モ留《ト》メラレテ今ハ…。

〈小城本〉…留メラレテ今ハ…。

〈国会本〉…はやとゝめられていまは…。

上と同語句：〈鍋島本〉〈青谿本〉〈京都本〉〈久原本〉。

〈天草版平家〉の「とめられて」は〈西教寺本〉などの「とゝめられて」の口語訳と解せられないこともない。が、〈斯道本〉の語句のようにこれと一致するものもある。原拠はこのような語句で、口語訳にあたって踏襲したものと考えるべきであろう。なお、〈学習院本 2〉はこの部分の表現が異なるけれど、「とめられて」という語句を有している。

次に、一方流諸本の中では極めて稀にしか見ることができない語句で百二十句本系の諸本の中に見られるものが、〈天草版平家〉の該当する語句と一致またはよく照応している例をあげる。

（5）　たとひ舞を御覧じ，うたひを聞こしめされずとも，御対面ばかりあって帰させられば，ありがたいお情けでござらうず．(95-16)

〈西教寺本〉縦舞を御覧し、うたを聞しめされすとも、…。

上と同語句：〈高野本〉〈梵舜本〉など。〈米沢本〉〈宝玲本〉など。〈加賀本〉〈静嘉堂片仮名本〉など。〈国会本（流布）〉〈駒大本 27〉など。

〈昭女大本〉縦舞を御覧し、うたひをこそきこしめされすとも、

上と同語句：〈学習院本 2〉など。

〈小城本〉縦《タトイ》舞ヲ御ランジ謡《ウタイ》ヲコソ聞召サズトモ、

〈斯道本〉…歌《ウタ》ヲ…、

上と同語句：〈鍋島本〉〈国会本〉〈青谿本〉〈京都本〉〈久原本〉。

〈天草版平家〉の「うたひ」は一方流諸本では大部分が「うた」となっている。わずかに〈昭女大本〉〈学習院本２〉などにおいて「うたひ」を見ることができた[4]。百二十句本系のなかでは小城本において「謡《ウタイ》」となっていて、〈天草版平家〉と一致する。

（6）　日ごろ召されぬところでもなし，これへ召させられいかし．

(101-4)

〈西教寺本〉日頃めされぬ所てもさふらはゝこそ、是へめされ候へかし。

上と同語句：〈高野本〉など、〈米沢本〉など、〈加賀本〉など、〈国会本（流布）〉〈駒大本 27〉など。

〈早大本〉ひころめされぬ所にてもさふらはゝこそ、…。

上と同語句：〈昭女大本〉など、〈宝玲本〉（さきさき…）、〈享保十二年刊本〉など。

〈陽明本〉日比めされぬ所にてもさふらはす、…。

上と同語句：〈東大国文本１〉。

〈斯道本〉サキニ召《メサ》レヌ所《トコロ》ニテモサムラワス、…。

上と同語句：〈小城本〉〈鍋島本〉〈国会本〉〈青谿本〉〈京都本〉〈久原本〉。

〈天草版平家〉の引用箇所は全体にわたって〈陽明本〉と〈東大国文本１〉がよく照応する。原拠はおそらくこのようになっていたであろう。

又、〈西教寺本〉と〈斯道本〉などの百二十句本系の諸本の本文を重ね合せても、上のような文になる。それ故、〈天草版平家〉の本文は〈西教寺本〉のような本文をもとにして、百二十句本系の本によって校異を書き入れたものを原拠にして形成されたと考えることもできる。

この例は前節の用例（26）に似ている。が、用例（26）では〈駒大本 25〉が原拠本に近いのに対して、ここであげた〈陽明本〉や〈東大国文本１〉は覚一本系の中に分類されているとはいうものの、原拠本とはかなり離れている。このことを考えると、ここでは後者のように百二十句本系の本の関与を考えた方がよいように思われる。

（7）　女のかひないことは，わが身を心にまかせいでおしとめられまらし

たことは，いかほど心憂うござったが，（105-4）

〈西教寺本〉女の甲斐なき事、我身を心にまかせすしておしとゝめられまいらせし事、いか計心うふこそさふらひしか。

上と同語句：〈高野本〉〈駒大本 25〉など、〈早大本〉〈米沢本〉など、〈加賀本〉〈静嘉堂平仮名八行本〉など、〈国会本（流布）〉など。

〈宝玲本〉をんなのいふかひなき事、わが身をこゝろにまかせずしてをとしめられまいらせしを、いかばかり心うふこそさふらひしが、

〈筑大本 11〉おしとめられ参らせし事、

〈斯道本〉女ノ甲斐《カイ》ナサハ、我身ヲ心ニモ任《マカ》セス（シテ）押留《オシトメ》ラレマイラセシ（コト）心憂《ウ》クコソ侍《サムラ》ヒシカ（括弧内は古体字）。

〈小城本〉押留ラレ進セシ事、

〈国会本〉…をしとゝめられまいらせしと、…。

上と同語句：〈鍋島本〉〈青谿本〉〈京都本〉〈久原本〉。

〈天草版平家〉の「おしとめられ」は、一方流諸本では大部分が「おしとゝめられ」（表記は異なる）となっている。わずかに葉子本系の〈宝玲本〉に「をしとめられ」、下村本系の〈筑大本 11〉に「おしとめられ」を見つけることができた。しかし、これらは前後の語句が〈天草版平家〉と異なっており、原拠本と離れているものであろう。が、転写の過程で「おしとめられ」になったことは、これが「おしとどめられ」の口語訳として〈天草版平家〉に用いられたと解する根拠にもなろう。

他方、百二十句本系の〈斯道本〉の語句が〈天草版平家〉と一致することから、このような本文と校合して校異を記した原拠本の語句を踏襲したものであると考えることもできよう。

以上により、次の二つのことが判明した。

i　〈天草版平家〉の語句が一方流諸本の語句と一致あるいはよく照応しない場合には、百二十句本系の諸本の中にそのような語句の存在することがある。

ii　〈天草版平家〉の語句が原拠本に近い覚一本系の諸本には見出され

ないが、かなり離れている諸本の中に極めて稀に見出される場合には、大抵は百二十句本系の諸本においても見出される。

これらのことから、〈天草版平家〉の「妓王」の章の原拠本の本文の形成の過程で、百二十句本系の『平家物語』が何らかの方法で関与していたものと推測される。

四　原拠本の本文の形成に関与した百二十句本系の平家物語について

第二節および第三節で検討した結果、〈天草版平家〉の「妓王」の章の原拠本の本文の形成には百二十句本系の『平家物語』が関与していると考えられる。この節では、その『平家物語』がどのようなものであったかについて、山下氏の想定した諸本の関係図を用いて考究してみたい。

先ず、これまで問題にしてきた〈天草版平家〉の語句と百二十句本系の諸本の語句との関係を整理してみる。なお、図Ｂ１～Ｂ６において点線で囲んだ部分は、原拠本の本文の形成に関与したと考えられる本と同じ本文を有する可能性のある諸本の範囲を推測したものである。

（ａ）〈天草版平家〉の語句が〈斯道本〉と一致、又はよく照応する場合

用例１（若《わか》う）・３（この体《てい》では）

図Ｂ１

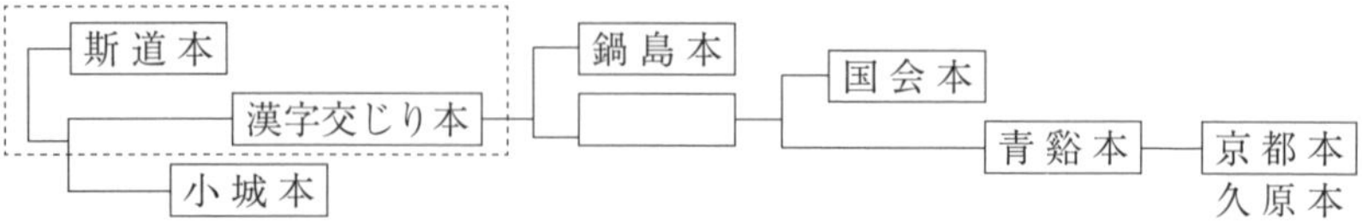

（ｂ）〈天草版平家〉の語句が〈斯道本〉と一致し、〈小城本〉の漢字表記からもそのように訓読される可能性がある場合

用例２（見聞く人）・７（押し留《と》められ）

図B 2

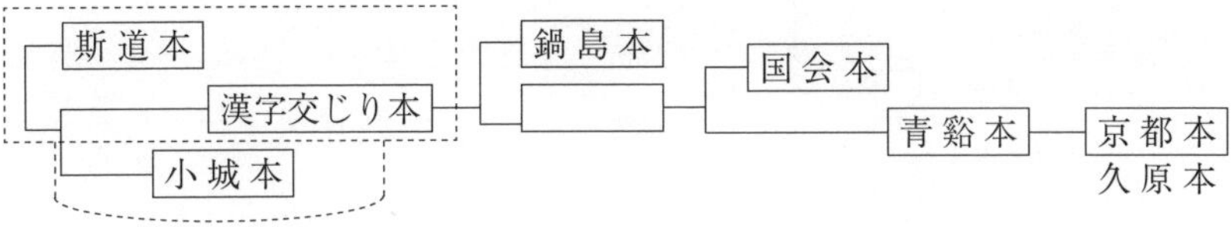

（c）〈天草版平家〉の語句が〈小城本〉と一致する場合

用例 5（うたひ）

図B 3

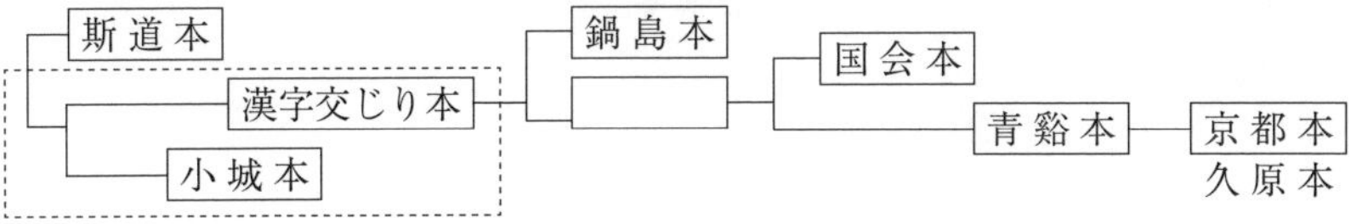

（d）〈天草版平家〉の語句が〈鍋島本〉以下の平仮名百二十句本や〈斯道本〉〈小城本〉と一致またはよく照応する場合

用例 6（召されぬ所でもなし）[参考]25（あはれ）

図B 4

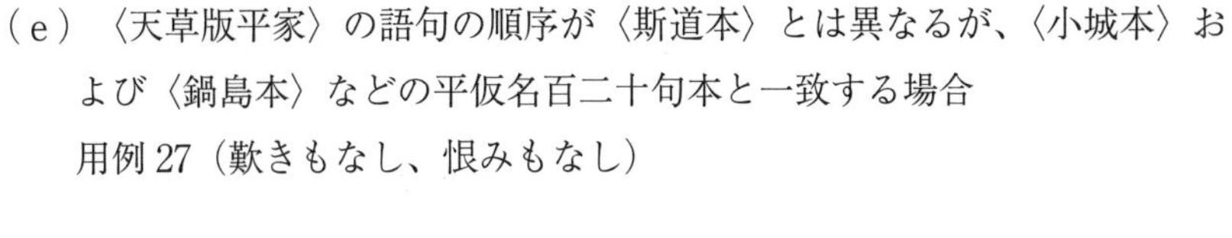

（e）〈天草版平家〉の語句の順序が〈斯道本〉とは異なるが、〈小城本〉および〈鍋島本〉などの平仮名百二十句本と一致する場合

用例 27（歎きもなし、恨みもなし）

図B 5

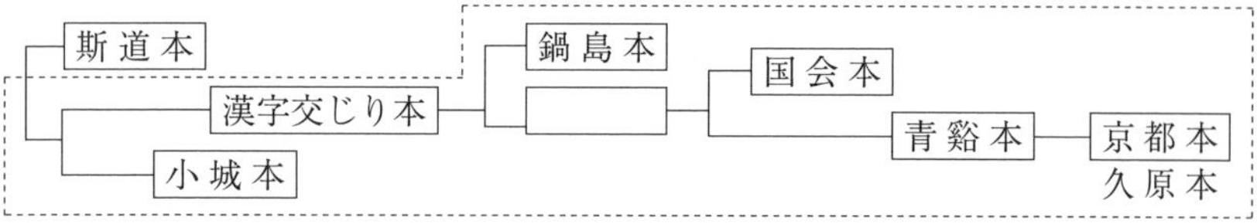

（f）〈天草版平家〉の語句が〈斯道本〉や〈小城本〉と異なり、〈鍋島本〉などの平仮名百二十句本と一致する場合

用例23（清盛の）

図B 6

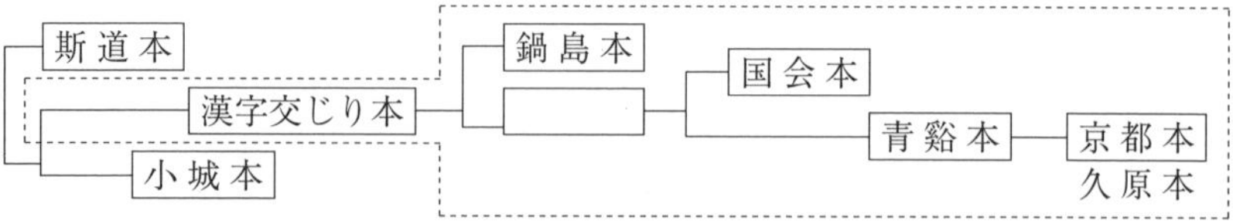

上の6つの図で、点線で囲んだところがすべてにわたって重なる部分を示すと、次のようになる。

図C

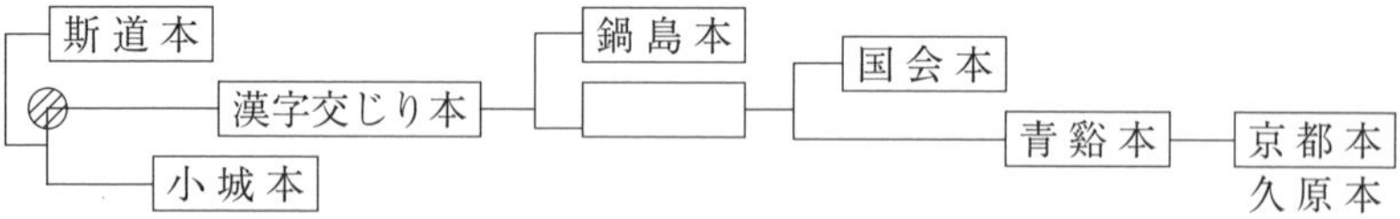

〈天草版平家〉の原拠本の本文の形成に関与した百二十句本系の『平家物語』は、図Cにおいて点線で示した範囲内に位置するものであろう。そして、〈天草版平家〉の語句と一致またはよく照応する用例の数は〈斯道本〉が多く、〈小城本〉がそれに次ぐ。このことから、関与した百二十句本系の『平家物語』を一本と仮定すれば、円形の斜線で示した部分に位置づけられる漢字仮名交りの、〈斯道本〉にきわめて近い本文を有するものであろうと思われる。

五　むすび

清瀬氏は『平家物語』諸本を校合して検討した結果、「妓王」の章の原拠本は覚一本系の〈西教寺本〉を基軸として本文が形成されたと想定し、それには〈鍋島本〉のような平仮名百二十句本の本文も関与していると考えた。

これに対して、私は清瀬氏のあげられた〈鍋島本〉の用例を検討し、それらが氏の主張の論拠とはなり得ないであろうと述べた。

続いて、「妓王」の章全体にわたって『平家物語』諸本100種余りと比較検討した結果、百二十句本系の中でも漢字片仮名交りの〈斯道本〉にきわめて近く、〈小城本〉にも近い『平家物語』が原拠本の本文の形成に関与しているという結論に達した。

そして、これは〈天草版平家〉の口語訳の作業をしていた不干ハビヤンの手もとにあって、巻Ⅱの第2章以降（『平家物語』巻八に相当する部分を除く）の原拠本として用いたものと同一の本であろうと推測したのである。つまり、不干ハビヤンは〈西教寺本〉に近い覚一本系の『平家物語』に、手もとにあった上記で述べたような百二十句本系の本を校合して語句の校異を記したものを原拠本にしたというのが私の見解である。

注

1）『天草版平家物語の基礎的研究』（清瀬良一）溪水社、昭57刊。

2）『平家物語研究序説』（山下宏明）明治書院、昭47刊。

3） 清瀬氏の誤りか。〈高野本〉（影印本）には「さいしよを焉《イヅク》とも」とある。

4） 清瀬氏は「うたひ」とあるものとして〈神宮本〉一本をあげられ、この語を一方流諸本の中では特異なものと考えられた。

付記 本稿は始め『松村博司先生喜寿記念国語国文学論集』（右文書院、昭61刊）、後に『中世国語論考』に掲載したものを再度改稿した。

〔Ⅲ〕　巻Ⅰの原拠本と『平家物語』〈早大本〉との関連

一　はじめに

〈天草版平家〉の原拠本については、『平家物語』が多くの異本を有するために、その中のどの本にあたるのか、まだ特定できない状態である。それ故、〈天草版平家〉の語句・語法や表現と原拠との関係でしばしば問題が起る。次の文章の下線部の語句もその一つである。

（平重盛が父の清盛に）あの成親卿を失なはれうずることをばよくよく御思案なされい。…：刑の疑はしきをば軽《かろ》んぜよ、功の疑はしきをば重んぜよと、申すことがござる。こと新しうござれども、重盛かの成親卿の妹に相具し子にてござる：《ママ》維盛はまた婿となってござる。その縁に引かれてかう申すとおぼしめさるるか？全くその儀ではござない。世のため、家のため、国のため、君のためのことを存じて申す：むさと人を死罪に行なへば、世も乱れ、また身の上に報ふと見えてござれば、恐ろしい儀ぢゃ。：巻Ⅰ第 4 章 32-8（『平家物語』の対応箇所：巻二「小教訓」）

上の語句については、はじめに風間力三氏が「天草本平家物語の口訳原典（上）」[1]の中で、〈天草版平家〉の本文が特異で『平家物語』のどの本とも対応しない例の一つとしてあげられた。

その後は清瀬良一氏が『天草版平家物語の基礎的研究』[2]において、覚一本系の〈陽明本〉との関連において取りあげられた。〈陽明本〉は四つの語句が存するけれども順序が異なり、「世のため、国のため、君のため、家のため」となっている。

これらに対して、私は多くの『平家物語』諸本を調査し、〈天草版平家〉と 4 つの語句およびその順序が同じ一本を葉子本系の中に発見したことを報告する。続いて、この一本（早稲田大学付属図書館蔵本〈早大本〉と略称）

に従来他の諸本の中では容易に見つけることができなかった〈天草版平家〉の語句の原拠と考えられるものの存する例をあげ、これが偶然の一致でないことを推測する。

二 『平家物語』諸本における対応語句とその順序

〈天草版平家〉の「世のため、家のため、国のため、君のため」に対応する語句が『平家物語』諸本ではどうなっているか。100種余りの古写本・古刊本を調査し、結果を示すと、次のようになる。

なお、諸本の系統については山下宏明氏の『平家物語の生成』[3]により、便宜上「世・家・国・君」などと略して示す。

・覚一本系

（覚１）世・君・家　〈竜大本〉〈高野本〉〈高良本〉〈西教寺本〉〈熱田本〉など。

（覚２）世・君・家・身　〈駒大本25〉。

（覚３）世・家・君　〈学習院本２〉。

△（覚４）世・国・君・家　〈陽明本〉（清瀬氏が取りあげた本）。

・葉子本系

（葉１）世・家・君（＝覚３）〈米沢本〉〈駒大本29〉〈広大本〉など。

●（葉２）世・家・国・君　〈早大本〉（この稿で取りあげる本）。

（葉３）世・君・家（＝覚１）〈京資本14〉。

・下村本系

（下１）世・家・君（＝覚３・葉１）〈加賀本〉〈筑大本49〉〈静嘉堂平仮名十行本〉など。

▲（下２）世・家・君・国　〈東大国文本９〉〈康豊本〉〈昭女大本〉など。

（下３）君・国・家　〈駒大本26〉〈筑大本11〉〈静嘉堂片仮名本〉など。

・流布本系

▲(流１) 君・国・世・家　　〈学習院本４〉〈駒大本27〉〈元和七年刊本〉など。

(流２) 世・家・君 (＝覚３・葉１・下１)〈国会本 (流布)〉。

・平曲諸本

(平１) 君・国・家 (＝下３)『平家正節』(〈尾崎本〉〈東大本〉〈京大本〉)。

▲(平２) 君・国・世・家 (＝流１)『波多野流譜本』(〈東大本〉〈京大本〉)。

(平３) 世・君・家 (＝覚１・葉３)『波多野流譜本』(〈静嘉堂本〉)。

・百二十句本系

(百１) 世・人　　〈斯道本〉〈鍋島本〉〈国会本〉など。

(百２) 君・家　　〈小城本〉。

・八坂系

(八１) 世・家　　〈鎌倉本〉〈平松本〉〈奥村本〉など。

(八２) 家・君　　〈屋代本〉〈竹柏園本〉。

(八３) 君・国・身・家　　〈両足院本〉。

・増補系

(増１) 世・君　　〈長門本〉(伊藤本)。

(増２) 世・家 (＝八１)　　〈長門本〉(岡大本)。

(増３) 世・民・君・家　　〈延慶本〉(大東急本)。

風間氏は前記の論考で『平家物語』十余本 (大部分が翻刻本) を調査して、上記のうち (覚１) (葉１) (下３) (流１) (百１) (八１) (八２) の７種をあげられた。そして、「天草口訳と同じものは無いが、この様なものは、翻訳の心理を考えれば、そんなに意味のあることではないかもしれぬ」という見解を示された。

又、清瀬氏は前記の著書で『平家物語』二十余本を調査して、右のうち (覚１) (覚４) (葉１) (下２) (下３) (流１) (百１) (八２) の８種をあげられた。そして、〈天草版平家〉の４つの語句については、「陽明本の本文と関係があるかも知れないが、その順序がちがう。〈天草版〉と順序が同一である本はまだ見つけていない」と述べている。

〈天草版平家〉の序に示された「この物語を力の及ぶところは本書の言葉を違《たが》へず書写し」という口語訳の指針、および原拠本に近い『平家物語』諸本との校合による口語訳の実際[4]から推測するならば、この部分の原拠は〈天草版平家〉と同じ語句が同じ順序に並んでいたと考えられる。が、両氏はそのような本文を有する『平家物語』を発見することができなかった。

ところが、これまでに私が調査した『平家物語』諸本の中に、４つの語句とその順序を〈天草版平家〉と同じくする一本がある。山下氏が諸本論の立場から葉子本系と分類された早大本（葉２）である。これには「世《よ》のため、家《いへ》のため、国《くに》のため、君《きみ》のため」となっている。

上のような本文を有する『平家物語』が存在しないことを前提にし、「翻訳の心理」という雲をつかむような言葉で説明しようとした風間氏の見解は、これによって否定されることになろう。又、４つの語句が同じでその順序が異なる諸本には△・▲を施したが、〈東大国文本９〉（下２）をはじめ多く存する。その中の一本、〈陽明本〉を見出して〈天草版平家〉と関係があるかもしれないとし、更に〈陽明本〉の成立年代をも推測された清瀬氏の見解も再考を要することになろう。

三　〈早大本〉の該当語句と原拠との関連

〈天草版平家〉と４つの語句およびその順序が一致する〈早大本〉の本文は、原拠本の本文とどのように関連しているのか、考えてみたい。

そのために、先ず原拠本の本文の形成を考える上でこれまでに清瀬氏および私が取りあげた『平家物語』諸本の中から重要と思われる８本を選んで、それらの問題の語句を含む文と比較してみる。但し、便宜上（a）（b）（c）（d）の４つの部分に区切り、問題の語句で〈天草版平家〉にあるものはその順序にしたがってＡＢＣＤの文字を用いて示す。

Ａ世のため、Ｂ家のため、Ｃ国のため、Ｄ君のため

表 1

	(a)	(b)	(c)	(d)
〈天草版平家〉		A、B、C、D　のことを	存じて	申す。
竜大本〈覚 1〉		A、D、B　の事を	もて	申候。
△陽明本〈覚 4〉		A、C、D、B　の事を	思ひて	申候。
駒大本 29〈葉 1〉	たゞ	A，B、D　の事を	おもふて	申候。
●早大本〈葉 2〉	只《たゞ》	A、B、C、D　のことを	もつて	申候。
▲東大国文本 9〈下 2〉	只	A、B、D、C　の事を	思て	申候。
▲学習院本 4〈流 1〉	たゝ	D、C、A、B　の事を	おもつて	申候。
斯道本〈百 1〉	只	A、(人ノ為)　ヲ	存＊(して)	カヤウニ申候フ也。
平松本〈八 1〉	只	A、B　ヲ	存テ	加様ニ申候也。

備考　斯道本の＊（して）は、原本では古体字で記されている。

○（a）の部分について

〈天草版平家〉には副詞「ただ」がない。この点で一致するのは〈竜大本〉（覚 1）と〈陽明本〉（覚 4）である。〈駒大本 29〉（葉 1）以下には「ただ」が添加されて（c）の対象を限定している。

○（b）の部分について

〈早大本〉（葉 2）は 4 つの語句とその順序、それに続く「のことを」までのすべてにわたって〈天草版平家〉と一致する。〈竜大本〉（覚 1）から〈学習院本 4〉（流 1）に至るまでの他の諸本は「のことを」が一致するが、4 つの語句とその順序のいずれかが相違する。〈斯道本〉（百 1）〈平松本〉（八 1）は二つの語句から成り、「のこと」に相当する語を欠く。

○（c）の部分について

〈天草版平家〉の「存じて」は〈斯道本〉（百 1）〈平松本〉（八 1）と一致する。〈鍋島本〉などの平仮名百二十句本も同じ語句である。〈竜大本〉（覚

1）〈早大本〉（葉２）の「以《もつ》て」という語は意味の上で照応しない。〈陽明本〉（覚４）の「思ひて」などは意味の上で照応する。

○（d）の部分について

〈天草版平家〉の「申す」は〈竜大本〉（覚１）から〈学習院本４〉（流１）までの諸本の「申候」と照応すると言えよう。原拠に「候」がありながら口語訳にあたって訳出されていないと考えられる例は多く見られるからである[5]。〈斯道本〉（百１）の「カヤウニ申候フ也」などはよく照応するとは言えない。

次に、〈天草版平家〉のこの文の原拠を『平家物語』諸本から推測すると、次のようになっていたと思われる。なお、括弧に示したのは、各部分の推測の主たる根拠とした本である。

表２

（a）	（b）	（c）	（d）
〈竜大本〉	世のため、家のため、国のため、君のためのことを（早大本）	存じて（斯道本）	申候。（竜大本）

このように見てくると、〈早大本〉は（b）の部分が〈天草版平家〉と一致する注目すべき本文を有することになる。が、(a) と（b）の部分が照応しない。したがって、原拠本そのものとは考えられないし、この文に限ってもそれと同じではない。

続いて、上のように推量した原拠の文の形成について考えてみたい。先学清瀬氏によって明らかにされたように、原拠本の本文の形成には〈竜大本〉に近い覚一本系の本が基幹となっている。(a) および（d）の部分はこれによっているものと思われる。

（c）の部分については、原拠として二つの語句が考えられる。

１、存じて…〈斯道本〉などから。

２、思ひて…〈陽明本〉などから。

原拠本の本文の形成には〈斯道本〉にきわめて近い百二十句本系の本が関与したものと考えられ[6)]、原拠が1（存じて）とあって、〈天草版平家〉はこれを踏襲したと解するのが妥当であると思われる。が、〈天草版平家〉では「思ウ」意を表現する場合、自己の動作には「存ず」を用いることが多い[7)]。又、九州に伝えられた一方流の『平家物語』の中にも〈東大国文本9〉など「思ふ」が用いられている本もある。これらのことから、2（思ひて）を原拠として全く否定してしまうこともできない。

（b）の部分は、〈天草版平家〉が口語訳の際に原拠を踏襲したと考えるのが妥当であろう。そして、それは〈早大本〉の語句と一致する。原拠の語句と〈早大本〉の語句との関係については、二つの場合が考えられる。

（i）『平家物語』諸本が生成発展する過程において、別々に形成されたものが偶然一致した。

（ii）原拠本の本文が形成される過程において、〈早大本〉の類（4つの語句とその順序が〈天草版平家〉と同じ本）の一本が校合のような方法で関与した。

上のうちのどちらであったかを決定するのは困難である。というのは、現在、次のような状況になっているからである。

（1）原拠本の存在が確認されていないため、〈天草版平家〉および現存する『平家物語』諸本を校合して原拠の語句を推定するという方法をとらざるを得ない。

（2）〈早大本〉の類と称しても、そのような一群を推測するのみであって、見ることができるのは〈早大本〉一本である。

そこで、（i）（ii）のどちらかに決定するというより、どちらの可能性が大きいかを考えることにする。その方法として、〈天草版平家〉と『平家物語』諸本とを校合し、原拠と推定される語句などを諸先学の見出せなかった、又は見出してもその関係を明確にできなかったものが、〈早大本〉とよく照応する例について検討してみたい。このような例が他になければ（i）の場合の可能性が大きいし、多ければ多いほど（ii）の場合の可能性が大きくなると考えるからである。

四　〈早大本〉と照応する他の問題語句

〈天草版平家〉の語句や表現で原拠本によっていると考えられる部分については、諸先学によって調査された『平家物語』諸本の中に大抵照応するものが存する。が、少数それらの中に見出せなかったものや、原拠との関係の不明確なものもある。それらのうち、問題の「世のため、家のため、国のため、君のため」のように、〈早大本〉の中に発見することができた例をあげて説明する。

（1）（平教盛が兄の清盛に従者季貞を通して）まことに本意なさうに重ねて申さるるは：保元平治よりこのかた度々の合戦にも（a）先づ（b）おん命に代りまらせうずるとこそ（c）存じたれ．…と，言はれたれば，巻Ⅰ第5章39-8（『平家物語』の対応箇所：巻二「少将乞請」）

表3

	（a）	（b）	（c）
〈天草版平家〉	先づ	おん命に代りまらせうずるとこそ	存じたれ。
竜大本〈覚1〉		御命にかはりまいらせむとこそ	存候へ。
駒大本25〈覚2〉		御いのちにかはりまいらせんとこそ	ぞんじ候しか。
△陽明本〈覚4〉		御命にかはりまいらせんとこそ	存候へ。
駒大本29〈葉1〉		御いのちにはかはりまいらせんとこそ	ぞんじ候しか。
●早大本〈葉2〉	先《まつ》	御命《御いのち》にかはりまいらせんとこそ	存候しか。
静嘉堂片仮名本〈下3〉		御ン命ニハ代リ参ラセントコソ	存候シカ。
学習院本4〈流1〉		御いのちにはかはりまいらせんとこそ	存候しか。
斯道本〈百1〉		御命ニモ替奉リ、	

平松本〈八1〉		御命ニ替奉リ、	

清瀬氏は「一方系本の本文変化の類型としては、波多野本の本文が下村本や流布本の本文を踏襲せず、波多野本において独自にその本文を動かした箇所のあることを示すケース」として4例をあげられた[8]。〈天草版平家〉のこの例に対応する部分も、その一つである。

〈波多野流譜本〉〈平3〉(a) 先まつさきに（b）命を奉らふどこそ（c）存じゝか。

氏は、〈天草版平家〉の「先づ」が〈波多野流譜本〉の「先」と関係があるのではあるまいか、と述べている。が、たまたま「先」の文字が用いられているものの、他の部分を比較すれば、両者の深い関連を示すことは不可能である。

私の調査では、この語を〈早大本〉〈太山寺本〉に見出すことができた。これによって、一方流の一群の諸本にその存在が推測されよう。又、清瀬氏の見解にも再考を迫ることになろう。

（2）(a) 経遠帰ってこの由を申したれば：（b）成親卿涙をはらはらと流いて、（c）さりともわが世にあった程は，従ひ付いた者ども一二千人もあらうずるに，今はよそながらもこのありさまを見送る者のないことの悲しさよとて，泣かれたれば：巻Ⅰ第7章・45–16（『平家物語』の対応箇所：巻二「大納言流罪」）

表4

	(a)	(b)	(c)
〈天草版平家〉	経遠帰ってこの由を申したれば：	成親卿涙をはらはらと流いて	さりとも
竜大本〈覚1〉			
△陽明本〈覚4〉	経遠かへり参て此由かくと申けれは	大納言涙をはらゝゝとなかひて	さり共
駒大本29〈葉1〉			さりとも

●早大本〈葉２〉	経遠かへり参て此由かくと申けれは	大納言殿涙をはらゝゝとなかひて	さりとも
▲東大国文本９〈下２〉		大納言涙をはらゝゝとなかひて	さり共
学習院本３〈下３〉	その時	大納言なみたをはらゝゝとなかひて	さりとも
▲駒大本27〈流１〉	その時	大納言なみたをはらゝゝとなかひて	さりとも
斯道本〈百１〉			

備考 「ゝゝ」は２文字分のおどり字を示す。

〈天草版平家〉の (a)「経遠…」は、〈竜大本〉などの原拠本に近い諸本や原拠本の本文の形成に関与していると推測される百二十句本系の諸本に対応語句が見られない。清瀬氏が〈陽明本〉の中に照応する語句を発見した。〈陽明本〉は（b）の部分が照応し、（c）の部分も一致するが、これに続く「わが世に…」がよく照応しない。

これに対して、〈早大本〉は (a) の部分が陽明本と同じ、（b）の部分も「大納言」に「殿」が添えられているという相違のみ、（c）「さりとも」は〈天草版平家〉と一致し、「わが世に…」もよく照応する。〈陽明本〉より原拠本に近いと言えよう。

（３） ある時に兵乱《ひやうらん》が起って、所々に (a) 火をあげたれば、后これを御覧ぜられて、さても不思議や火もあれほど多いかと言うて、その時始めて笑はれた。巻Ⅰ第６章・51-11（『平家物語』の対応箇所：巻二「蜂火之沙汰」）

表５

	（a）
〈天草版平家〉	火

竜大本〈覚1〉	烽火
△陽明本〈覚4〉	烽火
駒大本29〈葉1〉	ほうくわ
●早大本〈葉2〉	火《ひ》
加賀本〈下1〉	烽火
筑大本12〈下3〉	烽火
国会本〈流2〉	烽《ほう》火
斯道本〈百1〉	烽火

（4）　漸《やうや》うとして雲林院といふ所へ落ち着いて，そのあたりの寺に下《おろ》し置いて，送りの者どもも皆（a）わが身の捨てがたさに暇《いとま》を乞うて帰れば：巻Ｉ第4章・34–5（『平家物語』の対応箇所：巻二「小教訓」）

表6

	（a）
〈天草版平家〉	わが身
竜大本〈覚1〉	身々
田安本〈覚1〉	身《み》
駒大本29〈葉1〉	み
●早大本〈葉2〉	我《わか》身《み》
▲東大国文本9〈下2〉	我身
学習院本3〈下3〉	身々
駒大本27〈流1〉	身々
斯道本〈百1〉	身

（5）（俊寛が有王に）…明けても、暮れても都のことのみ（a）思ひ出《いだ》され，ゆかしい者どもが面影を夢に見る折りもあり，幻に立つ時もあり：

…と悲しまるれば：巻Ｉ第 12 章・87-1（『平家物語』の対応箇所：巻三「有王」）

表 7

	（a）
〈天草版平家〉	思ひ　出《いだ》され、
竜大本〈覚 1〉	思ひ　居たれは、
田安本〈覚 1〉	おもひゐたれは、
駒大本 29〈葉 1〉	おもひゐたれは、
●早大本〈葉 2〉	おもひ出せは、
加賀本〈下 1〉	思　　居《ヰ》たれは
筑大本 12〈下 3〉	思ヒ　居タレハ
国会本〈流 2〉	思　　ゐたれは、
斯道本〈百 1〉	思　　居タレハ

（6）（平教盛が女婿の少将成経に）…それ故にかしばらく，宿所に置き奉れと，言はれたれども，始終（a）しかるべからうとも見えぬ．巻Ｉ第 5 章・40-17（『平家物語』の対応箇所：巻二「少将乞請」）

表 8

	（a）
〈天草版平家〉	しかるべからうとも、
竜大本〈覚 1〉	よかるへしとも、
△陽明本〈覚 1〉	よかるへしとも、
駒大本 29〈葉 1〉	よかるべしとも、
●早大本〈葉 2〉	よかるへしとも、（「し」を消し、その上に「よ」と記したように見える）

加賀本〈下 1〉	よかるへしとも、
筑大本 12〈下 3〉	ヨカルベシ共、
国会本〈流 2〉	よかるへしとも、
斯道本〈百 1〉	よかるへしとも、
東大図書館本〈未分類〉	たのもしかるへし共、
天理別本 69〈未分類〉	たのもしかるへしとも、

以上、6 例（後の 4 例は説明を略）をあげて〈天草版平家〉の原拠と〈早大本〉との関わりについて述べた。このような例が存するので、〈天草版平家〉の「世のため、…」という問題の語句の原拠と〈早大本〉の語句との一致は偶然のものとは考えがたい。おそらく原拠本の本文の形成される過程で、〈早大本〉の類の一本が校合のような方法で関与しているであろう。

五　むすび

〈天草版平家〉の「世のため、家のため、国のため、君のため」の原拠については、『平家物語』諸本に 4 つの語句とその順序が一致するものを見つけることができなかったため、諸先学によって問題にされ、いろいろと論じられてきた。が、今回、4 つの語句とその順序がこれと一致する本文をもつ『平家物語』として、葉子本系の〈早大本〉が存在することを報告した。

〈天草版平家〉の原拠に関して従来問題にされてきた語句と〈早大本〉の対応語句とを比較してみると、よく照応すると考えられる例がかなり存在する（その例は第四節で取りあげて説明した）。それ故、「世のため，…」という原拠の語句と〈早大本〉の語句とが、『平家物語』諸本の生成発展する過程で別々に形成され、偶然に一致したものとは考えがたい。恐らく原拠の語句は〈早大本〉の類の一本が関与することによって成立したものであろう。

この調査報告によって、〈早大本〉のような本文を有する『平家物語』が存在しないことを前提にした風間氏の見解は否定されることになろう。又、

４つの語句が同じであるが順序の異なる本は多数存在する。そのうちの一本である〈陽明本〉を見出して関係を求め、さらにそれを基にして〈陽明本〉の成立の時期や事情を論じた清瀬氏の見解は再考を要することになろう。

なお、この稿で用いた『平家物語』諸本は次の通りである。

○天草版『平家物語』 大英図書館蔵、原本・影印本。原本はローマ字綴りであるが、便宜上、漢字平仮名交りに翻字して示した。

○一方流

・覚一本系〈覚〉

〈竜大本〉 竜谷大学付属図書館蔵、写真。

〈高良本〉 高良大社蔵、影印本。

〈高野本〉 東京大学国語研究室蔵、原本、影印本。

〈西教寺本〉 巻一は大東急記念文庫蔵、原本。巻二以降は西教寺蔵、山下宏明氏所持の写真。

〈熱田本〉 前田育徳会尊経閣文庫蔵、影印本。

〈駒大本 25〉 駒沢大学付属図書館蔵、原本。

〈学習院本２〉 学習院大学国語学国文学研究室蔵、原本。

〈陽明本〉 陽明文庫蔵、写真。

〈田安本〉 天理図書館蔵、写真。

・葉子本系〈葉〉

〈米沢本〉 米沢市立図書館蔵、写真。

〈駒大本 29〉 駒沢大学付属図書館蔵、原本。

〈広大本〉 広島大学文学部蔵、写真。

〈早大本〉 早稲田大学付属図書館蔵、原本。

〈京資本 14〉 京都府立総合資料館蔵、写真。

・下村本系〈下〉

〈加賀本〉 東京都立中央図書館蔵、原本。

〈筑大本 11〉 筑波大学付属図書館蔵、写真。

〈筑大本 12〉 同上。

〈筑大本 49〉 同上。

〈静嘉堂平仮名十行本〉　静嘉堂文庫蔵、原本。

〈静嘉堂片仮名本〉　同上、原本。

〈東大国文本９〉　東京大学国文研究室蔵、写真。

〈康豊本〉　彰考館蔵、原本。

〈昭女大本〉　昭和女子大学付属図書館蔵、原本。

〈駒大本 26〉　駒沢大学付属図書館蔵、原本。

〈学習院本３〉　学習院大学国語学国文学研究室蔵、原本。

・流布本系〈流〉

〈学習院本４〉　学習院大学国語学国文学研究室蔵、原本。

〈駒大本 27〉　駒沢大学付属図書館蔵、原本。

〈国会本（流布）〉　国立国会図書館蔵、原本。

〈元和七年刊本〉　早稲田大学付属図書館蔵、原本。

・平曲譜本

波多野流〈東大本〉　東京大学付属図書館蔵、原本。

同上〈京大本〉　京都大学文学部蔵、影印本。

同上〈静嘉堂本〉　静嘉堂文庫蔵、原本。

平家正節〈尾崎本〉　尾崎正忠氏蔵、原本・影印本。

同上〈東大本〉　東京大学付属図書館蔵、原本。

同上〈京大本〉　京都大学文学部蔵、影印本。

○八坂流（百二十句本系など）〈八〉

〈斯道本〉　慶応義塾大学付属斯道文庫蔵、原本。

〈鍋島本〉　天理図書館蔵、写真。

〈国会本〉　国立国会図書館蔵、写真。

〈小城本〉　佐賀大学付属図書館蔵、影印本。

〈竹柏園本〉　天理図書館蔵、影印本。

〈平松本〉　京都大学文学部蔵、影印本。

〈鎌倉本〉　彰考館蔵、影印本。

〈屋代本〉　国学院大学付属図書館蔵、影印本。

〈奥村本〉　奥村俊郎氏蔵、影印本。

〈両足院本〉 建仁寺両足院蔵、影印本。

○増補系

延慶本〈大東急本〉 大東急記念文庫蔵、原本。

長門本〈伊藤本〉 伊藤盛吉氏蔵、影印本。

同上〈岡大本〉 岡山大学付属図書館蔵、影印本。

○未分類

〈大山寺本〉 大山寺蔵、影印本。混態本であるが、巻二は覚一本に近い。

〈東大図書館本〉 東京大学付属図書館蔵、原本。

〈天理別本 69〉 天理図書館蔵、写真。

注

1）「天草本平家物語の口訳原典（上)」(風間力三)『甲南大学国文学会論集』28 号（国文学編、第 5 集、昭 40・11）所収。

2）『天草版平家物語の基礎的研究』(清瀬) 溪水社、昭 57・12。

3）『平家物語の生成』(山下) 明治書院、昭 59・1。

4）〈天草版平家〉に二つ以上の語句や歌が同位で並んでいて、口語訳に際して原拠の語句やその順序が変えられていないと考えられる例、

（i） そなたは嘆きもなし，恨みもなし，(107-2) 注 2）(清瀬) 98 頁参照。

（ii） まづ経盛の歌には，恋しとよ去年《こぞ》の今宵《こよい》の夜もすがら契りし人の思ひ出られて，…，(200-11 ～) 注 2）(清瀬) 138、139 頁参照)。

5） 原拠に「候」がありながら〈天草版平家〉に訳出されていないと考えられる例、

（i） 康頼といふ人余り平氏の多いにもて酔うたと，申されたれば：(20-2)

〈竜大本〉「…あゝあまりに平氏のおほう候にもて酔て候と申」、

〈西教寺本〉なども同語句。

（ii） 行綱清盛のもとへ参って，行綱こそ申さうずる子細あって，これまで参ったと，言はせたれば，(21-11)

〈竜大本〉「…まいて候へと、いはせけれは」、

〈西教寺本〉なども同語句。

6）「天草版平家物語巻 I と平家物語百二十句本系諸本との語句の照応につい

て」（近藤）『名古屋大学国語国文学』58号（昭61・7）掲載。

7）「思ウ」意で自己の動作に「存ず」を用いた例、

（i）命の惜しいも父を今一度見たう存ずる故ぢゃ．(41-1)

〈竜大本〉「…父を今一度見はやと思ふ為也。

〈西教寺本〉なども同語句。

（ii）これほどには存ぜなんだ．(76-5)

〈竜大本〉「是程とこそおもはさりつれ。

〈西教寺本〉なども同語句。

8）注2）（清瀬）53頁参照。

付記　先稿「天草版平家物語における「世のため、家のため、国のため、君のため」の原拠をめぐって」『愛知県立大学文学部論集』第36号（昭62・9）を一部改稿したものである。

第四章　天草版『平家物語』の原拠本（［ロ］の範囲）

――巻Ⅱ第２章～巻Ⅲ第８章、
および巻Ⅳ第２章～巻Ⅳ第28章――

一　はじめに

〈天草版平家〉の［ロ］の範囲（巻Ⅱ第２章～巻Ⅲ第８章、及び巻Ⅳ第２章～第28章）について、その本文を現存の『平家物語』の古写本・古刊本と比較してみると、原拠本は百二十句本系で漢字片かな交じりの〈斯道本〉に最も近いと判断できる。

では、原拠本は〈斯道本〉そのものなのか。この問題を検証するために、次の３項を選んだ。

（ⅰ）巻Ⅳ第12章の「重衡の東下りのこと」の条において、喜一検校が節《ふし》を付けて語るという趣向になっている部分。

（ⅱ）〈斯道本〉の第二次本文が第一次本文と内容の上で重なる箇所のうち、〈天草版平家〉にも対応する文や語句の存する部分。

（ⅲ）巻Ⅳ第２章以降（『平家物語』の巻九～巻十二）で、逐語訳の目立つ部分。

本章では、上記について、〈天草版平家〉の本文を『平家物語』諸本と対照して検討する。そして、原拠本が〈斯道本〉（第一次・第二次の両本文とも）そのものでないことを示し、さらに〈斯道本〉とどのような関係に立つものであるかについて論じたい。

二 「重衡の東下りのこと」の条の冒頭の部分

〈天草版平家〉の中で、口訳者が原拠本の本文をそのまま引用しようと意図して綴った部分が、一箇所だけ存する。それは巻Ⅳ第12章の「重衡の東下りのこと」の条の冒頭にある。

右馬《うま》の允《じょう》の「とてものことに重衡の東下りのことをもお語りあれ」という要請に対して、「ここはとっとおもしろいところでござるほどに、本々に節を付けて語りまらせう」という前置きをして、『平家物語』の巻十の「重衡東下り」の章段を綴り始めている。

◆〈天草版平家〉と〈斯道本〉との対照

〈天〉鎌倉(1)の前《さき》(2)の右兵衛(3)の佐《すけ》頼朝しきりに申されければ，三位(4)の中将重衡をば
〈斯〉鎌倉▼前▼右兵衛▼佐頼朝頻ニ　　申レケレハ、 三位▼中将重衡ヲハ

三月十三日(5)に関東へこそ下されけれ：(6)梶原平三▼　土肥(7)の次郎が手より
三月十三日▼関東へコソ下サレケレ、梶原平三景時土肥▼次郎カ手ヨリ

受け取って，具し奉ってぞ下りける．…粟田口をうち過ぎて四(8)の宮
請取テ、　　具シ奉テソ　下リケル。…粟田口ヲ打過テ、四▼宮

河原にもなりければ，ここは昔延喜▼第四の皇子蟬丸の関の嵐に心を澄まし，
河原ニモ成ケレハ、 爰ハ昔シ延喜▼第四ノ皇子蟬丸ノ関ノ嵐ニ心ヲ澄シ、

琵琶を弾じ給ひしに，博雅(9)の三位夜もすがら雨の降る夜も，降らぬ夜も…
琵琶ヲ弾シ玉ヒシニ、博雅▼三位終夜ラ　　雨ノ降ル夜モ、降ラヌ夜モ…

…志賀(10)の浦波春かけて，霞に曇る鏡山…荒れてなかなかやさしきは，
…志賀▼浦波春カケテ　霞ニ陰ル鏡山…荒テ中々　艶キハ、

不破(11)の関屋の板廂《いたびさし》，いかに鳴海の潮干潟，涙に袖は(12)絞りつつ，かの在原の
不破▼関屋ノ板庇、イカニ鳴海ノ塩干方、涙ニ袖ハ絞《シホレ》（萎（傍書））ツヽ、彼ノ在原ノ

(13)業平《なりひら》が唐衣《からころも》着つつ慣れにしと詠じけん，三河(14)の国八橋《やつはし》にもなりしかば，
何某《ナニカシ》カ唐衣キツヽ馴ニシト　詠シケン、三河▼国八橋ニモ成シカハ、

蜘蛛手《くもで》に物をとあはれなり：浜名の橋をも過ぎければ，池田(15)の宿にぞ着き給
蜘手ニ物ヲト哀也、　浜名ノ橋ヲモ過ケレハ、池田▼宿ニソ着玉フ、

ふ：か(16)の宿の遊君《いうくん》熊野《ゆや》がもとにぞ宿し給ふ．熊野は三位▼中将を
彼▼宿ノ遊君湯屋カ許ニソ　宿シ玉フ。湯屋ハ三位▼中将ヲ

見たてまつって，…一首の歌をぞ奉る．旅の空埴生《はにふ》(17)の小屋のいぶせさ
見奉テ　…一首ノ歌ヲソ奉ツル。旅ノ空土産▼小屋ノイフセサ

に，いかに故郷《ふるさと》恋しかるらん．三位(18)の中将の御返事《おんぺんじ》に，故郷も恋しくもなし
ニ、イカニ古郷恋シカルラン。三位▼中将ノ御返事ニ、古郷モ恋シクモナシ

旅の空，都も終《つひ》の住処《すみか》ならねば．（298-7 ～ 299-19）
旅ノ天、都モ終ノスミカナラ子ハ。（583-9 ～ 585-3）（斯道本の影印[1]）

● [A]〈斯道本〉と相違する語句

〈天草版平家〉が〈斯道本〉と相違するのは、（5）三月十三日に、（6）梶原平三▼、（12）絞りつつ、（13）在原の業平、以上の 4 例である。これら

については〈小城本〉〈鍋島本〉などの諸本にも一致するものを見出し得ない。

ただし、(12) に対応する〈斯道本〉の語句は本行の「絞」に添えて、校異として左傍に「萎」、右傍に「シホレ」が記されている。本行の「絞」の文字を原拠にして、「しぼり」と読んだと解することもできなくはない[2]。なお、類似の対応を示す次の例を参考にすれば、「絞」は「洨」に起因するものであろう。

1　〈天〉よその袂も絞《しぼ》られた.（373-15）
　〈斯〉絞リケリ。〈小〉絞《シホ》リケリ。〈屋〉洨《シヲ》レケリ。

（6）(13) は人物呼称の固有名詞である。〈天草版平家〉においては、これらを原拠の呼称にとらわれることなく簡略化・平明化している。

2　〈天〉梶原平三に仰せ付けられて,（361-12）
　〈斯〉梶原平三景時、〈小〉同左、

3　〈天〉同じ二十四日に木曾殿と…,（251-7）
　〈斯〉木曾ノ左馬頭、〈小〉木曾左馬頭、

（5）は日時を指定する格助詞「に」である。日付を示す語句の後に、〈天草版平家〉に付されているが、〈斯道本〉などには見られない。同様の例が他にも存するので、口語訳の際に付されることになったと解することもできる。

4　〈天〉去んぬる七日に（285-2）
　〈斯〉去ル七日、〈小〉同左、〈鍋〉さんぬる七日、

5　〈天〉同じ十三日に（285-18）
　〈斯〉同十三日、〈小〉同左、〈鍋〉おなしく十三日、

●［B］〈斯道本〉に記されていない助詞「の」

広い意味での助詞「の」は、〈天草版平家〉に用いられているのに〈斯道本〉に記されていない例が存する。

（1）（2）（3）鎌倉の前《さき》の右兵衛の佐、（4）三位の中将、（7）土肥の次郎、（8）四の宮河原、（9）博雅の三位、(10) 志賀の浦波、(11) 不《ふ》破《は》

の関屋、(14) 三河の国、(15) 池田の宿、(16) かの宿、(17) 埴生《はにふ》の小屋、(18) 三位の中将、以上の 14 例である。ただし、〈小城本〉では (10) は傍に、(17) は本行に、「ノ」が記されている。

室町時代末期には、縦書きで上下の体言を漢字で表記する場合、この種の「の」を記さないことが多かった。が、読む場合にはこれを補うのが普通であった。これらと同じ系統で後出本とされる〈鍋島本〉には、平がなを主としているので、上の例については、(11)「ふはのせき屋」などとすべて「の」が記されている。

なお、〈天草版平家〉で「の」が期待される箇所に現われていない次の例は、上下の体言が漢字表記で「の」が記されていなかった原拠本の語句を、補って読まなかったためであろう。

6　〈天〉延喜▼第四の皇子 (298-17)

〈斯〉延喜▼第四ノ皇子、〈小〉同左、〈鍋〉えんぎのだい四のわうじ、

7　〈天〉三位▼中将

〈斯〉三位▼中将、〈小〉同左、〈鍋〉三ゐの中じやう、

〈天草版平家〉における助詞「の」のこれらの用例での現れ方は、原拠本が〈斯道本〉と同じ表記であったとしても矛盾はない。

〈天草版平家〉には、〈斯道本〉と対照すると、先の[A][B]のような相違が認められる。この部分の本文が原拠の語句を一語一句そのまま踏襲して作成されたと仮定すれば、[A]の(5)(6)(13)の 3 例は〈斯道本〉の語句を原拠にしたと解することができず、〈斯道本〉の本文は原拠本と同文ではないということになる。

しかし、このことに関しては、次のようにも考えられよう。この部分は喜一検校が節を付けて語るところを写したという想定になっている。が、口訳者が実際に語るのを聞いて筆記したのではない。又、現存の百二十句本系の諸本から推測すれば、原拠本には曲譜が添えられていなかったであろう。しかも、この書の編纂方針として、日本語を学ぶキリシタンの宣教師たちに理解しやすくしようということが全体を貫いている。原拠本を一語一句そのまま写すという行為の中で、これと矛盾した編纂方針をも扱み入れて多少の操

作をした、このように仮定すれば、原拠本の本文が〈斯道本〉と同文であったとしても、この部分については〈天草版平家〉のような本文が成立しうると推測される。

三　〈斯道本〉の第二次本文と対応する部分

〈斯道本〉は巻五の四十七句に、「経正竹生島参詣」「新院厳島御幸願文」という２つの記事を増補し、その前後の部分をも記した三丁分〈第二次本文〉が添えられている。

第二次本文の２つの記事の前後の部分は、もとからの本文〈第一次本文〉に対応する箇所を有し、これらは各々が内容の上で重複する。又、その一部は〈天草版平家〉にも対応する文が存する。

〈天草版平家〉が〈斯道本〉の第一次・第二次の両本文に対応箇所を有する部分を示そう。

◆２つの増補記事より前の部分、

〈天〉総別《そうベツ》宣旨を下《くだ》されて戦場へ向ふ大将は三《み》つのことを心得られいではかなはぬ．…(A)さだめてこのやうなこと④をば維盛もさこそ存ぜられつらう：…山を重ね，①水を隔てて(B)行《ゆ》かるるほどに，十月《じふぐわツ》の十三日には平家は駿河の国の清見が関へ着かれてござった：都をば三万余騎で出られたれども，(C)路次《ろし》の兵《つはもの》どもが付いたによって，七万余りと聞えまらした．　(148-5 ～ 22)

◆２つの増補記事より後の部分、

〈天〉先陣はさうさうするうちに富士川のあたりに着けば，…大将維盛上総《かづさ》の守を召して，維盛が存ずるには，足柄《あしから》をうち越えて，坂東《ばんどう》で軍《いくさ》をせう(D)と思ふと②言はれたれば，③上総の守が申したは；福原を立たせ　(149-10 ～ 17)

この部分に対応する〈斯道本〉の第一次・第二次の両本文の語句の相違は４か所ある。

	①	②	③	④
〈天草版平家〉	水	言はれたれば	上総の守	このやうなことをば
〈斯〉第一次本文	野	急レケレハ	上総介	カヤウノコトヲハ
〈斯〉第二次本文	水	云ワレケレハ	上総守	カヤウノコトヲモ

清瀬良一氏はそのうちの①②③の語句を取り上げ、第二次本文の方が〈天草版平家〉と一致、またはよく照応していることを指摘された。そして、原拠本の本文は第二次本文と同文であり、ここに一部分ではあるが原拠本の片鱗をうかがうことができると考えられた[3]。

ところで、この節で取り上げた部分の〈天草版平家〉の口語訳の原拠を考える上で、清瀬氏はきわめて重要な視点からの検証を欠いている。それは、第一次・第二次の両本文が同じであっても、それらと〈天草版平家〉の対応する語句とがよく照応しない例（換言すれば、〈天草版平家〉の語句がそれと対応する両本文の語句を口語訳したものではないと考えられる例）の存在を考慮していないことである。

上記に該当するのは、次の（A）（B）（C）（D）の４例である。

（A）

表A１

〈天草版平家〉		b さだめて	c このやうなことをば	d 維盛も	e さこそ	f ～存ぜられつらう.
〈斯〉第一次本文	a サレハ		d 権亮少将モ	c カヤウノコトヲハ	e サコソ	f ～存知セラレケメ。
〈斯〉第二次本文	a サレハ		d 権亮少将モ	c カヤウノコトヲモ	e サコソ	f ～存知セラレケメ。

〈斯道本〉の第一次本文と第二次本文とは、c の助詞の「ヲハ」「ヲモ」が

相違しているのみである。これは第一次本文の方が〈天草版平家〉と一致し、前後とも文意が一貫している。このほかにも、〈天草版平家〉のこの文には、第二次本文を口語訳したものと思えない点がある。

（1）第二次本文のa「サレハ」は、〈天草版平家〉の対応語句がb「さだめて」となっている。両者は意味も語法上の機能も異なっている。

（2）第二次本文のd「権亮少将モ」・c「カヤウノコトヲモ」は、〈天草版平家〉の対応語句のc「このやうなことをば」・d「維盛も」と、順序が逆になっている。

そして、〈天草版平家〉では「さだめて」「さこそ」という推量の表現と呼応する語を重ねて、通常の語法に反する文となっている。

現存の『平家物語』諸本を調査してみると、次のようになっているものが存する。

表A２

〈竜大本〉	aされは		d今の平氏の大将維盛忠度も	b定て	cかやうの事をは		f存知せられたりけん。
〈竹柏園本〉			d権亮少将モ		c加様ノ事ヲハ	e左社	f存知セラレケメ。
〈東大刊年未詳本〉		bさためて			dこれもりも	eさこそ	fおもはれけめ。

〈天草版平家〉のb「さだめて」・c「このやうなことをば」は、原拠として〈竜大本〉のようにb・cの連接した語句が考えられる。〈斯道本〉第二次本文のa「サレハ」と同意の語が〈天草版平家〉に存しないのは、〈竹柏園本〉の類の影響もあろうか。又、〈天草版平家〉でb「さだめて」が文頭にあるのは、〈東大刊年未詳本〉の類の本文と関係があるかもしれない。ただし、この本ではcに対応する語句がなく、e「さこそ」が指示語として働いている。

そして、原拠の文を推測してみると、次のようになる。

表A 3

原拠本		定メテ	カヤウノコトヲハ	d 権亮少将モ
		eサコソ	f存知セラレケメ。	

第二次本文と〈竜大本〉などの文とはそれぞれ通常のものとして成立したが、原拠の文は校合によってこれらの混合した首尾一貫しないものになった。〈天草版平家〉のこの文はそれを忠実に口語訳してしまったものであろう。

（B）

表B 1

〈天草版平家〉	a 行《ゆ》かるるほどに	
〈斯〉第一次本文		b 日数経レハ
〈斯〉第二次本文		b 日数フレハ

〈天草版平家〉の a「行《ゆ》かるるほどに」も〈斯道本〉の第二次本文の b「日数フレハ」の口語訳としてよく照応しているとは言えない。

『平家物語』諸本を調査してみると、〈竹柏園本〉においてこの部分の対応語句が次のようになっている。

表B 2

〈竹柏園本〉	a 行程ニ	b 日数経レハ

おそらく〈竹柏園本〉の前の段階で「行ク程ニ」、又はそれに類する語句（「行カルル程ニ」など）を有するものがあり、〈竹柏園本〉は校合によって付記された「日数経レハ」が転写の際に本行に入り込んだものであろう。そして、原拠本は校異の語句が本行に入り込む前の段階で「行程ニ」、又はそ

れに類する語句になっていて、〈天草版平家〉のａ「行かるるほどに」はそれによったものであろう[4)]。

（C）

表C 1

〈天草版平家〉	a 路次《ろし》の兵《つはもの》どもが	b 付いたによって
〈斯〉第一次本文	a 路次ノ兵ノ	b 召シ具シテ
〈斯〉第二次本文	a 路次ノ兵	b 召具シテ

〈天草版平家〉のａの語句には複数を示す接尾語「ども」が添えられている。が、〈斯道本〉の第二次本文にはない。〈斯道本〉の第一次本文・〈小城本〉や覚一本系の〈竜大本〉などにもない。

ところが、〈鍋島本〉などの平仮名百二十句本には接尾語「ドモ」が付されている。

表C 2

〈鍋島本〉	a ろしのつはもの共（濁点アリ）	b めしぐして

ａの原拠の語句は〈鍋島本〉のようであったと考えるのが穏当であろう。

又、主語・述語の関係などを考えると、〈斯道本〉の第二次本文は「(平家ハ）路次ノ兵（ヲ）召シ具シテ」の意になる。これに対して、〈天草版平家〉は「路次の兵どもが（平家に）付いたによって」となる。つまり、目的語を主語に変換するのに伴って述語（動作語）が他動詞「召シ具ス」から自動詞「付く」に転じている。

現存の『平家物語』の諸本を調査してみると、一方流の古写本・古刊本の中には次のような語句が対応しているものも存する。

表C 3

〈駒大本 27〉	a ろしのつはもの	b つきそひて
〈元和九年刊本〉	a 路次《ロシ》ノ兵	b 附副《ツキソヒ》テ

〈天草版平家〉の b「付いたによって」は〈斯道本〉第二次本文などの主語と目的語を転換することによって生じたのではなく、〈駒大本 27〉などに見られる「つきそひて」、又はそれに類する語句を原拠として口語訳したものと考える方が穏当であろう。 そして、この部分の原拠の語句は a が百二十句本系の〈鍋島本〉などのようになっていて、b が〈斯道本〉の第二次本文の類と一方流の〈駒大本 27〉などに見られる語句の類を有するものとを校合することによって成立し、それが結果において〈斯道本〉の主語と目的語とを転換した形になったと見るべきであろう。

（D）

表D 1

〈天草版平家〉	a 坂東で軍をせうと	b 思ふと	c 言はれたれば
〈斯〉第一次本文	a 坂東ニテ軍ヲセント		c 急レケレハ
〈斯〉第二次本文	a 坂東ニテ軍ヲセント		c 云ワレケレハ

〈天草版平家〉の b「思ふと」に対応する語句が〈斯道本〉の両方の本文に存しない。現存の『平家物語』諸本には、これと対応する語句を有するものがきわめて少ない。

表D 2

〈学習院本 5〉	a ひろみにていくさをせんと	b おもうふなりと	c はやられける
〈静嘉堂片仮名本〉	a 勝負ヲセント	b 思フハ如何ニト	c 宣ヘハ

〈天草版平家〉の b「思ふと」の原拠は、〈学習院本 5〉の「おもふなりと」、又は〈静嘉堂片仮名本〉の「思フハ如何ニト」に類するものであった

だろう。そして、天草版平家のこの箇所の原拠は、〈斯道本〉第二次本文の類と〈学習院本５〉の類、又は〈静嘉堂片仮名本〉の類の語句を有するものとを校合することによって成立したものであろう。

〈天草版平家〉は和漢混交の文語文で綴られた『平家物語』を室町時代末期の話し言葉に訳したものである。しかも、右馬の允が尋ね、喜一検校がそれに答えて語るという、問答体に改編されている。それに伴って、付加されたり改変されたりした文や語句も存する。が、上記の（A）（B）（C）（D）の４項で取り上げた語句は、〈斯道本〉第二次本文を原拠にしてそのような操作をしたものではなく、〈斯道本〉第二次本文の類に各項であげたような諸本を校合することなどによって成立したものであると推測できよう。

四　巻Ⅳ第２章から第28章まで

現存の『平家物語』諸本の中で、〈斯道本〉が〈天草版平家〉の原拠本に最も近い本文を持つと考えられるのは、本章（[ロ]の範囲）である。

〈天草版平家〉の本文を〈斯道本〉と対照してみると、[ロ]の前部（巻Ⅱ第２章～巻Ⅲ第８章）よりも[ロ]の後部（巻Ⅳ第２章～第28章）の方が一致またはよく照応する語句が多い。この部分は〈斯道本〉が原拠本そのものではないかと感じるほどである。

●[A]一致またはよく照応する語句が〈斯道本〉にのみ見られる場合

現存の百二十句本系の諸本の中で〈斯道本〉にのみ見られる語句について、表記の上から３項に整理して例をあげてみよう。

（a）〈斯道本〉の本行に見られる例

8〈天〉千手心をすまいて一樹の蔭に宿り，一河《いちが》の流れを汲むもこれ前世《ぜんぜ》の宿縁ぢゃという(1)▼拍子をか(2)▼すまいたれば，(304-2)

〈斯〉(1)白拍子ヲ(2)カヱスマシケレハ、

〈小〉(1)白拍子ヲ(2)カエスヽヽヽ謡《ウタイ》スマシケレバ、

〈屋〉(1)白拍子ヲ(2)カスエスマシタリケレハ、

〈竜〉(1)白拍子を………(2)かそへすましけれは、

（2）「かへすまいたれば」がよく照応するのは〈斯道本〉のみである。〈斯道本〉の「カヱ」は脱落によって生じたものであろう。もとの形は「カズへ」、又は「カゾへ」、あるいは「カヘスガヘス謡ヒ」であったかもしれない。（1）の「拍子を」と対応する語句は『平家物語』諸本では「白拍子」となっている。（2）の原拠の語句が「カヱ…」となっていて、これを口訳者が「変へ…」と解し、「拍子を変へて」（6－1・7－4）などから類推して「白」を削ったものであろう。

その他に、

9〈天〉その夜《よ》のうちに（393-5）－〈斯〉其夜ノ中《ウチ》ニ、〈小〉其▼中ニ、〈鍋〉▼夜中ニ、

10〈天〉滝口が返事には：(309-4）－〈斯〉滝口カ返事ニ、〈小〉横笛返事、〈屋〉横笛カ返事ニ、

など、多く見られる。

（b）〈斯道本〉の校異・訂正などの傍書に見られる例

11〈天〉（重盛は）(1)六代が男になれば，松王も羨しからうと仰せられて，同じう髻《もとどり》取り上げられまらして，盛の字は家の字なれば，(2)六代に付くる：重の字をば松王に下さるるとあって，重景と名のらさせられた．（313-13・16）

〈斯〉(1)五代カ男ニナルナレハ、…(2)五代ニ付ク、

〈小〉(1)五代か男ニナルナレバ、…(2)五代ニ付クル、

〈鍋〉(1)五だいがおとこになるなれば、…[ ]五たいにつくる、（[］は不鮮明）

「五代」は維盛の幼名か。〈斯道本〉は「六」と傍書してあるが、「六代」（維盛の長男）は文脈上から誤りである。

その他に、

12〈天〉一度にどっとほめて，しばしは鳴りも静まらなんだ．

（337-15～16）

〈斯〉シバシ（ミセケチ）動揺《ドヨミ》ケリ（ミセケチ）
一度ニトツト誉テシハシハ鳴（ナリ）モシスマラス
○　。

〈鍋〉とよめきけり。〈屋〉トヨミケリ。

などがある。

〈天草版平家〉が〈斯道本〉の校異・訂正などの傍書と一致またはよく照応する例は多い。が、これに相当する〈斯道本〉の大部分は〈小城本〉とも一致する。それ故、この項に該当する例は少ない。

（c）〈斯道本〉に校異・訂正など記されているが、もとの本行に見られる例

13〈天〉〈家光が義仲に〉あれほど敵の攻め近づいてござるに，ここでは犬死をさせられうず：急いで出《で》させられいと，申したれども：
(238-17)

〈斯〉出サセ玉ヘ《ハテ》〈ミセケチ〉ト、

〈小〉出サセ玉ハデト、

〈天草版平家〉の「出《で》させられい」は〈斯道本〉で訂正される前の「出サセ玉ヘ」を口語訳したものであろう。

その他に、

14〈天〉出家の望み，志があるをば（294-7）－〈斯〉出家ノ望（ミセケチ)、志シ有ヲハ、〈小〉出家ノ志シ有ヲハ、

15〈天〉善知識の上人もさな思しめされそ：(364-8）－〈斯〉善知識ノ上人モ公長モ涙セキ（ミセケチ《サナ思召シ候ヒソ。》)、〈小〉善知識ノ上人、サナ思召シ候ヒソ。

など、多く見られる。

（a）（b）の両項にあげた例は、〈天草版平家〉の原拠本が〈斯道本〉と同じ本文を有するものであったという推論の根拠になる。又、（c）項の例も、本行の語句と傍書された訂正や校異の語句とを比べて、本行の語句を採用したと仮定すれば、上の推論と矛盾しない。

●[B]対応する〈斯道本〉の語句と一致またはよく照応すると言えない場合

ところで、（ロ）の範囲の後部全体にわたって一語一語検討してみると、〈斯道本〉の対応する位置に一致またはよく照応する語句を見出すことができないものも存する。それらが存する諸本により３項に整理して、例をあげてみよう。

（a'） 一致またはよく照応する語句が〈斯道本〉以外の百二十句本系、覚一本系、八坂流甲類などの諸本に見られる例

a'1 〈斯道本〉以外の百二十句本系諸本

16〈天〉昌尊が勢五十余騎さんざんに駆け破られて，残り少《ずく》なう討たれた．(377-8)

〈斯〉昌俊、〈小〉同左、〈鍋〉しやうぞん、

「昌尊」は「土佐昌尊」をも含めて十四例見られる。これらは XOZON, Xŏzon〈Toʃaxŏzon〉, Xŏzō と綴られている。〈斯道本〉〈小城本〉のような「昌俊」の例はなく、すべて〈鍋島本〉などの「しやうぞん」と一致する。その他に、

17〈天〉現《うつつ》とも（310-2）－〈斯〉幻トモ、〈小〉幻トモ現トモ、

18〈天〉動《うご》きえず：(273-20) －〈斯〉動《ハ》キヱス、〈小〉動キエス、

〈鍋〉はたらきえず、

など多く見られる。

a'2　覚一本系の〈竜大本〉など、

19〈天〉さござらば家光は(1)先づ(2)先立ちまらすると，言ひさまに，刀を抜いて，…，腹を切って死んだ．(238-20)

〈斯〉死出山ニテ待マイラセントテ、

〈小〉〈鍋〉〈京〉〈久〉　上と同語句。

〈竜〉(1)まつ(2)さきたちまいらせて、四手の山てこそ待まいらせ候はめとて、

〈高〉〈慶〉〈米〉　上と同語句。

〈竹〉▼先立進テ、

〈平〉〈鎌〉　上と同語句。

その他に、

20〈天〉御《お》迎ひに遣《つかは》さるれば，(297-4) －〈斯〉参リケリ。〈鍋〉まいらせ給へば、〈竜〉つかはしたりけれは、

21〈天〉仰せられてござれと，(301-22) －〈斯〉承テ候ヒツレト、〈竜〉仰られ候つれ。

などが見られる。

a'3　八坂流甲類の〈竹柏園本〉〈平松本〉など

22〈天〉能登殿(1)菊王が首を(2)敵に取らせまじいと言うて，それをひっさげて船にお乗りあったれども，痛手であったれば死んだ．(333-21)

〈斯〉(2)敵ニ(1)頸ヲ、

〈鍋〉(2)かたきに(1)くびを、

〈竹〉(1)菊王カ頸ヲ(2)敵ニ

〈平〉〈鎌〉〈享〉　上と同じ。

〈竜〉〈高〉対応語句ナシ。

その他に、

23〈天〉明かし暮された．(288-3) －〈斯〉明シ玉ヒケリ。〈竹〉明シクラシ玉ヒケリ。

24〈天〉矢に当って死ぬる▼も (327-19) －〈斯〉死ン身モ、〈竹〉死ン▼モ、

などが見られる。

又、〈竹柏園本〉や〈平松本〉と合せて〈竜大本〉などとも一致またはよく照応する例もかなり見られる。

25〈天〉小野の皇《くわう》太后《たいこう》宮《ぐ》(395-7) －〈斯〉小野篁大后宮、〈鍋〉をの、たかむら大こうぐう、〈竜〉小野の皇太后宮、〈竹〉小野皇太后宮。

この項であげたａ１・ａ２・ａ３の例はいずれも〈斯道本〉の対応語句とよく照応せず、他の諸本に一致またはよく照応する語句が見出されるものである。〈斯道本〉を原拠本として宛てた場合、これらの語句の存在を説明することができない。

(b') 一致またはよく照応する語句が百二十句本系、覚一本系、八坂流甲

類などの諸本のいずれにも見出すことができない例、

b'1　原拠本の文章の要約

26〈天〉その後《のち》景清が出て，水尾谷《みおのや》が甲の錣《しころ》を引きちぎってこそ，平家方にもそっと色を直いてあった.（337-24 ～ 338-2）

〈斯〉本《ホ》意《イ》無《ナシ》トヤ思ケン、…武蔵国ノ住人水尾谷四郎、同十郎…ヲ始トシテ五騎連テソ懸ケタリケル。…引切タル〈水尾谷の〉蒂ヲ指挙テ、平家ノ侍ニ上総悪七兵衛景清ト名乗リ捨テソ皈ケル。

その他に、

27〈天〉路次《ろし》で支へうとした者も….（380-22）

－〈斯〉摂津国源氏大田太郎頼元…

28〈天〉古い事どもを引き出いて….（397-9 ～）

－〈斯〉事新シキ申事ニテハ候ヘトモ…。

などが見られる。

これらは〈斯道本〉を原拠本に想定すると、〈天草版平家〉の本文は厳密な意味での要約にはなっていない。部分の省略とか抄出というような要素も存する。

b'2　原拠本の語句の意訳

29〈天〉楽しみ尽きて，悲しみ来るは世の習ひでござる.（364-16）

〈斯〉楽ミ尽テ、悲ミ来ルハ天人ノ五衰ノ日ニ逢ヘリトコソ申候へ。

その他に、

30〈天〉いかにも悠々と…，（257-23～24）－〈斯〉女房ヲ請シテ…

31〈天〉深う契った女の心を…：（307-5）－〈斯〉深カラン女ノ心ヲ…

などが見られる。これらには、故事の知識がなければ理解できない語句をやさしく言いかえ、男女の関係を表わすのに露骨な表現を避け、抽象的表現を具体化するなど、キリシタンの宣教師たちの日本語学習のテキストとしての配慮がなされている。そのことは他面から見れば、〈天草版平家〉の語句に対応する表現が〈斯道本〉などに存しながら、一々の語がよく照応するとは言えない結果をもたらしている。

b'3　口訳者の補入

32〈天〉（源平の合戦の前後の平時忠の所業を述べてから）されども時至って運尽くれば，かくのごとくぢゃ．（370-18～19）

その他に、

33〈天〉平家方にもそっと色を直いてあった.（例１の後部、338-2・3）

34〈天〉…，と申す.（272-7・273-4・275-19…）

35〈天〉…と，聞えまらした.（278-1・278-17・290-23…）

などが見られる。これらは口訳者の感想や補足説明、問答体に改めたために添えられた語句である。

b’4　誤読・誤写

36〈天〉巴《ともえ》といふ女武者があったが，その頃齢《よはい》は二十二三で，太刀には強う，弓の精兵究竟《くつきやう》の荒馬乗りの悪所落としで，（243-6）

〈斯〉大力ラ強弓ノ精兵…、

〈小〉大力ノ強《ツヨ》弓ノ精兵…、

〈鍋〉大ぢからのつよゆみせいびやう…、

その他に、

37〈天〉船たる船ども（381-2）－〈斯〉乗タル船トモ、

38〈天〉小鳥といふ太刀は（316-10）－〈斯〉小烏ト云太刀ハ、

などが見られる。

b５　誤脱

39〈天〉（敵の武者が）渚へうち上ぐるところを熊谷願ふところなれば，駒の頭も▼あへず，押し並べて組んで落ち，…：(276-11)

〈斯〉…駒ノ頭モ直《ナヲシ》モアヘス、…。

その他に、

40〈天〉ござる▼，熊王と申して…，(260-22) －

〈斯〉候トテ、熊王丸ト申シテ…、

などが見られる。

（b’）のb’1（要約）・b’2（意訳）・b’3（補入）の例については、〈天草版平家〉の語句とよく照応する語句が〈斯道本〉の対応する部分に存しなくても、〈斯道本〉を原拠として用いたと考えることが可能である。又、b’

4（誤読・誤写）とb'5（誤脱）の例についても、原拠本の語句を読み、口語訳文を作り、ローマ字に翻字して植字する過程で、誤謬が生じたと仮定すれば、原拠本として〈斯道本〉を宛てることも可能である。

（c'） 原拠の語句を口語訳または踏襲したと推測される例

41〈天〉〈重衡が法然上人に〉髻切って，たちまち授戒させられいかしと申されたれば，(294-24)

〈斯〉髻リ付乍ラ…

〈小〉〈鍋〉上と同語句。

〈竜〉〈竹〉〈平〉該当語句ナシ。

その他に、

42〈天〉度々に及うだれば，(242-13) －〈斯〉度々ニ及フト云ヘトモ、

43〈天〉これを文覚すさみまらし，(407-13) －〈斯〉高尾ノ文覚是ヲ見奉リ、

などが見られる。

これらの例については、〈斯道本〉をはじめとする現存の百二十句本系の諸本からは単純に説明することができない。すべての例の原拠を〈斯道本〉に関連づけるのは無理である。

五　むすび

以上、〈天草版平家〉の［ロ］の範囲の原拠本について、〈斯道本〉とどのような関係に立つものであるかを解明するために、3項に着目して調査検討した。

（i）第二節で述べたように、「重衡の東下りのこと」の条の冒頭部分は、口訳者が原拠本の本文をそのまま引用しようと意図した部分である。〈天草版平家〉に〈斯道本〉と異なる語句が存するけれども、日本語を学ぶ外国人宣教師たちが理解しやすくしようという編纂方針を汲み入れて、多少の操作をしたと仮定すれば、原拠本の本文が〈斯道本〉と同文であったと考えることもできる。

（ⅱ）第三節で述べたように、〈斯道本〉の第二次本文と対応する部分は、第一次本文にも対応する部分が存する。そして、これらを対照してみると、第二次本文の方がよく照応する。が、それにも口語訳の原拠として宛てることのできない語句や表現が存する。そのような場合、〈鍋島本〉をはじめとする百二十句本系、〈竜大本〉をはじめとする覚一本系、〈竹柏園本〉をはじめとする八坂流甲類などの諸本に、原拠またはそれに関連すると思われる語句や表現が存する。

（ⅲ）第四節で述べたように、［ロ］の範囲の後部は概して〈斯道本〉とよく照応する。しかも、百二十句本系の諸本の中で〈斯道本〉とのみ一致またはよく照応する語句もかなり存する。ところが、対応する〈斯道本〉の語句や表現とよく照応すると言えないものも存する。それらを整理すると、次のようになる。

（a'）〈斯道本〉以外の百二十句本系、〈竜大本〉をはじめとする覚一本系、〈竹柏園本〉をはじめとする八坂流甲類などの諸本に、原拠またはそれに関連すると思われる語句の見られるもの。

（b'）原拠本の本文を要約したり、語句を意訳したり、口語訳に際して補入したり、誤読・誤写・誤脱によって生じたりしたことによると思われるもの。

（c'）現存の諸本では見つけられないが、原拠の語句を口語訳または踏襲したと推測されるもの。

〈天草版平家〉の原拠本として〈斯道本〉を宛てると言う場合、二つの方法が考えられる。

［イ］〈斯道本〉そのもの。第一次・第二次の両本文と対応する部分は第二次本文で修正。

［ロ］〈斯道本〉の第二次本文と同文で、その前後も一貫したもの。現存せず、内容の一部を第二次本文で知るのみ。

（ⅰ）および（ⅲ）の（b'）項に該当する語句や表現の存在は、これらの見解を必ずしも否定するものではない。が、原拠本を［イ］と仮定すると、（ⅱ）および（ⅲ）の（a'）・（c'）の両項に該当する語句や表現の存在を説明することができない。又、ロと仮定すると、その内容は第二次本文に相当する部分しかわからないが、やはり（ii）に該当する語句や表現の存在を説明することができない。

私は今回の（i）（ii）（iii）の調査と検討の結果を踏まえて、原拠本がイよりもロに近く、次のようなものであったと推測する。

ハ〈斯道本〉の第二次本文の類に、覚一本系の〈竜大本〉の類、および八坂流甲類の〈竹柏園本〉の類の語句や表現が校合などの方法で取り入れられて成立したもの。

なお、上の〈竜大本〉の類は［イ］の範囲で、〈竹柏園本〉の類は［ハ］の範囲で、それぞれ原拠本として用いられたもののことである。

又、調査に用いた〈斯道本〉〈竜大本〉〈竹柏園本〉などの諸本は、それぞれの範囲の原拠になった本そのものでなく、多少の相違を有する異本的性格のものである。その相違が（iii）の（a'）項（〈斯道本〉以外の百二十句本系諸本によく照応する語句が見られる例）や（c'）項（現存諸本によく照応する語句が見られないが、原拠の語句を口語訳または踏襲したと推測される例）に該当するような語句として現われたのであろう。

この稿で用いた『平家物語』諸本とその略称・略号は、次の通りである。

○〈天草版平家〉〈天〉　大英図書館蔵、原本・影印本。

●覚一本系

〈竜大本〉〈竜〉竜谷大学図書館蔵、写真・影印本。

〈高野本〉〈高〉東京大学国語研究室蔵、影印本。

〈西教寺本〉〈西〉巻二以降は西教寺蔵、写真。

〈学習院本５〉　学習院大学国語学国文学研究室蔵、原本。

〈慶長古活字本〉〈慶〉　大東急記念文庫蔵、写真。

●葉子本系

〈米沢本〉〈米〉米沢市立図書館蔵、写真。

●下村本系

〈静嘉堂片仮名本〉　静嘉堂文庫蔵、原本。

●流布本系

〈駒大本 27〉 駒沢大学図書館（沼沢文庫）蔵、原本。

〈元和九年刊本〉 東洋文庫蔵、原本。

●百二十句本系など

〈斯道本〉〈斯〉慶応義塾大学斯道文庫蔵、原本・影印本。影印本は汲古書院、昭 45 刊。『百二十句本平家物語』

〈小城本〉〈小〉佐賀大学図書館（小城鍋島文庫）蔵、影印本。

〈鍋島本〉〈鍋〉天理図書館蔵、鍋島家旧蔵、写真。

〈京都本〉〈京〉京都府立総合資料館蔵、写真。

〈久原本〉〈久〉佐賀県立図書館蔵、影印本。

〈屋代本〉〈屋〉国学院大学図書館蔵、影印本。

〈鎌倉本〉〈鎌〉彰考館文庫蔵、影印本。

〈享禄本〉〈享〉文化庁蔵、影印本。

〈竹柏園本〉〈竹〉天理図書館蔵、影印本。

〈平松本〉〈平〉京都大学図書館蔵、影印本。

〈東大刊年未詳本〉東京大学図書館蔵、写真。

注

1）『百二十句本平家物語』（斯道文庫古典叢刊之二）汲古書院、昭 45 刊。

2） 参考例

（ｉ）〈天〉あやふう存ずる。（376-4） − 〈斯〉危《アヤシ》ウ覚侯。（738-5）

（ii）〈天〉古へ住んだ宿は煙とのぼり、（354-8） − 〈斯〉烟ト上《ア》り、（678-11）

3）『天草版平家物語の基礎的研究』（清瀬良一）の序章など参照。溪水社、昭 57・12 刊。

4）『平家物語』の諸本の本文を対照していると、校異の語句が本行に入り込んだと考えられる例を見ることがある。

付記　この章は名古屋大学『国語国文学』第 67 号（平 2・12）掲載の論文を改稿したものである。

第五章　天草版『平家物語』の原拠本（[ハ]の範囲）

——巻Ⅲ第9章～巻Ⅳ第1章——

一　はじめに（前後の範囲の原拠本）

〈天草版平家〉の該当の範囲［ハ］は『平家物語』（十二巻本）の巻八に対応する記事が存し、その前後の範囲［ロ］は『平家物語』の（巻四～巻七）と（巻九～巻十二）に対応する記事が存する。そして、後者［ロ］の原拠本は現存の諸本を基準にして考えると、百二十句本系の〈斯道本〉にきわめて近い。

（１）〈天〉かの沢は昔からの渕ではござない．（162-20）

〈斯〉彼澤ハ往古ノ渕ニ非ス。

〈小〉彼ノ川ハ往古《ワウコ》ノ渕《フチ》ニ非ス。

〈鍋〉かの川はわうごのふちにあらず。

〈平〉此澤《フチハ》非二往古ノ淵一。

（２）〈天〉陸《くが》海上の敵味方船端を叩き，箙《えびら》を叩き，一度にどっとほめて，しばしは鳴りも静まらなんだ．（337-15～16）

〈斯〉陸海上ノ敵 拏《ミカタフナバタ》 舷ヲ扣キ、箙ヲ敲《タヽキ》、ミセケチ（シバシ動揺《トヨミ》ケリ）、校異（一度ニトツト誉メテシハシハ鳴《ナリ》モシツマラス。）

〈小〉（欠巻）

〈鍋〉おきには平家ふなばたをたゝいてかんじたり。くがにはげんじゑびらをたゝいてとよめきけり。

〈斯道本〉は巻五の第四十七句において「経正竹生島参詣」「新院厳島御幸願文」という２つの記事を増補し、その前後の部分をも記した３丁分（第二次本文）が添えられている。第二次本文の２つの記事の前後の部分は、もとからの本文（第一次本文）に対応する箇所を有し、これらは各々が内容の上で重複する。また、その一部は〈天草版平家〉にも対応する箇所が存する。〈斯道本〉の第一次・第二次の両本文の相違する語句を〈天草版平家〉の対応する部分と校合してみると、第二次本文の方が〈天草版平家〉とよく照応する。

（３）〈天〉大将維盛上総《かづさ》の守を召して維盛が存ずるには，足柄をうち越えて，坂東で戦《いくさ》をせうと思ふと言はれたれば，上総の守が申したは，(149-15)

〈斯〉一（上略）急レケレハ、上総介申ケルハ、

〈斯〉二（上略）云ワレケレハ、上総守申シケルハ、

〈斯道本〉の第一次・第二次の両本文が同じであっても、〈天草版平家〉とよく照応しない語句も存する。そして、その場合の〈天草版平家〉の原拠またはそれに関連すると思われる語句や表現は、〈鍋島本〉をはじめとする百二十句本系、〈竜大本〉をはじめとする覚一本系、〈竹柏園本〉をはじめとする八坂流甲類などの諸本に見られる。

（４）〈天〉さだめて　このやうなことをば　維盛も　さこそ　存ぜられつらう．(148-11 ～ 12)

〈斯〉一　サレハ　権亮少将モ　カヤウノコトヲハ　サコソ　存知セラレケメ。

〈斯〉二　サレハ　権亮少将モ　カヤウノコトヲモ　サコソ　存知セラレケメ。

〈竜〉　されは　今の平氏の大将維盛忠度も　定てかやうの事をは　＋＋＋　存知せられたりけん。

〈東〉さためて　＋＋＋＋＋＋＋　これよりも　さこそ　おもはれけめ。

（５）〈天〉行《ゆ》かるるほどに，＋＋＋＋＋，(148-17 ～ 18)

〈斯〉一　＋＋＋＋＋、日数経レハ、

〈斯〉二　＋＋＋＋＋、日数フレハ、

〈竹〉　行程ニ、　日数経レハ、

（6）〈天〉路次の兵どもが　付いたによって，（148–21）

〈斯〉一　路次ノ兵ノ　召シ具シテ、

〈斯〉二　路次ノ兵　召具シテ、

〈鍋〉ろしのつはもの共、めしぐして、（「共」ニ濁点アリ）

〈駒27〉ろしのつはもの　つきそひて、

〈元9〉路次《ロシ》ノ兵　附副《ツキソヒ》テ、

これらを根拠にして、前章においては、原拠本が〈斯道本〉第二次本文と同文でなく、〈斯道本〉の第二次本文の類に一方流の覚一本系の〈竜大本〉の類および八坂流甲類の〈竹柏園本〉の類に見られる語句や表現が校合などの方法により取り入れられたものであると推測した。

二　前後とは別種の原拠本

〈斯道本〉は巻八を欠く。〈天草版平家〉のこの範囲［ハ］に、前後の範囲［ロ］と同様、原拠本として〈斯道本〉の第二次本文の類を基幹とするものが用いられているならば、現存の『平家物語』の中でそれに近いのは同じ百二十句本系の〈小城本〉〈鍋島本〉ということになる[1]。

ところが、〈天草版平家〉を両本と比較してみると、その語句などと対応する部分が両本に存しない、又は存してもよく照応しないという箇所が目立つ。

（7）〈天〉兼康が親しい者ども酒を持たせて来て，その夜《よ》夜もすがら　酒盛をして，預りの武士の倉光が郎等ども

〈小〉＋＋＋＋＋、＋＋＋終夜　酒宴シテ、＋＋＋＋＋倉光三郎

〈鍋〉＋＋＋＋＋、＋＋＋夜もすがら　さかもりして、＋＋＋＋倉光三郎

〈天〉三十人余り前後も知らず，酔ひ臥してゐたを起こしも立てず，

〈小〉＋＋＋＋＋前後モ知ラズ、酔タリケルヲ　サシコロシ頸ヲ取

り、 家子郎等廿余人アリケルヲ、

〈鍋〉＋＋＋＋ぜんごもしらず、えいたりけるをさしころしてくびをとり、いゑのこらうどう廿よ人有りけるを、

〈天〉一々に皆刺し殺いてのけてござる.（121-13 ～ 20）

〈小〉一人も漏ラサズ討取、

〈鍋〉一人ももらさずうちとり、

この例では、〈天草版平家〉のはじめの部分「兼康が～その夜」に対応する語句が〈小城本〉〈鍋島本〉にない。また、〈天草版平家〉の「夜もすがら」以降に対応する〈小城本〉〈鍋島本〉の語句は類似の内容を表現しているが、よく照応すると言えない。

八坂流甲類の〈平松本〉および覚一本系の〈竜大本〉のこれに対応する部分を示すと、次のようになる。

（7'）〈天〉兼康が親しい者ども酒を持たせて来て，その夜《よ》夜もすがら酒盛をして，

〈平〉妹ノ尾カ親《シ》者《キ》トモ　酒ヲ持セテ出来リ。其夜ハ終夜　悦宴《サカモリ》シタリケルニ、

〈竜〉妹尾かしたしき者共酒をもたせて出きたり。其夜もすから悦のさかもりしけるに、

〈天〉預りの武士の倉光が郎等ども三十人余り前後も知らず，

〈平〉預ノ武士倉光三郎、所従トモ三十余人、前後一不覚ニ

〈竜〉あつかりの武士倉光の三郎、所従ともに三十余人、

〈天〉酔ひ臥してゐたを起こしも立てず，一々に皆刺し殺いてのけてござる.（211-18 ～ 23）

〈平〉伏シテ奥モ不立、　　　　一々ニ皆刺殺シテケリ。

〈竜〉しゐふせておこしもたてす、　一ヽに皆さしころしてけり。

〈天草版平家〉の「酔ひ臥して」に対応する語句が〈平松本〉では「伏シテ」となっているなど小さな相違があるけれども、比較的よく照応してい

る。〈竜大本〉も少し隔たりがあるものの、〈小城本〉〈鍋島本〉よりよく照応している。

（8）〈天〉殿は源氏でござりながら，関白にならせられたならば，

〈小〉〈鍋〉＋＋＋＋＋＋＋＋、＋＋＋＋＋＋＋＋＋＋＋、

〈平〉殿ハ源氏テ渡ラセ給時ニ、＋＋＋＋＋＋＋＋＋＋＋、

〈竜〉殿は源氏てわたらせ給ふに、＋＋＋＋＋＋＋＋＋＋＋＋、

〈天〉これこそ世にをかしいことでござらうずれ．（224-5～7）

〈小〉〈鍋〉＋＋＋＋＋＋＋＋＋＋＋＋＋＋＋＋。

〈平〉其レコソ叶候マシケレ。

〈竜〉それこそ叶ひ候ましけれ。

この例では、〈天草版平家〉の文に対応する部分が〈小城本〉〈鍋島本〉に存しない。原拠が〈平松本〉〈竜大本〉と類似の表現になっていて、「関白にならせられたならば」は口語訳の際に補われたものであろう。

『平家物語』の古写本・古刊本は、『国書総目録』[2]などから考えて200種余り現存するであろう。そのうちの原拠本に関連すると思われるもの100種余りについて調査した。その結果を考慮して更に4本を加え、〈天草版平家〉の該当の範囲［ハ］とを全体にわたって校合した。

①　百二十句本系　〈小城本〉〈鍋島本〉

②　八坂流甲類　　〈平松本〉〈竹柏園本〉〈享禄本〉〈鎌倉本〉

③　一方流　　　　〈竜大本〉〈米沢本〉

そして、文や語句の比較的長い部分について、諸本間における有無・異同・順逆という点から相違のある40項目を取り出し、次の3段階に分類した。

a　よく照応する。

b　よく照応しない、又は相違する。

c　対応する部分が存しない、又はその大半が存しない。

前掲の例をこれにあてはめてみよう。

7’（211-18～212-2として）

〈小〉〈鍋〉…ｂ、〈平〉〈竜〉…a

8’（224-5 ～ 7）

〈小〉〈鍋〉…ｃ、〈平〉〈竜〉…a

この調査結果を示すと、次のようになる。

表１　『平家物語』諸本との対校の箇所

番号	天草版の頁・行	対校の箇所（天草版『平家物語』）	小城本	鍋島本	平松本	竹柏園本	享禄本	鎌倉本	竜大本	米沢本
1	199-17 ～ 20	順序：歌を詠うづ…，さうあって…，	b	b	a	a	b	b	b	b
2	199-23	神も昔を忘れ給はず．	a	a	a	b	b	b	b	b
3	200-10 ～ 22	四首の歌の有無と順序	b	b	b	a	b	b	b	b
4	206-22 ～ 207-1	猫間殿は御器の不審さに食はれなんだれば，…と言ふによって，	c	c	a	a	a	a	b	b
5	207-5 ～ 9	猫間殿は…出仕をせうと言うて出立ったが，	b	b	a	a	b	b	b	b
6	207-15 ～ 18	車をば…力に及ばいで召されてやったが，	b	b	a	a	b	b	b	b
7	210-15 ～ 19	安からぬ事と思うて，…生け捕られたが，	b	b	a	a	a	a	a	a
8	211-18 ～ 212-2	兼康が親しい者ども酒をも持たせて来て、…，これをも討ち殺いて，	b	b	a	a	a	a	a	a
9	212-10 ～ 16	いかにも見苦しい出立ちで，やじりをそろへて，	c	c	a	a	a	a	a	a
10	213-3 ～ 4	そこで木曽殿…今まで切らいでおいた．	b	b	a	a	c	c	c	c

11	213-8 ～ 21	そのあたりは深田で…，攻め戦ふが，	c	c	a	a	a	a	a	a
12	213-23 ～ 214-4	あるいは谷の深いをも嫌はず，…兼康その城を攻め落されて，	c	c	a	a	a	a	a	a
13	214-7 ～ 9	矢種のあるほどこそは…落ちて行くほどに，	b	b	a	a	a	a	a	a
14	215-9 ～ 13	たとひ命生きて…言はれうことは恥かしい．	c	c	a	a	a	a	a	a
15	215-16 ～ 17	心得たと言うて，とって返いてみれば，	b	b	a	a	a	a	a	b
16	216-2 ～ 12	まっ先駆けて…生け捕りにせられた．	b	b	a	a	a	a	a	b
17	216-15 ～ 17	これこそ一人当千の兵とは…者どもぢゃ．	c	c	a	a	a	a	a	b
18	216-24 ～ 217-1	西国の戦《いくさ》をば先づさしおかせられて，	c	c	a	a	a	a	a	a
19	217-6 ～ 8	また木曾を討たうずると…船に乗って，	b	b	a	a	a	a	a	b
20	217-14 ～ 17	二番目の陣は…そのごとくにして通いて，	c	c	a	a	a	c	a	b
21	219-20	急いで御成敗なされいと，	b	b	a	a	a	a	a	b
22	220-3 ～ 5	木曾は法皇の御気色…，みな木曾を背いて，	b	b	a	a	a	a	b	b
23	220-8	これこそもってのほかの御大事でござれ．	c	c	a	a	a	a	a	a
24	220-16 ～ 24	たとへば都の守護として…，僻事ならめ．	b	b	a	a	a	a	a	a
25	221-1 ～ 2	順序：今度は木曾が…，頼朝が…，	b	b	a	a	a	a	a	a

26	222-3 ～ 6	鏑矢のうちへ火を…満ち満ちたところで，	b	b	a	a	a	a	a	a
27	222-7 ～ 9	軍奉行が落つる上は，…落ちて行くが，	b	b	a	c	a	a	a	a
28	222-11 ～ 12	順序：あるいは弓の…，あるいは長刀を…，	b	b	a	a	a	a	b	b
29	222-20 ～ 21	さな言はせそ．	c	c	a	a	a	a	a	a
30	222-22 ～ 24	あるいは馬を捨てて…，…者もござった．	b	b	a	a	a	a	a	b
31	223-9 ～ 10	厳しう守護しまらしてござる．	c	c	a	a	a	a	a	a
32	223-21 ～ 22	家の子郎等どもを…戦《いくさ》に勝った上は，	c	b	a	a	a	a	a	a
33	223-23	順序：主上にならうか？法皇にならうか？	b	a	a	a	a	a	a	a
34	224-5 ～ 7	殿は源氏で…をかしいことでござらうずれ．	c	c	a	a	a	a	a	a
35	225-11 ～ 17	この狼藉を聞いて…と言うて，	b	b	a	a	a	a	a	a
36	226-7 ～ 9	なほ召し使はるる…申し上せられたならば，	b	b	a	a	a	a	a	a
37	226-12 ～ 15	日ごとに頼朝の館へ…生きてゐまらした．	b	b	a	a	a	a	a	a
38	226-19 ～ 20	平家の大将宗盛は大きに喜ばれたれども，	b	b	a	a	a	a	a	a
39	226-23	世は末になったといへども，	b	b	a	a	a	a	a	a
40	227-23 ～ 228-1	平家は西国にゐられ、頼朝は関東にあれば，…，諸国の道が	a	a	a	a	c	a	a	a

この『平家物語』諸本の対応状況を集計して示すと、次のようになる。

表２　『平家物語』諸本との対応状況

『平家物語』諸本	a．よく照応する	同左の比率（%）	b．よく照応しない、相違する	c．存しない、大半が存しない
〈小城本〉	2	5.0	25	13
〈鍋島本〉	3	7.5	25	12
〈平松本〉	39	97.5	1	0
〈竹柏園本〉	38	95.0	1	1
〈享禄本〉	33	82.5	5	2
〈鎌倉本〉	33	82.5	5	2
〈竜大本〉	31	77.5	8	1
〈米沢本〉	24	60.0	15	1

ここで調査した８本の原拠本からの距離は、上表によって大概を把握することができる。

〈天草版平家〉とよく照応するのは〈小城本〉が２例（5.0%）、〈鍋島本〉が３例（7.5%）である。これに対して、〈平松本〉39例（97.5%）、〈竹柏園本〉38例（95.0%）である。両者の間には、その比率の上で大きな差がある。８本のうちで原拠本に最も近い本文を有するのは、〈平松本〉〈竹柏園本〉である。続いて〈享禄本〉〈鎌倉本〉、少し離れて〈竜大本〉〈米沢本〉ということになる。〈小城本〉〈鍋島本〉は他の６本よりかなり遠い位置にある。それ故、〈小城本〉〈鍋島本〉に近い本文を有する〈斯道本〉の第二次本文の類を基幹とするものが巻八に関しては原拠本として用いられていない、換言すれば、該当の範囲［ハ］については前後の範囲［ロ］とは別種のものが原拠本として用いられている、と考えざるを得ない。

三　原拠本と〈平松本〉〈竹柏園本〉との関係

〈天草版平家〉の原拠本に近いのは八坂流甲類の〈平松本〉〈竹柏園本〉であることを、前節において、よく照応する項目数の比率の高いことをもって検証した。これについては、次の二つの点に注意することが必要である。

文および比較的長い語句で8本に異同のある40項目のうち、〈平松本〉は39項目、〈竹柏園本〉は38項目が〈天草版平家〉とよく照応する。しかも〈平松本〉のよく照応すると言えない1項は〈竹柏園本〉がよく照応し、〈竹柏園本〉のよく照応すると言えない2項は〈平松本〉がよく照応する。

◆〈平松本〉がよく照応すると言えない1項

（9）九月十三夜の4首の歌の有無・順序（200-8 ～ 20）・作者名で示すと、次のようになる。

〈天〉　経盛　　行盛　　忠度　　経正
〈平〉　経盛　（ナシ）　忠度　　経正
〈竹〉　経盛　　幸盛　　忠度　　経正

◆〈竹柏園本〉がよく照応するとは言えない二項

(10)〈天〉住なれし古き都の恋しさは，神も昔を忘れ給はず．(199-23)
〈平〉栖《スミ》馴レシ旧キ都ノ恋サハ、神モ昔ヲ忘給ハシ。
〈竹〉栖馴シ旧キ都ノ恋シサハ、神モ昔ニ思ヒ知ラン。

(11)〈天〉軍《いくさ》奉行が落つる上は，二万余りの官軍ども，我先にと落ちて行くが，(222-7 ～ 9)
〈平〉行事カ落上ハ、　二万余人ノ官軍トモ、我先ニトソ　落行ケル。
〈竹〉＋＋＋＋＋＋、＋＋＋＋＋＋＋＋＋＋＋、＋＋＋＋＋、＋＋＋＋。

このことから、原拠本と両本とは、一直線上に並ぶものとして位置づけられるべき性格のものではないと言えよう。

上の8本がすべてa（よく照応する）の段階として認定できない箇所も存する。その場合は、〈平松本〉〈竹柏園本〉がともに〈天草版平家〉とよく照応するとは言えないことになる。

(12)〈天〉さて経正の歌には，分けて来し野辺の露とも消えずして，思はぬ里の月を見るかな．と思ひ思ひに詠うで慰さうでゐられてござる．(200-23 ～ 24)

◇傍線の部分に対応する語句

〈平〉〈竹〉〈享〉〈鎌〉〈竜〉〈米〉〈小〉：ナシ。

〈鍋〉 あはれなりし事どもなり。

上と同語句：〈国〉〈京〉など。

(13)〈天〉能登殿の言はれたは，合戦の仕様がゆるかせな，敵の船は皆もやうたと見えたぞ，味方の船も組めと言うて，(209-15 ～ 16)

◇傍線の部分に対応する語句

〈平〉北国ノ奴原ニ生捕レムヲハ心憂トハ不サルヤ思、

上と同語句、又はほぼ同語句：〈竹〉〈鎌〉〈小〉〈鍋〉〈竜〉〈米〉

〈享〉北国ノ奴原ニ生捕レナハ心憂カルヘシ、

(14)〈天〉兼康が総領の宗康馬には乗らず，徒歩《かち》で郎等と共に落ちて行くほどに，(中略) やうやうと十町余りほど落ちたれども，親には未だ追ひ着かなんだところで，兼康下人に言ふは，(215-6 ～ 7)

◇傍線の部分に対応する語句

〈平〉〈竹〉〈享〉〈鎌〉〈小〉〈鍋〉〈竜〉〈米〉：ナシ。

(15)〈天〉君子は器《うつわもの》ものならずとこそ言ふに，ひとへに弓矢のことばかりに携はったことはあさましい儀ぢゃ．(224-12 ～ 14)

◇対応する語句

〈平〉〈竹〉〈享〉〈鎌〉〈小〉〈鍋〉〈竜〉〈米〉：ナシ。

(16)（天）その時天下の体《てい》は大方《おほかた》三つに分かれたやうなものでござった．(227-21 ～ 23)

◇対応する語句

〈平〉〈竹〉〈享〉〈鎌〉〈小〉〈鍋〉〈竜〉〈米〉：ナシ。

他の『平家物語』の古写本・古刊本にもこれらとよく照応する語句を見つけることができなかった。例(12)(13)は原拠本によく照応する語句が存して、それを口語訳したという可能性も否定できない。例(14)(15)(16)は、前後の事情をよく理解できるように、口訳者が補って説明したものであろう。前者のような例はあまり多くないが他にも存する。それ故、両本と原拠本との隔たりを推測する場合、きわめて高い「よく照応する」の比率は多少さし引いて考えなければならない。

この２つの点を考慮すれば、両本の一方を基幹にし、他方で補完して原拠本の本文が成立したと考えることは無理である。原拠本・〈平松本〉・〈竹柏園本〉は、互いに近い位置で鼎立しているというべき性質のものである。

四　〈平松本〉〈竹柏園本〉以外の諸本との関連

比較的短い語句については、〈平松本〉〈竹柏園本〉以外の諸本に両本よりもよく照応するものが見出される。

●［A］一方流の諸本とよく照応する語句

八坂流甲類の〈平松本〉〈竹相園本〉〈享禄本〉〈鎌倉本〉および百二十句本系の〈小城本〉〈鍋島本〉とよく照応せず、一方流の〈竜大本〉〈米沢本〉などとよく照応する例を示そう。

(17)〈天〉兼康は主従ただ三人に討ちなされて逃げて行くを，始め
〈平〉妹尾太郎只主従三騎ニ 被《レテ》二討成一（中略）落行程ニ、＋＋
〈竹〉妹尾太郎只主従三奇ニ討成レテ（中略）落行程ニ、＋＋
〈竜〉妹尾太郎たゝ主従三騎にうちなされ、（中略）落行程に、＋＋
〈小〉妹尾太郎＋＋主従三騎ニ討チナサレ、（中略）落行ク。＋＋

〈天〉北国で生け捕りにしたかの倉光またこれを生け捕りにせうと言ふて，(214-10)
〈平〉此国ニ＋＋＋＋＋＋＋＋＋＋妹尾ニ出テハ又生捕リニ仕候ハムトテ、
〈竹〉＋＋＋＋＋倉満次郎業澄（中略）於二妹尾一亦生取ニ仕候ハントテ、
〈竜〉北国で妹尾生け捕りにしにしたりし倉光次郎成澄（中略）妹尾においては又いけとり仕候はんとて、
〈小〉＋＋＋＋＋＋＋＋＋＋＋＋＋＋＋＋＋＋＋＋＋＋＋＋＋、

この例の下線部「北国で生け捕りにした」は、〈竜大本〉とよく照応している。他に〈高野本〉など覚一本系に同じ語句のものが見られる。

(18)〈天〉西国の戦《いくさ》　をば先づさしおかせられて，早う上らせられい　と言《ゆ》いやったところで，(216-24)

〈平〉西国ノ軍ヲハ　暫闇《サシ》セ給テ、急キ上セ給ヘ　ト申ケレハ、

〈竹〉西国ノ軍ヲ　暫閣セ給テ　急キ上給ヘ　ト申ケレハ、

〈米〉西国の戦をは先さしをかせ給て、急のほらせ給へ　と云けれは、

〈小〉＋＋＋　＋＋＋＋＋＋＋＋＋＋＋　急キ上ラセ玉ヘ　ト申タリケレバ、

この例の「先づ」は、葉子本系の〈米沢本〉の対応語句と一致する。〈内閣本〉〈愛知県大本〉なども同じである。

(19)〈天〉緒方は一切同心せいで，あまっさへこの資盛をもそこで　討ちはたしさうにあったれども，(202-12)

〈平〉惟栄　＋＋ 奉《ラス》レ従ヒ、 公達ヲモ剰サヘ　所ニテ　取籠 可《ク》レ進候ヘトモ、

〈竹〉惟栄　更　不奉従、　＋＋＋公達をも　此処ニテ取籠可進候ヘトモ、

〈小〉惟義　更ニ随イ奉ラズ、 君ヲモ聽テ　＋＋　取籠奉ルベウ候ヘトモ、

〈慶〉惟義　＋＋随奉ラス、 剰君達ヲモ　是ニテ　取籠参ラスヘウ候シカ共、

この例の傍線部「あまっさへこの資盛をも」とよく照応するのは、覚一本系の〈慶長古活字本〉である。〈元和九年刊本〉なども同じ語句である。

他に次のようなものが見られる。

○官、位に望みをかくるほどの人は，(197-6)

○また平家は西国でこの事を伝へ聞いて，(200-4)

○ただ一人ある子を捨てたなどと言はれうことは恥しいと言うたところで，(215-13)

○のちには片田舎へ引っ込うで命ばかりを生きてゐまらした．(226-15)

○これをば木曾もまた許容せなんだ．(227-5)

●［B］　百二十句本系の諸本とよく照応する例

八坂流甲類の〈平松本〉〈竹柏園本〉〈享禄本〉〈鎌倉本〉および一方流の〈竜大本〉〈米沢本〉などとよく照応せずに、百二十句本系の〈小城本〉〈鍋島本〉などによく照応する語句の存する例をあげる。

(20)〈天〉木曾は大きに笑うて，何？猫でありながら，人に見参せう

〈平〉木曾　大笑テ　　　＋＋猫ハ・モ　人ニ見参スルカ、

〈竹〉木曾　大ニ笑テ、　＋＋猫は　人に見参スルカ、

〈小〉木曾　是ヲ聞キ、　＋＋猫モサレハ、人ニ見参スルカ

〈竜〉木曾　大にわらて、＋＋猫は人にけんさうす

〈天〉と言ふかと，言はれたれば，いや，これは猫間殿と申して、公《く》家《げ》でござると言うたれば，(206-9)

〈平〉＋＋＋＋＋＋＋＋＋　　是ハ猫間殿ニテ、公卿ニテ渡ラセ給候（中略）ト申ハ、

〈竹〉ト、云ケレハ、 人々　猫間殿トテ、公卿ニテ渡ラセ給候（中略）＋＋＋＋＋

〈小〉ト有カト、宣ヘバ左は候ワズ、 是ハ猫間殿ト申ス　上臈ニテマシ丶丶候フ（中略）ト申セバ

〈竜〉るか、 ＋＋＋＋＋＋＋＋＋＋＋猫間の中納言と申　公卿てわたらせ給ふ、(中略) と申けれは、

下線部「いや」によく照応する語句が〈小城本〉に見られる。〈鍋島本〉などの百二十句本系の諸本にも同じ語句が存する。

(21)〈天〉五畿内の兵ども始めは木曾に従うたが，みな木曾を背いて法皇のお方へ参った．(220-5)

〈平〉五畿内ノ兵ノトモ始ハ木曾ニ随イタリケルカ、皆＋＋＋背テ院ノ方ヘ参。

〈竹〉五畿内ノ兵共　始ハ　木曾ニ随付タリシカ、皆＋＋＋背テ法住寺殿エ参ル。

〈小〉木曾ニ随ヒタル　五畿内兵トモ皆木曾ヲ背テ院方ニ参ル。

〈竜〉はしめは木曾にしたかふたりける五畿内の兵とも、皆＋＋そむ

ゐて院方へまいる。

下線部の「木曾を」に対応する語句が〈平松本〉〈竹柏園本〉にはない。〈小城本〉をはじめ〈鍋島本〉などの百二十句本系の諸本に見出される。

(22)〈天〉牛飼この分では悪しからうず，中直りをせうと思うて，

〈平〉牛牧《カイ》++++++++++中リ（ママ）直サムトヤ思ケム、

〈竹〉牛飼+++++++++中直セントヤ思ハレケン、

〈小〉牛飼悪シカリナン　++++++トヤ思ヒケン、

〈竜〉牛飼++++++++++十+なかなをりせんとや思けん、

〈天〉さうでござる，手形に取りつかせられいと申したれば，

(208-2)

〈平〉其ニ候　手形ニ取着セ給ヘト申セハ、

(竹) 其ニ候　手形ニ取付セ玉ヘト申セハ、

〈小〉其ニ候フ　手ガタニ取リ付カセ玉ヘト申セバ、

〈竜〉それに候　手かたにとりつかせ給へと申けれは、

下線部の「この分では悪しからうず」に対応する語句が〈平松本〉〈竹柏園本〉にはない。〈小城本〉などの百二十句本系の諸本によく照応する語句が見られるが、それに続く「中直りをせう」に対応する語句が見られない。

他に次のような例がある。

○まづ嫡子の宗康が首を打ち落いてから，(216-7)

○しどろもどろになって（要約）方々に皆落ちて行くに，(222-12)

○みな射殺せと、院宣を下されたによって，(222-15)

○平家の方へ使者を立てて，(226-17)

○これをば木曾もまた許容せなんだ．(227-4)

[B] の３例は、下線部以外では〈平松本〉又は〈竹柏園本〉の方が〈小城本〉よりもよく照応する。それ故、〈小城本〉と同じ語句を有するものが、校合などの方法で原拠本の本文の形成に関与したのではないかと推測するのである。

［A］の３例は、一方流の〈竜大本〉などの本文が百二十句本系の〈小城本〉などよりも原拠本に近いため、［B］のような顕著な傾向が見られない。しかし、このような操作が行われたと仮定しても、それと矛盾するものではない。

五　むすび

〈天草版平家〉の原拠本を探究する過程において、該当の範囲（『平家物語』の巻八に相当）の解明がもっとも遅れている。その原因は、前後の範囲（『平家物語』の巻四～巻七、巻九～巻十二に相当）では原拠本にきわめて近い〈斯道本〉が発見されたのに対して、それが巻八を欠いていたことによる。

前後の範囲の原拠本は、〈斯道本〉の第二次本文の類に、一方流の〈竜大本〉に近いもの、及び八坂流甲類の〈竹柏園本〉に近いものに存する語句や表現が、校合などの方法で取り入れられたものであろう。

該当の範囲の原拠本を〈斯道本〉に近い本文を有する〈小城本〉〈鍋島本〉と比較してみると、対応する部分が両本に存しない、又は存してもよく照応しない、という箇所が目立つ。〈平松本〉など他の六本を加えて、文や語句の比較的長い部分で諸本間に相違のある箇所を取り上げて対校してみても、両本がよく照応するのはきわめて少ない。これは前後の範囲と同種のものが用いられていないことを示している。

よく照応する箇所の多いのは〈平松本〉〈竹柏園本〉である。このうちの片方がよく照応すると言えない少数の箇所は、他方がよく照応する。が、両本ともよく照応すると言えない箇所も存する。それ故、両本の一方を基幹として原拠本の本文が形成されたと考えることはできない。又、原拠本と両本とは一直線上に並ぶものではなく、互いに近い位置に鼎立していると例えるべき性質のものである。

比較的短かい語句については、〈平松本〉〈竹柏園本〉よりもよく照応するものが一方流の〈竜大本〉〈米沢本〉など、又は百二十句本系の〈小城本〉

〈鍋島本〉などに見出される。このことは、これらの系統のものが原拠本の該当の範囲の本文の形成において、校合などの方法で関与している可能性を示すものであろう。

〈天草版平家〉の原拠本そのものは、いまだ発見されていない[3]。該当の範囲では、原拠本にきわめて近い本文を持つものさえ発見されていない。そのため、現存の『平家物語』諸本の中から原拠本に近い、又は関連すると考えられるものをあげて、それらとの関係を推測した。

原拠本またはそれにきわめて近いもの、例えば前後の範囲における〈斯道本〉のようなものが発見されれば、該当の範囲においても〈天草版平家〉の本文と原拠本との関係を一層正確に把握することができよう。が、そのような状況は未だ考えられない。それ故、今日ではこの段階にとどまらざるをえない。

この稿で用いた『平家物語』諸本とその略称・略号は、次の通りである。

◇〈天草版平家〉〈天〉天草版『平家物語』大英図書館蔵、原本・影印本。

◇百二十句本など

〈斯道本〉〈斯〉慶応義塾大学付属斯道文庫蔵、原本、影印本。〈斯〉一：同上第一次本文。〈斯〉二：同左第二次本文。

〈小城本〉〈小〉佐賀大学付属図書館蔵、影印本。

〈鍋島本〉〈鍋〉天理図書館蔵　（鍋島家旧蔵）、写真。

〈国会本〉〈国〉国立国会図書館蔵、写真・影印本。

〈京都本〉〈京〉京都府立総合資料館蔵、写真。

〈竹柏園本〉〈竹〉天理図書館蔵、影印本。

〈平松本〉〈平〉京都大学図書館蔵、影印本。

〈享禄本〉〈享〉享禄書写鎌倉本、文化庁蔵、影印本。

〈鎌倉本〉〈鎌〉彰考館文庫蔵、影印本。

〈東大刊年未詳本〉〈東〉　東京大学付属図書館蔵、写真。

◇一方流

◆覚一本系

〈竜大本〉〈竜〉竜谷大学付属図書館蔵、写真・影印本。

〈高野本〉〈高〉東京大学国語研究室蔵、影印本。

〈西教寺本〉　巻一は大東急記念文庫蔵、原本。巻二以降は西教寺蔵、山下宏明氏所持の写真。

〈慶長古活字本〉〈慶〉大東急記念文庫蔵、写真。

◆葉子本系

〈米沢本〉〈米〉米沢市立図書館蔵、写真。

〈内閣本〉〈内〉内閣文庫蔵、写真。

〈愛知県大本〉　愛知県立大学付属図書館蔵、原本・写真。

◆流布本系

〈駒大本 27〉〈駒 27〉　駒沢大学付属図書館蔵、原本・写真。

〈元和九年刊本〉　大東急記念文庫蔵、写真。

注

1）『平家物語研究序説』（山下宏明）明治書院、昭 47 刊参照。

2）『国書総目録』　岩波書店、昭 38 刊。

3）　本書の第四章参照。

付記　本章は『愛知県立大学文学部論集』第 40 号（平 4・2 刊行）に掲載の論文を一部改稿したものである。

第六章　む　す　び

〈天草版平家〉の［イ］の範囲（巻Ⅰ、巻Ⅱ第1章）の口語訳の原拠の本文は、『平家物語』の一方流諸本の中でも覚一本系の〈竜大本〉〈西教寺本〉の類にかなり近く、葉子本系に見られる語句をも含んだものが基幹となっている。また、百二十本系の語句の存在に関する私の見解は第三章［Ⅰ］［Ⅱ］において述べた。

〈天草版平家〉の語句の中で、現存の一方流諸本の該当する箇所によく照応する語句を見つけることができない場合、往々にして百二十句本系の諸本（特に〈斯道本〉が多く、次いで〈小城本〉）の該当する箇所に見られる。このことを根拠にして、百二十句本系の漢字片かな交じりの『平家物語』が原拠本の本文の形成に関与していると推定した。また巻Ⅱ第1章（妓王）について、清瀬氏は『平家物語』諸本を校合して検討した結果、原拠本は覚一本系の〈西教寺本〉を基軸として本文が形成されたと想定し、それには〈鍋島本〉のような平がな百二十本の本文も関与していると考えた。これに対して、私は清瀬氏のあげられた〈鍋島本〉の用例を検討し、それらが氏の主張の論拠とはなり得ないであろうと述べた。続いて、この章全体にわたって『平家物語』諸本の100種余りと比較検討した結果、百二十句本系の中でも漢字片かな交りの〈斯道本〉にきわめて近く、〈小城本〉にも近い『平家物語』が原拠本の本文の形成に関与しているという結論に達した。

〈天草版平家〉の［ロ］の範囲（巻Ⅱ第2章～巻Ⅲ第8章、及び巻Ⅳ第2章～第28章）について、その本文を現存の『平家物語』の古写本・古刊本と比較してみると、原拠本は百二十句本系で漢字片かな交じりの〈斯道本〉（第二次本文）に最も近いと判断できる。

では、原拠本は〈斯道本〉そのものなのか。この問題については次の3項を選んで、第四章で検証を試みた（近藤：平2・12）。

（ｉ）巻Ⅳ第12章の「重衡の東下りのこと」の条において、喜一検校が節を付けて語るという趣向になっている部分。

（ⅱ）〈斯道本〉の第二次本文が第一次本文と内容の上で重なる箇所のうち、〈天草版平家〉にも対応する文や語句の存する部分。

（ⅲ）巻Ⅳ第２章以降（『平家物語』の巻九〜巻十二）で、逐語訳の目立つ部分。

上記について〈天草版平家〉の本文を『平家物語』諸本と対照して検討した結果、原拠本は〈斯道本〉（第一次・第二次の両本文とも）そのものでないことが判明した。そしてこの範囲の原拠本は、〈斯道本〉の第二次本文の類に、覚一本系の〈竜大本〉の類、および八坂流甲類の〈平松本〉の類の語句や表現が校合などの方法で取り入れられて成立したものと推測した。

なお、この場合の〈竜大本〉の類は[イ]の範囲で、〈平松本〉の類は[ハ]の範囲で、それぞれ原拠本として用いられたもののことである。又、調査に用いた〈斯道本〉〈竜大本〉〈平松本〉などの諸本は、それぞれの範囲の原拠になった本そのものでなく、多少の相違を有する異本的性格のものである。

〈天草版平家〉の原拠本を探究する過程において、[ハ]の範囲（巻Ⅲ第９章〜巻Ⅳ第１章）の解明はもっとも遅れている。その原因は、前後の範囲（『平家物語』の巻四〜巻七、巻九〜巻十二に相当）では原拠本にきわめて近い〈斯道本〉が発見されたのに対して、それが巻八を欠いていたことによる。この範囲に関する私の見解は第五章（近藤：平４・２）で述べた。

該当の範囲の本文を、〈斯道本〉に近い本文を有する〈小城本〉〈鍋島本〉と比較してみると、対応する部分が両本に存しない、又は存してもよく照応しない、という箇所が目立つ。よく照応する箇所の多いのは〈平松本〉〈竹柏園本〉である。このうちの片方がよく照応すると言えない少数の箇所は、他方がよく照応する。が、両本ともよく照応すると言えない箇所も存する。それ故、両者の一方を基幹として原拠本の本文が形成されたと考えることはできない。又、原拠本と両本とは一直線上に並ぶものではなく、互いに近い位置に鼎立していると例えるべき性質のものである。

比較的短かい語句については、〈平松本〉〈竹柏園本〉よりもよく照応するものが一方流の〈竜大本〉〈米沢本〉など、又は百二十句本系の〈小城本〉〈鍋島本〉などに見出される。このことは、これらの系統のものが原拠本の該当の範囲の本文の形成において、校合などの方法で関与している可能性を示すものであろう。

〈天草版平家〉の原拠本そのものは、いまだ発見されていない。該当の範囲では、原拠本にきわめて近い本文を持つものさえ発見されていないと言うべきである。そのため、現存の『平家物語』諸本の中から原拠本に近い、又は関連すると考えられるものをあげて、それらとの関係を推測した。

原拠本またはそれにきわめて近いもの、例えば前後の範囲における〈斯道本〉のようなものが発見されれば、該当の範囲においても〈天草版平家〉の本文と原拠本との関係を一層正確に把握することができよう。が、今日ではこの段階にとどまらざるをえない。

現在の〈天草版平家〉の原拠本の本文に関する私の見解を表示すると、次のようになる。

表１　天草版『平家物語』の原拠本の本文と現存の『平家物語』諸本との関係

<table>
<tr><th>平家物語（十二巻本）による範囲の表示</th><th colspan="2">天草版『平家物語』の原拠本に近い諸本の例</th><th>天草版『平家物語』の原拠本との距離</th><th>備考</th></tr>
<tr><td>［イ］
巻一〜三</td><td colspan="2">〈竜大本〉〈高野本〉〈西教寺本〉など</td><td>かなり近い</td><td>一方流（〈早大本〉の類）・百二十句本（〈斯道本〉の類）の語句が関与</td></tr>
<tr><td rowspan="2">［ロ］
巻四〜七
巻九〜十二</td><td rowspan="2">〈斯道本〉（漢字片かな交じり本）</td><td>一次本文（巻八は欠）</td><td>極めて近い</td><td rowspan="2">一方流（〈竜大本〉〈西教寺本〉など）・八坂流甲類（〈平松本〉〈竹柏園本〉など）の類の語句が関与</td></tr>
<tr><td>二次本文（断片）</td><td>最も近い</td></tr>
</table>

	〈小城本〉 （漢字片かな交じり本） 〈鍋島本〉（平がな本）	かなり近い	
［ハ］ 巻八	〈平松本〉〈竹柏園本〉	近い	一方流（〈竜大本〉〈西教寺本〉の類など）・百二十句本（〈斯道本〉の類など）の語句が関与か

第二部
天草版『平家物語』の
語彙・語法の考察

第一章　はじめに

第二部においては、〈天草版平家〉の語彙を第二章で自立語、第三章で付属語（助動詞・助詞）を計量的な視点から総合的に考察する。その場合、一部分ではあるが原拠本に近い本文を持つ〈高野本平家〉との比較をしながら全体的に特色を把握するよう努める。

(イ)『平家物語』との比較の対象として〈高野本〉を選んだ理由

〈天草版平家〉の原拠本の本文を探求する過程で巻Ⅰ・巻Ⅱ第１章（妓王）は覚一本系がかなり近いと判明した。従来、日本古典文学大系『平家物語』（底本は〈竜大本〉）が計量的研究には取り上げられることが多かった。この書は〈竜大本〉の欠く「妓王」などの章を〈高野本〉から補っている。〈天草版平家〉との比較研究にはこの章は重要である。それで〈竜大本〉と同じ覚一本系の〈高野本〉を底本にした新日本古典文学大系『平家物語』を用いて、正確な数値を求めた。

(ロ)自立語・付属語の集計には、基準を変えて整理し、論じた理由

『天草版平家物語語彙用例総索引』を刊行した時（1999年）、独自の基準を設定して研究論文を発表していた。が、その後に大野晋氏の「平安時代和文脈系文学の基本語彙」が発表され、これを基準にして論じられることが多くなった。比較の幅を広げるため、自立語についてはこれに合せ、多くの方々の理解を容易にした。付属語については異なり語数がはるかに少なく、大野理論の適用はできないので、発表当時のままとした。

(ハ)〈天草版平家〉と〈高野本平家〉の全体の語彙数

〈天草版平家〉は「扉・序・物語の本文・目録」の四部によって構成されている。このうちの物語の本文に使われている全部の語を集計すると、次のようになる。

	総語数	自立語	付属語（助動詞・助詞）
〈天草版平家〉	90605	46893	43712　（11338・32374）
〈高野本平家〉	176068	99367	76701　（20131・56570）

自立語と付属語の割合は、〈天草版平家〉が517.554‰（パーミル）と482.446‰である。そして、〈高野本平家〉は564.047‰と435.953‰である。

これらの集計は『天草版平家物語語彙用例総索引』と『平家物語高野本語彙用例総索引』を基本にしているが、その後に微少の数値を訂正した。

〈高野本平家〉と比較すると、〈天草版平家〉』は自立語の割合が減少し、付属語の割合が増加している。

そして、第四章では〈天草版平家〉の語法について中世日本語の特色が顕著に見られる動詞・助動詞・助詞を主とする視点から考察する。この場合も口語訳の原拠に近い『平家物語』の〈斯道本〉〈高野本〉などの諸本と比較しながら、中世日本語の話し言葉の特徴を究明する。

また、第五章では〈天草版平家〉の文末語について取り上げた。そして、［Ⅰ］で文の種類との相関性、［Ⅱ］で品詞・活用形などとの相関性について考察した。

なお、これらは全体を通して、次の２つの作業を基盤にして成立している。

（ⅰ）第一部で示した〈天草版平家〉の原拠本の本文の探求。100種類余りの『平家物語』の古写本・古刊本の調査と本文の比較。

（ⅱ）

○『天草版平家物語語彙用例総索引』影印・翻字篇、同　索引篇（近藤政美ほか編、勉誠出版刊行）

○『平家物語高野本語彙用例総索引』自立語篇、同　付属語篇（近藤政美ほか編、勉誠出版刊行）

第二章　天草版『平家物語』の基幹語彙（自立語）の計量的考察

一　はじめに

この章では〈天草版平家〉の自立語について、計量的な視点から〈高野本平家〉と比較してその特色を論述する。

従来「基幹語彙」「基本語彙」の概念は必ずしも明確ではなかった。真田信治氏は両者の意味を次のように整理している［文献１］。

基幹語彙…ある特定の語集団を対象にした語彙調査から得られる、その語集団の骨格的部分集団。

基本語彙…ある目的を持って人為的に選定されるべき功利性のある語集団。目的と用途によって規定される。

ここでは前者の基幹語彙を用い、作品の延べ語数の合計に対して、使用度数が0.1‰（パーミル）以上の集団とする。大野晋氏は同じ意味で基本語彙を用いている[1]。

「段階」という語を用いるが、〈天草版平家〉で作品全体の延べ語数を10%（パーセント）ずつ10段階に分けて①②③…⑩と記したものである。ただし、使用度数の中間で切ることを避け、〈天草版平家〉では⑤が下限の使用度数28まで、⑥が同じく使用度数16までとする。西田直敏氏の考え方［文献２］を参考にした。〈高野本平家〉の場合もこれに準じる。

〈天草版平家〉を中心にする〔付録〕資料Ⅰでは段階①～⑧（番号１～1650）が基幹語彙と一致する。これを第一基幹語彙（段階①～⑤）と第二基幹語彙（段階⑥～⑧）に分けて、比較による計量的特色を把握しようと試みた。

また、〈高野本平家〉を中心とする〔付録〕資料Ⅱでは段階①～⑦（番号１～1690）が基幹語彙と一致する。そして、〈天草版平家〉に準じてこれを第一基幹語彙（段階①～⑤）と第二基幹語彙（段階⑥⑦）に分けて掲示した。

〈天草版平家〉〈高野本平家〉は共に基幹語彙の異なり語数・延べ語数が比較的多いので、第一・第二に分類した。このような方法は全国大学国語国文学会で発表し、愛知県立大学大学院の『論集』第１号[2)]で試みたこともある。が、充分理解されなかったので、今回は大野・西田両氏の考え方に準じて設定したのである。

二　基幹語彙と段階の設定による語彙の集計表

前節で設定した基幹語彙・段階の概念により、〈天草版平家〉および〈高野本平家〉の各段階の使用度数と異なり語数・延べ語数の累計を示すと、次のようになる。

［表Ⅰ］〈天草版平家〉の各段階の使用度数ごとの異なり語数・延べ語数の累計

段階	天草度数	比率（‰）	異なり語数	累計	延べ語数	累計
①	1000	21.325	1	1	1000	1000
①	844	17.998	1	2	844	1844
①	822	17.529	1	3	822	2666
①	754	16.079	1	4	754	3420
①	716	15.269	1	5	716	4136
①	545	11.622	1	6	545	4681
①	507	10.812	1	7	507	5188
②	427	9.106	1	8	427	5615
②	408	8.701	1	9	408	6023
②	388	8.274	1	10	388	6411
②	384	8.189	1	11	384	6795

段階	天草度数	比率（‰）	異なり語数	累計	延べ語数	累計
②	350	7.464	1	12	350	7145
②	341	7.272	1	13	341	7486
②	328	6.995	1	14	328	7814
②	287	6.12	1	15	287	8101
②	272	5.8	1	16	272	8373
②	258	5.502	1	17	258	8631
②	230	4.905	1	18	230	8861
②	204	4.35	1	19	204	9065
②	200	4.265	1	20	200	9265
②	183	3.903	1	21	183	9448
③	169	3.604	1	22	169	9617
③	162	3.455	2	24	324	9941
③	161	3.433	1	25	161	10102
③	158	3.369	1	26	158	10260
③	153	3.263	1	27	153	10413
③	147	3.135	2	29	294	10707
③	145	3.092	1	30	145	10852
③	136	2.9	1	31	136	10988
③	133	2.836	1	32	133	11121
③	127	2.708	1	33	127	11248
③	123	2.623	1	34	123	11371
③	118	2.516	1	35	118	11489
③	117	2.495	1	36	117	11606
③	115	2.452	1	37	115	11721
③	113	2.41	1	38	113	11834
③	112	2.388	2	40	224	12058

段階	天草度数	比率（‰）	異なり語数	累計	延べ語数	累計
③	110	2.346	1	41	110	12168
③	109	2.324	1	42	109	12277
③	108	2.303	1	43	108	12385
③	106	2.26	3	46	318	12703
③	102	2.175	2	48	204	12907
③	101	2.154	1	49	101	13008
③	98	2.09	2	51	196	13204
③	95	2.026	1	52	95	13299
③	93	1.983	1	53	93	13392
③	90	1.919	1	54	90	13482
③	88	1.877	1	55	88	13570
③	87	1.855	2	57	174	13744
③	86	1.834	2	59	172	13916
③	84	1.791	3	62	252	14168
④	83	1.77	2	64	166	14334
④	82	1.749	2	66	164	14498
④	81	1.727	1	67	81	14579
④	80	1.706	1	68	80	14659
④	79	1.685	3	71	237	14896
④	78	1.663	1	72	78	14974
④	77	1.642	1	73	77	15051
④	76	1.621	1	74	76	15127
④	75	1.599	1	75	75	15202
④	74	1.578	1	76	74	15276
④	73	1.557	3	79	219	15495
④	72	1.535	2	81	144	15639

段階	天草度数	比率（‰）	異なり語数	累計	延べ語数	累計
④	71	1.514	1	82	71	15710
④	70	1.493	2	84	140	15850
④	69	1.471	2	86	138	15988
④	68	1.45	2	88	136	16124
④	67	1.429	2	90	134	16258
④	66	1.407	3	93	198	16456
④	63	1.343	4	97	252	16708
④	62	1.322	2	99	124	16832
④	61	1.301	2	101	122	16954
④	60	1.28	2	103	120	17074
④	59	1.258	4	107	236	17310
④	57	1.216	2	109	114	17424
④	56	1.194	1	110	56	17480
④	55	1.173	6	116	330	17810
④	54	1.152	4	120	216	18026
④	53	1.13	4	124	212	18238
④	52	1.109	7	131	364	18602
④	51	1.088	5	136	255	18857
⑤	50	1.066	2	138	100	18957
⑤	49	1.045	3	141	147	19104
⑤	48	1.024	6	147	288	19392
⑤	47	1.002	6	153	282	19674
⑤	46	0.981	4	157	184	19858
⑤	45	0.96	3	160	135	19993
⑤	44	0.938	3	163	132	20125
⑤	43	0.917	3	166	129	20254

段階	天草度数	比率（‰）	異なり語数	累計	延べ語数	累計
⑤	42	0.896	8	174	336	20590
⑤	41	0.874	3	177	123	20713
⑤	40	0.853	5	182	200	20913
⑤	39	0.832	5	187	195	21108
⑤	38	0.81	4	191	152	21260
⑤	37	0.789	4	195	148	21408
⑤	36	0.768	8	203	288	21696
⑤	35	0.746	7	210	245	21941
⑤	34	0.725	8	218	272	22213
⑤	33	0.704	7	225	231	22444
⑤	32	0.682	2	227	64	22508
⑤	31	0.661	9	236	279	22787
⑤	30	0.64	9	245	270	23057
⑤	29	0.618	12	257	348	23405
⑤	28	0.597	14	271	392	23797
⑥	27	0.576	10	281	270	24067
⑥	26	0.554	14	295	364	24431
⑥	25	0.533	13	308	325	24756
⑥	24	0.512	15	323	360	25116
⑥	23	0.49	10	333	230	25346
⑥	22	0.469	17	350	374	25720
⑥	21	0.448	30	380	630	26350
⑥	20	0.427	21	401	420	26770
⑥	19	0.405	14	415	266	27036
⑥	18	0.384	27	442	486	27522
⑥	17	0.363	29	471	493	28015

段階	天草度数	比率（‰）	異なり語数	累計	延べ語数	累計
⑥	16	0.341	26	497	416	28431
⑦	15	0.32	30	527	450	28881
⑦	14	0.299	31	558	434	29315
⑦	13	0.277	45	603	585	29900
⑦	12	0.256	60	663	720	30620
⑦	11	0.235	71	734	781	31401
⑦	10	0.213	71	805	710	32111
⑦	9	0.192	92	897	828	32939
⑧	8	0.171	135	1032	1080	34019
⑧	7	0.149	140	1172	980	34999
⑧	6	0.128	208	1380	1248	36247
⑧	5	0.107	270	1650	1350	37597
⑨	4	0.085	371	2021	1484	39081
⑨	3	0.064	592	2613	1776	40857
⑨	2	0.043	1228	3841	2456	43313
⑩	1	0.021	3580	7421	3580	46893

［表Ⅱ］〈高野本平家〉の各段階の使用度数ごとの異なり語数・延べ語数の累計

段階	高野度数	比率（‰）	異なり語数	累計	延べ語数	累計
①	2024	20.369	1	1	2024	2024
①	1469	14.784	1	2	1469	3493
①	1458	14.673	1	3	1458	4951
①	1170	11.775	1	4	1170	6121
①	1007	10.134	1	5	1007	7128
①	989	9.953	1	6	989	8117
①	746	7.508	2	8	1492	9609
①	704	7.085	1	9	704	10313
②	654	6.582	1	10	654	10967
②	631	6.350	1	11	631	11598
②	591	5.948	1	12	591	12189
②	559	5.626	1	13	559	12748
②	540	5.434	1	14	540	13288
②	500	5.032	1	15	500	13788
②	494	4.971	1	16	494	14282
②	422	4.247	1	17	422	14704
②	378	3.804	1	18	378	15082
②	368	3.703	1	19	368	15450
②	356	3.583	1	20	356	15806
②	352	3.542	1	21	352	16158
②	343	3.452	1	22	343	16501
②	340	3.422	1	23	340	16841
②	324	3.261	1	24	324	17165
②	294	2.959	1	25	294	17459
②	285	2.868	1	26	285	17744

段階	高野度数	比率（‰）	異なり語数	累計	延べ語数	累計
②	259	2.606	1	27	259	18003
②	253	2.546	1	28	253	18256
②	251	2.526	2	30	502	18758
②	250	2.516	2	32	500	19258
②	247	2.486	1	33	247	19505
②	245	2.466	1	34	245	19750
②	239	2.405	1	35	239	19989
③	237	2.385	1	36	237	20226
③	236	2.375	1	37	236	20462
③	229	2.305	1	38	229	20691
③	228	2.295	1	39	228	20919
③	217	2.184	1	40	217	21136
③	210	2.113	1	41	210	21346
③	209	2.103	1	42	209	21555
③	207	2.083	1	43	207	21762
③	206	2.073	1	44	206	21968
③	197	1.983	1	45	197	22165
③	194	1.952	1	46	194	22359
③	187	1.882	1	47	187	22546
③	186	1.872	2	49	372	22918
③	185	1.862	1	50	185	23103
③	184	1.852	1	51	184	23287
③	183	1.842	1	52	183	23470
③	181	1.822	2	54	362	23832
③	178	1.791	1	55	178	24010
③	176	1.771	1	56	176	24186

段階	高野度数	比率（‰）	異なり語数	累計	延べ語数	累計
③	173	1.741	1	57	173	24359
③	169	1.701	1	58	169	24528
③	160	1.610	1	59	160	24688
③	157	1.580	3	62	471	25159
③	155	1.560	1	63	155	25314
③	153	1.540	1	64	153	25467
③	152	1.530	1	65	152	25619
③	150	1.510	1	66	150	25769
③	149	1.499	1	67	149	25918
③	148	1.489	1	68	148	26066
③	145	1.459	1	69	145	26211
③	144	1.449	2	71	288	26499
③	143	1.439	1	72	143	26642
③	142	1.429	1	73	142	26784
③	140	1.409	3	76	420	27204
③	138	1.389	1	77	138	27342
③	133	1.338	1	78	133	27475
③	132	1.328	1	79	132	27607
③	130	1.308	1	80	130	27737
③	129	1.298	2	82	258	27995
③	128	1.288	1	83	128	28123
③	126	1.268	1	84	126	28249
③	125	1.258	1	85	125	28374
③	124	1.248	2	87	248	28622
③	123	1.238	1	88	123	28745
③	120	1.208	2	90	240	28985

段階	高野度数	比率（‰）	異なり語数	累計	延べ語数	累計
③	119	1.198	2	92	238	29223
③	118	1.188	1	93	118	29341
③	115	1.157	1	94	115	29456
③	114	1.147	3	97	342	29798
③	113	1.137	2	99	226	30024
④	111	1.117	1	100	111	30135
④	110	1.107	1	101	110	30245
④	109	1.097	2	103	218	30463
④	108	1.087	1	104	108	30571
④	107	1.077	3	107	321	30892
④	106	1.067	2	109	212	31104
④	105	1.057	1	110	105	31209
④	103	1.037	1	111	103	31312
④	102	1.026	1	112	102	31414
④	101	1.016	2	114	202	31616
④	100	1.006	1	115	100	31716
④	99	0.996	2	117	198	31914
④	98	0.986	4	121	392	32306
④	96	0.966	3	124	288	32594
④	95	0.956	1	125	95	32689
④	93	0.936	3	128	279	32968
④	92	0.926	2	130	184	33152
④	91	0.916	3	133	273	33425
④	89	0.896	1	134	89	33514
④	88	0.886	1	135	88	33602
④	86	0.865	4	139	344	33946

段階	高野度数	比率（‰）	異なり語数	累計	延べ語数	累計
④	85	0.855	2	141	170	34116
④	84	0.845	4	145	336	34452
④	83	0.835	1	146	83	34535
④	82	0.825	2	148	164	34699
④	81	0.815	2	150	162	34861
④	80	0.805	3	153	240	35101
④	79	0.795	1	154	79	35180
④	78	0.785	7	161	546	35726
④	77	0.775	2	163	154	35880
④	76	0.765	1	164	76	35956
④	75	0.755	1	165	75	36031
④	74	0.745	2	167	148	36179
④	73	0.735	4	171	292	36471
④	72	0.725	3	174	216	36687
④	71	0.715	6	180	426	37113
④	70	0.704	5	185	350	37463
④	69	0.694	3	188	207	37670
④	67	0.674	5	193	335	38005
④	66	0.664	4	197	264	38269
④	65	0.654	1	198	65	38334
④	64	0.644	8	206	512	38846
④	63	0.634	3	209	189	39035
④	62	0.624	5	214	310	39345
④	61	0.614	3	217	183	39528
④	60	0.604	1	218	60	39588
④	59	0.594	5	223	295	39883

段階	高野度数	比率（‰）	異なり語数	累計	延べ語数	累計
⑤	58	0.584	2	225	116	39999
⑤	57	0.574	6	231	342	40341
⑤	56	0.564	8	239	448	40789
⑤	55	0.554	4	243	220	41009
⑤	54	0.543	9	252	486	41495
⑤	53	0.533	4	256	212	41707
⑤	52	0.523	12	268	624	42331
⑤	51	0.513	3	271	153	42484
⑤	50	0.503	4	275	200	42684
⑤	49	0.493	14	289	686	43370
⑤	48	0.483	8	297	384	43754
⑤	47	0.473	2	299	94	43848
⑤	46	0.463	7	306	322	44170
⑤	45	0.453	10	316	450	44620
⑤	44	0.443	9	325	396	45016
⑤	43	0.433	13	338	559	45575
⑤	42	0.423	13	351	546	46121
⑤	41	0.413	11	362	451	46572
⑤	40	0.403	11	373	440	47012
⑤	39	0.392	8	381	312	47324
⑤	38	0.382	11	392	418	47742
⑤	37	0.372	14	406	518	48260
⑤	36	0.362	7	413	252	48512
⑤	35	0.352	12	425	420	48932
⑤	34	0.342	7	432	238	49170
⑤	33	0.332	12	444	396	49566

段階	高野度数	比率（‰）	異なり語数	累計	延べ語数	累計
⑤	32	0.322	17	461	544	50110
⑥	31	0.312	26	487	806	50916
⑥	30	0.302	16	503	480	51396
⑥	29	0.292	19	522	551	51947
⑥	28	0.282	20	542	560	52507
⑥	27	0.272	28	570	756	53263
⑥	26	0.262	28	598	728	53991
⑥	25	0.252	20	618	500	54491
⑥	24	0.242	34	652	816	55307
⑥	23	0.231	39	691	897	56204
⑥	22	0.221	36	727	792	56996
⑥	21	0.211	43	770	903	57899
⑥	20	0.201	37	807	740	58639
⑥	19	0.191	43	850	817	59456
⑥	18	0.181	49	899	882	60338
⑦	17	0.171	58	957	986	61324
⑦	16	0.161	69	1026	1104	62428
⑦	15	0.151	80	1106	1200	63628
⑦	14	0.141	83	1189	1162	64790
⑦	13	0.131	91	1280	1183	65973
⑦	12	0.121	110	1390	1320	67293
⑦	11	0.111	138	1528	1518	68811
⑦	10	0.101	162	1690	1620	70431
⑧	9	0.091	174	1864	1566	71997
⑧	8	0.081	216	2080	1728	73725
⑧	7	0.070	263	2343	1841	75566

段階	高野度数	比率（‰）	異なり語数	累計	延べ語数	累計
⑧	6	0.060	403	2746	2418	77984
⑧	5	0.050	536	3282	2680	80664
⑨	4	0.040	772	4054	3088	83752
⑨	3	0.030	1224	5278	3672	87424
⑨	2	0.020	2436	7714	4872	92296
⑩	1	0.010	7071	14785	7071	99367

[表Ⅲ] 〈天草版平家〉〈高野本平家〉の語彙の段階別の延べ語数・異なり語数の累計

		延べ語数		異なり語数の累計			
段階	%	天草版（語）	高野本（語）	天草版（語）	天草版（%）	高野本（語）	高野本（%）
①	～10%	5188	10313	7	0.09	9	0.06
②	～20%	9448	19989	21	0.28	35	0.24
③	～30%	14168	30024	62	0.83	99	0.67
④	～40%	18857	39883	136	1.83	223	1.51
⑤	～50%	23797	50110	271	3.65	461	3.12
⑥	～60%	28431	60338	497	6.70	899	6.08
⑦	～70%	32939	70431	897	12.09	1690	11.43
⑧	～80%	37597	80664	1650	22.23	3282	22.20
⑨	～90%	43313	92296	3841	51.76	7714	52.17
⑩	～100%	46893	99367	7421	100.00	14785	100.00

［表Ⅳ］〈天草版平家〉〈高野本平家〉の語彙の段階別の所属語数と使用度数の範囲

		所属語数					
段階	%	天草版（語）	使用度数	%	高野本（語）	使用度数	%
①	～10%	7	1000～507	0.09	9	2024～704	0.06
②	～20%	14	427～183	0.19	26	654～239	0.18
③	～30%	41	169～84	0.55	64	237～113	0.43
④	～40%	74	83～51	1.00	124	111～59	0.84
⑤	～50%	135	50～28	1.82	238	58～32	1.61
⑥	～60%	226	27～16	3.05	438	31～18	2.96
⑦	～70%	400	15～9	5.39	791	17～10	5.35
⑧	～80%	753	8～5	10.15	1592	9～5	10.77
⑨	～90%	2191	4～2	29.52	4432	4～2	29.98
⑩	～100%	3580	1	48.24	7071	1	47.83
合計		7421		100	14785		100

備考　『源氏物語』の語彙の集計［文献3］
　延べ語数　207808
　異なり語数　11423
　第一基幹語彙の使用度数　104以上（0.5‰以上）
　第二基幹語彙の使用度数　21以上（0.1‰以上）
　その他の　使用度数　20以下（0.1‰未満）

前節で規定した基幹語彙を［表Ⅰ］［表Ⅱ］［表Ⅲ］［表Ⅳ］の調査結果から説明すると、次のようになる。

（イ）〈天草版平家〉の基幹語彙は使用度数5以上の1650語である〔①～⑧〕。延べ語数は37597で、全延べ語数46893の80.02%である。大野晋氏の「平安時代和文系文学の基本語彙」のモデルとよく合う。

（ロ）〈高野本平家〉の基本語彙は使用度数10以上の1690語である〔①～⑦〕。延べ語数は70431で、全延べ語数99367の70.08%である。大野氏のモデルとよく合うとは言えない。

（ハ）西田直敏氏が『平家物語総索引』〈学研版〉から推測されたものは、資料作成の基準が異なるので、ここでは取り上げない。

（ニ）この稿では基幹語彙の中で特に使用度数の多い語（〈天〉〈高〉の段階①〜⑤）を第一基幹語彙とした。作品の基層になる語を数値によって把握しようとしたからである。

三　天草版『平家物語』の第一基幹語彙の特色

第一節で述べた第一基幹語彙を中心にして〈天草版平家〉の語彙の特徴を〈高野本平家〉と比較し、また『源氏物語』をも参考にして検討してみよう。〈天草版平家〉の第一基幹語彙は異なり語数271、延べ語数23797である。そして、使用度数は28以上である。これに対して〈高野本平家〉は異なり語数461、延べ語数50110である。そして、使用度数は32以上である。平均使用度数は〈天草版平家〉が87.81で、〈高野本平家〉の108.70より低い。〈天草版平家〉の第一基幹語彙271語を〈高野本平家〉と対照し、『源氏物語』をも参考にして表示すると、次のようになる。

[表Ⅴ]〈天草版平家〉の第一基幹語彙（〈高野本平家〉と対照）

（優先順位… i 天、ii 高、iii 源、iv 見出し）

番号	天草段階	見出し語	漢字	順	品詞	天草度数	高野段階	高野度数	源氏度数	源氏基幹一・二
1	①	あり	有		動	1000	①	1469	4450	一
2	①	こと	事	B	名	844	①	989	4804	一
3	①	いふ	言		動	822	①	704	1228	一
4	①	まうす	申		動	754	①	1170	187	一
5	①	ござる	御座		動	716		0	0	
6	①	す	為	B	動	545	①	1007	3060	一
7	①	その	其	B	連体	507	①	746	568	一

番号	天草段階	見出し語	漢字	順	品詞	天草度数	高野段階	高野度数	源氏度数	源氏基幹一・二
8	②	これ	此		名	427	①	746	368	一
9	②	もの	物・者		名	408	②	500	1942	一
10	②	なし	無		形	388	②	654	3346	一
11	②	この	此		連体	384	②	591	1624	一
12	②	ひと	人		名	350	②	559	3732	一
13	②	おもふ	思		動	341	②	494	2468	一
14	②	まらする			動	328		0	0	
15	②	なる	成	A	動	287	②	540	919	一
16	②	みる	見		動	272	②	422	1839	一
17	②	へいけ	平家		名	258	②	368	0	
18	②	たてまつる	奉		動	230	②	631	203	一
19	②	まゐる	参		動	204	②	378	790	一
20	②	みやこ	都		名	200	②	294	45	二
21	②	おほす	仰	A	動	183	③	153	34	二
22	③	よしつね	義経		名	169	④	63	0	
23	③	また	又		接	162	②	251	698	一
24	③	きく	聞	B	動	162	③	194	535	一
25	③	うま	馬	A	名	161		0	50	二
26	③	いま	今		名	158	②	340	836	一
27	③	とき	時	A	名	153	②	352	225	一
28	③	ところ	所・処		名	147	②	324	598	一
29	③	さて	然		接	147	③	144	200	一
30	③	みな	皆		副	145	②	245	343	一
31	③	とる	取		動	136	②	250	146	一
32	③	うち	内・中		名	133	②	251	623	一
33	③	きこゆ	聞		動	127	②	250	1659	一
34	③	なんと	何	B	副	123	⑩	1	0	

番号	天草段階	見出し語	漢字	順	品詞	天草度数	高野段階	高野度数	源氏度数	源氏基幹一・二
35	③	こころ	心		名	118	②	239	3411	一
36	③	よりとも	頼朝		名	117	⑤	58	0	
37	③	ただ	只		副	115	③	206	727	一
38	③	ゐる	居		動	113	⑥	30	153	一
39	③	みゆ	見		動	112	③	237	890	一
40	③	きそ	木曾	A	名	112	④	80	0	
41	③	うつ	打・討		動	110	③	228	27	二
42	③	よ	世・代	B	名	109	③	210	1570	一
43	③	きよもり	清盛		名	108	⑦	10	0	
44	③	のち	後		名	106	②	247	277	一
45	③	めす	召		動	106	③	181	130	一
46	③	やがて	軈而		副	106	③	176	135	一
47	③	しる	知	B	動	102	③	181	591	一
48	③	てき	敵		名	102	⑥	29	0	
49	③	づ	出		動	101		0	0	
50	③	み	身	A	名	98	③	186	685	一
51	③	ひとびと	人々		名	98	③	185	698	一
52	③	なか	中		名	95	③	229	448	一
53	③	いのち	命		名	93	③	129	122	一
54	③	おなじ	同		形	90	②	285	293	一
55	③	いる	入	A	動	88	③	148	223	一
56	③	いかに	如何		副	87	②	259	0	
57	③	それ	其		名	87	③	140	205	一
58	③	なみだ	涙		名	86	③	160	183	一
59	③	ものども	者共		名	86	④	107	0	
60	③	われ	我		名	84	③	157	356	一
61	③	かた	方	A	名	84	③	155	1159	一

番号	天草段階	見出し語	漢字	順	品詞	天草度数	高野段階	高野度数	源氏度数	源氏基幹一・二
62	③	いくさ	軍		名	84	③	125	0	
63	④	ふね	船		名	83	③	157	48	二
64	④	ほふわう	法皇		名	83	③	150	0	
65	④	つく	付・着・即	A	動	82	③	173	104	一
66	④	すでに	既		副	82	③	169	0	
67	④	さき	先・前		名	81	③	130	138	一
68	④	つかまつる	仕		動	80	④	96	10	
69	④	ながす	流		動	79	③	149	8	
70	④	くび	首		名	79	③	113	2	
71	④	ぞんず	存−		動	79	⑤	53	0	
72	④	まことに	誠		副	78	④	96	150	一
73	④	およぶ	及		動	77	③	184	36	二
74	④	しげもり	重盛		名	76	⑥	29	0	
75	④	おつ	落		動	75	④	89	39	二
76	④	せうしやう	少将		名	74	④	67	90	二
77	④	のぼる	上		動	73	③	113	52	二
78	④	くだる	下		動	73	④	88	51	二
79	④	き	喜	C	名	73		0	0	
80	④	きみ	君		名	72	③	183	963	一
81	④	いちにん	一人		名	72	④	107	0	
82	④	かく	書	B	動	71	③	118	247	一
83	④	ここ	此処		名	70	④	64	251	一
84	④	うま	右馬	B	名	70		0	6	
85	④	むかふ	向	A	動	69	④	102	16	
86	④	ござない	御座無		形	69		0	0	
87	④	さ	然		副	68	③	119	603	一
88	④	きる	切	A	動	68	④	109	0	

番号	天草段階	見出し語	漢字	順	品詞	天草度数	高野段階	高野度数	源氏度数	源氏基幹一・二
89	④	げんじ	源氏		名	67	③	140	47	二
90	④	よ	夜	A	名	67	③	123	262	一
91	④	うへ	上		名	66	③	186	378	一
92	④	かへる	帰・返・還		動	66	③	124	168	一
93	④	しげひら	重衡		名	66	⑥	26	0	
94	④	かく	掛	F	動	63	③	133	123	一
95	④	ほか	外		名	63	④	91	192	一
96	④	おほいとの	大臣殿		名	63	④	80	0	
97	④	きたのかた	北方		名	63	④	72	82	二
98	④	せい	勢		名	62	③	140	0	
99	④	つひに	遂・終		副	62	④	103	93	二
100	④	おく	置	B	動	61	④	105	143	一
101	④	ごしよ	御所		名	61	④	93	0	
102	④	たつ	立	A	動	60	③	120	135	一
103	④	あまり	余		名	60	⑤	32	141	一
104	④	よし	由	A	名	59	③	187	160	一
105	④	のる	乗		動	59	③	124	29	二
106	④	まづ	先		副	59	④	86	170	
107	④	かなふ	叶	A	動	59	④	82	98	二
108	④	ため	為		名	57	③	142	151	一
109	④	かつせん	合戦		名	57	⑤	32	0	
110	④	たいしやう	大将		名	56		0	0	
111	④	わたす	渡		動	55	④	98	61	二
112	④	よろひ	鎧		名	55	④	98	0	
113	④	ゆく	行		動	55	④	95	185	一
114	④	よし	良	C	形	55	④	78	527	一
115	④	かう	斯	D	副	55	⑤	56	292	一

番号	天草段階	見出し語	漢字	順	品詞	天草度数	高野段階	高野度数	源氏度数	源氏基幹一・二
116	④	なりちかきやう	成親卿		名	55		0	0	
117	④	ほど	程		名	54	②	253	1762	一
118	④	きる	着	B	動	54	④	92	71	二
119	④	むねもり	宗盛	B	名	54	⑦	14	0	
120	④	くださる	下		動	54		0	0	
121	④	て	手		名	53	③	114	196	一
122	④	みや	宮		名	53	④	76	1083	一
123	④	とふ	問		動	53	④	74	142	一
124	④	やま	山（源：固地含）		名	53	④	71	141	一
125	④	ひ	日	B	名	52	③	119	240	一
126	④	いる	射	B	動	52	④	111	2	
127	④	なほ	猶		副	52	④	106	826	一
128	④	ふかし	深		形	52	④	84	475	一
129	④	なく	泣		動	52	④	63	216	一
130	④	いちもん	一門		名	52	④	59	0	
131	④	ぎ	儀	A	名	52	⑤	32	0	
132	④	おぼゆ	覚		動	51	③	197	765	一
133	④	わが	我		連体	51	③	129	422	一
134	④	ひく	引・牽・退		動	51	④	74	45	二
135	④	しぬ	死		動	51	④	71	30	二
136	④	なにごと	何事		名	51	④	62	269	一
137	⑤	おほし	多		形	50	③	126	566	一
138	⑤	いそぐ	急		動	50	④	93	114	一
139	⑤	いる	入	C	動	49	④	108	125	一
140	⑤	そで	袖		名	49	④	107	129	一
141	⑤	なさる	為		動	49		0	0	

番号	天草段階	見出し語	漢字	順	品詞	天草度数	高野段階	高野度数	源氏度数	源氏基幹一・二
142	⑤	むかし	昔		名	48	③	144	375	一
143	⑤	おぼしめす	思召		動	48	③	128	59	二
144	⑤	たつ	立・建	C	動	48	③	114	95	二
145	⑤	ちち	父		名	48	④	93	7	
146	⑤	つはものども	兵共		名	48	④	86	0	
147	⑤	く	来		動	48	⑥	19	171	一
148	⑤	もつ	持		動	47	③	217	66	二
149	⑤	つく	付・着・即	F	動	47	④	84	552	一
150	⑤	すぐ	過		動	47	④	81	211	一
151	⑤	あふ	会・合	A	動	47	④	77	88	二
152	⑤	さらば	然		接	47	④	72	0	
153	⑤	きそどの	木曾殿		名	47	⑤	44	0	
154	⑤	よる	依・寄	B	動	46	③	178	169	一
155	⑤	やう	様		名	46	④	73	900	一
156	⑤	まへ	前		名	46	④	62	254	一
157	⑤	そこ	其処	B	名	46	⑤	32	24	二
158	⑤	こ	子（源：蚕含）	A	名	45	④	109	111	一
159	⑤	なくなく	泣々		副	45	④	78	45	二
160	⑤	やしま	屋島・八島		名	45	⑤	55	1	
161	⑤	なのる	名乗		動	44	④	73	8	
162	⑤	くまがへ	熊谷		名	44	⑥	26	0	
163	⑤	まだ	未		副	44	⑨	2	229	一
164	⑤	ゆみ	弓		名	43	④	71	4	
165	⑤	うしろ	後		名	43	⑤	53	85	二
166	⑤	わかぎみ	若君		名	43	⑤	46	97	二
167	⑤	あるいは	或		接	42	③	120	0	

番号	天草段階	見出し語	漢字	順	品詞	天草度数	高野段階	高野度数	源氏度数	源氏基幹一・二
168	⑤	もと	許・本（源：元含）	B	名	42	④	84	149	一
169	⑤	おほきなり	大		形動	42	④	84	25	二
170	⑤	よす	寄		動	42	④	78	91	二
171	⑤	みづ	水		名	42	④	78	77	二
172	⑤	こゑ	声		名	42	④	77	248	一
173	⑤	め	目		名	42	④	69	438	一
174	⑤	ただいま	只今		名	42	④	67	85	二
175	⑤	みち	道		名	41	④	79	198	一
176	⑤	ころ	頃		名	41	④	73	245	一
177	⑤	かかる	掛	A	動	41	⑤	48	75	二
178	⑤	にようばう	女房		名	40	④	106	111	一
179	⑤	ひとつ	一		名	40	④	82	107	一
180	⑤	とし	年	A	名	40	④	71	229	一
181	⑤	はじむ	始		動	40	⑤	56	89	二
182	⑤	さいこく	西国		名	40	⑤	45	0	
183	⑤	や	矢		名	39	④	86	0	
184	⑤	わがみ	我身		名	39	④	64	0	
185	⑤	むほん	謀反		名	39	⑤	41	0	
186	⑤	てい	体		名	39	⑥	21	0	
187	⑤	かねひら	兼平		名	39	⑦	12	0	
188	⑤	なす	為	B	動	38	③	114	78	二
189	⑤	ちから	力		名	38	④	75	10	
190	⑤	ににん	二人		名	38	④	69	0	
191	⑤	ある	或	B	連体	38	④	64	6	
192	⑤	ひごろ	日比・日来		名	37	④	59	80	二
193	⑤	しばし	暫		副	37	⑤	57	160	一

番号	天草段階	見出し語	漢字	順	品詞	天草度数	高野段階	高野度数	源氏度数	源氏基幹一・二
194	⑤	うみ	海		名	37	⑤	57	27	二
195	⑤	おこと	御事		名	37		0	0	
196	⑤	まゐらす	参	B	動	36	②	356	58	二
197	⑤	いづ	出	B	動	36	③	207	352	一
198	⑤	すつ	捨		動	36	④	62	63	二
199	⑤	なみ	波		名	36	④	61	43	二
200	⑤	うしなふ	失		動	36	④	59	29	二
201	⑤	ふみ	文		名	36	⑤	49	287	一
202	⑤	たづぬ	尋		動	36	⑤	48	114	一
203	⑤	なぜに	何故		副	36		0	0	
204	⑤	かの	彼		連体	35	③	145	730	一
205	⑤	あはれなり	哀		形動	35	④	83	944	一
206	⑤	おくる	送・贈	A	動	35	⑤	56	11	
207	⑤	なに	何		名	35	⑤	54	379	一
208	⑤	まつ	待	B	動	35	⑤	46	82	二
209	⑤	しさい	子細		名	35	⑤	35	1	
210	⑤	はや	早		副	35	⑥	24	17	
211	⑤	うけたまはる	承		動	34	④	100	85	二
212	⑤	たち	太刀	A	名	34	④	69	5	
213	⑤	かぜ	風		名	34	④	66	179	一
214	⑤	ちかし	近		形	34	⑤	57	347	一
215	⑤	くるま	車		名	34	⑤	55	137	一
216	⑤	ともに	共－		副	34	⑤	55	24	二
217	⑤	ろくはら	六波羅		名	34	⑤	52	0	
218	⑤	たたかふ	戦		動	34	⑤	46	0	
219	⑤	あく	開・明	D	動	33	④	78	78	二
220	⑤	ゐん	院		名	33	④	62	411	一

番号	天草段階	見出し語	漢字	順	品詞	天草度数	高野段階	高野度数	源氏度数	源氏基幹一・二
221	⑤	らうどう	郎等		名	33	⑤	51	2	
222	⑤	いく	生	C	動	33	⑤	46	1	
223	⑤	をさなし	幼		形	33	⑤	40	116	一
224	⑤	よろこぶ	喜		動	33	⑤	37	39	二
225	⑤	おとも	御供		名	33		0	0	
226	⑤	にようゐん	女院		名	32	⑤	48	0	
227	⑤	ぎわう	妓王		名	32	⑥	28	0	
228	⑤	こんど	今度		名	31	④	70	0	
229	⑤	はな	花	A	名	31	④	61	273	一
230	⑤	かく	駆	G	動	31	⑤	49	0	
231	⑤	しづむ	沈	A	動	31	⑤	46	37	二
232	⑤	くむ	組	A	動	31	⑤	44	0	
233	⑤	かぎり	限		名	31	⑤	41	530	一
234	⑤	めのと	乳母		名	31	⑤	37	119	一
235	⑤	それがし	某		名	31	⑨	3	0	
236	⑤	さす	為	B	動	31	⑩	1	0	
237	⑤	されば	然		接	30	④	101	0	
238	⑤	いかなり	如何		形動	30	④	98	0	
239	⑤	つくる	造・作		動	30	④	78	83	二
240	⑤	たれ	誰		名	30	④	64	224	一
241	⑤	ひ	火	A	名	30	⑤	54	43	二
242	⑤	おほぜい	大勢		名	30	⑤	43	0	
243	⑤	きやう	京	B	名	30	⑤	41	83	二
244	⑤	これもり	維盛		名	30	⑥	31	0	
245	⑤	だす	出		動	30		0	0	
246	⑤	わたる	渡		動	29	④	110	375	一
247	⑤	けふ	今日		名	29	④	92	243	一

番号	天草段階	見出し語	漢字	順	品詞	天草度数	高野段階	高野度数	源氏度数	源氏基幹一・二
248	⑤	ゆゑ	故		名	29	④	64	104	一
249	⑤	さす	差・刺	A	動	29	④	62	40	二
250	⑤	なんぢ	汝		名	29	⑤	54	1	
251	⑤	をしむ	惜		動	29	⑤	52	47	二
252	⑤	あまた	数多		名	29	⑤	48	196	一
253	⑤	みす	見	B	動	29	⑤	46	133	一
254	⑤	ゆるす	許		動	29	⑤	41	140	一
255	⑤	もん	門		名	29	⑤	39	0	
256	⑤	かは	川・河	B	名	29	⑥	31	25	二
257	⑤	しゆんくわん	俊寛		名	29	⑦	12	0	
258	⑤	ゆめ	夢		名	28	④	85	147	一
259	⑤	はじめ	始		名	28	④	71	75	二
260	⑤	かぶと	甲		名	28	⑤	56	0	
261	⑤	かへす	返・帰		動	28	⑤	49	25	二
262	⑤	あはれ			感	28	⑤	49	0	
263	⑤	かぢはら	梶原		名	28	⑤	40	0	
264	⑤	かまくら	鎌倉		名	28	⑤	39	0	
265	⑤	かふ	変	B	動	28	⑤	37	55	二
266	⑤	のこる	残		動	28	⑤	35	81	二
267	⑤	うちじに	討死		名	28	⑥	31	0	
268	⑤	さいしやう	宰相		名	28	⑥	28	72	二
269	⑤	かねやす	兼康		名	28	⑥	20	0	
270	⑤	よぶ	呼		動	28	⑥	19	11	
271	⑤	ほうでう	北条	B	名	28	⑦	15	0	

備考　「源氏基幹」の欄一・二は、第一基幹語彙、第二基幹語彙を示す。
以下の表についても同じ。

上表の271語を次の4項の視点から考察してみよう。ただし、用例の少ない項は章末に掲示した〔付録〕の資料Ⅰ・資料Ⅱから補充して理解し易くした。

（イ）〈天草版平家〉〈高野本平家〉〈源氏〉ともに第一基幹語彙に入る語

［表Ⅵ］〈天草版平家〉〈高野本平家〉〈源氏〉の第一基幹語彙

（優先順位…ⅰ天、ⅱ高、ⅲ源、ⅳ見出し）

番号	天草段階	見出し語	漢字	順	品詞	天草度数	高野段階	高野度数	源氏度数	源氏基幹一・二
1	①	あり	有		動	1000	①	1469	4450	一
2	①	こと	事	B	名	844	①	989	4804	一
3	①	いふ	言		動	822	①	704	1228	一
4	①	まうす	申		動	754	①	1170	187	一
6	①	す	為	B	動	545	①	1007	3060	一
7	①	その	其	B	連体	507	①	746	568	一
8	②	これ	此		名	427	①	746	368	一
9	②	もの	物・者		名	408	②	500	1942	一
10	②	なし	無		形	388	②	654	3346	一
11	②	この	此		連体	384	②	591	1624	一
12	②	ひと	人		名	350	②	559	3732	一
13	②	おもふ	思		動	341	②	494	2468	一
15	②	なる	成	A	動	287	②	540	919	一
16	②	みる	見		動	272	②	422	1839	一
18	②	たてまつる	奉		動	230	②	631	203	一
19	②	まゐる	参		動	204	②	378	790	一
23	③	また	又		接	162	②	251	698	一
24	③	きく	聞	B	動	162	③	194	535	一
26	③	いま	今		名	158	②	340	836	一
27	③	とき	時	A	名	153	②	352	225	一
28	③	ところ	所・処		名	147	②	324	598	一

番号	天草段階	見出し語	漢字	順	品詞	天草度数	高野段階	高野度数	源氏度数	源氏基幹一・二
29	③	さて	然		接	147	③	144	200	一
30	③	みな	皆		副	145	②	245	343	一
31	③	とる	取		動	136	②	250	146	一
32	③	うち	内・中		名	133	②	251	623	一
33	③	きこゆ	聞		動	127	②	250	1659	一
35	③	こころ	心		名	118	②	239	3411	一
37	③	ただ	只		副	115	③	206	727	一
39	③	みゆ	見		動	112	③	237	890	一
42	③	よ	世・代	B	名	109	③	210	1570	一
44	③	のち	後		名	106	②	247	277	一
45	③	めす	召		動	106	③	181	130	一
46	③	やがて	軈而		副	106	③	176	135	一
47	③	しる	知	B	動	102	③	181	591	一
50	③	み	身	A	名	98	③	186	685	一
51	③	ひとびと	人々		名	98	③	185	698	一
52	③	なか	中		名	95	③	229	448	一
53	③	いのち	命		名	93	③	129	122	一
54	③	おなじ	同		形	90	②	285	293	一
55	③	いる	入	A	動	88	③	148	223	一
57	③	それ	其		名	87	③	140	205	一
58	③	なみだ	涙		名	86	③	160	183	一
60	③	われ	我		名	84	③	157	356	一
61	③	かた	方	A	名	84	③	155	1159	一
65	④	つく	付・着・即	A	動	82	③	173	104	一
67	④	さき	先・前		名	81	③	130	138	一
72	④	まことに	誠		副	78	④	96	233	一
80	④	きみ	君		名	72	③	183	963	一

番号	天草段階	見出し語	漢字	順	品詞	天草度数	高野段階	高野度数	源氏度数	源氏基幹一・二
82	④	かく	書	B	動	71	③	118	247	一
83	④	ここ	此処		名	70	④	64	251	一
87	④	さ	然		副	68	③	119	603	一
90	④	よ	夜	A	名	67	③	123	262	一
91	④	うへ	上		名	66	③	186	378	一
92	④	かへる	帰・返・還		動	66	③	124	168	一
94	④	かく	掛	F	動	63	③	133	123	一
95	④	ほか	外		名	63	④	91	192	一
100	④	おく	置	B	動	61	④	105	143	一
102	④	たつ	立	A	動	60	③	120	135	一
103	④	あまり	余		名	60	⑤	32	141	一
104	④	よし	由	A	名	59	③	187	160	一
106	④	まづ	先		副	59	④	86	170	一
108	④	ため	為		名	57	③	142	151	一
113	④	ゆく	行		動	55	④	95	185	一
114	④	よし	良	C	形	55	④	78	527	一
115	④	かう	斯	D	副	55	⑤	56	292	一
117	④	ほど	程		名	54	②	253	1762	一
121	④	て	手		名	53	③	114	196	一
122	④	みや	宮		名	53	④	76	1083	一
123	④	とふ	問		動	53	④	74	142	一
124	④	やま	山（源：固地含）		名	53	④	71	141	一
125	④	ひ	日	B	名	52	③	119	240	一
127	④	なほ	猶		副	52	④	106	826	一
128	④	ふかし	深		形	52	④	84	475	一
129	④	なく	泣		動	52	④	63	216	一

番号	天草段階	見出し語	漢字	順	品詞	天草度数	高野段階	高野度数	源氏度数	源氏基幹一・二
132	④	おぼゆ	覚		動	51	③	197	765	一
133	④	わが	我		連体	51	③	129	422	一
136	④	なにごと	何事		名	51	④	62	269	一
137	⑤	おほし	多		形	50	③	126	566	一
138	⑤	いそぐ	急		動	50	④	93	114	一
139	⑤	いる	入	C	動	49	④	108	125	一
140	⑤	そで	袖		名	49	④	107	129	一
142	⑤	むかし	昔		名	48	③	144	375	一
149	⑤	つく	付・着・即	F	動	47	④	84	552	一
150	⑤	すぐ	過		動	47	④	81	211	一
154	⑤	よる	依・寄	B	動	46	③	178	169	一
155	⑤	やう	様		名	46	④	73	900	一
156	⑤	まへ	前		名	46	④	62	254	一
158	⑤	こ	子（源：蚕含）	A	名	45	④	109	111	一
168	⑤	もと	許・本（源：元含）	B	名	42	④	84	149	一
172	⑤	こゑ	声		名	42	④	77	248	一
173	⑤	め	目		名	42	④	69	438	一
175	⑤	みち	道		名	41	④	79	198	一
176	⑤	ころ	頃		名	41	④	73	245	一
178	⑤	にようばう	女房		名	40	④	106	111	一
179	⑤	ひとつ	一		名	40	④	82	107	一
180	⑤	とし	年	A	名	40	④	71	229	一
193	⑤	しばし	暫		副	37	⑤	57	160	一
197	⑤	いづ	出	B	動	36	③	207	352	一
201	⑤	ふみ	文		名	36	⑤	49	287	一
202	⑤	たづぬ	尋		動	36	⑤	48	114	一

番号	天草段階	見出し語	漢字	順	品詞	天草度数	高野段階	高野度数	源氏度数	源氏基幹一・二
204	⑤	かの	彼		連体	35	③	145	730	一
205	⑤	あはれなり	哀		形動	35	④	83	944	一
207	⑤	なに	何		名	35	⑤	54	379	一
213	⑤	かぜ	風		名	34	④	66	179	一
214	⑤	ちかし	近		形	34	⑤	57	347	一
215	⑤	くるま	車		名	34	⑤	55	137	一
220	⑤	ゐん	院		名	33	④	62	411	一
223	⑤	をさなし	幼		形	33	⑤	40	116	一
229	⑤	はな	花	A	名	31	④	61	273	一
233	⑤	かぎり	限		名	31	⑤	41	530	一
234	⑤	めのと	乳母		名	31	⑤	37	119	一
240	⑤	たれ	誰		名	30	④	64	224	一
246	⑤	わたる	渡		動	29	④	110	375	一
247	⑤	けふ	今日		名	29	④	92	243	一
248	⑤	ゆゑ	故		名	29	④	64	104	一
252	⑤	あまた	数多		名	29	⑤	48	196	一
253	⑤	みす	見	B	動	29	⑤	46	133	一
254	⑤	ゆるす	許		動	29	⑤	41	140	一
258	⑤	ゆめ	夢		名	28	④	85	147	一

3作品ともに第一基幹語彙に入るのは、上表の119語である。

段階①～③の語（度数84以上）を中心にして品詞別に見ると、次のようになる。ただし、/印以降は段階④⑤に入る語である。

○名詞

〈普名〉（普通名詞）こと，者・物，人，今，時，所，内，心，世・代，後，人々，身，中，命，涙，方，/様（やう），女房，院，

〈数詞〉/一つ，

〈代名〉これ，それ，われ，／ここ，なに，たれ，

○動詞

〈四段〉言ふ，申す，思ふ，成る，奉る，参る，聞く，取る，召す，知る，入る，

〈上一〉見る，

〈上二〉／過ぐ，

〈下二〉聞こゆ，見ゆ，

〈サ変〉す，

〈ラ変〉有り，

○形容詞

〈ク活〉無し，

〈シク活〉同じ，

○形容動詞

〈ナリ活〉／あはれなり

○副詞　　みな，ただ，やがて，

○接続詞　　また，さて，

○連体詞　　その，この，

名詞は60語、そのうち〈普名〉が53語で格別に多い。動詞は36語でそのうち〈四段〉が23語、形容詞は〈ク活〉が6語、副詞9語が比較的多い。〈天草版平家〉の段階の①の7語のうちの6語は〔あり・こと・ゐる・申す・す・その〕である。他の1語「ござる」は〈天草版平家〉のみに使用されている。〈高野本平家〉は〔これ〕が加わり8語である。〈源氏〉でもこれらは第一基幹語彙の中に入る。そして、語種から見るとすべて和語である。

ここに取り上げた3作品とも第一基幹語彙の119語全体を一覧すると、大部分が和語で、漢語は〔女房・様（やう）・院〕の3語に過ぎない。そして、これらはすべて平安時代の和文系の〈源氏〉、鎌倉時代の和漢混交文体の〈高野本平家〉、室町時代の話し言葉に訳した〈天草版平家〉を通して多用された語群である。平安時代から室町時代に至るまで日常の京都語として用い

られていたものであろう。また大部分は現代人にも理解できる語である。いわば3作品の成立した時代の日本語の中の基礎語である。

(ロ)〈天草版平家〉・〈高野本平家〉が［第一基幹語彙＋段階⑥］で、〈源氏〉が使用度数3以下の語

〈天草版平家〉〈高野本平家〉が共に第一基幹語彙で〈源氏〉が使用度数0であるのは、43語である。これらには軍記物語としての両作品に共通する語群と考えてよいものが多い。が、用例を前者［第一基幹語彙＋段階⑥］・後者3以下にまで増加させてみると128語になる。

［表Ⅶ］〈天草版平家〉〈高野本平家〉［第一基幹語彙＋段階⑥］、〈源氏〉［3以下］の語

（優先順位…ⅰ天、ⅱ品詞）

番号	見出し語	漢字	順	品詞	天草度数	高野度数	源氏度数
17	へいけ	平家		名	258	368	0
22	よしつね	義経		名	169	63	0
36	よりとも	頼朝		名	117	58	0
39	きそ	木曽	A	名	112	80	0
47	てき	敵		名	102	29	0
57	いかに	如何		副	87	259	0
59	ものども	者共		名	86	107	0
60	いくさ	軍		名	84	125	0
64	ほふわう	法皇		名	83	150	0
66	すでに	既		副	82	169	0
69	くび	首		名	79	113	2
71	ぞんず	存－		動	79	53	0
74	しげもり	重盛		名	76	29	0
81	いちにん	一人		名	72	107	0
87	きる	切	A	動	68	109	0

番号	見出し語	漢字	順	品詞	天草度数	高野度数	源氏度数
92	しげひら	重衡		名	66	26	0
94	おほいとの	大臣殿		名	63	80	0
98	せい	勢		名	62	140	0
100	ごしよ	御所		名	61	93	0
108	かつせん	合戦		名	57	32	0
111	よろひ	鎧		名	55	98	0
125	ぎ	儀	A	名	52	32	0
127	いちもん	一門		名	52	59	0
129	いる	射	B	動	52	111	2
143	つはものども	兵共		名	48	86	0
148	きそどの	木曾殿		名	47	44	0
153	さらば	然		接	47	72	0
159	やしま	屋島・八島		名	45	55	1
161	くまがへ	熊谷		名	44	26	0
174	あるいは	或		接	42	120	0
180	さいこく	西国		名	40	45	0
183	てい	体		名	39	21	0
184	むほん	謀反		名	39	41	0
185	や	矢		名	39	86	0
187	わがみ	我身		名	39	64	0
189	ににん	二人		名	38	69	0
204	しさい	子細		名	35	35	1
214	ろくはら	六波羅		名	34	52	0
216	たたかふ	戦		動	34	46	0
220	らうどう	郎等		名	33	51	2
223	いく	生	C	動	33	46	1
226	にようゐん	女院		名	32	48	0

番号	見出し語	漢字	順	品詞	天草度数	高野度数	源氏度数
227	ぎわう	妓王		名	32	28	0
229	こんど	今度		名	31	70	0
233	くむ	組	A	動	31	44	0
235	かく	駆	G	動	31	49	0
237	おほぜい	大勢		名	30	43	0
240	これもり	維盛		名	30	31	0
244	いかなり	如何		形動	30	98	0
245	されば	然		接	30	101	0
249	もん	門		名	29	39	0
252	なんぢ	汝		名	29	54	1
258	うちじに	討死		名	28	31	0
259	かぶと	甲		名	28	56	0
263	かぢはら	梶原		名	28	40	0
264	かねやす	兼康		名	28	20	0
265	かまくら	鎌倉		名	28	39	0
271	あはれ			感	28	49	0
273	さいご	最後		名	27	44	0
275	ひたたれ	直垂		名	27	56	0
280	しかり	然		動	27	52	0
289	いちのたに	一谷		名	26	41	0
298	ごせ	後世		名	25	38	0
299	ただもり	忠盛		名	25	26	0
300	のとどの	能登殿		名	25	31	0
308	ざつと			副	25	22	0
311	おつかひ	御使		名	24	42	0
312	ごかう	御幸		名	24	70	0
316	みかた	味方・御方		名	24	49	0

番号	見出し語	漢字	順	品詞	天草度数	高野度数	源氏度数
317	みゐでら	三井寺		名	24	37	0
319	ほろぼす	滅		動	24	50	1
323	これほど	此程		副	24	38	0
325	いけどり	生捕		名	23	33	0
326	ぶし	武士		名	23	36	0
327	とうごく	東国		名	23	48	0
328	いちど	一度		名	23	45	0
329	これら	此等		名	23	38	0
330	はせまゐる	馳参		動	23	27	0
333	されども	然		接	23	64	0
336	ぢん	陣		名	22	51	2
337	とき	鬨	B	名	22	32	0
341	もんがく	文覚		名	22	45	0
349	さんざんなり	散々		形動	22	38	0
351	からめて	搦手		名	21	24	0
352	ことども	事共		名	21	67	0
355	にようばうたち	女房達		名	21	36	0
358	ゐんぜん	院宣		名	21	54	0
363	なん	何		名	21	25	0
369	とりつく	取付	A	動	21	18	0
379	なにと	何－		副	21	49	0
383	かたな	刀		名	20	29	0
386	しゆつけ	出家		名	20	30	0
387	たいしやうぐん	大将軍		名	20	99	0
405	しゆくしよ	宿所		名	19	41	0
407	ふくはら	福原		名	19	54	0
408	さんみのちゆうじやう	三位中将		名	19	56	0

番号	見出し語	漢字	順	品詞	天草度数	高野度数	源氏度数
409	いたす	致		動	19	38	1
410	おちゆく	落行		動	19	37	1
411	しぼる	絞		動	19	21	3
415	たがひに	互		副	19	27	0
417	うつて	討手		名	18	24	0
418	おき	沖		名	18	32	2
419	おほて	大手		名	18	19	0
420	くら	鞍	A	名	18	30	0
423	しゆう	主	A	名	18	31	0
424	たうじ	当時		名	18	22	2
425	つはもの	兵		名	18	40	1
428	ぶしども	武士共		名	18	29	0
432	いつしよ	一所		名	18	25	0
442	そのうへ	其上		接	18	29	0
445	うゑもんのかみ	右衛門督		名	17	18	0
452	つがふ	都合	A	名	17	41	0
455	はかりこと	謀		名	17	27	0
457	へんじ	返事		名	17	24	0
460	ごへん	御辺		名	17	26	0
465	まはる	回		動	17	18	0
466	むせぶ	咽		動	17	18	3
467	をめく	喚		動	17	25	0
473	おん	恩		名	16	20	1
474	しゆしやう	主上		名	16	78	0
475	だいり	内裏		名	16	52	0
476	てん	天	A	名	16	33	1
477	なぎなた	長刀		名	16	21	0

番号	見出し語	漢字	順	品詞	天草度数	高野度数	源氏度数
483	ほつこく	北国		名	16	35	0
494	さしも	然		副	16	43	0
495	しきりに	頻		副	16	28	2
496	どつと			副	16	22	0
497	な		B	副	16	24	0

これらを整理してみると、次のようになる。ただし、/印の後に記したのは、〈天草版平家〉〈高野本平家〉の第二基幹語彙の段階⑥、および〈源氏〉の使用度数が3以下の語である。

（i）戦闘に関係のある語

〈普名〉敵，いくさ，首，勢，合戦，鎧，兵ども，矢，謀反，大勢，かぶと，討ち死に，/直垂，最後，後世，味方，武士，生け捕り，陣，大将軍，関，搦め手，刀，兵，主，鞍，武士ども，討手，大手，

〈動四〉切る・組む・戦ふ，/滅ぼす，馳せ参る，取り付く，落ち行く，

〈動上一〉射る，

〈動上二〉生く，

〈動下二〉駆く，

（ii）武士・武家の名

〈固名〉平家，義経，頼朝，重盛，重衡，木曾殿，熊谷，維盛，源氏，梶原，兼康，/能登殿，忠盛，平家，

（iii）地名

〈固地〉木曾・西国・鎌倉・六波羅、

地名（木曾）や官職名（おほい殿）が人名に準じて用いられる。これらは主たる用例で整理した。また〔あはれ・いかなり・いかに〕など、整理する基準の相違によって〈源氏〉の度数が0になったと思われる語もある。

全体的に見ると、これらはすべて戦闘に関係のある語、武士・武家、地名である。

(ハ)〈天草版平家〉が第一・第二の基幹語彙で、〈高野本平家〉〈源氏〉が使用度数２以下の語

〈天草版平家〉では第一基幹語彙であるが、〈高野本〉〈源氏〉が共に使用度数０であるのは13語である。この場合は〈天草版〉の特色を端的に把握できると考えていたが、資料の用例数が少ないため推測通りにはいかない。そこで〈天草版平家〉は第二基幹語彙をも含み、〈高野本〉と〈源氏〉は２以下にして、159語を示した。

[表Ⅷ]　〈天草版平家〉[第一・第二基幹語彙]、〈高野本平家〉〈源氏〉[２以下]の語

（優先順位…ⅰ天、ⅱ品詞）

番号	見出し語	漢字	順	品詞	天草度数	高野度数	源氏度数
5	ござる	御座		動	716	0	0
14	まらする			動	328	0	0
34	なんと	何	B	副	123	1	0
49	づ	出		動	101	0	0
77	き	喜	C	名	73	0	0
86	ござない	御座無		形	69	0	0
110	たいしやう	大将		名	56	0	0
112	なりちかきやう	成親卿		名	55	0	0
120	くださる	下		動	54	0	0
141	なさる	為		動	49	0	0
193	おこと	御事		名	37	0	0
203	なぜに	何故		副	36	0	0
219	おとも	御供		名	33	0	0
236	さす	為	B	動	31	1	0
242	だす	出		動	30	0	0
278	おぢやる			動	27	0	0
283	おかたり	御語		名	26	0	0

番号	見出し語	漢字	順	品詞	天草度数	高野度数	源氏度数
284	しろ	城		名	26	1	0
302	とむらふ	弔	B	動	25	0	0
314	さむらひ	侍		名	24	0	0
322	ごらうず	御覧		動	24	0	0
361	たきぐち	滝口		名	21	2	2
380	して	為		接	21	0	0
384	さむらひども	侍共		名	20	0	0
394	ひえのやま	比叡山		名	20	0	0
448	こんにち	今日		名	17	1	0
500	けむり	煙		名	15	0	0
504	はわ	母		名	15	0	0
505	ひがし	東		名	15	0	0
506	ぶん	分		名	15	0	0
511	にしはちでう	西八条		名	15	0	0
525	それから	其		接	15	0	0
537	しやうぞん	昌尊		名	14	0	0
556	さうして	然		接	14	0	0
557	それによつて	其依		接	14	0	0
562	おふみ	御文		名	13	0	0
586	ゑつちゆうのぜんじ	越中前司		名	13	0	0
599	さう	然	C	副	13	0	0
602	ま	今	C	副	13	0	0
603	なんたる	何		連体	13	0	0
619	れきれき	歴々		名	12	0	0
622	ちやうびやうゑ	長兵衛		名	12	0	0
640	はなす	放		動	12	1	0
651	すすみづ	進出		動	12	0	0

番号	見出し語	漢字	順	品詞	天草度数	高野度数	源氏度数
669	おへんじ	御返事		名	11	0	0
671	くげたち	公家達		名	11	0	0
697	をがた	緒方		名	11	0	0
706	でたつ	出立		動	11	0	0
711	おひかく	追掛		動	11	0	0
734	なにたる	何－		連体	11	0	0
738	おとおと	弟		名	10	0	0
753	べつ	別		名	10	1	0
758	きよ	清		名	10	0	0
775	ござある	御座有		動	10	0	0
791	たいす	対－	B	動	10	1	0
798	これから	此		副	10	0	0
810	うまども	馬共		名	9	0	0
811	おいのち	御命		名	9	0	0
812	おくび	御首		名	9	0	0
813	おなみだ	御涙		名	9	0	0
815	おんうま	御馬		名	9	0	0
854	ろくだいごぜ	六代御前		名	9	0	0
873	でやふ	出合		動	9	0	0
884	でく	出来		動	9	2	0
894	やうやうと	漸		副	9	0	0
904	おため	御為		名	8	0	0
915	ごばう	御坊		名	8	1	1
919	しやうぐわち	正月		名	8	0	0
953	せんじゆ	千手		名	8	1	0
957	つづみはんぐわん	鼓判官		名	8	0	0
958	ときただきやう	時忠卿		名	8	0	0

番号	見出し語	漢字	順	品詞	天草度数	高野度数	源氏度数
963	まさとき	政時		名	8	0	0
967	ろくでうかはら	六条河原		名	8	0	0
981	おひつく	追着	A	動	8	0	0
987	たづねだす	尋出		動	8	0	0
1032	さてさて	然々		感	8	1	1
1040	おなり	御成		名	7	0	0
1041	おめのと	御乳母		名	7	0	0
1045	きよねん	去年		名	7	2	0
1049	ごだいじ	御大事		名	7	0	0
1050	さいう	左右		名	7	0	0
1054	しよしよ	所々		名	7	2	0
1058	じんぎ	神器		名	7	0	0
1064	ちぎやう	知行		名	7	2	0
1073	むかひ	迎	B	名	7	0	0
1082	ゆらい	由来		名	7	1	0
1119	だく	抱		動	7	0	0
1138	はしりづ	走出		動	7	0	0
1145	しんず	進－	A	動	7	2	0
1170	そこで	其処		接	7	0	0
1171	いや			感	7	0	0
1179	おかた	御方	A	名	6	0	0
1180	おくだり	御下		名	6	0	0
1181	おくるま	御車		名	6	0	0
1182	おこ	御子		名	6	0	0
1183	おこころ	御心		名	6	0	0
1186	おむかひ	御迎	A	名	6	0	0
1205	さきぢん	先陣		名	6	0	0

番号	見出し語	漢字	順	品詞	天草度数	高野度数	源氏度数
1218	せんかたなさ	為方無		名	6	2	0
1221	ぜんちしき	善知識		名	6	0	0
1227	ついばつ	追伐		名	6	1	0
1228	てんたう	天道		名	6	2	0
1239	ば	場		名	6	0	0
1258	かはごえ	河越		名	6	2	0
1262	げんじがた	源氏方		名	6	1	0
1272	へいけがた	平家方		名	6	1	0
1277	よしだ	吉田		名	6	2	0
1286	さんぜんあまり	三千余		名	6	0	0
1292	にまんあまり	二万余		名	6	0	0
1314	おしだす	押出		動	6	0	0
1318	おもひだす	思出		動	6	0	0
1321	こす	越		動	6	2	0
1331	とりだす	取出		動	6	0	0
1359	いちみす	一味－		動	6	0	0
1362	いかし	厳		形	6	0	0
1363	おりない			形	6	0	0
1372	なましひなり	生強		形動	6	0	0
1377	そつと			副	6	0	0
1379	さうあつて	然有		接	6	0	0
1388	おさま	御様		名	5	0	0
1389	おたづね	御尋		名	5	1	0
1391	おなげき	御嘆		名	5	0	0
1392	おのぼり	御上		名	5	0	0
1394	おめ	御目		名	5	0	0
1397	おゆくへ	御行方		名	5	0	0

番号	見出し語	漢字	順	品詞	天草度数	高野度数	源氏度数
1408	くらおきうま	鞍置馬		名	5	0	0
1414	こくぶ	国府		名	5	0	0
1419	ごじがい	御自害		名	5	0	0
1433	だいおん	大音		名	5	0	0
1455	はわごぜ	母御前		名	5	0	0
1466	もんじ	文字		名	5	0	0
1483	いけのだいなごんどの	池大納言殿		名	5	0	0
1489	このした	木下		名	5	2	0
1491	しほざか	志保坂		名	5	0	0
1493	じらうびやうゑ	次郎兵衛		名	5	0	0
1498	ださいのふ	大宰府		名	5	0	0
1499	ちやうびやうゑのじよう	長兵衛尉		名	5	0	0
1503	はながた	花方		名	5	0	0
1506	むねやす	宗康		名	5	2	0
1509	よしとほ	能遠		名	5	2	0
1515	いちまん	一万		名	5	0	0
1522	だいじふ	第十		名	5	2	0
1529	よつたり	四人		名	5	0	0
1533	かれら	彼等		名	5	2	0
1545	おちやふ	落合		動	5	0	0
1574	まはす	回		動	5	0	0
1578	むくふ	報		動	5	2	0
1581	ゆきやふ	行合		動	5	0	0
1583	ゆられゆく	揺行		動	5	1	0
1591	うちづ	打出		動	5	0	0
1598	さしむく	差向		動	5	1	0
1606	ひきつく	引付		動	5	2	2

番号	見出し語	漢字	順	品詞	天草度数	高野度数	源氏度数
1615	しす	死－		動	5	2	1
1627	せんなし	詮無		形	5	2	0
1636	おもひおもひに	思々		副	5	2	1
1637	かまへて	構		副	5	2	1
1638	さうさう	然々	A	副	5	0	0
1642	とても			副	5	1	0
1645	まちつと	今些		副	5	0	0

これらの語を検討してみると、〈天草版〉には敬語と人物呼称において特徴がある。

(a) 敬語

①　ござる　〈天〉716,〈高〉0,〈源〉0,
②　ござある　〈天〉10,〈高〉0,〈源〉0,
③　ござない　〈天〉69,〈高〉0,〈源〉0,
④　おりない　〈天〉6,〈高〉0,〈源〉0,
⑤　おぢゃる　〈天〉27,〈高〉0,〈源〉0,
⑥　くださる　〈天〉54,〈高〉0,〈源〉0,
⑦　なさる　〈天〉49,〈高〉0,〈源〉0,
⑧　まらする　〈天〉328,〈高〉0,〈源〉0,
⑨　ごらう　(御覧)ず〈天〉24,〈高〉0,〈源〉0,
⑩(参考)ゐる〈天〉113,〈高〉30,〈源〉153,

これらのうち、①～⑨は敬語である。〈天草版平家〉では基幹語彙だが、〈高野本平家〉〈源氏〉は使用度数が0である。このような場合、〈高野本平家〉には他に対応する語の存することが多い。例えば、①「ござる」は〈高野本〉では「候ふ」との対応が目立つ。また、⑩「ゐる」は「ゐらる」「ゐまらする」となって、〈高野本平家〉では「おはす」と対応することが多い。

(b) 人物呼称（＊は〈天〉と〈高〉の差が大きい例）

＊① 清盛 〈天〉108,〈高〉10,〈源〉 0,

（参考）清.（清盛の略）〈天〉10,〈高〉 0,〈源〉 0,

② 義経 〈天〉169,〈高〉63,〈源〉 0,

③ 頼朝 〈天〉117,〈高〉58,〈源〉 0,

④ 木曾 〈天〉112,〈高〉80,〈源〉 0,

＊⑤ 喜.（「喜一検校」の略）〈天〉73,〈高〉 0,〈源〉 0,

＊⑥ 右馬.（「右馬の允」の略）〈天〉70,〈高〉 0,〈源〉 6,

⑦ 六代ごぜ（御前：goje）

〈天〉 9,〈高〉 0（御前：ごぜん 10),〈源〉 0,

⑧ 鼓はんぐわん（判官：fanguan）

〈天〉 8,〈高〉 0（判官：はんぐわん 7),〈源〉 0,

⑨ 池の大納言〈天〉 8,〈高〉 0（池の大納言殿 5),〈源〉 0,

⑩ 緒方 〈天〉11,〈高〉 0（緒方の三郎 10),〈源〉 0,

人物呼称で特に注目されるのは①「清盛」と⑤喜一検校・⑥右馬の允である。

前者については、「清盛」が〈高〉10 に対して〈天〉108 というのは一見不可解である。が、『平家物語』では〈高野本〉だけでなく、古写本・古刊本に清盛の呼称は多種見られる。

〈高〉 清盛…10, 清盛入道…1, 清盛公…11, 浄海…11,
清平相国…4, 高平太…1, 太政入道…16, その他,

これは〈天草版平家〉の序文（読誦の人に対して書す）に不干ハビヤンが述べているように、「この国の風俗として，一人にあまたの名，官位の称へあることをも避くべし」という師の言葉を作成方針にして、人物の呼称を単一にしようと努めたからである。が、敬語法などから文章が不自然になったり、二つ以上の呼称も例外的に現れたりした。

〈天〉　清盛…108,　　浄海… 1 ,　　高平太… 1 ,

このような操作は〈天草版平家〉では「義経」「頼朝」など、数多くの人物に見られる。その結果として、これらの語の異なり語数の減少、その人物の呼称を代表する語の延べ語数の増加になったのである。

後者の「喜.（一検校）」「右馬.（の允）」は、この作品を製作する方法から生じたものである。

人名は第一基幹語彙が〔喜. 73, 成親卿 55〕、第二基幹語彙が〔昌尊 14, 清.（清盛）10, …〕である。喜. は右馬. 70 と並んで、〈天草版平家〉を問答体の構造で作成するために登場した。しかし、右馬. はこの表Ⅷでは〈源氏〉に度数 6 があるために現れていない（資料Ⅰを参照）。第二基幹語彙の〔越中前司 13, 長兵衛 12, …〕は〈高野本〉に同一人物が登場するが呼称が〈天草版〉では簡略になったためこの表に現れている。

（c）その他、〈天草版平家〉に現れた注目すべき語彙

i　〈普名〉は 49 語、そのうち〈接頭〉の「御」を冠した語が 25 例で多い。〔お 22, おん 1 , ご 2 〕で使用度数は第一基幹語彙が〔お事 37, お供 33〕、第二基幹語彙が〔お語り 26, お文（ふみ）13, …〕である。

ii　音韻変化によって生じた語形

①だ（出）す 30, 尋ねだす 8 , 取りだす 6 ,

②だく 7 , …,

③づ（出）101, で立つ 11,

④でやふ（出会） 9 , …、落ちやふ 5 , 行きやふ 5 , …,

iii　現代語に通じる語群

①〈副〉　なぜ（何故）に 36, さう（然）13, ま（今）13, そつと 6 , まちつと 5 , …,

②〈接続〉し（為）て 21, さうして 14, それから 15, そこで 7 , …,

③〈感動〉さてさて 8 , いや 7 ,

④〈連体〉なんたる（何―）13, なにたる 11,

〈天草版平家〉で第一・第二の基幹語彙に入る語のうち、［表Ⅷ］に示した159語は〈高野本平家〉〈源氏〉では使用度数の少ない語群である。これらは〈天草版平家〉の作品の性格を最もよく表している。整理したところ、それらは敬語・人物呼称や、副詞・接続詞・感動詞、音韻変化によって生じた語形など、近代語へと続く語彙である。

(二) 〈天草版〉で使用度数2以下なのに〈高野本〉で〔第一基幹語彙＋段階⑥〕の語

〈高野本平家〉では使用度数が多いのに〈天草版平家〉では著しく減少している語群が存する。これらは100語である。

［表Ⅸ］〈天草版平家〉〔2以下〕、〈高野本平家〉〔第一基幹語彙＋段階⑥〕の語、〈源氏〉参考
（優先順位… i 天、ii 高）

番号	見出し語	漢字	順	品詞	天草度数	高野度数	源氏度数
15175	さうらふ	候		動	0	1458	0
10982	むま	馬		名	0	236	0
15190	さぶらふ	侍・候		動	0	143	377
13308	にふだうしやうこく	入道相国		名	0	115	0
13368	はうぐわん	判官		名	0	99	0
15040	おはします	御座		動	0	80	443
15274	たぶ	賜		動	0	61	3
13940	よしなか	義仲		名	0	52	0
7993	おんまへ	御前		名	0	50	0
7754	おとど	大臣		名	0	40	458
16547	さきに	先		副	0	38	0
15075	かうぶる	蒙		動	0	37	1
15322	とぶらふ	弔		動	0	33	73
15059	おぼす	思		動	0	31	1843

番号	見出し語	漢字	順	品詞	天草度数	高野度数	源氏度数
8583	けぶり	煙		名	0	29	40
15193	ざうらふ	候		動	0	29	0
15458	ふせく	防		動	0	28	0
13757	むねもりのきやう	宗盛卿		名	0	28	0
9383	しんよ	神輿		名	0	27	0
13292	にしはつでう	西八条		名	0	27	0
10558	ひんがし	東		名	0	26	0
16272	かかり	斯有		動	0	25	705
16609	ここに			接	0	25	0
7951	おんなげき	御歎		名	0	24	0
8603	けんじやう	勧賞		名	0	24	0
12392	さつまのかみ	薩摩守		名	0	24	0
9381	しんめい	神明		名	0	24	0
10514	ひだん	左		名	0	24	0
10441	ははうへ	母上		名	0	23	3
11664	いまゐのしらう	今井四郎		名	0	23	0
8000	おんむま	御馬		名	0	23	0
8364	ぎよう	御宇		名	0	22	0
14480	しねん	四年		名	0	22	0
7999	おんむすめ	御娘		名	0	21	0
10039	ついたう	追討		名	0	21	0
9686	そうづ	僧都		名	0	20	74
11452	をのこ	男		名	0	20	33
7781	おほち	大路		名	0	20	8
13086	てんせうだいじん	天照大神		名	0	20	0
15438	ひく	弾		動	0	19	56
16641	あんなり	有－		他	0	19	0

番号	見出し語	漢字	順	品詞	天草度数	高野度数	源氏度数
11622	いづのかみ	伊豆守		名	0	19	0
7750	おつかひ	御使		名	0	19	0
9901	だいふ	内府		名	0	19	0
10761	ほふ	法		名	0	18	1
7920	おんため	御為		名	0	18	0
11922	かはののしらう	河野四郎		名	0	18	0
16616	それ	夫		接	0	18	0
16144	ついたうす	追討－		動	0	18	0
10762	ほふいん	法印		名	0	18	0
11037	もくだい	目代		名	0	18	0
6562	のたまふ	宣		動	1	343	1124
6639	まします	坐		動	1	138	0
5071	ひやうゑのすけ	兵衛佐		名	1	57	0
7406	あな		B	感	1	43	172
4158	おんとも	御供		名	1	42	0
4831	ちゆうなごん	中納言		名	1	31	81
5019	はは	母		名	1	31	38
6582	はなつ	放		動	1	31	23
3974	うだいしやう	右大将		名	1	31	14
4143	おんこ	御子		名	1	31	0
4877	てう	朝		名	1	31	0
7387	かくて	斯		接	1	30	165
6071	じふらうくらんど	十郎蔵人		名	1	26	0
5799	へいじ	平氏	B	名	1	26	0
4157	おんとき	御時		名	1	25	0
6058	じふにぐわつ	十二月		名	1	23	0
5735	なりちかのきやう	成親卿		名	1	22	0

番号	見出し語	漢字	順	品詞	天草度数	高野度数	源氏度数
6295	うつる	移		動	1	22	47
4558	しやうくわう	上皇		名	1	21	0
7277	やうやうなり	様々		形動	1	21	0
6152	はちぐわつ	八月		名	1	20	1
5712	ときただのきやう	時忠卿		名	1	20	0
5920	いちゐん	一院		名	1	19	0
6861	すすみいづ	進出		動	1	18	2
6042	じふいちぐわつ	十一月		名	1	18	0
3694	おはす	御座		動	2	209	679
2701	かたき	敵		名	2	132	2
2689	おんこと	御事		名	2	67	0
2921	だいしやう	大将		名	2	49	193
3815	など			副	2	47	132
3811	たちまちに	忽		副	2	33	0
2918	だいおんじやう	大音声		名	2	32	0
3027	ぶつぽふ	仏法		名	2	28	1
2688	おんこころ	御心		名	2	27	0
2848	しやうぐわつ	正月		名	2	27	0
2958	ないだいじん	内大臣		名	2	26	3
3835	しかるを	然		接	2	24	0
3268	へいけものがたり	平家物語		名	2	24	0
3839	あつぱれ			感	2	23	0
2686	おんくるま	御車		名	2	23	0
2691	おんふみ	御文		名	2	23	0
2872	しんだいなごん	新大納言		名	2	23	0
3556	まうしあふ	申合		動	2	23	0
3148	いつくしま	厳島		名	2	22	0

番号	見出し語	漢字	順	品詞	天草度数	高野度数	源氏度数
3419	ろくぐわつ	六月		名	2	21	0
3719	あさし	浅		形	2	20	105
3704	しゆつけす	出家－		動	2	20	0
3234	つねまさ	経正		名	2	20	0
3825	もつて	以		副	2	19	0

(a) 敬語の変遷に関係する語群

①さうらふ（候）　〈天〉0　〈高〉1458　〈源〉0

②ざうらふ（候）：「にさうらふ」の変化

〈天〉0　〈高〉29　〈源〉0

③さぶらふ（侍・候）〈天〉0　〈高〉143　〈源〉377

④おはす（御座）　〈天〉2　〈高〉209　〈源〉679

⑤おはします（御座）〈天〉0　〈高〉60　〈源〉443

⑥たぶ（賜）　〈天〉0　〈高〉61　〈源〉3

⑦おぼす（思）　〈天〉0　〈高〉31　〈源〉1843

⑧のたまふ（宣）　〈天〉1　〈高〉343　〈源〉1124

⑨まします（坐）　〈天〉1　〈高〉138　〈源〉2

⑩まうしあふ（申合）〈天〉2　〈高〉23　〈源〉0

これらの語の〈天草版平家〉との対応の例を示すと、次のようになる。

①〈高〉有王が参ッて候。（上 163-2）

〈天〉有王が参ってござる．(86-18)

③〈高〉女のはかなきこと、…心憂うこそさぶらへ。（上 27-7）

〈天〉女の甲斐ないことは，いかほど心憂うござったが，(105-5)

④〈高〉新大納言は備前の児島におはしけるを、（上 109-4）

〈天〉成親卿は備前の児島に居られたを，(58-18)

前項（ハ）の〈天草版平家〉の特色を表す語群の中で、(a) 敬語の⑩「ゐる」について述べたように、〈高〉の「おはす」は〈天〉で「ゐらる」「ゐまらする」と対応することが多い。しかし、主語に対する敬意は変化していない。

（b）人物の呼称の表現の相違

①にふだうしやうこく（入道相国）　〈天〉 0（清盛），〈高〉115，〈源〉 0，
②はうぐわん（判官）　〈天〉 0（義経），〈高〉99，〈源〉 0，
③よしなか（義仲）　〈天〉 0（木曾），〈高〉52，〈源〉 0，
④なりちかのきやう（成親卿）
　〈天〉 1 （参考）Narichicaqiŏ 55）〈高〉22〈源〉 0，
⑤さつまのかみ（薩摩の守）　〈天〉 0（忠度 13）〈高〉24，〈源〉 0，

ここに掲げた人物は〈高野本平家〉では基幹語彙の中に入っている。〈天草版平家〉で使用度数が 0 または 1 であるのは、同一人物の呼称を変えて表現しているからである。対応の例を示してみよう。

①〈天〉清盛（73-16）…〈高〉入道相国（上 141-12），
②〈天〉義経（326-10）…〈高〉判官（下 261-10），
⑤〈天〉忠度（181-19）…〈高〉薩摩の守（下 49-4），

（c）その他、室町時代の話し言葉では使用の少ない語彙や語法

i　名詞に冠する接頭語「御」は〈天草版平家〉では「お」、〈高野本平家〉では「おん」となることが多い。ただ、〈高〉は必ずしも明確でない場合もあった。対応する語の例をあげてみよう。

① おんまへ（御前）〈天〉vomaye（31-15）
　〈高〉御（おん）まへ（上 84-11）
② おんなげき（御嘆）〈天〉vonagueqi（89-14）
　〈高〉御嘆（おんナゲキ）（上 165-10）
③ おんくるま（御車）〈天〉vo curuma（350-10）
　〈高〉御車（下 310-8）

ii　音韻と表記に関係する例

①むま（馬）　〈天〉 0　〈高〉236

②けぶり（煙）　〈天〉 0　〈高〉29

③かうぶる（蒙）〈動四〉〈天〉 0　〈高〉37

④あつぱれ（感）　〈天〉 2　〈高〉23

ここに掲げた語は、〈天〉において同じ意味で音韻が異なると認識されるものも存する。別語として扱ったので使用度数がこのようになった。対応の例を示してみよう。

①〈天〉vma（25-11）…〈高〉馬《ムマ》（上 78-16），

②〈天〉qemuri（92-1）…〈高〉けぶり（上 167-10），（参考）煙《ケブリ》（下 85-12），

④〈天〉appare（245-16）…〈高〉あッぱれ（下 132-7），

（参考）〈天〉auare（28 例）…〈高〉あはれ（49 例），

〈高〉の集計には新大系『平家物語』を用い、影印本を参考にしたが、濁音・半濁音・促音を含む語は画一的解釈の困難な場合もある。例えば、次のような例である。

〈天〉auare（171-9）…〈高〉あッぱれ（下 25-3），

iii　近代語への変遷の過程で使用が減少した語

①かたき（敵）　〈天〉 2（参考：teqi 102）　〈高〉132

②あな〈感動〉　〈天〉 1　〈高〉43

③など〈副〉　〈天〉 2　〈高〉47

④しかるを〈接続〉〈天〉 2　〈高〉24

〈天草版平家〉ではほぼ同じ意味・用法の語が代って多く使用されるようになった。そのため上記のようなことも生じた。

①〈天〉teqi をあまた討ち取って，（216-8）
〈高〉敵（かたき）あまた討ちとり、（下 23-10）

②〈天〉さても夥《おびたた》しいことかな！（24-9）
〈高〉あなおびたたし、（上 78-2）

③〈天〉なぜに妓王は返事をせぬぞ？(99-2)

〈高〉など祇王は返事はせぬぞ。(上 22-1)

④〈天〉落人となって漂ふを鎮西の者どもが受け取って…：(201-16)

〈高〉たゞよふ落人となれり。しかるを鎮西の者どもがうけとッて…。(下 79-5)

四　『平家物語』『源氏物語』との比較による計量的考察

『平家物語』『源氏物語』等の語彙の性格や特色を計量的な視点から考察しようとする場合、各々の単位語についての異なり語数・延べ語数・使用度数などの研究がされてきた。またこれらの研究は従来、品詞別に行うことが通例であった。ところが品詞分類の規準は必ずしも一定していないものを資料として用い、多く研究者によって論じられてきた。

(a) 大野晋

「平安時代和文脈系文学の基本語彙に関する二三の問題」…(資料)『古典対照語い表』(宮島達夫編)。

「日本語の探求　大野晋日本語対談集」…(資料)『平家物語総索引』(金田一春彦ほか編、〈学研版〉)。(白井清子氏の論文、注 3)による)。

(b) 西田直敏[文献 2]

『平家物語の文体論的研究』『平家物語の国語学的研究』…(資料)『平家物語総索引』(金田一春彦ほか編、〈学研版〉)。

(c) 白井清子[3]

「軍記物語の語彙に関する一考察」(1974 年)…(資料)日本古典文学大系『平家物語』を利用し、自立語のみを対象に作成した索引(未公表か)。

「平家物語の語彙の性格を探る―現代語との比較も含めて―」(1981 年)…(資料)『平家物語総索引』(金田一春彦ほか編、〈学研版〉)。

(d) 近藤政美

（本稿）…（資料）『平家物語高野本語彙用例総索引』（自立語篇）（近藤政美ほか編）。『天草版平家物語語彙用例総索引』（近藤政美ほか編）。

大野氏が資料にした『古典対照語い表』（宮島達夫編）は、取り上げた作品が14で、池田亀鑑編『源氏物語大成』（索引篇）、榊原邦彦・武山隆昭ほか編『枕草子総索引』など、いずれも諸先学が作成した総索引を利用している。宮島氏は異なる人の作成した索引類を利用したため、単語の認定に苦慮し、一定の方針で統一するように努めた。が、そのためにある索引の見出しに存するものがこの語彙表にないとか、逆の場合とかも生じた。『源氏物語』を例にとると、結果として次のような相違がある。

修正前（池田亀鑑）	異なり語数 14206	「こころ」1489	「たまふ」13882
修正後（宮島達夫）	異なり語数 11423	「こころ」3411	「たまふ」　81

「こころ」は複合語の扱い方、「たまふ」は補助動詞としての用法の削除、これらが原因になっている。

『平家物語総索引』（金田一・清水・近藤編、〈学研版〉）は語句の検索や用例の研究に利用することを重視して作成した。この方面での使用には便利である。しかし、凡例にも示したように、複合語やその構成語の扱い方が大野氏のような計量的比較研究と基準を合せて作成したものではない［文献４］。

西田氏は初め『平家物語総索引』〈学研版〉と『古典対照語い表』（宮島）とを比較して語彙の研究をした。その後は白井氏の調査データをも用いて一覧表にして掲示した［文献２］。更に『平家物語』については、『平家物語総索引』〈学研版〉と白井氏の調査したデータにより語彙（自立語）のこの方面からの全体的様相が初めて計量的に明らかになったと述べている。

私は今回の研究に『平家物語高野本語彙用例総索引』（自立語篇）［文献

5］・『天草版平家物語語彙用例総索引』［文献6］を基本にして計量的集計を行った。そして、『古典対照語い表』（宮島）を用いて『源氏物語』とも比較してみた。ここで更に白井氏の調査データを利用させていただき、次のような一覧表を作成した。そして、〈天草版平家〉の語彙の特色を述べることにした。

［表X］古典文学の全語彙総数および名詞・動詞の使用度数の比較

	名詞			動詞			全語彙総数			X／Z	Y／Z
	異語数 (A)	延語数 (B)	B／A ＝X	異語数 (C)	延語数 (D)	D／C ＝Y	異語数 (E)	延語数 (F)	F／E ＝Z		
万葉	3886	26541	6.8	2044	17180	8.4	6505	50670	7.7	0.88	1.09
源氏	4854 42.5%	86569 41.7%	17.8	5097 44.6%	68427 32.9%	13.4	11423	207808	18.2	0.98	0.74
保元	3526	10983	3.1	1328	6984	5.3	5300	20682	3.9	0.79	1.36
平治	2539	8383	3.3	918	5872	6.4	3731	15665	4.2	0.79	1.52
平家 （旧大系）	10511 73.5%	53460 56.4%	5.1	2922 20.4%	28994 30.6%	9.9	14293	94757	6.6	0.79	1.50
平家 〈高野本〉	10954 74.1%	53635 54.0%	4.90	2863 19.4%	32754 33.0%	11.44	14785	99367	6.72	0.73	1.70
同上 基幹語彙	977 57.8%	32474 46.1%	33.24	471 27.9%	26912 38.2%	57.14	1690	70431	41.68	0.80	1.37
同上　第一 基幹語彙	238 51.6%	20430 40.8%	85.84	143 31.0%	21633 42.3%	151.28	461	50110	108.70	0.31	1.39
〈天草版〉 平家	4695 63.3%	23664 50.5%	5.04	1931 26.0%	16510 35.2%	8.55	7421	46893	6.32	0.80	1.35
同上 基幹語彙	910 56.5%	17699 47.1%	19.45	493 29.9%	14096 37.5%	28.59	1650	37597	22.79	0.84	1.25
同上　第一 基幹語彙	139 51.3%	10035 42.2%	72.19	92 33.9%	10150 42.7%	110.33	271	23797	87.81	0.82	1.26

備考
1「万葉」「源氏」は『古典対照語い表』（宮島達夫編）による。
2「保元」「平治」「平家」は白井清子氏の日本古典文学大系『平家物語』の調査等による。
3「平家」〈高野本〉は『平家物語語彙用例総索引』（近藤政美ほか編）、〈天草版〉「平家」は『天草版平家物語語彙用例総索引』（近藤政美ほか編）による。

白井氏は『平家物語』の調査資料として日本古典文学大系『平家物語』（旧大系）を用いた。（旧大系）の底本は竜谷大学付属図書館蔵本〈竜大本〉

である。『平家物語語彙用例総索引』の場合は新日本古典文学大系『平家物語』（新大系）を本文としている。そして、その底本は東京大学国語研究室蔵の〈高野本〉である。共に覚一本系の第一類の古写本である。〈竜大本〉には「妓王」「小宰相身投」の２つの章段がない。が、（旧大系）はこれらを〈高野本〉から補い、他に「高野御幸」（４ページ分）を〈竜門文庫本〉から加えている。ただし、全体としての語彙量は（新大系）と比較してそれほど多いわけではない。

ところが筆者は本書で〈天草版平家〉の語彙の研究を目的とし、『平家物語』との計量的比較を重視している。〈天草版平家〉の中では「妓王」の章は重要である。だから（新大系）を本文として作成した『平家物語高野本語彙用例総索引』を用いるのである。

さて、［表X］によって古典文学の作品の語彙を（白井氏の方法を参考にして）次の視点から比較してみよう。

（イ）名詞の１語あたりの平均使用度数　X =B　/A

x　〈天〉5.04　〈高〉 4.90　〈源〉17.8

（ロ）動詞の１語あたりの平均使用度数　Y =D　/C

y　〈天〉8.55　〈高〉11.44　〈源〉13.4

（ハ）全語彙総数の１語あたりの平均使用度数　Z = F　/E

z　〈天〉6.32　〈高〉 6.72　〈源〉18.2

（ニ）X／Z，Y／Zは語彙全体の平均使用度数と同じであれば1.00、それ以下は使用度数が少ないこと、それ以上は使用度数が多いことを示す。

x / z　〈天〉0.80　〈高〉0.73〈源〉0.98

y / z　〈天〉1.35　〈高〉1.70〈源〉0.74

(a)〈旧大系平家〉（白井データ）と〈高野本平家〉（近藤データ）

名詞・動詞・全語彙の各々の異なり語数・延べ語数・平均使用度数の比率は近似している。

(b)〈天草版平家〉と〈高野本平家〉

　１語あたりの平均使用度数は名詞・全語彙総数は近似、動詞は〈高野本〉がかなり高い。

(c)〈源氏〉(参考) １語あたりの平均使用度数が名詞・全語彙総数は〈天草版〉や〈高野本〉の約３倍である。又、動詞は〈天草版〉の約 1.6 倍、〈高野本〉の約 1.2 倍である。

(d)〈天草版平家〉〈高野本平家〉とそれらの基幹語彙

１語あたりの平均使用度数は

〈天草版〉では基幹語彙が全語彙の３～４倍である（名詞 -3.9、動詞 -3.3、全語彙 -3.6)。

〈高野本〉では基幹語彙が全語彙の５～７倍である（名詞 -6.8、動詞 -5.0、全語彙 -6.0)。

(e)〈天草版平家〉〈高野本平家〉とそれらの第一基幹語彙

１語あたりの平均使用度数は

〈天草版〉では第一基幹語彙が全語彙の凡そ 13 ～ 15 倍である（名詞 -14.3、動詞 -12.9、全語彙 -13.9)。

〈高野本〉では基幹語彙が全語彙の 13 ～ 18 倍である（名詞 -17.5、動詞 -13.2、全語彙 -16.2)。

〈天草版平家〉〈高野本平家〉の基幹語彙を設定してみた。が、これについては各作品の語彙量をはじめ、成立した時代、内容、文体等が影響する。そのため生じる問題も多く、詳細については別稿で論じることにしたい。

なお、この章で把握した概算の全語彙数（延べ語数）は次のようになる。

平安時代和文脈系十作品：約 40 万語（大野晋 410，085 語）
『源氏物語』　　　　　：約 20 万語（宮島達夫 207，808 語）
『平家物語』〈高野本〉　：約 10 万語（近藤政美 99，367 語）
天草版『平家物語』　　：約　5 万語（近藤政美 46，893 語）

五　むすび

先稿「天草版『平家物語』の語彙の特色—『平家物語』〈高野本〉との比較による—」において、〈天草版平家〉の語彙の特色を計量的な面から〈高野本平家〉と比較しながら解明を試みた。この発表のための準備として、第一に『天草版平家物語語彙用例総索引』『平家物語高野本語彙用例総索引』（自立語篇）を編者代表になって作成し、資料を公表した。第二に基幹語彙の理論を導入し、『平家物語』との比較による〈天草版平家〉の計量的な面からの特色を論じた。基幹語彙も第一・第二に分類し、基準を設定するなど、新たな方法論も考えた。が、諸学者の研究との普遍性を欠く点もあり、充分理解されるに至らなかった。

今回は第一に比較の対象として『源氏物語』（『古典対照語い表』による）を加えた。平安時代の代表的作品で語彙量が多いこと、〈天草版平家〉の語彙の時代的な特色を把握しやすいこと、などの理由によるものである。第二に基幹語彙の基準や平安時代10作品の40万語（延べ語数）を越える資料を対象にした大野理論、西田氏・白井氏の方法論も参考にさせていただいた。

〈天草版平家〉の自立語についてはこの章で『平家物語』『源氏物語』との比較による計量的特色を論じたが、付属語（助動詞・助詞）に関しては、次章以降で論じる。

注

1）　大野晋「平安時代和文脈系文学の基本語彙に関する二三の問題」『国語学』第87号、1971年。

2）　近藤政美・濱千代いづみ「天草版平家物語の語彙の特色—『平家物語』〈高野本〉との比較による—」『愛知県立大学大学院国際文化研究科論集』第1号、2000年。

3）白井清子

(a)「軍記物語の語彙に関する一考察」『文学』第42巻12号、1974年。

(b)「平家物語の語彙の性格を探る—現代語との比較も含めて—」『学習院大学

国語国文学会誌』第24号、1981年）

文献

［1］真田信治「基本語彙・基礎語彙」『岩波講座日本語』9（語彙と意味）所収。岩波書店刊行、1977年。諸先学の使用法を整理したもので、筆者自身の見解ではない。

［2］(a)『平家物語の文体論的研究』　西田直敏著、明治書院刊行、1978年。
　　(b)『平家物語の国語学的研究』　西田直敏著、和泉書院刊行、1990年。

［3］『古典対照語い表』　宮島達夫編、笠間書院刊行、1971年。「語い」は書名の表記による。また、この書の『源氏物語』に関する数値は、宮島氏が池田亀鑑編『源氏物語大成』（索引篇）によって単位語を調整したものである。

［4］『平家物語総索引』　金田一春彦・清水功・近藤政美編、学習研究社刊行、1973年。略して〈学研版〉。

［5］『平家物語高野本語彙用例総索引』（自立語篇）　近藤政美ほか編、勉誠出版刊行、1996年。

［6］『天草版平家物語語彙用例総索引』　近藤政美ほか編、勉誠出版刊行、1999年。

第二章付録の説明

天草版『平家物語』はポルトガル語式のローマ字で綴られている。これを漢字平がな交じり文に翻字して『天草版平家物語語彙用例総索引』の本文にした。そして、作成した『〈天草版〉語彙用例総索引』の見出し語に漢字などの情報を付して次のような優先順に配列した。

資料Ⅰ　天草版『平家物語』の基幹語彙（自立語）

　1　天草度数（天草版『平家物語』での使用度数、高い順に配列）

　2　高野度数（『平家物語』〈高野本〉での使用度数）

資料Ⅱ　『平家物語』〈高野本〉の基幹語彙（自立語）

　1　高野度数（『平家物語』〈高野本〉での使用度数、高い順に配列）

　2　天草度数（天草版『平家物語』での使用度数）

備考　両資料における「順」の欄のＡＢＣ…は同音異義語を区別するためのものである。

資料Ⅰ　天草版『平家物語』の基幹語彙（自立語）

番号	天草段階	見出し語	漢字	順	品詞	天草度数	高野段階	高野度数	源氏度数
1	①	あり	有		動	1000	①	1469	4450
2	①	こと	事	B	名	844	①	989	4804
3	①	いふ	言		動	822	①	704	1228
4	①	まうす	申		動	754	①	1170	187
5	①	ござる	御座		動	716			0
6	①	す	為	B	動	545	①	1007	3060
7	①	その	其	B	連体	507	①	746	568
8	②	これ	此		名	427	①	746	368
9	②	もの	物・者		名	408	②	500	1942
10	②	なし	無		形	388	②	654	3346
11	②	この	此		連体	384	②	591	1624
12	②	ひと	人		名	350	②	559	3732
13	②	おもふ	思		動	341	②	494	2468
14	②	まらする			動	328			0
15	②	なる	成	A	動	287	②	540	919
16	②	みる	見		動	272	②	422	1839
17	②	へいけ	平家		名	258	②	368	0
18	②	たてまつる	奉		動	230	②	631	203
19	②	まゐる	参		動	204	②	378	790
20	②	みやこ	都		名	200	②	294	45
21	②	おほす	仰	A	動	183	③	153	34
22	③	よしつね	義経		名	169	④	63	0
23	③	また	又		接	162	②	251	698
24	③	きく	聞	B	動	162	③	194	535
25	③	うま	馬	A	名	161			50
26	③	いま	今		名	158	②	340	836
27	③	とき	時	A	名	153	②	352	225
28	③	ところ	所・処		名	147	②	324	598
29	③	さて	然		接	147	③	144	200
30	③	みな	皆		副	145	②	245	343

番号	天草段階	見出し語	漢字	順	品詞	天草度数	高野段階	高野度数	源氏度数
31	③	とる	取		動	136	②	250	146
32	③	うち	内・中		名	133	②	251	623
33	③	きこゆ	聞		動	127	②	250	1659
34	③	なんと	何	B	副	123	⑩	1	0
35	③	こころ	心		名	118	②	239	3411
36	③	よりとも	頼朝		名	117	⑤	58	0
37	③	ただ	只		副	115	③	206	727
38	③	ゐる	居		動	113	⑥	30	153
39	③	みゆ	見		動	112	③	237	890
40	③	きそ	木曾	A	名	112	④	80	0
41	③	うつ	打・討		動	110	③	228	27
42	③	よ	世・代	B	名	109	③	210	1570
43	③	きよもり	清盛		名	108	⑦	10	0
44	③	のち	後		名	106	②	247	277
45	③	めす	召		動	106	③	181	130
46	③	やがて	聽而		副	106	③	176	135
47	③	しる	知	B	動	102	③	181	591
48	③	てき	敵		名	102	⑥	29	0
49	③	づ	出		動	101			0
50	③	み	身	A	名	98	③	186	685
51	③	ひとびと	人々		名	98	③	185	698
52	③	なか	中		名	95	③	229	448
53	③	いのち	命		名	93	③	129	122
54	③	おなじ	同		形	90	②	285	293
55	③	いる	入	A	動	88	③	148	223
56	③	いかに	如何		副	87	②	259	0
57	③	それ	其		名	87	③	140	205
58	③	なみだ	涙		名	86	③	160	183
59	③	ものども	者共		名	86	④	107	0
60	③	われ	我		名	84	③	157	356
61	③	かた	方	A	名	84	③	155	1159

番号	天草段階	見出し語	漢字	順	品詞	天草度数	高野段階	高野度数	源氏度数
62	③	いくさ	軍		名	84	③	125	0
63	④	ふね	船		名	83	③	157	48
64	④	ほふわう	法皇		名	83	③	150	0
65	④	つく	付・着・即	A	動	82	③	173	104
66	④	すでに	既		副	82	③	169	0
67	④	さき	先・前		名	81	③	130	138
68	④	つかまつる	仕		動	80	④	96	10
69	④	ながす	流		動	79	③	149	8
70	④	くび	首		名	79	③	113	2
71	④	ぞんず	存－		動	79	⑤	53	0
72	④	まことに	誠		副	78	④	96	233
73	④	およぶ	及		動	77	③	184	36
74	④	しげもり	重盛		名	76	⑥	29	0
75	④	おつ	落		動	75	④	89	39
76	④	せうしやう	少将		名	74	④	67	90
77	④	のぼる	上		動	73	③	113	52
78	④	くだる	下		動	73	④	88	51
79	④	き	喜	C	名	73			0
80	④	きみ	君		名	72	③	183	963
81	④	いちにん	一人		名	72	④	107	0
82	④	かく	書	B	動	71	③	118	247
83	④	ここ	此処		名	70	④	64	251
84	④	うま	右馬	B	名	70			6
85	④	むかふ	向	A	動	69	④	102	16
86	④	ござない	御座無		形	69			0
87	④	さ	然		副	68	③	119	603
88	④	きる	切	A	動	68	④	109	0
89	④	げんじ	源氏		名	67	③	140	47
90	④	よ	夜	A	名	67	③	123	262
91	④	うへ	上		名	66	③	186	378
92	④	かへる	帰・返・還		動	66	③	124	168

番号	天草段階	見出し語	漢字	順	品詞	天草度数	高野段階	高野度数	源氏度数
93	④	しげひら	重衡		名	66	⑥	26	0
94	④	かく	掛	F	動	63	③	133	123
95	④	ほか	外		名	63	④	91	192
96	④	おほいとの	大臣殿		名	63	④	80	0
97	④	きたのかた	北方		名	63	④	72	82
98	④	せい	勢		名	62	③	140	0
99	④	つひに	遂・終		副	62	④	103	93
100	④	おく	置	B	動	61	④	105	143
101	④	ごしよ	御所		名	61	④	93	0
102	④	たつ	立	A	動	60	③	120	135
103	④	あまり	余		名	60	⑤	32	141
104	④	よし	由	A	名	59	③	187	160
105	④	のる	乗		動	59	③	124	29
106	④	まづ	先		副	59	④	86	170
107	④	かなふ	叶	A	動	59	④	82	98
108	④	ため	為		名	57	③	142	151
109	④	かつせん	合戦		名	57	⑤	32	0
110	④	たいしやう	大将		名	56			0
111	④	わたす	渡		動	55	④	98	61
112	④	よろひ	鎧		名	55	④	98	0
113	④	ゆく	行		動	55	④	95	185
114	④	よし	良	C	形	55	④	78	527
115	④	かう	斯	D	副	55	⑤	56	292
116	④	なりちかきやう	成親卿		名	55			0
117	④	ほど	程		名	54	②	253	1762
118	④	きる	着	B	動	54	④	92	71
119	④	むねもり	宗盛	B	名	54	⑦	14	0
120	④	くださる	下		動	54			0
121	④	て	手		名	53	③	114	196
122	④	みや	宮		名	53	④	76	1083
123	④	とふ	問		動	53	④	74	142

番号	天草段階	見出し語	漢字	順	品詞	天草度数	高野段階	高野度数	源氏度数
124	④	やま	山（源：固地含）		名	53	④	71	141
125	④	ひ	日	B	名	52	③	119	240
126	④	いる	射	B	動	52	④	111	2
127	④	なほ	猶		副	52	④	106	826
128	④	ふかし	深		形	52	④	84	475
129	④	なく	泣		動	52	④	63	216
130	④	いちもん	一門		名	52	④	59	0
131	④	ぎ	儀	A	名	52	⑤	32	0
132	④	おぼゆ	覚		動	51	③	197	765
133	④	わが	我		連体	51	③	129	422
134	④	ひく	引・牽・退		動	51	④	74	45
135	④	しぬ	死		動	51	④	71	30
136	④	なにごと	何事		名	51	④	62	269
137	⑤	おほし	多		形	50	③	126	566
138	⑤	いそぐ	急		動	50	④	93	114
139	⑤	いる	入	C	動	49	④	108	125
140	⑤	そで	袖		名	49	④	107	129
141	⑤	なさる	為		動	49			0
142	⑤	むかし	昔		名	48	③	144	375
143	⑤	おぼしめす	思召		動	48	③	128	59
144	⑤	たつ	立・建	C	動	48	③	114	95
145	⑤	ちち	父		名	48	④	93	7
146	⑤	つはものども	兵共		名	48	④	86	0
147	⑤	く	来		動	48	⑥	19	171
148	⑤	もつ	持		動	47	③	217	66
149	⑤	つく	付・着・即	F	動	47	④	84	552
150	⑤	すぐ	過		動	47	④	81	211
151	⑤	あふ	会・合	A	動	47	④	77	88
152	⑤	さらば	然		接	47	④	72	0
153	⑤	きそどの	木曾殿		名	47	⑤	44	0
154	⑤	よる	依・寄	B	動	46	③	178	169

番号	天草段階	見出し語	漢字	順	品詞	天草度数	高野段階	高野度数	源氏度数
155	⑤	やう	様		名	46	④	73	900
156	⑤	まへ	前		名	46	④	62	254
157	⑤	そこ	其処	B	名	46	⑤	32	24
158	⑤	こ	子（源：蚕含）	A	名	45	④	109	111
159	⑤	なくなく	泣々		副	45	④	78	45
160	⑤	やしま	屋島・八島		名	45	⑤	55	1
161	⑤	なのる	名乗		動	44	④	73	8
162	⑤	くまがへ	熊谷		名	44	⑥	26	0
163	⑤	まだ	未		副	44	⑨	2	229
164	⑤	ゆみ	弓		名	43	④	71	4
165	⑤	うしろ	後		名	43	⑤	53	85
166	⑤	わかぎみ	若君		名	43	⑤	46	97
167	⑤	あるいは	或		接	42	③	120	0
168	⑤	おほきなり	大		形動	42	④	84	25
169	⑤	もと	許・本（源：元含）	B	名	42	④	84	149
170	⑤	よす	寄		動	42	④	78	91
171	⑤	みづ	水		名	42	④	78	77
172	⑤	こゑ	声		名	42	④	77	248
173	⑤	め	目		名	42	④	69	438
174	⑤	ただいま	只今		名	42	④	67	85
175	⑤	みち	道		名	41	④	79	198
176	⑤	ころ	頃		名	41	④	73	245
177	⑤	かかる	掛	A	動	41	⑤	48	75
178	⑤	にようばう	女房		名	40	④	106	111
179	⑤	ひとつ	一		名	40	④	82	107
180	⑤	とし	年	A	名	40	④	71	229
181	⑤	はじむ	始		動	40	⑤	56	89
182	⑤	さいこく	西国		名	40	⑤	45	0
183	⑤	や	矢		名	39	④	86	0
184	⑤	わがみ	我身		名	39	④	64	0

番号	天草段階	見出し語	漢字	順	品詞	天草度数	高野段階	高野度数	源氏度数
185	⑤	むほん	謀反		名	39	⑤	41	0
186	⑤	てい	体		名	39	⑥	21	0
187	⑤	かねひら	兼平		名	39	⑦	12	0
188	⑤	なす	為	B	動	38	③	114	78
189	⑤	ちから	力		名	38	④	75	10
190	⑤	ににん	二人		名	38	④	69	0
191	⑤	ある	或	B	連体	38	④	64	6
192	⑤	ひごろ	日比・日来		名	37	④	59	80
193	⑤	しばし	暫		副	37	⑤	57	160
194	⑤	うみ	海		名	37	⑤	57	27
195	⑤	おこと	御事		名	37			0
196	⑤	まゐらす	参	B	動	36	②	356	58
197	⑤	いづ	出	B	動	36	③	207	352
198	⑤	すつ	捨		動	36	④	62	63
199	⑤	なみ	波		名	36	④	61	43
200	⑤	うしなふ	失		動	36	④	59	29
201	⑤	ふみ	文		名	36	⑤	49	287
202	⑤	たづぬ	尋		動	36	⑤	48	114
203	⑤	なぜに	何故		副	36			0
204	⑤	かの	彼		連体	35	③	145	730
205	⑤	あはれなり	哀		形動	35	④	83	944
206	⑤	おくる	送・贈	A	動	35	⑤	56	11
207	⑤	なに	何		名	35	⑤	54	379
208	⑤	まつ	待	B	動	35	⑤	46	82
209	⑤	しさい	子細		名	35	⑤	35	1
210	⑤	はや	早		副	35	⑥	24	17
211	⑤	うけたまはる	承		動	34	④	100	85
212	⑤	たち	太刀	A	名	34	④	69	5
213	⑤	かぜ	風		名	34	④	66	179
214	⑤	ちかし	近		形	34	⑤	57	347
215	⑤	ともに	共－		副	34	⑤	55	24

番号	天草段階	見出し語	漢字	順	品詞	天草度数	高野段階	高野度数	源氏度数
216	⑤	くるま	車		名	34	⑤	55	137
217	⑤	ろくはら	六波羅		名	34	⑤	52	0
218	⑤	たたかふ	戦		動	34	⑤	46	0
219	⑤	あく	開・明	D	動	33	④	78	78
220	⑤	ゐん	院		名	33	④	62	411
221	⑤	らうどう	郎等		名	33	⑤	51	2
222	⑤	いく	生	C	動	33	⑤	46	1
223	⑤	をさなし	幼		形	33	⑤	40	116
224	⑤	よろこぶ	喜		動	33	⑤	37	39
225	⑤	おとも	御供		名	33			0
226	⑤	にようゐん	女院		名	32	⑤	48	0
227	⑤	ぎわう	妓王		名	32	⑥	28	0
228	⑤	こんど	今度		名	31	④	70	0
229	⑤	はな	花	A	名	31	④	61	273
230	⑤	かく	駆	G	動	31	⑤	49	0
231	⑤	しづむ	沈	A	動	31	⑤	46	37
232	⑤	くむ	組	A	動	31	⑤	44	0
233	⑤	かぎり	限		名	31	⑤	41	530
234	⑤	めのと	乳母		名	31	⑤	37	119
235	⑤	それがし	某		名	31	⑨	3	0
236	⑤	さす	為	B	動	31	⑩	1	0
237	⑤	されば	然		接	30	④	101	0
238	⑤	いかなり	如何		形動	30	④	98	0
239	⑤	つくる	造・作		動	30	④	78	83
240	⑤	たれ	誰		名	30	④	64	224
241	⑤	ひ	火	A	名	30	⑤	54	43
242	⑤	おほぜい	大勢		名	30	⑤	43	0
243	⑤	きやう	京	B	名	30	⑤	41	83
244	⑤	これもり	維盛		名	30	⑥	31	0
245	⑤	だす	出		動	30			0
246	⑤	わたる	渡		動	29	④	110	375

番号	天草段階	見出し語	漢字	順	品詞	天草度数	高野段階	高野度数	源氏度数
247	⑤	けふ	今日		名	29	④	92	243
248	⑤	ゆゑ	故		名	29	④	64	104
249	⑤	さす	差・刺	A	動	29	④	62	40
250	⑤	なんぢ	汝		名	29	⑤	54	1
251	⑤	をしむ	惜		動	29	⑤	52	47
252	⑤	あまた	数多		名	29	⑤	48	196
253	⑤	みす	見	B	動	29	⑤	46	133
254	⑤	ゆるす	許		動	29	⑤	41	140
255	⑤	もん	門		名	29	⑤	39	0
256	⑤	かは	川・河	B	名	29	⑥	31	25
257	⑤	しゆんくわん	俊寛		名	29	⑦	12	0
258	⑤	ゆめ	夢		名	28	④	85	147
259	⑤	はじめ	始		名	28	④	71	75
260	⑤	かぶと	甲		名	28	⑤	56	0
261	⑤	あはれ			感	28	⑤	49	0
262	⑤	かへす	返・帰		動	28	⑤	49	25
263	⑤	かぢはら	梶原		名	28	⑤	40	0
264	⑤	かまくら	鎌倉		名	28	⑤	39	0
265	⑤	かふ	変	B	動	28	⑤	37	55
266	⑤	のこる	残		動	28	⑤	35	81
267	⑤	うちじに	討死		名	28	⑥	31	0
268	⑤	さいしやう	宰相		名	28	⑥	28	72
269	⑤	かねやす	兼康		名	28	⑥	20	0
270	⑤	よぶ	呼		動	28	⑥	19	11
271	⑤	ほうでう	北条	B	名	28	⑦	15	0
272	⑥	たとひ	縦令		副	27	⑤	57	4
273	⑥	な	名	A	名	27	⑤	56	124
274	⑥	ひたたれ	直垂		名	27	⑤	56	0
275	⑥	いづく	何処		名	27	⑤	54	37
276	⑥	しかり	然		動	27	⑤	52	0
277	⑥	さいご	最後		名	27	⑤	44	0

番号	天草段階	見出し語	漢字	順	品詞	天草度数	高野段階	高野度数	源氏度数
278	⑥	おしよす	押寄		動	27	⑤	42	5
279	⑥	おく	奥	A	名	27	⑤	36	35
280	⑥	くわんとう	関東		名	27	⑦	17	0
281	⑥	おぢやる			動	27			0
282	⑥	あひだ	間		名	26	③	152	5
283	⑥	つき	月		名	26	④	91	201
284	⑥	ぐす	具－		動	26	④	67	24
285	⑥	ならひ	習		名	26	⑤	43	12
286	⑥	おとす	落		動	26	⑤	42	29
287	⑥	いちのたに	一谷		名	26	⑤	41	0
288	⑥	おる	下		動	26	⑤	40	65
289	⑥	そこ	底	A	名	26	⑤	37	21
290	⑥	かしこまる	畏		動	26	⑥	31	29
291	⑥	つかひ	使		名	26	⑥	29	98
292	⑥	さんにん	三人		名	26	⑥	28	11
293	⑥	しろ	城		名	26	⑩	1	0
294	⑥	かたる	語		動	26			86
295	⑥	おかたり	御語		名	26			0
296	⑥	あぐ	上		動	25	④	70	25
297	⑥	ごらんず	御覧		動	25	⑤	53	183
298	⑥	たすく	助		動	25	⑤	52	16
299	⑥	うた	歌		名	25	⑤	43	33
300	⑥	ごせ	後世		名	25	⑤	38	0
301	⑥	のとどの	能登殿		名	25	⑥	31	0
302	⑥	さだめて	定		副	25	⑥	27	4
303	⑥	ただもり	忠盛		名	25	⑥	26	0
304	⑥	ざつと			副	25	⑥	22	0
305	⑥	やる	遣		動	25	⑥	19	64
306	⑥	ひらやま	平山		名	25	⑦	15	0
307	⑥	おまへ	御前		名	25	⑨	3	0
308	⑥	とむらふ	弔	B	動	25			0

番号	天草段階	見出し語	漢字	順	品詞	天草度数	高野段階	高野度数	源氏度数
309	⑥	ごかう	御幸		名	24	④	70	0
310	⑥	せむ	責		動	24	④	59	39
311	⑥	いへ	家		名	24	⑤	52	84
312	⑥	ほろぼす	滅		動	24	⑤	50	1
313	⑥	つづく	続	A	動	24	⑤	49	6
314	⑥	つゆ	露		名	24	⑤	49	125
315	⑥	みかた	味方・御方		名	24	⑤	49	0
316	⑥	いとま	暇		名	24	⑤	44	63
317	⑥	おつかひ	御使		名	24	⑤	42	0
318	⑥	さま	様		名	24	⑤	40	1527
319	⑥	わする	忘		動	24	⑤	38	110
320	⑥	これほど	此程		副	24	⑤	38	0
321	⑥	みゐでら	三井寺		名	24	⑤	37	0
322	⑥	ごらうず	御覧		動	24			0
323	⑥	さむらひ	侍		名	24			0
324	⑥	されども	然		接	23	④	64	0
325	⑥	とうごく	東国		名	23	⑤	48	0
326	⑥	あと	跡・後		名	23	⑤	45	55
327	⑥	いちど	一度		名	23	⑤	45	0
328	⑥	これら	此等		名	23	⑤	38	0
329	⑥	ぶし	武士		名	23	⑤	36	0
330	⑥	いけどり	生捕		名	23	⑤	33	0
331	⑥	げに	実		副	23	⑥	31	456
332	⑥	ひらく	開		動	23	⑥	30	5
333	⑥	はせまゐる	馳参		動	23	⑥	27	0
334	⑥	すこし	少		副	22	④	60	562
335	⑥	つかはす	遣		動	22	⑤	55	46
336	⑥	ぢん	陣		名	22	⑤	51	2
337	⑥	ひじり	聖		名	22	⑤	49	38
338	⑥	もんがく	文覚		名	22	⑤	45	0
339	⑥	いづれ	何		名	22	⑤	43	80

番号	天草段階	見出し語	漢字	順	品詞	天草度数	高野段階	高野度数	源氏度数
340	⑥	よむ	読・詠		動	22	⑤	42	51
341	⑥	さんざんなり	散々		形動	22	⑤	38	0
342	⑥	あし	悪	C	形	22	⑤	33	121
343	⑥	とき	鬨	B	名	22	⑤	32	0
344	⑥	あし	足	A	名	22	⑥	27	18
345	⑥	いつ	何時		名	22	⑥	26	79
346	⑥	おや	親		名	22	⑥	25	170
347	⑥	ねんぶつ	念仏		名	22	⑥	21	19
348	⑥	こころう	心得		動	22	⑥	19	56
349	⑥	やすより	康頼		名	22	⑦	13	0
350	⑥	さねもり	実盛		名	22	⑦	12	0
351	⑥	ことども	事共		名	21	④	67	0
352	⑥	かなし	悲・愛		形	21	④	66	295
353	⑥	はる	春	A	名	21	⑤	54	119
354	⑥	ゐんぜん	院宣		名	21	⑤	54	0
355	⑥	なにと	何－		副	21	⑤	49	0
356	⑥	すすむ	進	A	動	21	⑤	43	37
357	⑥	すゑ	末		名	21	⑤	43	143
358	⑥	をりふし	折節		名	21	⑤	43	36
359	⑥	ひかふ	控		動	21	⑤	42	4
360	⑥	たのむ	頼	B	動	21	⑤	40	103
361	⑥	つく	尽	E	動	21	⑤	39	19
362	⑥	さわぐ	騒		動	21	⑤	38	62
363	⑥	とどまる	留		動	21	⑤	37	12
364	⑥	にようばうたち	女房達		名	21	⑤	36	0
365	⑥	おとる	劣		動	21	⑥	31	123
366	⑥	めしつかふ	召使		動	21	⑥	30	7
367	⑥	はら	腹		名	21	⑥	29	39
368	⑥	なぐ	投	B	動	21	⑥	28	21
369	⑥	だいじ	大事		名	21	⑥	28	11
370	⑥	なん	何		名	21	⑥	25	0

番号	天草段階	見出し語	漢字	順	品詞	天草度数	高野段階	高野度数	源氏度数
371	⑥	くるし	苦		形	21	⑥	24	238
372	⑥	からめて	搦手		名	21	⑥	24	0
373	⑥	つねに	常		副	21	⑥	22	115
374	⑥	とりつく	取付	A	動	21	⑥	18	0
375	⑥	つよし	強		形	21	⑦	17	34
376	⑥	うぢがは	宇治川		名	21	⑦	12	1
377	⑥	さんみにふだう	三位入道		名	21	⑦	12	0
378	⑥	つる	連	C	動	21	⑧	6	4
379	⑥	たきぐち	滝口		名	21	⑨	2	2
380	⑥	して	為		接	21			0
381	⑥	たいしやうぐん	大将軍		名	20	④	99	0
382	⑥	てんか	天下		名	20	⑤	57	4
383	⑥	あれ	彼		名	20	⑤	54	4
384	⑥	そむく	背	A	動	20	⑤	49	74
385	⑥	にし	西		名	20	⑤	49	80
386	⑥	たかし	高	B	形	20	⑤	45	93
387	⑥	つね	常		名	20	⑤	45	220
388	⑥	ありさま	有様		名	20	⑤	44	698
389	⑥	おもひ	思		名	20	⑤	36	156
390	⑥	あの	彼		連体	20	⑤	32	4
391	⑥	しま	島		名	20	⑥	31	5
392	⑥	しゆつけ	出家		名	20	⑥	30	0
393	⑥	おどろく	驚		動	20	⑥	29	90
394	⑥	かたな	刀		名	20	⑥	29	0
395	⑥	なげく	歎		動	20	⑥	26	84
396	⑥	をんな	女		名	20	⑥	24	321
397	⑥	わかし	若		形	20	⑥	21	214
398	⑥	きかいがしま	鬼界島		名	20	⑦	15	0
399	⑥	さいとうご	斎藤五		名	20	⑦	14	0
400	⑥	さむらひども	侍共		名	20			0
401	⑥	ひえのやま	比叡山		名	20			0

番号	天草段階	見出し語	漢字	順	品詞	天草度数	高野段階	高野度数	源氏度数
402	⑥	くに	国		名	19	④	64	55
403	⑥	さんみのちゆうじやう	三位中将		名	19	⑤	56	0
404	⑥	ふくはら	福原		名	19	⑤	54	0
405	⑥	かやうなり	斯様		形動	19	⑤	53	200
406	⑥	おのおの	各々		名	19	⑤	52	59
407	⑥	しゆくしよ	宿所		名	19	⑤	41	0
408	⑥	おと	音		名	19	⑤	39	115
409	⑥	いたす	致		動	19	⑤	38	1
410	⑥	おちゆく	落行		動	19	⑤	37	1
411	⑥	かならず	必		副	19	⑤	33	115
412	⑥	たがひに	互		副	19	⑥	27	0
413	⑥	しぼる	絞		動	19	⑥	21	3
414	⑥	のす	乗		動	19	⑥	21	14
415	⑥	ていわう	帝王		名	19	⑧	8	3
416	⑥	おさふ	押		動	18	⑤	56	8
417	⑥	あがる	上		動	18	⑤	42	9
418	⑥	いろ	色		名	18	⑤	41	186
419	⑥	くらゐ	位		名	18	⑤	40	56
420	⑥	つはもの	兵		名	18	⑤	40	1
421	⑥	かはる	代・替・変		動	18	⑤	35	191
422	⑥	まま	儘		名	18	⑤	35	284
423	⑥	もし	若		副	18	⑤	34	62
424	⑥	おき	沖		名	18	⑤	32	2
425	⑥	しゆう	主	A	名	18	⑥	31	0
426	⑥	はぢ	恥		名	18	⑥	31	10
427	⑥	くら	鞍	A	名	18	⑥	30	0
428	⑥	そのうへ	其上		接	18	⑥	29	0
429	⑥	ぶしども	武士共		名	18	⑥	29	0
430	⑥	ことば	言葉		名	18	⑥	28	35
431	⑥	ひま	隙		名	18	⑥	26	82

番号	天草段階	見出し語	漢字	順	品詞	天草度数	高野段階	高野度数	源氏度数
432	⑥	よに	世		副	18	⑥	25	63
433	⑥	いつしよ	一所		名	18	⑥	25	0
434	⑥	おもむく	赴		動	18	⑥	24	9
435	⑥	うつて	討手		名	18	⑥	24	0
436	⑥	なかなか	中々		副	18	⑥	22	291
437	⑥	たうじ	当時		名	18	⑥	22	2
438	⑥	おほて	大手		名	18	⑥	19	0
439	⑥	ゆきいへ	行家		名	18	⑦	16	0
440	⑥	あふ	敢	B	動	18	⑦	14	7
441	⑥	みちもり	通盛		名	18	⑦	11	0
442	⑥	いく	行	A	動	18			21
443	⑥	おこす	起・発		動	17	④	71	21
444	⑥	つがふ	都合	A	名	17	⑤	41	0
445	⑥	した	下	A	名	17	⑤	39	80
446	⑥	こころざし	志		名	17	⑤	38	169
447	⑥	そら	空		名	17	⑤	38	213
448	⑥	とほる	通		動	17	⑤	37	9
449	⑥	しづむ	鎮	B	動	17	⑤	36	38
450	⑥	にしき	錦		名	17	⑤	34	22
451	⑥	ぬく	抜	A	動	17	⑥	29	4
452	⑥	さだむ	定		動	17	⑥	27	48
453	⑥	はかりこと	謀		名	17	⑥	27	0
454	⑥	ごへん	御辺		名	17	⑥	26	0
455	⑥	くちをし	口惜		形	17	⑥	25	286
456	⑥	をめく	喚		動	17	⑥	25	0
457	⑥	へんじ	返事		名	17	⑥	24	0
458	⑥	はし	橋	B	名	17	⑥	23	4
459	⑥	まつ	松	A	名	17	⑥	23	49
460	⑥	をし	惜	B	形	17	⑥	22	33
461	⑥	まはる	回		動	17	⑥	18	0
462	⑥	むせぶ	咽		動	17	⑥	18	3

番号	天草段階	見出し語	漢字	順	品詞	天草度数	高野段階	高野度数	源氏度数
463	⑥	うゑもんのかみ	右衛門督		名	17	⑥	18	0
464	⑥	こよひ	今宵		名	17	⑥	18	89
465	⑥	ごしやう	後生	A	名	17	⑦	16	0
466	⑥	わたくし	私		名	17	⑦	16	27
467	⑥	さいとうろく	斎藤六		名	17	⑦	14	0
468	⑥	あたり	辺		名	17	⑦	11	166
469	⑥	うのこく	卯刻		名	17	⑦	11	0
470	⑥	にんじゆ	人数		名	17	⑨	4	0
471	⑥	こんにち	今日		名	17	⑩	1	0
472	⑥	たまはる	賜・給		動	16	④	96	45
473	⑥	しゆしやう	主上		名	16	④	78	0
474	⑥	だいり	内裏		名	16	⑤	52	0
475	⑥	おそろし	恐		形	16	⑤	50	106
476	⑥	はるかなり	遥		形動	16	⑤	49	53
477	⑥	やすし	安・易		形	16	⑤	45	415
478	⑥	さしも	然		副	16	⑤	43	0
479	⑥	ほつこく	北国		名	16	⑤	35	0
480	⑥	てん	天	A	名	16	⑤	33	1
481	⑥	くる	暮	C	動	16	⑥	29	65
482	⑥	わらふ	笑		動	16	⑥	29	81
483	⑥	しきりに	頻		副	16	⑥	28	2
484	⑥	おくる	後・遅	B	動	16	⑥	27	102
485	⑥	うれし	嬉		形	16	⑥	24	213
486	⑥	こひし	恋		形	16	⑥	24	127
487	⑥	な		B	副	16	⑥	24	0
488	⑥	には	庭		名	16	⑥	23	25
489	⑥	どつと			副	16	⑥	22	0
490	⑥	なぎなた	長刀		名	16	⑥	21	0
491	⑥	おん	恩		名	16	⑥	20	1
492	⑥	きほふ	競		名	16	⑦	17	0
493	⑥	せた	瀬田		名	16	⑦	16	0

番号	天草段階	見出し語	漢字	順	品詞	天草度数	高野段階	高野度数	源氏度数
494	⑥	はぬ	刎	A	動	16	⑦	15	0
495	⑥	のりより	範頼		名	16	⑦	15	0
496	⑥	えん	縁		名	16	⑦	14	2
497	⑥	ひぐち	樋口		名	16	⑧	8	0
498	⑦	したがふ	従	A	動	15	⑤	52	95
499	⑦	ふ	経	C	動	15	⑤	44	211
500	⑦	われら	我等		名	15	⑤	43	0
501	⑦	なのめなり	斜		形動	15	⑤	42	47
502	⑦	よも		B	副	15	⑤	35	25
503	⑦	さる	然	C	連体	15	⑤	34	0
504	⑦	やや	稍		副	15	⑥	31	29
505	⑦	しのぶ	忍・偲		動	15	⑥	30	253
506	⑦	をめきさけぶ	喚叫		動	15	⑥	30	0
507	⑦	ならぶ	並	B	動	15	⑥	27	11
508	⑦	ふく	吹	A	動	15	⑥	27	54
509	⑦	たび	旅	A	名	15	⑥	21	18
510	⑦	とひのじらう	土肥次郎		名	15	⑥	21	0
511	⑦	かうや	高野		名	15	⑥	20	0
512	⑦	かみ	髪	A	名	15	⑥	18	49
513	⑦	たより	便・頼		名	15	⑥	18	63
514	⑦	いまさら	今更		副	15	⑦	17	57
515	⑦	けさ	今朝	A	名	15	⑦	17	39
516	⑦	はやし	早	C	形	15	⑦	15	27
517	⑦	こきやう	故郷		名	15	⑦	14	0
518	⑦	いざ			感	15	⑦	13	12
519	⑦	うぢ	宇治		名	15	⑦	12	33
520	⑦	なかつな	仲綱		名	15	⑦	11	0
521	⑦	いけどる	生捕		動	15	⑨	4	0
522	⑦	それから	其		接	15			0
523	⑦	けむり	煙		名	15			0
524	⑦	にしはちでう	西八条		名	15			0

番号	天草段階	見出し語	漢字	順	品詞	天草度数	高野段階	高野度数	源氏度数
525	⑦	はわ	母		名	15			0
526	⑦	ひがし	東		名	15			0
527	⑦	ぶん	分		名	15			0
528	⑦	ぢゆうにん	住人		名	14	④	70	0
529	⑦	あき	秋		名	14	⑤	45	130
530	⑦	のがる	遁		動	14	⑤	43	22
531	⑦	さすが	流石		副	14	⑤	39	3
532	⑦	ただし	但	B	接	14	⑤	38	0
533	⑦	ほろぶ	滅		動	14	⑤	35	0
534	⑦	とうとう	疾々		副	14	⑤	32	0
535	⑦	なごり	名残		名	14	⑤	32	136
536	⑦	せんじ	宣旨		名	14	⑥	31	12
537	⑦	こころうし	心憂		形	14	⑥	30	0
538	⑦	おびたたし	夥		形	14	⑥	29	0
539	⑦	げんざん	見参		名	14	⑥	28	0
540	⑦	かよふ	通		動	14	⑥	27	89
541	⑦	おもて	面		名	14	⑥	27	26
542	⑦	もののぐ	物具		名	14	⑥	26	0
543	⑦	ひきしりぞく	引退		動	14	⑥	21	0
544	⑦	かひなし	甲斐無		形	14	⑥	18	0
545	⑦	よのなか	世中		名	14	⑥	18	249
546	⑦	ゆくへ	行方		名	14	⑦	17	36
547	⑦	かへりのぼる	帰上		動	14	⑦	16	0
548	⑦	しらす	知	C	動	14	⑦	15	58
549	⑦	むずと			副	14	⑦	15	0
550	⑦	え	得	C	副	14	⑦	14	721
551	⑦	た	誰	C	名	14	⑦	14	13
552	⑦	うちいる	討入	B	動	14	⑦	13	0
553	⑦	うちとる	討取		動	14	⑦	12	0
554	⑦	ちぎる	契		動	14	⑦	12	35
555	⑦	わく	分	B	動	14	⑦	10	43

番号	天草段階	見出し語	漢字	順	品詞	天草度数	高野段階	高野度数	源氏度数
556	⑦	さうして	然		接	14			0
557	⑦	それによつて	其依		接	14			0
558	⑦	しやうぞん	昌尊		名	14			0
559	⑦	かく	斯	H	副	13	④	72	1066
560	⑦	いたる	至		動	13	④	70	15
561	⑦	かまくらどの	鎌倉殿		名	13	④	64	0
562	⑦	いかで	如何		副	13	⑤	58	337
563	⑦	こまつどの	小松殿		名	13	⑤	52	0
564	⑦	こゆ	越		動	13	⑤	48	8
565	⑦	くだす	下		動	13	⑤	42	4
566	⑦	しばらく	暫		副	13	⑤	42	1
567	⑦	すなはち	即		副	13	⑤	39	2
568	⑦	むなし	空		形	13	⑤	37	32
569	⑦	きんだち	公達		名	13	⑤	37	30
570	⑦	かず	数・員		名	13	⑤	35	111
571	⑦	ここち	心地		名	13	⑥	30	806
572	⑦	ちやくし	嫡子		名	13	⑥	28	0
573	⑦	ふし	父子	A	名	13	⑥	28	0
574	⑦	たがふ	違	A	動	13	⑥	27	115
575	⑦	さんねん	三年		名	13	⑥	27	3
576	⑦	きのふ	昨日		名	13	⑥	26	40
577	⑦	さだよし	貞能		名	13	⑥	26	0
578	⑦	ただのり	忠度		名	13	⑥	26	0
579	⑦	なさけ	情		名	13	⑥	26	95
580	⑦	さんぜんよき	三千余騎		名	13	⑥	25	0
581	⑦	にゐどの	二位殿		名	13	⑥	25	0
582	⑦	しゆごす	守護－		動	13	⑥	21	0
583	⑦	たうけ	当家		名	13	⑥	21	0
584	⑦	まこと	誠		名	13	⑥	21	83
585	⑦	あくぎやう	悪行		名	13	⑥	19	0
586	⑦	さしあぐ	差上		動	13	⑥	18	0

番号	天草段階	見出し語	漢字	順	品詞	天草度数	高野段階	高野度数	源氏度数
587	⑦	あめ	雨		名	13	⑥	18	42
588	⑦	わかる	別		動	13	⑦	17	61
589	⑦	たに	谷		名	13	⑦	17	9
590	⑦	びぜん	備前		名	13	⑦	17	0
591	⑦	いそ	磯		名	13	⑦	14	5
592	⑦	かひ	甲斐	A	名	13	⑦	14	299
593	⑦	けんれいもんゐん	建礼門院		名	13	⑦	12	0
594	⑦	いけずき	生食		名	13	⑦	10	0
595	⑦	だいかくじ	大覚寺		名	13	⑧	9	1
596	⑦	ほとけ	仏	B	名	13	⑧	5	0
597	⑦	たび	度	B	名	13	⑨	4	56
598	⑦	さう	然	C	副	13			0
599	⑦	ま	今	C	副	13			0
600	⑦	おふみ	御文		名	13			0
601	⑦	やうだい	様体		名	13			15
602	⑦	ゑつちゆうのぜんじ	越中前司		名	13			0
603	⑦	なんたる	何		連体	13			0
604	⑦	おこなふ	行		動	12	④	65	40
605	⑦	いだす	出	A	動	12	④	63	43
606	⑦	くぎやう	公卿		名	12	④	59	2
607	⑦	さぶらひども	侍共		名	12	⑤	49	0
608	⑦	なんと	南都	A	名	12	⑤	47	0
609	⑦	おふ	負	B	動	12	⑤	40	33
610	⑦	ふす	伏	A	動	12	⑤	35	104
611	⑦	れい	例	B	名	12	⑤	35	539
612	⑦	あたる	当		動	12	⑥	31	33
613	⑦	きやうぢゆう	京中		名	12	⑥	31	0
614	⑦	へいぢ	平治	B	名	12	⑥	31	0
615	⑦	もと	元・旧	A	名	12	⑥	29	0
616	⑦	てうてき	朝敵		名	12	⑥	28	0

番号	天草段階	見出し語	漢字	順	品詞	天草度数	高野段階	高野度数	源氏度数
617	⑦	おろかなり	愚		形動	12	⑥	27	131
618	⑦	かうむる	蒙		動	12	⑥	27	0
619	⑦	もてなす			動	12	⑥	26	316
620	⑦	とりこむ	取籠		動	12	⑥	24	3
621	⑦	せんぢん	先陣		名	12	⑥	24	0
622	⑦	むすめ	娘		名	12	⑥	24	119
623	⑦	よしもり	義盛		名	12	⑥	23	0
624	⑦	きし	岸		名	12	⑥	22	13
625	⑦	うらむ	恨		動	12	⑥	21	151
626	⑦	めしかへす	召帰		動	12	⑥	21	0
627	⑦	かさねて	重		副	12	⑥	21	0
628	⑦	よもすがら	夜－		副	12	⑥	21	9
629	⑦	うきめ	憂目		名	12	⑥	21	0
630	⑦	しゆご	守護		名	12	⑥	21	0
631	⑦	あゆむ	歩		動	12	⑥	20	6
632	⑦	すすむ	勧	B	動	12	⑥	20	18
633	⑦	かたみ	形見		名	12	⑥	19	52
634	⑦	こふ	乞		動	12	⑥	18	7
635	⑦	つたへきく	伝聞		動	12	⑦	17	8
636	⑦	のぶ	延	A	動	12	⑦	17	23
637	⑦	はなる	離		動	12	⑦	17	95
638	⑦	せんてい	先帝		名	12	⑦	17	0
639	⑦	あづく	預		動	12	⑦	16	9
640	⑦	はつ	果		動	12	⑦	16	37
641	⑦	をはる	終		動	12	⑦	16	2
642	⑦	よしなし	由無		形	12	⑦	15	0
643	⑦	はづす	外		動	12	⑦	15	1
644	⑦	あに	兄		名	12	⑦	14	3
645	⑦	ごじつき	五十騎		名	12	⑦	14	0
646	⑦	むく	向	C	動	12	⑦	13	0
647	⑦	やぶる	破・敗	B	動	12	⑦	13	1

番号	天草段階	見出し語	漢字	順	品詞	天草度数	高野段階	高野度数	源氏度数
648	⑦	ながる	流		動	12	⑦	12	13
649	⑦	ふる	降	A	動	12	⑦	12	42
650	⑦	くわんばくどの	関白殿		名	12	⑦	12	0
651	⑦	なぬか	七日		名	12	⑦	12	11
652	⑦	のぶとし	信俊		名	12	⑦	12	0
653	⑦	かしこ	彼処		名	12	⑧	9	125
654	⑦	さまざまなり	様々		形動	12	⑧	7	219
655	⑦	かたむく	傾	B	動	12	⑧	7	0
656	⑦	くらみつ	倉光		名	12	⑧	6	0
657	⑦	しか	鹿		名	12	⑨	4	10
658	⑦	どこ	何処		名	12	⑨	3	0
659	⑦	はなす	放		動	12	⑩	1	0
660	⑦	すすみづ	進出		動	12			0
661	⑦	ふせぐ	防		動	12			6
662	⑦	ちやうびやうゑ	長兵衛		名	12			0
663	⑦	れきれき	歴々		名	12			0
664	⑦	あまりに	余		副	11	④	81	0
665	⑦	さぶらひ	侍		名	11	⑤	54	11
666	⑦	あはす	合	B	動	11	⑤	43	40
667	⑦	とどむ	留		動	11	⑤	42	197
668	⑦	さんぬる	去		連体	11	⑤	42	0
669	⑦	ごぜん	御前		名	11	⑤	37	89
670	⑦	ち	地	B	名	11	⑤	34	2
671	⑦	まかす	任	B	動	11	⑤	33	87
672	⑦	かほ	顔		名	11	⑤	33	123
673	⑦	ながし	長		形	11	⑥	27	105
674	⑦	ぬぐ	脱		動	11	⑥	27	13
675	⑦	ひとへに	偏		副	11	⑥	26	24
676	⑦	いとど			副	11	⑥	25	335
677	⑦	つつと			副	11	⑥	25	0
678	⑦	いつき	一騎		名	11	⑥	25	0

番号	天草段階	見出し語	漢字	順	品詞	天草度数	高野段階	高野度数	源氏度数
679	⑦	すむ	住		動	11	⑥	24	74
680	⑦	よくよく	能々		副	11	⑥	24	0
681	⑦	くち	口		名	11	⑥	24	42
682	⑦	くさ	草		名	11	⑥	23	35
683	⑦	ことし	今年		名	11	⑥	23	34
684	⑦	みなみ	南		名	11	⑥	23	44
685	⑦	あひぐす	相具－	B	動	11	⑥	22	0
686	⑦	ないない	内々		副	11	⑥	22	0
687	⑦	いにしへ	古		名	11	⑥	22	100
688	⑦	おぼつかなし	覚束無		形	11	⑥	21	134
689	⑦	かつ	勝	A	動	11	⑥	21	4
690	⑦	つきす	尽－		動	11	⑥	21	0
691	⑦	あかつき	暁		名	11	⑥	21	53
692	⑦	てら	寺		名	11	⑥	21	40
693	⑦	かへりみる	顧		動	11	⑥	20	13
694	⑦	しやうじ	障子	A	名	11	⑥	20	0
695	⑦	すがた	姿		名	11	⑥	20	69
696	⑦	ほふし	法師		名	11	⑥	20	39
697	⑦	ゆみや	弓矢		名	11	⑥	20	1
698	⑦	ふたたび	再		副	11	⑥	19	6
699	⑦	けしき	気色		名	11	⑥	19	718
700	⑦	よそ	余所		名	11	⑥	19	57
701	⑦	いとほし			形	11	⑥	18	337
702	⑦	はかなし	果敢無		形	11	⑥	18	294
703	⑦	かけいる	駆入	A	動	11	⑥	18	0
704	⑦	あふぎ	扇		名	11	⑥	18	36
705	⑦	こけ	苔		名	11	⑥	18	9
706	⑦	ともかうも			副	11	⑦	17	3
707	⑦	あんない	案内		名	11	⑦	17	6
708	⑦	ひがこと	僻事		名	11	⑦	17	0
709	⑦	うん	運		名	11	⑦	16	0

番号	天草段階	見出し語	漢字	順	品詞	天草度数	高野段階	高野度数	源氏度数
710	⑦	ささき	佐々木		名	11	⑦	16	0
711	⑦	ひかず	日数		名	11	⑦	16	17
712	⑦	あつ	当		動	11	⑦	15	4
713	⑦	あらそふ	争		動	11	⑦	14	19
714	⑦	ありわう	有王		名	11	⑦	13	0
715	⑦	うらめし	恨		形	11	⑦	12	81
716	⑦	とし	疾	B	形	11	⑦	12	89
717	⑦	うちのる	－乗		動	11	⑦	12	0
718	⑦	らうどうども	郎等共		名	11	⑦	12	0
719	⑦	たまる	堪		動	11	⑦	11	3
720	⑦	そぶ	蘇武		名	11	⑦	11	0
721	⑦	ひめぎみ	姫君		名	11	⑦	11	165
722	⑦	かふ	飼	A	動	11	⑦	10	3
723	⑦	いとけなし	幼		形	11	⑧	8	0
724	⑦	いかほど	如何程		副	11	⑧	7	0
725	⑦	そば	側	B	名	11	⑧	7	10
726	⑦	しのはら	篠原		名	11	⑧	6	1
727	⑦	のりよし	教能		名	11	⑧	5	0
728	⑦	あら			感	11	⑨	3	0
729	⑦	おひかく	追掛		動	11			0
730	⑦	でたつ	出立		動	11			0
731	⑦	おへんじ	御返事		名	11			0
732	⑦	くげたち	公家達		名	11			0
733	⑦	をがた	緒方		名	11			0
734	⑦	なにたる	何－		連体	11			0
735	⑦	にふだう	入道		名	10	④	91	60
736	⑦	かかる	斯有	B	連体	10	④	66	0
737	⑦	いげ	以下		名	10	⑤	52	0
738	⑦	しそく	子息		名	10	⑤	48	0
739	⑦	くも	雲		名	10	⑤	44	25
740	⑦	つみ	罪		名	10	⑤	40	183

番号	天草段階	見出し語	漢字	順	品詞	天草度数	高野段階	高野度数	源氏度数
741	⑦	さた	沙汰		名	10	⑤	37	0
742	⑦	きさき	后		名	10	⑤	35	36
743	⑦	はらはらと			副	10	⑤	32	4
744	⑦	おそる	恐		動	10	⑥	31	0
745	⑦	きこしめす	聞召		動	10	⑥	30	137
746	⑦	うく	受	B	動	10	⑥	27	17
747	⑦	をとこ	男		名	10	⑥	27	65
748	⑦	たゆ	絶		動	10	⑥	26	107
749	⑦	にる	似		動	10	⑥	26	132
750	⑦	いへのこ	家子		名	10	⑥	26	0
751	⑦	あさまし	浅		形	10	⑥	25	200
752	⑦	なにもの	何者		名	10	⑥	25	0
753	⑦	みね	峰		名	10	⑥	24	24
754	⑦	まつたく	全		副	10	⑥	23	0
755	⑦	おんみ	御身		名	10	⑥	23	0
756	⑦	いつしゆ	一首		名	10	⑥	22	0
757	⑦	げんぺい	源平		名	10	⑥	22	0
758	⑦	ごひやくよき	五百余騎		名	10	⑥	22	0
759	⑦	いかる	怒		動	10	⑥	20	5
760	⑦	つく	突	C	動	10	⑥	20	0
761	⑦	まして	増		副	10	⑥	20	284
762	⑦	しなののくに	信濃国		名	10	⑥	20	0
763	⑦	たすかる	助		動	10	⑥	19	0
764	⑦	とかう			副	10	⑥	19	14
765	⑦	はじめて	始		副	10	⑥	19	11
766	⑦	もとより	元		副	10	⑥	19	68
767	⑦	あそこ	彼処		名	10	⑥	19	0
768	⑦	ごおん	御恩		名	10	⑥	19	0
769	⑦	しづまる	静		動	10	⑥	18	48
770	⑦	かた	肩	B	名	10	⑥	18	3
771	⑦	はげし	激・烈		形	10	⑦	17	14

番号	天草段階	見出し語	漢字	順	品詞	天草度数	高野段階	高野度数	源氏度数
772	⑦	かなしむ	悲		動	10	⑦	17	0
773	⑦	おのづから	自		副	10	⑦	17	203
774	⑦	うつつ	現		名	10	⑦	17	19
775	⑦	ただよふ	漂		動	10	⑦	16	12
776	⑦	さいし	妻子		名	10	⑦	16	2
777	⑦	しゆうじゆう	主従		名	10	⑦	16	0
778	⑦	くろし	黒		形	10	⑦	15	23
779	⑦	したし	親		形	10	⑦	15	62
780	⑦	げぢす	下知－		動	10	⑦	15	0
781	⑦	とぶ	飛		動	10	⑦	15	6
782	⑦	ながらふ	存		動	10	⑦	15	53
783	⑦	みちみつ	満々		動	10	⑦	15	0
784	⑦	わき	脇		名	10	⑦	15	1
785	⑦	おもひきる	思切		動	10	⑦	14	1
786	⑦	なんぢら	汝等		名	10	⑦	14	0
787	⑦	こもる	籠		動	10	⑦	13	42
788	⑦	そる	剃		動	10	⑦	13	3
789	⑦	どうしんす	同心－		動	10	⑦	12	0
790	⑦	まふ	舞		動	10	⑦	12	16
791	⑦	かう	剛	C	名	10	⑦	12	0
792	⑦	ひとめ	人目	A	名	10	⑦	12	72
793	⑦	ゆきつな	行綱		名	10	⑦	12	0
794	⑦	からめとる	搦捕		動	10	⑦	11	0
795	⑦	しやうにん	上人		名	10	⑧	7	0
796	⑦	しげかげ	重景		名	10	⑧	6	0
797	⑦	さだまる	定		動	10	⑧	5	38
798	⑦	こなた	此方		名	10	⑧	5	182
799	⑦	みやうにち	明日		名	10	⑨	3	0
800	⑦	たいす	対－	B	動	10	⑩	1	0
801	⑦	べつ	別		名	10	⑩	1	0
802	⑦	ござある	御座有		動	10			0

番号	天草段階	見出し語	漢字	順	品詞	天草度数	高野段階	高野度数	源氏度数
803	⑦	これから	此		副	10			0
804	⑦	おとおと	弟		名	10			0
805	⑦	きよ	清		名	10			0
806	⑦	たまふ	給		動	9	①	2024	81
807	⑦	いまだ	未		副	9	③	157	2
808	⑦	かやう	斯様		名	9	⑤	42	0
809	⑦	へん	辺	A	名	9	⑤	40	2
810	⑦	ちゆうじやう	中将		名	9	⑤	37	238
811	⑦	すぐる	優	B	動	9	⑤	33	125
812	⑦	しんぢゆうなごん	新中納言		名	9	⑤	33	0
813	⑦	やうやう	漸	B	副	9	⑥	30	135
814	⑦	めしぐす	召具−		動	9	⑥	26	0
815	⑦	しはう	四方		名	9	⑥	23	0
816	⑦	うけとる	受取		動	9	⑥	22	6
817	⑦	かく	掻	C	動	9	⑥	22	4
818	⑦	つのくに	摂津国		名	9	⑥	22	0
819	⑦	むすぶ	結		動	9	⑥	21	16
820	⑦	なら	奈良	B	名	9	⑥	21	1
821	⑦	よりまさ	頼政		名	9	⑥	21	0
822	⑦	ならびに	並−		接	9	⑥	20	0
823	⑦	おほせ	仰		名	9	⑥	20	3
824	⑦	おしならぶ	押並	B	動	9	⑥	19	0
825	⑦	どど	度々		名	9	⑥	19	0
826	⑦	うたふ	歌		動	9	⑥	18	37
827	⑦	つぐ	継	A	動	9	⑥	18	5
828	⑦	すべて	全		副	9	⑥	18	81
829	⑦	さきだつ	先立	A	動	9	⑦	17	8
830	⑦	しむ	締		動	9	⑦	17	0
831	⑦	さらに	更		副	9	⑦	17	262
832	⑦	なぎさ	渚		名	9	⑦	17	13
833	⑦	ひぐちのじらう	樋口次郎		名	9	⑦	17	0

番号	天草段階	見出し語	漢字	順	品詞	天草度数	高野段階	高野度数	源氏度数
834	⑦	むかふ	迎	D	動	9	⑦	16	34
835	⑦	しだいに	次第		副	9	⑦	16	0
836	⑦	あらし	嵐	A	名	9	⑦	16	9
837	⑦	かはら	河原	A	名	9	⑦	16	4
838	⑦	こども	子共		名	9	⑦	16	0
839	⑦	はた	旗	A	名	9	⑦	16	1
840	⑦	ふで	筆		名	9	⑦	16	29
841	⑦	くらし	暗		形	9	⑦	15	46
842	⑦	うちこゆ	-越		動	9	⑦	15	0
843	⑦	いまやう	今様		名	9	⑦	15	8
844	⑦	ちゆうもん	中門		名	9	⑦	15	7
845	⑦	ほうこう	奉公		名	9	⑦	15	0
846	⑦	むしや	武者		名	9	⑦	15	0
847	⑦	おゆ	老	B	動	9	⑦	14	17
848	⑦	さやう	然様		名	9	⑦	14	0
849	⑦	しざい	死罪	A	名	9	⑦	14	0
850	⑦	しなの	信濃		名	9	⑦	14	0
851	⑦	すみぞめ	墨染		名	9	⑦	14	10
852	⑦	とももり	知盛		名	9	⑦	14	0
853	⑦	はせむかふ	馳向		動	9	⑦	13	0
854	⑦	かうにん	降人		名	9	⑦	13	0
855	⑦	くにぐに	国々		名	9	⑦	13	4
856	⑦	さかもぎ	逆茂木		名	9	⑦	13	0
857	⑦	ねんらい	年来		名	9	⑦	13	0
858	⑦	らうぜき	狼藉		名	9	⑦	13	0
859	⑦	あくる	明		連体	9	⑦	13	4
860	⑦	さりとも	然		接	9	⑦	12	0
861	⑦	たちかへる	立帰		動	9	⑦	12	30
862	⑦	あんないしや	案内者		名	9	⑦	12	0
863	⑦	かうみやう	高名		名	9	⑦	12	0
864	⑦	げんじども	源氏共		名	9	⑦	12	0

番号	天草段階	見出し語	漢字	順	品詞	天草度数	高野段階	高野度数	源氏度数
865	⑦	しらはた	白旗		名	9	⑦	12	0
866	⑦	ものがたり	物語		名	9	⑦	12	192
867	⑦	いとふ	厭		動	9	⑦	11	15
868	⑦	ふく	更	B	動	9	⑦	11	56
869	⑦	まくら	枕		名	9	⑦	11	20
870	⑦	したふ	慕		動	9	⑦	10	24
871	⑦	かづさのかみ	上総守		名	9	⑦	10	0
872	⑦	おのれ	己		名	9	⑧	9	27
873	⑦	ふびんなり	不便		形動	9	⑧	8	8
874	⑦	あかしくらす	明暮		動	9	⑧	8	21
875	⑦	のぼす	上	B	動	9	⑧	8	0
876	⑦	いろいろ	色々		名	9	⑧	8	55
877	⑦	しちせんよき	七千余騎		名	9	⑧	8	0
878	⑦	ごらん	御覧		名	9	⑧	7	1
879	⑦	ゐのまた	猪俣		名	9	⑧	7	0
880	⑦	じがい	自害		名	9	⑧	6	0
881	⑦	つねとほ	経遠		名	9	⑧	6	0
882	⑦	はつか	二十日		名	9	⑧	6	12
883	⑦	ふなばた	船端		名	9	⑧	6	0
884	⑦	かけやぶる	駆破		動	9	⑧	5	0
885	⑦	やつ	奴	B	名	9	⑧	5	1
886	⑦	にくし	憎		形	9	⑨	4	177
887	⑦	そなた	其方		名	9	⑨	4	31
888	⑦	ねこまどの	猫間殿		名	9	⑨	3	0
889	⑦	でく	出来		動	9	⑨	2	0
890	⑦	でやふ	出合		動	9			0
891	⑦	やうやうと	漸		副	9			0
892	⑦	うまども	馬共		名	9			0
893	⑦	おいのち	御命		名	9			0
894	⑦	おくび	御首		名	9			0
895	⑦	おなみだ	御涙		名	9			0

番号	天草段階	見出し語	漢字	順	品詞	天草度数	高野段階	高野度数	源氏度数
896	⑦	おんうま	御馬		名	9			0
897	⑦	ろくだいごぜ	六代御前		名	9			0
898	⑧	うす	失		動	8	⑤	52	108
899	⑧	わづかなり	僅		形動	8	⑤	44	23
900	⑧	ありがたし	有難		形	8	⑤	41	120
901	⑧	にねん	二年		名	8	⑤	39	0
902	⑧	そうもんす	奏聞－		動	8	⑤	34	0
903	⑧	そう	僧		名	8	⑤	33	34
904	⑧	しん	臣	B	名	8	⑤	32	0
905	⑧	むね	旨	B	名	8	⑥	31	0
906	⑧	さんぐわつ	三月		名	8	⑥	29	0
907	⑧	としごろ	年来		名	8	⑥	29	282
908	⑧	おとと	弟		名	8	⑥	28	0
909	⑧	いよいよ	愈・弥		副	8	⑥	27	103
910	⑧	ともがら	輩		名	8	⑥	26	1
911	⑧	はばかる	憚		動	8	⑥	25	62
912	⑧	しづかなり	静		形動	8	⑥	24	67
913	⑧	もつとも	最		副	8	⑥	24	0
914	⑧	いちにち	一日		名	8	⑥	24	0
915	⑧	おもし	重		形	8	⑥	23	76
916	⑧	いうなり	優		形動	8	⑥	23	6
917	⑧	きた	北		名	8	⑥	23	25
918	⑧	ことわり	理		名	8	⑥	23	181
919	⑧	さかひ	境		名	8	⑥	23	7
920	⑧	ほふぢゆうじどの	法住寺殿		名	8	⑥	23	0
921	⑧	こころぼそし	心細		形	8	⑥	22	164
922	⑧	ちんぜい	鎮西		名	8	⑥	22	0
923	⑧	とり	鳥		名	8	⑥	22	42
924	⑧	せめおとす	攻落		動	8	⑥	21	0
925	⑧	ぜんご	前後		名	8	⑥	21	0
926	⑧	ちぎり	契		名	8	⑥	21	140

番号	天草段階	見出し語	漢字	順	品詞	天草度数	高野段階	高野度数	源氏度数
927	⑧	ゑつちゆうのじらうびやうゑ	越中次郎兵衛		名	8	⑥	21	0
928	⑧	やすむ	休	B	動	8	⑥	20	3
929	⑧	かたむ	固		動	8	⑥	19	3
930	⑧	せめて	責		副	8	⑥	19	42
931	⑧	ころも	衣		名	8	⑥	19	21
932	⑧	たもと	袂		名	8	⑥	18	11
933	⑧	ふたつ	二		名	8	⑥	18	23
934	⑧	ふるさと	古里		名	8	⑥	18	21
935	⑧	むさしのくに	武蔵国		名	8	⑥	18	0
936	⑧	もとどり	髻		名	8	⑥	18	0
937	⑧	ふしぎなり	不思議		形動	8	⑦	17	0
938	⑧	あづかる	預		動	8	⑦	17	3
939	⑧	しだい	次第	A	名	8	⑦	17	2
940	⑧	やはん	夜半		名	8	⑦	17	0
941	⑧	こころぐるし	心苦		形	8	⑦	16	288
942	⑧	きゆ	消		動	8	⑦	16	37
943	⑧	こたふ	答		動	8	⑦	16	6
944	⑧	なぐさむ	慰	B	動	8	⑦	15	78
945	⑧	へだつ	隔		動	8	⑦	15	120
946	⑧	いき	息		名	8	⑦	15	13
947	⑧	くびども	首共		名	8	⑦	15	0
948	⑧	たかを	高雄		名	8	⑦	15	0
949	⑧	みつ	三	A	名	8	⑦	15	14
950	⑧	よろこび	喜		名	8	⑦	15	32
951	⑧	かすかなり	幽		形動	8	⑦	14	27
952	⑧	うかがふ	窺・伺		動	8	⑦	14	5
953	⑧	きらふ	嫌		動	8	⑦	14	0
954	⑧	にぐ	逃		動	8	⑦	14	8
955	⑧	ねがふ	願		動	8	⑦	14	10
956	⑧	もよほす	催		動	8	⑦	14	22

番号	天草段階	見出し語	漢字	順	品詞	天草度数	高野段階	高野度数	源氏度数
957	⑧	くわん	官	B	名	8	⑦	14	0
958	⑧	なきかなしむ	泣悲		動	8	⑦	13	0
959	⑧	こまごまと	細々		副	8	⑦	13	6
960	⑧	たち	館	B	名	8	⑦	13	4
961	⑧	ゆき	雪		名	8	⑦	13	86
962	⑧	れいぎ	礼儀		名	8	⑦	13	0
963	⑧	じがいす	自害－		動	8	⑦	12	0
964	⑧	なぐさむ	慰	A	動	8	⑦	12	43
965	⑧	うら	浦	A	名	8	⑦	12	40
966	⑧	ごむほん	御謀叛		名	8	⑦	12	0
967	⑧	にじふよねん	二十余年		名	8	⑦	12	1
968	⑧	ふえ	笛		名	8	⑦	12	58
969	⑧	まつさき	真先		名	8	⑦	12	0
970	⑧	よはひ	齢		名	8	⑦	12	74
971	⑧	おもしろし	面白		形	8	⑦	11	141
972	⑧	さりながら	然		接	8	⑦	11	0
973	⑧	ささふ	支		動	8	⑦	11	0
974	⑧	いちどに	一度		副	8	⑦	11	0
975	⑧	あま	尼	A	名	8	⑦	11	51
976	⑧	いちまんよき	一万余騎		名	8	⑦	11	0
977	⑧	こま	駒		名	8	⑦	11	9
978	⑧	ただきよ	忠清		名	8	⑦	11	0
979	⑧	は	葉	A	名	8	⑦	11	10
980	⑧	まひ	舞		名	8	⑦	11	20
981	⑧	いさむ	諫		動	8	⑦	10	35
982	⑧	かぎる	限		動	8	⑦	10	10
983	⑧	はるか	遥		副	8	⑦	10	0
984	⑧	いくたのもり	生田森		名	8	⑦	10	0
985	⑧	うれしさ	嬉		名	8	⑦	10	2
986	⑧	こんじやう	今生		名	8	⑦	10	0
987	⑧	そとば	卒塔婆		名	8	⑦	10	0

番号	天草段階	見出し語	漢字	順	品詞	天草度数	高野段階	高野度数	源氏度数
988	⑧	との	殿		名	8	⑦	10	207
989	⑧	はりま	播磨		名	8	⑦	10	2
990	⑧	わとの	和殿		名	8	⑦	10	0
991	⑧	よわし	弱		形	8	⑧	9	36
992	⑧	せめいる	攻入		動	8	⑧	9	0
993	⑧	あん	案		名	8	⑧	9	1
994	⑧	かん	漢		名	8	⑧	9	0
995	⑧	くが	陸		名	8	⑧	9	1
996	⑧	さいくわう	西光		名	8	⑧	9	0
997	⑧	ひをどし	緋威		名	8	⑧	9	0
998	⑧	びやうどうゐん	平等院		名	8	⑧	9	0
999	⑧	よしみ	誼		名	8	⑧	9	0
1000	⑧	くみす	与		動	8	⑧	8	0
1001	⑧	こしらふ	拵		動	8	⑧	8	21
1002	⑧	とらす	取		動	8	⑧	8	13
1003	⑧	ひきおとす	引落		動	8	⑧	8	1
1004	⑧	いは	岩		名	8	⑧	8	10
1005	⑧	びつちゆう	備中		名	8	⑧	8	0
1006	⑧	よいち	与一	C	名	8	⑧	8	0
1007	⑧	うちころす	討殺		動	8	⑧	7	0
1008	⑧	たふれふす	倒伏		動	8	⑧	7	1
1009	⑧	まうしなだむ	申宥		動	8	⑧	7	0
1010	⑧	じふろく	十六		名	8	⑧	7	1
1011	⑧	さやうなり	然様		形動	8	⑧	6	140
1012	⑧	さいしやうどの	宰相殿		名	8	⑧	6	1
1013	⑧	みなひと	皆人		名	8	⑧	6	30
1014	⑧	ぬ	寝		動	8	⑧	5	56
1015	⑧	ごぢん	後陣		名	8	⑧	5	0
1016	⑧	にようばうども	女房共		名	8	⑨	4	0
1017	⑧	むねもち	宗茂		名	8	⑨	4	0
1018	⑧	かたむく	傾	A	動	8	⑨	3	0

番号	天草段階	見出し語	漢字	順	品詞	天草度数	高野段階	高野度数	源氏度数
1019	⑧	ののしる	罵		動	8	⑨	3	31
1020	⑧	いけどの	池殿		名	8	⑨	3	0
1021	⑧	ゐせい	威勢		名	8	⑨	3	0
1022	⑧	さてさて	然々		感	8	⑩	1	1
1023	⑧	ごばう	御坊		名	8	⑩	1	1
1024	⑧	せんじゆ	千手		名	8	⑩	1	0
1025	⑧	おひつく	追着	A	動	8			0
1026	⑧	たづねだす	尋出		動	8			0
1027	⑧	おため	御為		名	8			0
1028	⑧	しやうぐわち	正月		名	8			0
1029	⑧	つづみはんぐわん	皷判官		名	8			0
1030	⑧	ときただきやう	時忠卿		名	8			0
1031	⑧	まさとき	政時		名	8			0
1032	⑧	ろくでうかはら	六条河原		名	8			0
1033	⑧	だいなごん	大納言		名	7	④	86	30
1034	⑧	いかが	如何		副	7	④	85	253
1035	⑧	めでたし			形	7	⑤	51	209
1036	⑧	しゆと	衆徒		名	7	⑤	50	0
1037	⑧	おぼし	覚		形	7	⑤	33	17
1038	⑧	ひさし	久		形	7	⑥	30	106
1039	⑧	きたる	来	A	動	7	⑥	28	0
1040	⑧	となふ	唱	B	動	7	⑥	27	0
1041	⑧	へいだいなごん	平大納言		名	7	⑥	27	0
1042	⑧	たもつ	保		動	7	⑥	25	12
1043	⑧	しやうねん	生年		名	7	⑥	24	0
1044	⑧	ちつと	些		副	7	⑥	23	0
1045	⑧	ぐんびやう	軍兵		名	7	⑥	23	0
1046	⑧	みぎ	右		名	7	⑥	23	65
1047	⑧	たけし	猛		形	7	⑥	22	23
1048	⑧	かへりまゐる	帰参		動	7	⑥	22	10
1049	⑧	ことなり	異		形動	7	⑥	21	543

番号	天草段階	見出し語	漢字	順	品詞	天草度数	高野段階	高野度数	源氏度数
1050	⑧	こし	腰	B	名	7	⑥	21	9
1051	⑧	じなん	次男		名	7	⑥	21	0
1052	⑧	あらはる	顕・現		動	7	⑥	20	23
1053	⑧	いづのくに	伊豆国		名	7	⑥	20	0
1054	⑧	まねく	招		動	7	⑥	19	4
1055	⑧	くまの	熊野		名	7	⑥	19	1
1056	⑧	さんびやくよき	三百余騎		名	7	⑥	19	0
1057	⑧	しそん	子孫		名	7	⑥	19	0
1058	⑧	きこゆる	聞		連体	7	⑥	18	0
1059	⑧	あまる	余		動	7	⑦	17	37
1060	⑧	をさむ	治		動	7	⑦	17	25
1061	⑧	うきよ	浮世・憂世		名	7	⑦	17	0
1062	⑧	さんじゆ	三種		名	7	⑦	17	0
1063	⑧	とも	供	A	名	7	⑦	17	0
1064	⑧	しげし	茂・繁		形	7	⑦	16	98
1065	⑧	なみゐる	並居		動	7	⑦	16	2
1066	⑧	あまつさへ	剰		副	7	⑦	16	0
1067	⑧	ことごとく	悉		副	7	⑦	16	0
1068	⑧	なげき	歎		名	7	⑦	16	34
1069	⑧	しんべうなり	神妙		形動	7	⑦	15	0
1070	⑧	そろふ	揃		動	7	⑦	15	0
1071	⑧	のこす	残		動	7	⑦	15	26
1072	⑧	いつしか	何時		副	7	⑦	15	34
1073	⑧	かりぎぬ	狩衣		名	7	⑦	15	2
1074	⑧	むね	胸	A	名	7	⑦	15	146
1075	⑧	めい	命		名	7	⑦	15	0
1076	⑧	るにん	流人		名	7	⑦	15	0
1077	⑧	きやうだい	兄弟		名	7	⑦	14	0
1078	⑧	げらふ	下臈		名	7	⑦	14	11
1079	⑧	はたけやま	畠山		名	7	⑦	14	0
1080	⑧	むこ	婿		名	7	⑦	14	21

番号	天草段階	見出し語	漢字	順	品詞	天草度数	高野段階	高野度数	源氏度数
1081	⑧	はづかし	恥		形	7	⑦	13	231
1082	⑧	かくす	隠		動	7	⑦	13	72
1083	⑧	いたで	痛手		名	7	⑦	13	0
1084	⑧	こじらう	小次郎		名	7	⑦	13	0
1085	⑧	だいみやう	大名		名	7	⑦	13	0
1086	⑧	つきひ	月日		名	7	⑦	13	56
1087	⑧	ゆふべ	夕		名	7	⑦	13	37
1088	⑧	かきくどく	-口説		動	7	⑦	12	0
1089	⑧	ひきあぐ	引上		動	7	⑦	12	26
1090	⑧	ひきつむ	引詰		動	7	⑦	12	0
1091	⑧	もる	漏	B	動	7	⑦	12	3
1092	⑧	すまひ	住		名	7	⑦	12	93
1093	⑧	すごす	過		動	7	⑦	11	10
1094	⑧	そだつ	育	B	動	7	⑦	11	0
1095	⑧	たばかる	謀		動	7	⑦	11	27
1096	⑧	つらぬく	貫		動	7	⑦	11	1
1097	⑧	いちぢやう	一定	B	副	7	⑦	11	0
1098	⑧	おほかた	大方		副	7	⑦	11	194
1099	⑧	うを	魚		名	7	⑦	11	0
1100	⑧	たけ	竹	B	名	7	⑦	11	8
1101	⑧	ちよつかん	勅勘		名	7	⑦	11	0
1102	⑧	につぽんごく	日本国		名	7	⑦	11	0
1103	⑧	すう	据		動	7	⑦	10	27
1104	⑧	すます	澄		動	7	⑦	10	8
1105	⑧	たたく	叩		動	7	⑦	10	5
1106	⑧	はる	張	B	動	7	⑦	10	4
1107	⑧	やく	焼		動	7	⑦	10	10
1108	⑧	まつさきに	真先		副	7	⑦	10	0
1109	⑧	ささきのしらう	佐々木四郎		名	7	⑦	10	0
1110	⑧	さんど	三度		名	7	⑦	10	0
1111	⑧	とば	鳥羽	B	名	7	⑦	10	0

番号	天草段階	見出し語	漢字	順	品詞	天草度数	高野段階	高野度数	源氏度数
1112	⑧	やあはせ	矢合		名	7	⑦	10	0
1113	⑧	ようち	夜討		名	7	⑦	10	0
1114	⑧	うづむ	埋		動	7	⑧	9	3
1115	⑧	しるす	記		動	7	⑧	9	0
1116	⑧	とく	解	B	動	7	⑧	9	9
1117	⑧	とどめおく	留置		動	7	⑧	9	5
1118	⑧	えびら	箙		名	7	⑧	9	0
1119	⑧	しらなみ	白波		名	7	⑧	9	2
1120	⑧	しらびやうし	白拍子		名	7	⑧	9	0
1121	⑧	ひざ	膝		名	7	⑧	9	4
1122	⑧	ふじがは	富士川		名	7	⑧	9	0
1123	⑧	へだたる	隔		動	7	⑧	8	29
1124	⑧	なみぢ	波路		名	7	⑧	8	4
1125	⑧	ひろし	広		形	7	⑧	7	32
1126	⑧	ほいなし	本意無		形	7	⑧	7	0
1127	⑧	ひろふ	拾		動	7	⑧	7	7
1128	⑧	まく	負	B	動	7	⑧	7	25
1129	⑧	めしよす	召寄		動	7	⑧	7	31
1130	⑧	おちうと	落人		名	7	⑧	7	0
1131	⑧	くらま	鞍馬		名	7	⑧	7	0
1132	⑧	たいめん	対面		名	7	⑧	7	107
1133	⑧	やかた	館		名	7	⑧	7	0
1134	⑧	おそし	遅		形	7	⑧	6	10
1135	⑧	いたはる	労		動	7	⑧	6	3
1136	⑧	おしかへす	押返		動	7	⑧	6	6
1137	⑧	いしどうまる	石童丸		名	7	⑧	6	0
1138	⑧	うし	牛	A	名	7	⑧	6	4
1139	⑧	かはの	河野		名	7	⑧	6	0
1140	⑧	めんぼく	面目		名	7	⑧	6	5
1141	⑧	ろくだい	六代		名	7	⑧	6	0
1142	⑧	みぐるし	見苦		形	7	⑧	5	75

番号	天草段階	見出し語	漢字	順	品詞	天草度数	高野段階	高野度数	源氏度数
1143	⑧	しる	知	C	動	7	⑧	5	0
1144	⑧	つぐ	告	B	動	7	⑧	5	12
1145	⑧	めんめんに	面々		副	7	⑧	5	0
1146	⑧	もろともに	諸共		副	7	⑧	5	49
1147	⑧	ふかく	不覚		名	7	⑧	5	0
1148	⑧	やだね	矢種		名	7	⑧	5	0
1149	⑧	うちかつ	打勝		動	7	⑨	4	0
1150	⑧	くちぐちに	口々		副	7	⑨	4	2
1151	⑧	えうせう	幼少		名	7	⑨	4	0
1152	⑧	てづか	手塚		名	7	⑨	4	0
1153	⑧	みづしま	水島		名	7	⑨	4	0
1154	⑧	きど	木戸		名	7	⑨	3	0
1155	⑧	ながもち	長茂		名	7	⑨	3	0
1156	⑧	おろそかなり	疎		形動	7	⑨	2	9
1157	⑧	しんず	進－	A	動	7	⑨	2	0
1158	⑧	きよねん	去年		名	7	⑨	2	0
1159	⑧	しよしよ	所々		名	7	⑨	2	0
1160	⑧	ちぎやう	知行		名	7	⑨	2	0
1161	⑧	とまる	留		動	7	⑩	1	198
1162	⑧	ゆらい	由来		名	7	⑩	1	0
1163	⑧	いや			感	7			0
1164	⑧	そこで	其処		接	7			0
1165	⑧	だく	抱		動	7			0
1166	⑧	はしりづ	走出		動	7			0
1167	⑧	おなり	御成		名	7			0
1168	⑧	おめのと	御乳母		名	7			0
1169	⑧	ごだいじ	御大事		名	7			0
1170	⑧	さいう	左右		名	7			0
1171	⑧	じんぎ	神器		名	7			0
1172	⑧	むかひ	迎	B	名	7			0
1173	⑧	わうじ	皇子		名	6	⑤	45	0

番号	天草段階	見出し語	漢字	順	品詞	天草度数	高野段階	高野度数	源氏度数
1174	⑧	かうべ	首		名	6	⑤	43	0
1175	⑧	しろし	白		形	6	⑤	36	79
1176	⑧	こ	此	C	名	6	⑤	34	28
1177	⑧	ことに	殊		副	6	⑥	31	0
1178	⑧	おんへんじ	御返事		名	6	⑥	30	0
1179	⑧	じやうげ	上下		名	6	⑥	29	0
1180	⑧	だいじやうだいじん	太政大臣		名	6	⑥	28	6
1181	⑧	あそばす	遊		動	6	⑥	26	6
1182	⑧	おしあつ	押当		動	6	⑥	25	4
1183	⑧	ほうげん	保元		名	6	⑥	24	0
1184	⑧	はつかうす	発向－		動	6	⑥	23	0
1185	⑧	ほとけ	仏	A	名	6	⑥	23	100
1186	⑧	ふるし	古		形	6	⑥	22	34
1187	⑧	かれ	彼		名	6	⑥	22	89
1188	⑧	ごぐわつ	五月		名	6	⑥	22	0
1189	⑧	ししや	使者		名	6	⑥	22	0
1190	⑧	まつだい	末代		名	6	⑥	22	0
1191	⑧	たのもし	頼		形	6	⑥	21	66
1192	⑧	かねて	予・兼		副	6	⑥	21	44
1193	⑧	くもゐ	雲井		名	6	⑥	21	22
1194	⑧	うつくし	美		形	6	⑥	20	134
1195	⑧	まご	孫		名	6	⑥	20	1
1196	⑧	おしはかる	推量		動	6	⑥	19	94
1197	⑧	ぬらす	濡		動	6	⑥	19	11
1198	⑧	かなしみ	悲		名	6	⑥	18	0
1199	⑧	さいかい	西海		名	6	⑥	18	0
1200	⑧	みみ	耳	A	名	6	⑥	18	88
1201	⑧	いころす	射殺		動	6	⑦	17	0
1202	⑧	うつたつ	‐立		動	6	⑦	17	0
1203	⑧	おもひしる	思知		動	6	⑦	17	131

番号	天草段階	見出し語	漢字	順	品詞	天草度数	高野段階	高野度数	源氏度数
1204	⑧	すくなし	少		形	6	⑦	16	71
1205	⑧	あふぐ	仰		動	6	⑦	16	4
1206	⑧	あふみのくに	近江国		名	6	⑦	16	0
1207	⑧	しるし	験・印	A	名	6	⑦	16	94
1208	⑧	はらまき	腹巻		名	6	⑦	16	0
1209	⑧	おこる	発・起		動	6	⑦	15	17
1210	⑧	おほゆか	大床		名	6	⑦	15	0
1211	⑧	おやこ	親子		名	6	⑦	15	9
1212	⑧	げんざんみにふだう	源三位入道		名	6	⑦	15	0
1213	⑧	ぜんぜ	前世		名	6	⑦	15	0
1214	⑧	ひととせ	一年		名	6	⑦	15	6
1215	⑧	ふところ	懐		名	6	⑦	15	12
1216	⑧	ほとけごぜん	仏御前		名	6	⑦	15	0
1217	⑧	ある	荒	A	動	6	⑦	14	32
1218	⑧	とほす	通		動	6	⑦	14	2
1219	⑧	ふむ	踏		動	6	⑦	14	2
1220	⑧	みしる	見知		動	6	⑦	14	98
1221	⑧	きつと	屹度		副	6	⑦	14	0
1222	⑧	きは	際		名	6	⑦	14	114
1223	⑧	ぎよい	御衣	B	名	6	⑦	14	1
1224	⑧	くわんぎよ	還御		名	6	⑦	14	0
1225	⑧	なつ	夏		名	6	⑦	14	21
1226	⑧	につぽん	日本		名	6	⑦	14	0
1227	⑧	びは	琵琶		名	6	⑦	14	38
1228	⑧	やすよりにふだう	康頼入道		名	6	⑦	14	0
1229	⑧	ゆんで	弓手		名	6	⑦	14	0
1230	⑧	しのぐ	凌		動	6	⑦	13	0
1231	⑧	みだる	乱	B	動	6	⑦	13	98
1232	⑧	いちいちに	一々		副	6	⑦	13	0
1233	⑧	えいぐわ	栄花		名	6	⑦	13	2

番号	天草段階	見出し語	漢字	順	品詞	天草度数	高野段階	高野度数	源氏度数
1234	⑧	おそれ	恐		名	6	⑦	13	0
1235	⑧	にじふさんにち	二十三日		名	6	⑦	13	2
1236	⑧	はかま	袴		名	6	⑦	13	17
1237	⑧	ひとり	一人		名	6	⑦	13	104
1238	⑧	ふもと	麓		名	6	⑦	13	3
1239	⑧	あはや			感	6	⑦	12	0
1240	⑧	あきる	呆		動	6	⑦	12	20
1241	⑧	おもひやる	思遣		動	6	⑦	12	109
1242	⑧	きはむ	極		動	6	⑦	12	5
1243	⑧	さしつむ	差詰		動	6	⑦	12	0
1244	⑧	したがひつく	従付		動	6	⑦	12	0
1245	⑧	たひらぐ	平		動	6	⑦	12	0
1246	⑧	のむ	飲		動	6	⑦	12	2
1247	⑧	まさる	勝・増		動	6	⑦	12	254
1248	⑧	たきぐちにふだう	滝口入道		名	6	⑦	12	0
1249	⑧	とのばら	殿原		名	6	⑦	12	0
1250	⑧	たやすし	一易		形	6	⑦	11	2
1251	⑧	いおとす	射落		動	6	⑦	11	0
1252	⑧	うちすぐ	-過		動	6	⑦	11	8
1253	⑧	ちる	散		動	6	⑦	11	34
1254	⑧	はせあつまる	馳集		動	6	⑦	11	0
1255	⑧	かいしやう	海上		名	6	⑦	11	0
1256	⑧	かみ	上（源：守含）	D	名	6	⑦	11	192
1257	⑧	さぬき	讃岐		名	6	⑦	11	1
1258	⑧	さんじつき	三十騎		名	6	⑦	11	0
1259	⑧	しよこく	諸国		名	6	⑦	11	0
1260	⑧	たたかひ	戦		名	6	⑦	11	0
1261	⑧	だいいち	第一		名	6	⑦	11	2
1262	⑧	のぞみ	望		名	6	⑦	11	3
1263	⑧	びぜんのくに	備前国		名	6	⑦	11	0
1264	⑧	ほり	堀	A	名	6	⑦	11	0

番号	天草段階	見出し語	漢字	順	品詞	天草度数	高野段階	高野度数	源氏度数
1265	⑧	やど	宿		名	6	⑦	11	47
1266	⑧	あわてさわぐ	慌騒		動	6	⑦	10	0
1267	⑧	いましむ	警・戒		動	6	⑦	10	8
1268	⑧	うかぶ	浮		動	6	⑦	10	10
1269	⑧	うちいる	討入	A	動	6	⑦	10	0
1270	⑧	そふ	添	B	動	6	⑦	10	146
1271	⑧	たく	焼	A	動	6	⑦	10	6
1272	⑧	のぶ	延	B	動	6	⑦	10	13
1273	⑧	めぐらす	回		動	6	⑦	10	3
1274	⑧	いよのくに	伊予国		名	6	⑦	10	0
1275	⑧	おんくび	御首		名	6	⑦	10	0
1276	⑧	かくめい	覚明		名	6	⑦	10	0
1277	⑧	かばね	屍		名	6	⑦	10	3
1278	⑧	かり	雁	A	名	6	⑦	10	14
1279	⑧	ここく	胡国		名	6	⑦	10	0
1280	⑧	こんねん	今年		名	6	⑦	10	0
1281	⑧	ざ	座		名	6	⑦	10	20
1282	⑧	びつちゆうのくに	備中国		名	6	⑦	10	0
1283	⑧	むざん	無慚		名	6	⑦	10	1
1284	⑧	おとなし	大人		形	6	⑧	9	19
1285	⑧	うちとく	-解		動	6	⑧	9	151
1286	⑧	おとづる	訪・音信		動	6	⑧	9	25
1287	⑧	まかりなる	罷成		動	6	⑧	9	0
1288	⑧	いもうと	妹		名	6	⑧	9	22
1289	⑧	かなしさ	悲		名	6	⑧	9	33
1290	⑧	くんこう	勳功		名	6	⑧	9	0
1291	⑧	ごまんよき	五万余騎		名	6	⑧	9	0
1292	⑧	しころ	錣		名	6	⑧	9	0
1293	⑧	だいぢ	大地		名	6	⑧	9	0
1294	⑧	ふねども	船共		名	6	⑧	9	0
1295	⑧	わたなべ	渡辺		名	6	⑧	9	0

番号	天草段階	見出し語	漢字	順	品詞	天草度数	高野段階	高野度数	源氏度数
1296	⑧	さがす	探		動	6	⑧	8	1
1297	⑧	たいめんす	対面－		動	6	⑧	8	0
1298	⑧	ふるまふ	振舞		動	6	⑧	8	10
1299	⑧	みちすがら	道		副	6	⑧	8	14
1300	⑧	いちや	一夜		名	6	⑧	8	0
1301	⑧	かがのくに	加賀国		名	6	⑧	8	0
1302	⑧	こくも	国母		名	6	⑧	8	0
1303	⑧	ごぢやう	御定	A	名	6	⑧	8	0
1304	⑧	さんみのちゆうじやうどの	三位中将殿		名	6	⑧	8	0
1305	⑧	しやう	生	C	名	6	⑧	8	2
1306	⑧	しわざ	仕業		名	6	⑧	8	11
1307	⑧	するがのくに	駿河国		名	6	⑧	8	0
1308	⑧	せんぞ	先祖		名	6	⑧	8	1
1309	⑧	だいぜんのだいぶ	大膳大夫		名	6	⑧	8	0
1310	⑧	ほととぎす	不如帰		名	6	⑧	8	9
1311	⑧	よど	淀		名	6	⑧	8	0
1312	⑧	うちかく	－掛		動	6	⑧	7	14
1313	⑧	くはたつ	企		動	6	⑧	7	0
1314	⑧	あやまち	過		名	6	⑧	7	45
1315	⑧	いしゆ	意趣		名	6	⑧	7	0
1316	⑧	しようぶ	勝負		名	6	⑧	7	0
1317	⑧	するすみ	磨墨		名	6	⑧	7	0
1318	⑧	せ	瀬		名	6	⑧	7	19
1319	⑧	の	野		名	6	⑧	7	25
1320	⑧	べんけい	弁慶		名	6	⑧	7	0
1321	⑧	いたはし	痛		形	6	⑧	6	5
1322	⑧	あひしらふ	相－		動	6	⑧	6	5
1323	⑧	あらふ	洗		動	6	⑧	6	3
1324	⑧	うちやぶる	打破		動	6	⑧	6	0
1325	⑧	おきあがる	起上		動	6	⑧	6	29

番号	天草段階	見出し語	漢字	順	品詞	天草度数	高野段階	高野度数	源氏度数
1326	⑧	かきおく	書置		動	6	⑧	6	5
1327	⑧	たちよる	立寄		動	6	⑧	6	38
1328	⑧	あかはた	赤旗		名	6	⑧	6	0
1329	⑧	ぎによ	妓女		名	6	⑧	6	0
1330	⑧	しうと	舅		名	6	⑧	6	0
1331	⑧	ともしび	灯		名	6	⑧	6	3
1332	⑧	にき	二騎		名	6	⑧	6	0
1333	⑧	おこなひすます	行澄		動	6	⑧	5	0
1334	⑧	おす	押・推		動	6	⑧	5	19
1335	⑧	おほせつく	仰付		動	6	⑧	5	0
1336	⑧	すすぐ	雪・濯		動	6	⑧	5	2
1337	⑧	ならふ	習		動	6	⑧	5	127
1338	⑧	いつぴき	一匹		名	6	⑧	5	0
1339	⑧	いほり	庵		名	6	⑧	5	9
1340	⑧	ごにん	五人		名	6	⑧	5	2
1341	⑧	たづな	手綱		名	6	⑧	5	0
1342	⑧	あなた	彼方		名	6	⑨	4	69
1343	⑧	かはち	河内		名	6	⑨	4	1
1344	⑧	だいし	第四		名	6	⑨	4	0
1345	⑧	はるび	腹帯		名	6	⑨	4	0
1346	⑧	せじやう	世上		名	6	⑨	3	0
1347	⑧	ね	根	A	名	6	⑨	3	11
1348	⑧	はうばう	方々		名	6	⑨	3	0
1349	⑧	むゆか	六日		名	6	⑨	3	0
1350	⑧	こす	越		動	6	⑨	2	0
1351	⑧	みなす	見為		動	6	⑨	2	41
1352	⑧	かはごえ	河越		名	6	⑨	2	0
1353	⑧	せんかたなさ	為方無		名	6	⑨	2	0
1354	⑧	てんたう	天道		名	6	⑨	2	0
1355	⑧	よしだ	吉田		名	6	⑨	2	0
1356	⑧	げんじがた	源氏方		名	6	⑩	1	0

番号	天草段階	見出し語	漢字	順	品詞	天草度数	高野段階	高野度数	源氏度数
1357	⑧	ついばつ	追伐		名	6	⑩	1	0
1358	⑧	へいけがた	平家方		名	6	⑩	1	0
1359	⑧	いかし	厳		形	6			0
1360	⑧	おりない			形	6			0
1361	⑧	なましひなり	生強		形動	6			0
1362	⑧	さうあつて	然有		接	6			0
1363	⑧	いちみす	一味－		動	6			0
1364	⑧	いひやる	言遣		動	6			16
1365	⑧	おしだす	押出		動	6			0
1366	⑧	おもひだす	思出		動	6			0
1367	⑧	すかす	賺	A	動	6			10
1368	⑧	とりだす	取出		動	6			0
1369	⑧	そつと			副	6			0
1370	⑧	おかた	御方	A	名	6			0
1371	⑧	おくだり	御下		名	6			0
1372	⑧	おくるま	御車		名	6			0
1373	⑧	おこ	御子		名	6			0
1374	⑧	おこころ	御心		名	6			0
1375	⑧	おむかひ	御迎	A	名	6			0
1376	⑧	さきぢん	先陣		名	6			0
1377	⑧	さんぜんあまり	三千余		名	6			0
1378	⑧	ぜんちしき	善知識		名	6			0
1379	⑧	にまんあまり	二万余		名	6			0
1380	⑧	ば	場		名	6			0
1381	⑧	さるほどに	然程		接	5	④	101	0
1382	⑧	いでく	出来		動	5	④	73	129
1383	⑧	そもそも	抑		接	5	⑤	48	2
1384	⑧	てんじやうびと	殿上人		名	5	⑤	46	53
1385	⑧	おんなみだ	御涙		名	5	⑤	45	0
1386	⑧	さう	左右	A	名	5	⑤	41	9
1387	⑧	いのる	祈		動	5	⑤	36	11

番号	天草段階	見出し語	漢字	順	品詞	天草度数	高野段階	高野度数	源氏度数
1388	⑧	とぐ	遂		動	5	⑤	32	14
1389	⑧	ちゆうぐう	中宮		名	5	⑤	32	75
1390	⑧	いくら	幾		副	5	⑥	30	0
1391	⑧	じやう	城	B	名	5	⑥	29	0
1392	⑧	しちぐわつ	七月		名	5	⑥	27	0
1393	⑧	かたじけなし	忝		形	5	⑥	26	131
1394	⑧	とほし	遠		形	5	⑥	26	79
1395	⑧	ひかり	光		名	5	⑥	26	86
1396	⑧	みぎは	汀		名	5	⑥	24	14
1397	⑧	よりあふ	寄合		動	5	⑥	23	1
1398	⑧	こぞ	去年		名	5	⑥	23	15
1399	⑧	はく	帯	B	動	5	⑥	22	0
1400	⑧	じふろくにち	十六日		名	5	⑥	22	3
1401	⑧	かくる	隠		動	5	⑥	21	60
1402	⑧	たいす	帯－	A	動	5	⑥	20	0
1403	⑧	なかにも	中－		副	5	⑥	20	0
1404	⑧	なづく	名付		動	5	⑥	19	0
1405	⑧	てんじやう	殿上		名	5	⑥	19	23
1406	⑧	かたらふ	語		動	5	⑥	18	129
1407	⑧	しろしめす	知召		動	5	⑥	18	21
1408	⑧	つくす	尽		動	5	⑥	18	117
1409	⑧	よる	夜	A	名	5	⑥	18	35
1410	⑧	うし	憂	B	形	5	⑦	17	385
1411	⑧	うたてし			形	5	⑦	17	16
1412	⑧	かんず	感	B	動	5	⑦	17	1
1413	⑧	しほ	潮		名	5	⑦	17	31
1414	⑧	たかくらのみや	高倉宮		名	5	⑦	17	0
1415	⑧	さうなし	左右無		形	5	⑦	16	0
1416	⑧	ひそかなり	密		形動	5	⑦	16	0
1417	⑧	まかりいづ	罷出		動	5	⑦	16	7
1418	⑧	き	木	A	名	5	⑦	16	29

番号	天草段階	見出し語	漢字	順	品詞	天草度数	高野段階	高野度数	源氏度数
1419	⑧	たま	玉		名	5	⑦	16	39
1420	⑧	ちかづく	近付		動	5	⑦	15	6
1421	⑧	せうせう	少々		副	5	⑦	15	2
1422	⑧	うらみ	恨		名	5	⑦	15	53
1423	⑧	ひる	昼	A	名	5	⑦	15	29
1424	⑧	かへしいる	返入		動	5	⑦	14	0
1425	⑧	はさむ	挟		動	5	⑦	14	1
1426	⑧	いづち	何方		名	5	⑦	14	12
1427	⑧	にぐわつ	二月		名	5	⑦	14	0
1428	⑧	ひやつき	百騎		名	5	⑦	14	0
1429	⑧	まちかく	待掛		動	5	⑦	13	1
1430	⑧	もちゐる	用		動	5	⑦	13	12
1431	⑧	あかぢ	赤地		名	5	⑦	13	0
1432	⑧	あくしちびやうゑ	悪七兵衛		名	5	⑦	13	0
1433	⑧	くつきやう	究竟		名	5	⑦	13	0
1434	⑧	ざふしき	雑色		名	5	⑦	13	0
1435	⑧	せいびやう	精兵		名	5	⑦	13	0
1436	⑧	を	緒	A	名	5	⑦	13	11
1437	⑧	おひおとす	追落		動	5	⑦	12	0
1438	⑧	おろす	下		動	5	⑦	12	41
1439	⑧	ゆふ	結	A	動	5	⑦	12	10
1440	⑧	えいらん	叡覧		名	5	⑦	12	0
1441	⑧	かげ	陰（源：影含）	A	名	5	⑦	12	140
1442	⑧	こずゑ	梢		名	5	⑦	12	21
1443	⑧	なかば	半		名	5	⑦	12	8
1444	⑧	うつたふ	訴		動	5	⑦	11	0
1445	⑧	かさなる	重		動	5	⑦	11	26
1446	⑧	ききいだす	聞出		動	5	⑦	11	0
1447	⑧	よつぴく	能引		動	5	⑦	11	0
1448	⑧	もしや	若		副	5	⑦	11	0
1449	⑧	いちご	一期		名	5	⑦	11	0

番号	天草段階	見出し語	漢字	順	品詞	天草度数	高野段階	高野度数	源氏度数
1450	⑧	ぎよしゆつ	御出		名	5	⑦	11	0
1451	⑧	ごしゆつけ	御出家		名	5	⑦	11	0
1452	⑧	すゑさだ	季貞		名	5	⑦	11	0
1453	⑧	てうおん	朝恩		名	5	⑦	11	0
1454	⑧	とねり	舎人		名	5	⑦	11	8
1455	⑧	ふるまひ	振舞		名	5	⑦	11	28
1456	⑧	よしとも	義朝		名	5	⑦	11	0
1457	⑧	あそぶ	遊		動	5	⑦	10	47
1458	⑧	うちかこむ	－囲		動	5	⑦	10	0
1459	⑧	けす	消		動	5	⑦	10	0
1460	⑧	ささぐ	捧		動	5	⑦	10	11
1461	⑧	さらす	曝		動	5	⑦	10	0
1462	⑧	つかふ	仕	B	動	5	⑦	10	6
1463	⑧	とりあぐ	取上		動	5	⑦	10	0
1464	⑧	はせくだる	馳下		動	5	⑦	10	0
1465	⑧	ひきぐす	引具		動	5	⑦	10	3
1466	⑧	ひろうす	披露－		動	5	⑦	10	0
1467	⑧	ふけゆく	更行		動	5	⑦	10	13
1468	⑧	おもむき	趣		名	5	⑦	10	10
1469	⑧	ちゆう	忠		名	5	⑦	10	0
1470	⑧	でし	弟子		名	5	⑦	10	21
1471	⑧	まれなり	稀		形動	5	⑧	9	17
1472	⑧	しく	如	A	動	5	⑧	9	3
1473	⑧	もむ	揉		動	5	⑧	9	0
1474	⑧	いけ	池		名	5	⑧	9	29
1475	⑧	かぢはらげんだ	梶原源太		名	5	⑧	9	0
1476	⑧	くさき	草木		名	5	⑧	9	2
1477	⑧	たのしみ	楽		名	5	⑧	9	2
1478	⑧	だいさん	第三		名	5	⑧	9	0
1479	⑧	はし	端	A	名	5	⑧	9	60
1480	⑧	はふ	法		名	5	⑧	9	0

番号	天草段階	見出し語	漢字	順	品詞	天草度数	高野段階	高野度数	源氏度数
1481	⑧	みつか	三日		名	5	⑧	9	0
1482	⑧	ゆかり	縁		名	5	⑧	9	48
1483	⑧	りやうばう	両方		名	5	⑧	9	0
1484	⑧	わごぜ	和御前		名	5	⑧	9	0
1485	⑧	わらは	妾	B	名	5	⑧	9	0
1486	⑧	ゐんぢゆう	院中		名	5	⑧	9	0
1487	⑧	をり	折		名	5	⑧	9	347
1488	⑧	かさぬ	重		動	5	⑧	8	26
1489	⑧	なびく	靡		動	5	⑧	8	47
1490	⑧	まうしうく	申請		動	5	⑧	8	0
1491	⑧	まちうく	待受		動	5	⑧	8	7
1492	⑧	みわたす	見渡		動	5	⑧	8	26
1493	⑧	はるばると	遥々		副	5	⑧	8	0
1494	⑧	いけのだいなごん	池大納言		名	5	⑧	8	0
1495	⑧	くわんにんども	官人共		名	5	⑧	8	0
1496	⑧	こじま	児島	B	名	5	⑧	8	0
1497	⑧	さんじふ	三十		名	5	⑧	8	2
1498	⑧	せうみやう	小名		名	5	⑧	8	0
1499	⑧	せけん	世間		名	5	⑧	8	4
1500	⑧	だいに	第二		名	5	⑧	8	0
1501	⑧	のべ	野辺		名	5	⑧	8	23
1502	⑧	ふくしやうぐん	副将軍		名	5	⑧	8	0
1503	⑧	ろくせんよき	六千余騎		名	5	⑧	8	0
1504	⑧	かたし	難		形	5	⑧	7	0
1505	⑧	およぐ	泳		動	5	⑧	7	1
1506	⑧	くだりつく	下着		動	5	⑧	7	0
1507	⑧	たふる	倒		動	5	⑧	7	4
1508	⑧	はしりかへる	走帰		動	5	⑧	7	0
1509	⑧	めしおく	召置		動	5	⑧	7	0
1510	⑧	ちやうど			副	5	⑧	7	0
1511	⑧	かい	戒	B	名	5	⑧	7	1

番号	天草段階	見出し語	漢字	順	品詞	天草度数	高野段階	高野度数	源氏度数
1512	⑧	くさずり	草摺		名	5	⑧	7	0
1513	⑧	しば	柴	A	名	5	⑧	7	6
1514	⑧	だうり	道理		名	5	⑧	7	5
1515	⑧	はざま	狭間		名	5	⑧	7	9
1516	⑧	よこぶえ	横笛		名	5	⑧	7	0
1517	⑧	よりもり	頼盛		名	5	⑧	7	0
1518	⑧	ろくだう	六道		名	5	⑧	7	1
1519	⑧	ゑちごのくに	越後国		名	5	⑧	7	0
1520	⑧	あながちなり	強		形動	5	⑧	6	111
1521	⑧	さればとて	然		接	5	⑧	6	0
1522	⑧	あかす	明		動	5	⑧	6	30
1523	⑧	かく	構	E	動	5	⑧	6	0
1524	⑧	せいす	制	B	動	5	⑧	6	13
1525	⑧	つらなる	連		動	5	⑧	6	0
1526	⑧	ひびく	響		動	5	⑧	6	14
1527	⑧	よういす	用意－		動	5	⑧	6	0
1528	⑧	おぼつかなさ	覚束無		名	5	⑧	6	21
1529	⑧	かはらたらう	河原太郎		名	5	⑧	6	0
1530	⑧	くれがた	暮方		名	5	⑧	6	3
1531	⑧	ぐんびやうども	軍兵共		名	5	⑧	6	0
1532	⑧	じふくにち	十九日		名	5	⑧	6	0
1533	⑧	たけさと	武里		名	5	⑧	6	0
1534	⑧	だいぢしん	大地震		名	5	⑧	6	0
1535	⑧	つぎのぶ	嗣信		名	5	⑧	6	0
1536	⑧	とぢ	（白拍子）		名	5	⑧	6	0
1537	⑧	はいしよ	配所		名	5	⑧	6	0
1538	⑧	ばう	坊		名	5	⑧	6	13
1539	⑧	ひとま	一間		名	5	⑧	6	3
1540	⑧	むろやま	室山		名	5	⑧	6	0
1541	⑧	をんごく	遠国		名	5	⑧	6	0
1542	⑧	あいす	愛－		動	5	⑧	5	0

番号	天草段階	見出し語	漢字	順	品詞	天草度数	高野段階	高野度数	源氏度数
1543	⑧	いつくす	射尽		動	5	⑧	5	0
1544	⑧	きえやる	消遣		動	5	⑧	5	0
1545	⑧	すておく	捨置		動	5	⑧	5	4
1546	⑧	ぬぎすつ	脱捨		動	5	⑧	5	5
1547	⑧	もつてのほか	以外		副	5	⑧	5	0
1548	⑧	あくしよ	悪所		名	5	⑧	5	0
1549	⑧	あみど	編戸		名	5	⑧	5	0
1550	⑧	ありきのべつしよ	有木別所		名	5	⑧	5	0
1551	⑧	いうわう	幽王		名	5	⑧	5	0
1552	⑧	うきな	憂名		名	5	⑧	5	0
1553	⑧	くわぶん	過分		名	5	⑧	5	0
1554	⑧	けだもの	獣		名	5	⑧	5	1
1555	⑧	こし	輿	A	名	5	⑧	5	5
1556	⑧	さいめいゐぎし	斎明威儀師		名	5	⑧	5	0
1557	⑧	さかろ	逆櫓		名	5	⑧	5	0
1558	⑧	しやつ	奴		名	5	⑧	5	0
1559	⑧	じやつくわうゐん	寂光院		名	5	⑧	5	0
1560	⑧	ぢゆうだい	重代		名	5	⑧	5	0
1561	⑧	ときどき	時々		名	5	⑧	5	131
1562	⑧	よのつね	尋常		名	5	⑧	5	87
1563	⑧	たひらかなり	平		形動	5	⑨	4	19
1564	⑧	うごく	動		動	5	⑨	4	38
1565	⑧	うちつる	-連		動	5	⑨	4	8
1566	⑧	おちつく	落着		動	5	⑨	4	0
1567	⑧	くふ	食		動	5	⑨	4	14
1568	⑧	さがる	下		動	5	⑨	4	0
1569	⑧	はく	履	A	動	5	⑨	4	0
1570	⑧	はづ	恥		動	5	⑨	4	20
1571	⑧	はづる	外		動	5	⑨	4	1
1572	⑧	みおくる	見送		動	5	⑨	4	17
1573	⑧	むかへとる	迎取		動	5	⑨	4	9

番号	天草段階	見出し語	漢字	順	品詞	天草度数	高野段階	高野度数	源氏度数
1574	⑧	とかく			副	5	⑨	4	83
1575	⑧	あかし	明石	A	名	5	⑨	4	48
1576	⑧	おととい	兄弟		名	5	⑨	4	0
1577	⑧	おもひで	思出		名	5	⑨	4	1
1578	⑧	くつばみ	轡		名	5	⑨	4	0
1579	⑧	さや	鞘		名	5	⑨	4	0
1580	⑧	じふしち	十七		名	5	⑨	4	0
1581	⑧	だいくわん	代官		名	5	⑨	4	0
1582	⑧	のりがへ	乗替		名	5	⑨	4	0
1583	⑧	はるあき	春秋		名	5	⑨	4	11
1584	⑧	ひとたび	一度		名	5	⑨	4	33
1585	⑧	やぐら	矢倉		名	5	⑨	4	0
1586	⑧	ゆんづゑ	弓杖		名	5	⑨	4	0
1587	⑧	せんかたなし	為方無		形	5	⑨	3	0
1588	⑧	なげなり	無気		形動	5	⑨	3	0
1589	⑧	おしながす	押流		動	5	⑨	3	0
1590	⑧	さうどうす	騒動－		動	5	⑨	3	0
1591	⑧	あふみ	近江		名	5	⑨	3	2
1592	⑧	うきしまがはら	浮島原		名	5	⑨	3	0
1593	⑧	かげやす	景康		名	5	⑨	3	0
1594	⑧	きしやう	起請		名	5	⑨	3	0
1595	⑧	しもべども	下部共		名	5	⑨	3	0
1596	⑧	たかなし	高梨		名	5	⑨	3	0
1597	⑧	なりちか	成親		名	5	⑨	3	0
1598	⑧	にこう	尼公		名	5	⑨	3	0
1599	⑧	ひよどりごえ	鵯越		名	5	⑨	3	0
1600	⑧	ふくしやう	副将		名	5	⑨	3	0
1601	⑧	まつばら	松原		名	5	⑨	3	6
1602	⑧	ろくでう	六条	B	名	5	⑨	3	75
1603	⑧	せんなし	詮無		形	5	⑨	2	0
1604	⑧	さそふ	誘		動	5	⑨	2	16

番号	天草段階	見出し語	漢字	順	品詞	天草度数	高野段階	高野度数	源氏度数
1605	⑧	しす	死ー		動	5	⑨	2	1
1606	⑧	ひきつく	引付		動	5	⑨	2	2
1607	⑧	むくふ	報		動	5	⑨	2	0
1608	⑧	おもひおもひに	思々		副	5	⑨	2	1
1609	⑧	かまへて	構		副	5	⑨	2	1
1610	⑧	かれら	彼等		名	5	⑨	2	0
1611	⑧	このした	木下		名	5	⑨	2	0
1612	⑧	だいじふ	第十		名	5	⑨	2	0
1613	⑧	ふし	節	B	名	5	⑨	2	67
1614	⑧	むかひ	向	A	名	5	⑨	2	6
1615	⑧	むねやす	宗康		名	5	⑨	2	0
1616	⑧	よしとほ	能遠		名	5	⑨	2	0
1617	⑧	いひつく	言付		動	5	⑩	1	3
1618	⑧	さしむく	差向		動	5	⑩	1	0
1619	⑧	ゆられゆく	揺行		動	5	⑩	1	0
1620	⑧	とても			副	5	⑩	1	0
1621	⑧	おたづね	御尋		名	5	⑩	1	0
1622	⑧	むげなり	無下		形動	5			46
1623	⑧	あつむ	集		動	5			6
1624	⑧	うちづ	打出		動	5			0
1625	⑧	うまる	生		動	5			38
1626	⑧	おちやふ	落合		動	5			0
1627	⑧	まはす	回		動	5			0
1628	⑧	ゆきやふ	行合		動	5			0
1629	⑧	さうさう	然々	A	副	5			0
1630	⑧	まちつと	今些		副	5			0
1631	⑧	いけのだいなごんどの	池大納言殿		名	5			0
1632	⑧	いちまん	一万		名	5			0
1633	⑧	おさま	御様		名	5			0
1634	⑧	おなげき	御嘆		名	5			0

番号	天草段階	見出し語	漢字	順	品詞	天草度数	高野段階	高野度数	源氏度数
1635	⑧	おのぼり	御上		名	5			0
1636	⑧	おめ	御目		名	5			0
1637	⑧	おゆくへ	御行方		名	5			0
1638	⑧	くらおきうま	鞍置馬		名	5			0
1639	⑧	こくぶ	国府		名	5			0
1640	⑧	ごじがい	御自害		名	5			0
1641	⑧	しほざか	志保坂		名	5			0
1642	⑧	じらうびやうゑ	次郎兵衛		名	5			0
1643	⑧	だいおん	大音		名	5			0
1644	⑧	ださいのふ	大宰府		名	5			0
1645	⑧	ちやうびやうゑのじよう	長兵衛尉		名	5			0
1646	⑧	はながた	花方		名	5			0
1647	⑧	はわごぜ	母御前		名	5			0
1648	⑧	みやづかひ	宮仕		名	5			5
1649	⑧	もんじ	文字		名	5			0
1650	⑧	よつたり	四人		名	5			0

資料Ⅱ　『平家物語』〈高野本〉の基幹語彙（自立語）

番号	高野段階	見出し語	漢字	順	品詞	高野度数	天草段階	天草度数	源氏度数
1	①	たまふ	給		動	2024	⑦	9	81
2	①	あり	有		動	1469	①	1000	4450
3	①	さうらふ	候		動	1458			0
4	①	まうす	申		動	1170	①	754	187
5	①	す	為	B	動	1007	①	545	3060
6	①	こと	事	B	名	989	①	844	4804
7	①	その	其	B	連体	746	①	507	568
8	①	これ	此		名	746	②	427	368
9	①	いふ	言		動	704	①	822	1228
10	②	なし	無		形	654	②	388	3346
11	②	たてまつる	奉		動	631	②	230	203
12	②	この	此		連体	591	②	384	1624
13	②	ひと	人		名	559	②	350	3732
14	②	なる	成	A	動	540	②	287	919
15	②	もの	物・者		名	500	②	408	1942
16	②	おもふ	思		動	494	②	341	2468
17	②	みる	見		動	422	②	272	1839
18	②	まゐる	参		動	378	②	204	790
19	②	へいけ	平家		名	368	②	258	0
20	②	まゐらす	参	B	動	356	⑤	36	58
21	②	とき	時	A	名	352	③	153	225
22	②	のたまふ	宣		動	343	⑩	1	1124
23	②	いま	今		名	340	③	158	836
24	②	ところ	所・処		名	324	③	147	598
25	②	みやこ	都		名	294	②	200	45
26	②	おなじ	同		形	285	③	90	293
27	②	いかに	如何		副	259	③	87	0
28	②	ほど	程		名	253	④	54	1762
29	②	また	又		接	251	③	162	698
30	②	うち	内・中		名	251	③	133	623

番号	高野段階	見出し語	漢字	順	品詞	高野度数	天草段階	天草度数	源氏度数
31	②	とる	取		動	250	③	136	146
32	②	きこゆ	聞		動	250	③	127	1659
33	②	のち	後		名	247	③	106	277
34	②	みな	皆		副	245	③	145	343
35	②	こころ	心		名	239	③	118	3411
36	③	みゆ	見		動	237	③	112	890
37	③	むま	馬		名	236			0
38	③	なか	中		名	229	③	95	448
39	③	うつ	打・討		動	228	③	110	27
40	③	もつ	持		動	217	⑤	47	66
41	③	よ	世・代	B	名	210	③	109	1570
42	③	おはす	御座		動	209	⑨	2	679
43	③	いづ	出	B	動	207	⑤	36	352
44	③	ただ	只		副	206	③	115	727
45	③	おぼゆ	覚		動	197	④	51	765
46	③	きく	聞	B	動	194	③	162	535
47	③	よし	由	A	名	187	④	59	160
48	③	み	身	A	名	186	③	98	685
49	③	うへ	上		名	186	④	66	378
50	③	ひとびと	人々		名	185	③	98	698
51	③	およぶ	及		動	184	④	77	36
52	③	きみ	君		名	183	④	72	963
53	③	めす	召		動	181	③	106	130
54	③	しる	知	B	動	181	③	102	591
55	③	よる	依・寄	B	動	178	⑤	46	169
56	③	やがて	軈而		副	176	③	106	135
57	③	つく	付・着・即	A	動	173	④	82	104
58	③	すでに	既		副	169	④	82	0
59	③	なみだ	涙		名	160	③	86	183
60	③	われ	我		名	157	③	84	356
61	③	ふね	船		名	157	④	83	48

番号	高野段階	見出し語	漢字	順	品詞	高野度数	天草段階	天草度数	源氏度数
62	③	いまだ	未		副	157	⑦	9	2
63	③	かた	方	A	名	155	③	84	1159
64	③	おほす	仰	A	動	153	②	183	34
65	③	あひだ	間		名	152	⑥	26	5
66	③	ほふわう	法皇		名	150	④	83	0
67	③	ながす	流		動	149	④	79	8
68	③	いる	入	A	動	148	③	88	223
69	③	かの	彼		連体	145	⑤	35	730
70	③	さて	然		接	144	③	147	200
71	③	むかし	昔		名	144	⑤	48	375
72	③	さぶらふ	侍・候		動	143			377
73	③	ため	為		名	142	④	57	151
74	③	それ	其		名	140	③	87	205
75	③	げんじ	源氏		名	140	④	67	47
76	③	せい	勢		名	140	④	62	0
77	③	まします	坐		動	138	⑩	1	0
78	③	かく	掛	F	動	133	④	63	123
79	③	かたき	敵		名	132	⑨	2	2
80	③	さき	先・前		名	130	④	81	138
81	③	いのち	命		名	129	③	93	122
82	③	わが	我		連体	129	④	51	422
83	③	おぼしめす	思召		動	128	⑤	48	59
84	③	おほし	多		形	126	⑤	50	566
85	③	いくさ	軍		名	125	③	84	0
86	③	かへる	帰・返・還		動	124	④	66	168
87	③	のる	乗		動	124	④	59	29
88	③	よ	夜	A	名	123	④	67	262
89	③	たつ	立	A	動	120	④	60	135
90	③	あるいは	或		接	120	⑤	42	0
91	③	さ	然		副	119	④	68	603
92	③	ひ	日	B	名	119	④	52	240

番号	高野段階	見出し語	漢字	順	品詞	高野度数	天草段階	天草度数	源氏度数
93	③	かく	書	B	動	118	④	71	247
94	③	にふだうしやうこく	入道相国		名	115			0
95	③	て	手		名	114	④	53	196
96	③	たつ	立・建	C	動	114	⑤	48	95
97	③	なす	為	B	動	114	⑤	38	78
98	③	くび	首		名	113	④	79	2
99	③	のぼる	上		動	113	④	73	52
100	④	いる	射	B	動	111	④	52	2
101	④	わたる	渡		動	110	⑤	29	375
102	④	きる	切	A	動	109	④	68	0
103	④	こ	子（源：蚕含）	A	名	109	⑤	45	111
104	④	いる	入	C	動	108	⑤	49	125
105	④	ものども	者共		名	107	③	86	0
106	④	いちにん	一人		名	107	④	72	0
107	④	そで	袖		名	107	⑤	49	129
108	④	なほ	猶		副	106	④	52	826
109	④	にようばう	女房		名	106	⑤	40	111
110	④	おく	置	B	動	105	④	61	143
111	④	つひに	遂・終		副	103	④	62	93
112	④	むかふ	向	A	動	102	④	69	16
113	④	されば	然		接	101	⑤	30	0
114	④	さるほどに	然程		接	101	⑧	5	0
115	④	うけたまはる	承		動	100	⑤	34	85
116	④	たいしやうぐん	大将軍		名	99	⑥	20	0
117	④	はうぐわん	判官		名	99			0
118	④	わたす	渡		動	98	④	55	61
119	④	よろひ	鎧		名	98	④	55	0
120	④	いかなり	如何		形動	98	⑤	30	0
121	④	だいしゆ	大衆		名	98	⑨	4	0
122	④	つかまつる	仕		動	96	④	80	10

番号	高野段階	見出し語	漢字	順	品詞	高野度数	天草段階	天草度数	源氏度数
123	④	まことに	誠		副	96	④	78	233
124	④	たまはる	賜・給		動	96	⑥	16	45
125	④	ゆく	行		動	95	④	55	185
126	④	ごしよ	御所		名	93	④	61	0
127	④	いそぐ	急		動	93	⑤	50	114
128	④	ちち	父		名	93	⑤	48	7
129	④	きる	着	B	動	92	④	54	71
130	④	けふ	今日		名	92	⑤	29	243
131	④	ほか	外		名	91	④	63	192
132	④	つき	月		名	91	⑥	26	201
133	④	にふだう	入道		名	91	⑦	10	60
134	④	おつ	落		動	89	④	75	39
135	④	くだる	下		動	88	④	73	51
136	④	まづ	先		副	86	④	59	170
137	④	つはものども	兵共		名	86	⑤	48	0
138	④	や	矢		名	86	⑤	39	0
139	④	だいなごん	大納言		名	86	⑧	7	30
140	④	ゆめ	夢		名	85	⑤	28	147
141	④	いかが	如何		副	85	⑧	7	253
142	④	ふかし	深		形	84	④	52	475
143	④	つく	付・着・即	F	動	84	⑤	47	552
144	④	おほきなり	大		形動	84	⑤	42	25
145	④	もと	許・本（源：元含）	B	名	84	⑤	42	149
146	④	あはれなり	哀		形動	83	⑤	35	944
147	④	かなふ	叶	A	動	82	④	59	98
148	④	ひとつ	一		名	82	⑤	40	107
149	④	すぐ	過		動	81	⑤	47	211
150	④	あまりに	余		副	81	⑦	11	0
151	④	きそ	木曾	A	名	80	③	112	0
152	④	おほいとの	大臣殿		名	80	④	63	0

番号	高野段階	見出し語	漢字	順	品詞	高野度数	天草段階	天草度数	源氏度数
153	④	おはします	御座		動	80			443
154	④	みち	道		名	79	⑤	41	198
155	④	よし	良	C	形	78	④	55	527
156	④	なくなく	泣々		副	78	⑤	45	45
157	④	よす	寄		動	78	⑤	42	91
158	④	みづ	水		名	78	⑤	42	77
159	④	あく	開・明	D	動	78	⑤	33	78
160	④	つくる	造・作		動	78	⑤	30	83
161	④	しゆしやう	主上		名	78	⑥	16	0
162	④	あふ	会・合	A	動	77	⑤	47	88
163	④	こゑ	声		名	77	⑤	42	248
164	④	みや	宮		名	76	④	53	1083
165	④	ちから	力		名	75	⑤	38	10
166	④	とふ	問		動	74	④	53	142
167	④	ひく	引・牽・退		動	74	④	51	45
168	④	やう	様		名	73	⑤	46	900
169	④	なのる	名乗		動	73	⑤	44	8
170	④	ころ	頃		名	73	⑤	41	245
171	④	いでく	出来		動	73	⑧	5	129
172	④	きたのかた	北方		名	72	④	63	82
173	④	さらば	然		接	72	⑤	47	0
174	④	かく	斯	H	副	72	⑦	13	1066
175	④	やま	山（源：固地含）		名	71	④	53	141
176	④	しぬ	死		動	71	④	51	30
177	④	ゆみ	弓		名	71	⑤	43	4
178	④	とし	年	A	名	71	⑤	40	229
179	④	はじめ	始		名	71	⑤	28	75
180	④	おこす	起・発		動	71	⑥	17	21
181	④	こんど	今度		名	70	⑤	31	0
182	④	あぐ	上		動	70	⑥	25	25
183	④	ごかう	御幸		名	70	⑥	24	0

番号	高野段階	見出し語	漢字	順	品詞	高野度数	天草段階	天草度数	源氏度数
184	④	ぢゆうにん	住人		名	70	⑦	14	0
185	④	いたる	至		動	70	⑦	13	15
186	④	め	目		名	69	⑤	42	438
187	④	ににん	二人		名	69	⑤	38	0
188	④	たち	太刀	A	名	69	⑤	34	5
189	④	せうしやう	少将		名	67	④	74	90
190	④	ただいま	只今		名	67	⑤	42	85
191	④	ぐす	具－		動	67	⑥	26	24
192	④	ことども	事共		名	67	⑥	21	0
193	④	おんこと	御事		名	67	⑨	2	0
194	④	かぜ	風		名	66	⑤	34	179
195	④	かなし	悲・愛		形	66	⑥	21	295
196	④	かかる	斯有	B	連体	66	⑦	10	0
197	④	さんもん	山門		名	66	⑨	4	0
198	④	おこなふ	行		動	65	⑦	12	40
199	④	ここ	此処		名	64	④	70	251
200	④	わがみ	我身		名	64	⑤	39	0
201	④	ある	或	B	連体	64	⑤	38	6
202	④	たれ	誰		名	64	⑤	30	224
203	④	ゆゑ	故		名	64	⑤	29	104
204	④	されども	然		接	64	⑥	23	0
205	④	くに	国		名	64	⑥	19	55
206	④	かまくらどの	鎌倉殿		名	64	⑦	13	0
207	④	よしつね	義経		名	63	③	169	0
208	④	なく	泣		動	63	④	52	216
209	④	いだす	出	A	動	63	⑦	12	43
210	④	なにごと	何事		名	62	④	51	269
211	④	まへ	前		名	62	⑤	46	254
212	④	すつ	捨		動	62	⑤	36	63
213	④	ゐん	院		名	62	⑤	33	411
214	④	さす	差・刺	A	動	62	⑤	29	40

番号	高野段階	見出し語	漢字	順	品詞	高野度数	天草段階	天草度数	源氏度数
215	④	なみ	波		名	61	⑤	36	43
216	④	はな	花	A	名	61	⑤	31	273
217	④	たぶ	賜		動	61			3
218	④	すこし	少		副	60	⑥	22	562
219	④	いちもん	一門		名	59	④	52	0
220	④	ひごろ	日比・日来		名	59	⑤	37	80
221	④	うしなふ	失		動	59	⑤	36	29
222	④	せむ	責		動	59	⑥	24	39
223	④	くぎやう	公卿		名	59	⑦	12	2
224	⑤	よりとも	頼朝		名	58	③	117	0
225	⑤	いかで	如何		副	58	⑦	13	337
226	⑤	しばし	暫		副	57	⑤	37	160
227	⑤	うみ	海		名	57	⑤	37	27
228	⑤	ちかし	近		形	57	⑤	34	347
229	⑤	たとひ	縦令		副	57	⑥	27	4
230	⑤	てんか	天下		名	57	⑥	20	4
231	⑤	ひやうゑのすけ	兵衛佐		名	57	⑩	1	0
232	⑤	かう	斯	D	副	56	④	55	292
233	⑤	はじむ	始		動	56	⑤	40	89
234	⑤	おくる	送・贈	A	動	56	⑤	35	11
235	⑤	かぶと	甲		名	56	⑤	28	0
236	⑤	な	名	A	名	56	⑥	27	124
237	⑤	ひたたれ	直垂		名	56	⑥	27	0
238	⑤	さんみのちゆうじやう	三位中将		名	56	⑥	19	0
239	⑤	おさふ	押		動	56	⑥	18	8
240	⑤	やしま	屋島・八島		名	55	⑤	45	1
241	⑤	ともに	共－		副	55	⑤	34	24
242	⑤	くるま	車		名	55	⑤	34	137
243	⑤	つかはす	遣		動	55	⑥	22	46
244	⑤	なに	何		名	54	⑤	35	379

番号	高野段階	見出し語	漢字	順	品詞	高野度数	天草段階	天草度数	源氏度数
245	⑤	ひ	火	A	名	54	⑤	30	43
246	⑤	なんぢ	汝		名	54	⑤	29	1
247	⑤	いづく	何処		名	54	⑥	27	37
248	⑤	はる	春	A	名	54	⑥	21	119
249	⑤	ゐんぜん	院宣		名	54	⑥	21	0
250	⑤	あれ	彼		名	54	⑥	20	4
251	⑤	ふくはら	福原		名	54	⑥	19	0
252	⑤	さぶらひ	侍		名	54	⑦	11	11
253	⑤	ぞんず	存－		動	53	④	79	0
254	⑤	うしろ	後		名	53	⑤	43	85
255	⑤	ごらんず	御覧		動	53	⑥	25	183
256	⑤	かやうなり	斯様		形動	53	⑥	19	200
257	⑤	ろくはら	六波羅		名	52	⑤	34	0
258	⑤	をしむ	惜		動	52	⑤	29	47
259	⑤	しかり	然		動	52	⑥	27	0
260	⑤	たすく	助		動	52	⑥	25	16
261	⑤	いへ	家		名	52	⑥	24	84
262	⑤	おのおの	各々		名	52	⑥	19	59
263	⑤	だいり	内裏		名	52	⑥	16	0
264	⑤	したがふ	従	A	動	52	⑦	15	95
265	⑤	こまつどの	小松殿		名	52	⑦	13	0
266	⑤	いげ	以下		名	52	⑦	10	0
267	⑤	うす	失		動	52	⑧	8	108
268	⑤	よしなか	義仲		名	52			0
269	⑤	らうどう	郎等		名	51	⑤	33	2
270	⑤	ぢん	陣		名	51	⑥	22	2
271	⑤	めでたし			形	51	⑧	7	209
272	⑤	ほろぼす	滅		動	50	⑥	24	1
273	⑤	おそろし	恐		形	50	⑥	16	106
274	⑤	しゆと	衆徒		名	50	⑧	7	0
275	⑤	おんまへ	御前		名	50			0

番号	高野段階	見出し語	漢字	順	品詞	高野度数	天草段階	天草度数	源氏度数
276	⑤	ふみ	文		名	49	⑤	36	287
277	⑤	かく	駆	G	動	49	⑤	31	0
278	⑤	あはれ			感	49	⑤	28	0
279	⑤	かへす	返・帰		動	49	⑤	28	25
280	⑤	つづく	続	A	動	49	⑥	24	6
281	⑤	つゆ	露		名	49	⑥	24	125
282	⑤	みかた	味方・御方		名	49	⑥	24	0
283	⑤	ひじり	聖		名	49	⑥	22	38
284	⑤	なにと	何－		副	49	⑥	21	0
285	⑤	そむく	背	A	動	49	⑥	20	74
286	⑤	にし	西		名	49	⑥	20	80
287	⑤	はるかなり	遥		形動	49	⑥	16	53
288	⑤	さぶらひども	侍共		名	49	⑦	12	0
289	⑤	だいしやう	大将		名	49	⑨	2	193
290	⑤	かかる	掛	A	動	48	⑤	41	75
291	⑤	たづぬ	尋		動	48	⑤	36	114
292	⑤	にようゐん	女院		名	48	⑤	32	0
293	⑤	あまた	数多		名	48	⑤	29	196
294	⑤	とうごく	東国		名	48	⑥	23	0
295	⑤	こゆ	越		動	48	⑦	13	8
296	⑤	しそく	子息		名	48	⑦	10	0
297	⑤	そもそも	抑		接	48	⑧	5	2
298	⑤	なんと	南都	A	名	47	⑦	12	0
299	⑤	など			副	47	⑨	2	132
300	⑤	わかぎみ	若君		名	46	⑤	43	97
301	⑤	まつ	待	B	動	46	⑤	35	82
302	⑤	たたかふ	戦		動	46	⑤	34	0
303	⑤	いく	生	C	動	46	⑤	33	1
304	⑤	しづむ	沈	A	動	46	⑤	31	37
305	⑤	みす	見	B	動	46	⑤	29	133
306	⑤	てんじやうびと	殿上人		名	46	⑧	5	53

番号	高野段階	見出し語	漢字	順	品詞	高野度数	天草段階	天草度数	源氏度数
307	⑤	さいこく	西国		名	45	⑤	40	0
308	⑤	あと	跡・後		名	45	⑥	23	55
309	⑤	いちど	一度		名	45	⑥	23	0
310	⑤	もんがく	文覚		名	45	⑥	22	0
311	⑤	たかし	高	B	形	45	⑥	20	93
312	⑤	つね	常		名	45	⑥	20	220
313	⑤	やすし	安・易		形	45	⑥	16	415
314	⑤	あき	秋		名	45	⑦	14	130
315	⑤	わうじ	皇子		名	45	⑧	6	0
316	⑤	おんなみだ	御涙		名	45	⑧	5	0
317	⑤	きそどの	木曾殿		名	44	⑤	47	0
318	⑤	くむ	組	A	動	44	⑤	31	0
319	⑤	さいご	最後		名	44	⑥	27	0
320	⑤	いとま	暇		名	44	⑥	24	63
321	⑤	ありさま	有様		名	44	⑥	20	698
322	⑤	ふ	経	C	動	44	⑦	15	211
323	⑤	くも	雲		名	44	⑦	10	25
324	⑤	わづかなり	僅		形動	44	⑧	8	23
325	⑤	このかた	此方		名	44	⑨	4	1
326	⑤	おほぜい	大勢		名	43	⑤	30	0
327	⑤	ならひ	習		名	43	⑥	26	12
328	⑤	うた	歌		名	43	⑥	25	33
329	⑤	いづれ	何		名	43	⑥	22	80
330	⑤	すすむ	進	A	動	43	⑥	21	37
331	⑤	すゑ	末		名	43	⑥	21	143
332	⑤	をりふし	折節		名	43	⑥	21	36
333	⑤	さしも	然		副	43	⑥	16	0
334	⑤	われら	我等		名	43	⑦	15	0
335	⑤	のがる	遁		動	43	⑦	14	22
336	⑤	あはす	合	B	動	43	⑦	11	40
337	⑤	かうべ	首		名	43	⑧	6	0

番号	高野段階	見出し語	漢字	順	品詞	高野度数	天草段階	天草度数	源氏度数
338	⑤	あな		B	感	43	⑩	1	172
339	⑤	おしよす	押寄		動	42	⑥	27	5
340	⑤	おとす	落		動	42	⑥	26	29
341	⑤	おつかひ	御使		名	42	⑥	24	0
342	⑤	よむ	読・詠		動	42	⑥	22	51
343	⑤	ひかふ	控		動	42	⑥	21	4
344	⑤	あがる	上		動	42	⑥	18	9
345	⑤	なのめなり	斜		形動	42	⑦	15	47
346	⑤	くだす	下		動	42	⑦	13	4
347	⑤	しばらく	暫		副	42	⑦	13	1
348	⑤	とどむ	留		動	42	⑦	11	197
349	⑤	さんぬる	去		連体	42	⑦	11	0
350	⑤	かやう	斯様		名	42	⑦	9	0
351	⑤	おんとも	御供		名	42	⑩	1	0
352	⑤	むほん	謀反		名	41	⑤	39	0
353	⑤	かぎり	限		名	41	⑤	31	530
354	⑤	きやう	京	B	名	41	⑤	30	83
355	⑤	ゆるす	許		動	41	⑤	29	140
356	⑤	いちのたに	一谷		名	41	⑥	26	0
357	⑤	しゆくしよ	宿所		名	41	⑥	19	0
358	⑤	いろ	色		名	41	⑥	18	186
359	⑤	つがふ	都合	A	名	41	⑥	17	0
360	⑤	ありがたし	有難		形	41	⑧	8	120
361	⑤	さう	左右	A	名	41	⑧	5	9
362	⑤	ぎやうがう	行幸		名	41	⑨	3	0
363	⑤	をさなし	幼		形	40	⑤	33	116
364	⑤	かぢはら	梶原		名	40	⑤	28	0
365	⑤	おる	下		動	40	⑥	26	65
366	⑤	さま	様		名	40	⑥	24	1527
367	⑤	たのむ	頼	B	動	40	⑥	21	103
368	⑤	くらゐ	位		名	40	⑥	18	56

番号	高野段階	見出し語	漢字	順	品詞	高野度数	天草段階	天草度数	源氏度数
369	⑤	つはもの	兵		名	40	⑥	18	1
370	⑤	おふ	負	B	動	40	⑦	12	33
371	⑤	つみ	罪		名	40	⑦	10	183
372	⑤	へん	辺	A	名	40	⑦	9	2
373	⑤	おとど	大臣		名	40			458
374	⑤	もん	門		名	39	⑤	29	0
375	⑤	かまくら	鎌倉		名	39	⑤	28	0
376	⑤	つく	尽	E	動	39	⑥	21	19
377	⑤	おと	音		名	39	⑥	19	115
378	⑤	した	下	A	名	39	⑥	17	80
379	⑤	さすが	流石		副	39	⑦	14	3
380	⑤	すなはち	即		副	39	⑦	13	2
381	⑤	にねん	二年		名	39	⑧	8	0
382	⑤	ごせ	後世		名	38	⑥	25	0
383	⑤	わする	忘		動	38	⑥	24	110
384	⑤	これほど	此程		副	38	⑥	24	0
385	⑤	これら	此等		名	38	⑥	23	0
386	⑤	さんざんなり	散々		形動	38	⑥	22	0
387	⑤	さわぐ	騒		動	38	⑥	21	62
388	⑤	いたす	致		動	38	⑥	19	1
389	⑤	こころざし	志		名	38	⑥	17	169
390	⑤	そら	空		名	38	⑥	17	213
391	⑤	ただし	但	B	接	38	⑦	14	0
392	⑤	さきに	先		副	38			0
393	⑤	よろこぶ	喜		動	37	⑤	33	39
394	⑤	めのと	乳母		名	37	⑤	31	119
395	⑤	かふ	変	B	動	37	⑤	28	55
396	⑤	そこ	底	A	名	37	⑥	26	21
397	⑤	みゐでら	三井寺		名	37	⑥	24	0
398	⑤	とどまる	留		動	37	⑥	21	12
399	⑤	おちゆく	落行		動	37	⑥	19	1

番号	高野段階	見出し語	漢字	順	品詞	高野度数	天草段階	天草度数	源氏度数
400	⑤	とほる	通		動	37	⑥	17	9
401	⑤	むなし	空		形	37	⑦	13	32
402	⑤	きんだち	公達		名	37	⑦	13	30
403	⑤	ごぜん	御前		名	37	⑦	11	89
404	⑤	さた	沙汰		名	37	⑦	10	0
405	⑤	ちゆうじやう	中将		名	37	⑦	9	238
406	⑤	かうぶる	蒙		動	37			1
407	⑤	おく	奥	A	名	36	⑥	27	35
408	⑤	ぶし	武士		名	36	⑥	23	0
409	⑤	にようばうたち	女房達		名	36	⑥	21	0
410	⑤	おもひ	思		名	36	⑥	20	156
411	⑤	しづむ	鎮	B	動	36	⑥	17	38
412	⑤	しろし	白		形	36	⑧	6	79
413	⑤	いのる	祈		動	36	⑧	5	11
414	⑤	しさい	子細		名	35	⑤	35	1
415	⑤	のこる	残		動	35	⑤	28	81
416	⑤	かはる	代・替・変		動	35	⑥	18	191
417	⑤	まま	儘		名	35	⑥	18	284
418	⑤	ほつこく	北国		名	35	⑥	16	0
419	⑤	よも		B	副	35	⑦	15	25
420	⑤	ほろぶ	滅		動	35	⑦	14	0
421	⑤	かず	数・員		名	35	⑦	13	111
422	⑤	ふす	伏	A	動	35	⑦	12	104
423	⑤	れい	例	B	名	35	⑦	12	539
424	⑤	きさき	后		名	35	⑦	10	36
425	⑤	くらんど	蔵人		名	35	⑨	4	0
426	⑤	もし	若		副	34	⑥	18	62
427	⑤	にしき	錦		名	34	⑥	17	22
428	⑤	さる	然	C	連体	34	⑦	15	0
429	⑤	ち	地	B	名	34	⑦	11	2
430	⑤	そうもんす	奏聞－		動	34	⑧	8	0

番号	高野段階	見出し語	漢字	順	品詞	高野度数	天草段階	天草度数	源氏度数
431	⑤	こ	此	C	名	34	⑧	6	28
432	⑤	ぐわんねん	元年		名	34	⑨	4	0
433	⑤	いけどり	生捕		名	33	⑥	23	0
434	⑤	あし	悪	C	形	33	⑥	22	121
435	⑤	かならず	必		副	33	⑥	19	115
436	⑤	てん	天	A	名	33	⑥	16	1
437	⑤	まかす	任	B	動	33	⑦	11	87
438	⑤	かほ	顔		名	33	⑦	11	123
439	⑤	すぐる	優	B	動	33	⑦	9	125
440	⑤	しんぢゆうなごん	新中納言		名	33	⑦	9	0
441	⑤	そう	僧		名	33	⑧	8	34
442	⑤	おぼし	覚		形	33	⑧	7	17
443	⑤	たちまちに	忽		副	33	⑨	2	0
444	⑤	とぶらふ	弔		動	33			0
445	⑤	あまり	余		名	32	④	60	141
446	⑤	かつせん	合戦		名	32	④	57	0
447	⑤	ぎ	儀	A	名	32	④	52	0
448	⑤	そこ	其処	B	名	32	⑤	46	24
449	⑤	とき	鬨	B	名	32	⑥	22	0
450	⑤	あの	彼		連体	32	⑥	20	4
451	⑤	おき	沖		名	32	⑥	18	2
452	⑤	とうとう	疾々		副	32	⑦	14	0
453	⑤	なごり	名残		名	32	⑦	14	136
454	⑤	はらはらと			副	32	⑦	10	4
455	⑤	しん	臣	B	名	32	⑧	8	0
456	⑤	とぐ	遂		動	32	⑧	5	14
457	⑤	ちゆうぐう	中宮		名	32	⑧	5	75
458	⑤	みかど	帝		名	32	⑨	4	120
459	⑤	う	得		動	32	⑨	3	88
460	⑤	ぢしよう	治承		名	32	⑨	3	0
461	⑤	だいおんじやう	大音声		名	32	⑨	2	0

番号	高野段階	見出し語	漢字	順	品詞	高野度数	天草段階	天草度数	源氏度数
462	⑥	これもり	維盛		名	31	⑤	30	0
463	⑥	かは	川・河	B	名	31	⑤	29	25
464	⑥	うちじに	討死		名	31	⑤	28	0
465	⑥	かしこまる	畏		動	31	⑥	26	29
466	⑥	のとどの	能登殿		名	31	⑥	25	0
467	⑥	げに	実		副	31	⑥	23	456
468	⑥	おとる	劣		動	31	⑥	21	123
469	⑥	しま	島		名	31	⑥	20	5
470	⑥	しゆう	主	A	名	31	⑥	18	0
471	⑥	はぢ	恥		名	31	⑥	18	10
472	⑥	やや	稍		副	31	⑦	15	29
473	⑥	せんじ	宣旨		名	31	⑦	14	12
474	⑥	あたる	当		動	31	⑦	12	33
475	⑥	きやうぢゆう	京中		名	31	⑦	12	0
476	⑥	へいぢ	平治	B	名	31	⑦	12	0
477	⑥	おそる	恐		動	31	⑦	10	0
478	⑥	むね	旨	B	名	31	⑧	8	0
479	⑥	ことに	殊		副	31	⑧	6	0
480	⑥	いはんや	況		副	31	⑨	4	1
481	⑥	はなつ	放		動	31	⑩	1	23
482	⑥	うだいしやう	右大将		名	31	⑩	1	14
483	⑥	おんこ	御子		名	31	⑩	1	0
484	⑥	ちゆうなごん	中納言		名	31	⑩	1	81
485	⑥	てう	朝		名	31	⑩	1	0
486	⑥	はは	母		名	31	⑩	1	38
487	⑥	おぼす	思		動	31			1843
488	⑥	ゐる	居		動	30	③	113	153
489	⑥	ひらく	開		動	30	⑥	23	5
490	⑥	めしつかふ	召使		動	30	⑥	21	7
491	⑥	しゆつけ	出家		名	30	⑥	20	0
492	⑥	くら	鞍	A	名	30	⑥	18	0

番号	高野段階	見出し語	漢字	順	品詞	高野度数	天草段階	天草度数	源氏度数
493	⑥	しのぶ	忍・偲		動	30	⑦	15	253
494	⑥	をめきさけぶ	喚叫		動	30	⑦	15	0
495	⑥	こころうし	心憂		形	30	⑦	14	0
496	⑥	ここち	心地		名	30	⑦	13	806
497	⑥	きこしめす	聞召		動	30	⑦	10	137
498	⑥	やうやう	漸	B	副	30	⑦	9	135
499	⑥	ひさし	久		形	30	⑧	7	106
500	⑥	おんへんじ	御返事		名	30	⑧	6	0
501	⑥	いくら	幾		副	30	⑧	5	0
502	⑥	およそ	凡		副	30	⑨	4	0
503	⑥	かくて	斯		接	30	⑩	1	165
504	⑥	てき	敵		名	29	③	102	0
505	⑥	しげもり	重盛		名	29	④	76	0
506	⑥	つかひ	使		名	29	⑥	26	98
507	⑥	はら	腹		名	29	⑥	21	39
508	⑥	おどろく	驚		動	29	⑥	20	90
509	⑥	かたな	刀		名	29	⑥	20	0
510	⑥	そのうへ	其上		接	29	⑥	18	0
511	⑥	ぶしども	武士共		名	29	⑥	18	0
512	⑥	ぬく	抜	A	動	29	⑥	17	4
513	⑥	くる	暮	C	動	29	⑥	16	65
514	⑥	わらふ	笑		動	29	⑥	16	81
515	⑥	おびたたし	夥		形	29	⑦	14	0
516	⑥	もと	元・旧	A	名	29	⑦	12	0
517	⑥	さんぐわつ	三月		名	29	⑧	8	0
518	⑥	としごろ	年来		名	29	⑧	8	282
519	⑥	じやうげ	上下		名	29	⑧	6	0
520	⑥	じやう	城	B	名	29	⑧	5	0
521	⑥	ざうらふ	候		動	29			0
522	⑥	けぶり	煙		名	29			40
523	⑥	ぎわう	妓王		名	28	⑤	32	0

番号	高野段階	見出し語	漢字	順	品詞	高野度数	天草段階	天草度数	源氏度数
524	⑥	さいしやう	宰相		名	28	⑤	28	72
525	⑥	さんにん	三人		名	28	⑥	26	11
526	⑥	なぐ	投	B	動	28	⑥	21	21
527	⑥	だいじ	大事		名	28	⑥	21	11
528	⑥	ことば	言葉		名	28	⑥	18	35
529	⑥	しきりに	頻		副	28	⑥	16	2
530	⑥	げんざん	見参		名	28	⑦	14	0
531	⑥	ちやくし	嫡子		名	28	⑦	13	0
532	⑥	ふし	父子	A	名	28	⑦	13	0
533	⑥	てうてき	朝敵		名	28	⑦	12	0
534	⑥	おとと	弟		名	28	⑧	8	0
535	⑥	きたる	来	A	動	28	⑧	7	0
536	⑥	だいじやうだいじん	太政大臣		名	28	⑧	6	6
537	⑥	さり	然（源：されど、されば含）		動	28	⑨	4	1080
538	⑥	そうす	奏－		動	28	⑨	3	55
539	⑥	おんかた	御方		名	28	⑨	3	0
540	⑥	ぶつぽふ	仏法		名	28	⑨	2	1
541	⑥	ふせく	防		動	28			0
542	⑥	むねもりのきやう	宗盛卿		名	28			0
543	⑥	さだめて	定		副	27	⑥	25	4
544	⑥	はせまゐる	馳参		動	27	⑥	23	0
545	⑥	あし	足	A	名	27	⑥	22	18
546	⑥	たがひに	互		副	27	⑥	19	0
547	⑥	さだむ	定		動	27	⑥	17	48
548	⑥	はかりこと	謀		名	27	⑥	17	0
549	⑥	おくる	後・遅	B	動	27	⑥	16	102
550	⑥	ならぶ	並	B	動	27	⑦	15	11
551	⑥	ふく	吹	A	動	27	⑦	15	54
552	⑥	かよふ	通		動	27	⑦	14	89

番号	高野段階	見出し語	漢字	順	品詞	高野度数	天草段階	天草度数	源氏度数
553	⑥	おもて	面		名	27	⑦	14	26
554	⑥	たがふ	違	A	動	27	⑦	13	115
555	⑥	さんねん	三年		名	27	⑦	13	3
556	⑥	おろかなり	愚		形動	27	⑦	12	131
557	⑥	かうむる	蒙		動	27	⑦	12	0
558	⑥	ながし	長		形	27	⑦	11	105
559	⑥	ぬぐ	脱		動	27	⑦	11	13
560	⑥	うく	受	B	動	27	⑦	10	17
561	⑥	をとこ	男		名	27	⑦	10	65
562	⑥	いよいよ	愈・弥		副	27	⑧	8	103
563	⑥	となふ	唱	B	動	27	⑧	7	0
564	⑥	へいだいなごん	平大納言		名	27	⑧	7	0
565	⑥	しちぐわつ	七月		名	27	⑧	5	0
566	⑥	かつうは	且		副	27	⑨	4	0
567	⑥	おんこころ	御心		名	27	⑨	2	0
568	⑥	しやうぐわつ	正月		名	27	⑨	2	0
569	⑥	しんよ	神輿		名	27			0
570	⑥	にしはつでう	西八条		名	27			0
571	⑥	しげひら	重衡		名	26	④	66	0
572	⑥	くまがへ	熊谷		名	26	⑤	44	0
573	⑥	ただもり	忠盛		名	26	⑥	25	0
574	⑥	いつ	何時		名	26	⑥	22	79
575	⑥	なげく	歎		動	26	⑥	20	84
576	⑥	ひま	隙		名	26	⑥	18	82
577	⑥	ごへん	御辺		名	26	⑥	17	0
578	⑥	もののぐ	物具		名	26	⑦	14	0
579	⑥	きのふ	昨日		名	26	⑦	13	40
580	⑥	さだよし	貞能		名	26	⑦	13	0
581	⑥	ただのり	忠度		名	26	⑦	13	0
582	⑥	なさけ	情		名	26	⑦	13	95
583	⑥	もてなす			動	26	⑦	12	316

番号	高野段階	見出し語	漢字	順	品詞	高野度数	天草段階	天草度数	源氏度数
584	⑥	ひとへに	偏		副	26	⑦	11	24
585	⑥	たゆ	絶		動	26	⑦	10	107
586	⑥	にる	似		動	26	⑦	10	132
587	⑥	いへのこ	家子		名	26	⑦	10	0
588	⑥	めしぐす	召具－		動	26	⑦	9	0
589	⑥	ともがら	輩		名	26	⑧	8	1
590	⑥	あそばす	遊		動	26	⑧	6	6
591	⑥	かたじけなし	忝		形	26	⑧	5	131
592	⑥	とほし	遠		形	26	⑧	5	79
593	⑥	ひかり	光		名	26	⑧	5	86
594	⑥	くだん	件		名	26	⑨	4	0
595	⑥	ないだいじん	内大臣		名	26	⑨	2	3
596	⑥	じふらうくらんど	十郎蔵人		名	26	⑩	1	0
597	⑥	へいじ	平氏	B	名	26	⑩	1	0
598	⑥	ひんがし	東		名	26			0
599	⑥	おや	親		名	25	⑥	22	170
600	⑥	なん	何		名	25	⑥	21	0
601	⑥	よに	世		副	25	⑥	18	63
602	⑥	いつしよ	一所		名	25	⑥	18	0
603	⑥	くちをし	口惜		形	25	⑥	17	286
604	⑥	をめく	喚		動	25	⑥	17	0
605	⑥	さんぜんよき	三千余騎		名	25	⑦	13	0
606	⑥	にゐどの	二位殿		名	25	⑦	13	0
607	⑥	いとど			副	25	⑦	11	335
608	⑥	つつと			副	25	⑦	11	0
609	⑥	いつき	一騎		名	25	⑦	11	0
610	⑥	あさまし	浅		形	25	⑦	10	200
611	⑥	なにもの	何者		名	25	⑦	10	0
612	⑥	はばかる	憚		動	25	⑧	8	62
613	⑥	たもつ	保		動	25	⑧	7	12
614	⑥	おしあつ	押当		動	25	⑧	6	4

番号	高野段階	見出し語	漢字	順	品詞	高野度数	天草段階	天草度数	源氏度数
615	⑥	とばどの	鳥羽殿		名	25	⑨	3	0
616	⑥	おんとき	御時		名	25	⑩	1	0
617	⑥	ここに			接	25			0
618	⑥	かかり	斯有		動	25			705
619	⑥	はや	早		副	24	⑤	35	17
620	⑥	くるし	苦		形	24	⑥	21	238
621	⑥	からめて	搦手		名	24	⑥	21	0
622	⑥	をんな	女		名	24	⑥	20	321
623	⑥	おもむく	赴		動	24	⑥	18	9
624	⑥	うつて	討手		名	24	⑥	18	0
625	⑥	へんじ	返事		名	24	⑥	17	0
626	⑥	うれし	嬉		形	24	⑥	16	213
627	⑥	こひし	恋		形	24	⑥	16	127
628	⑥	な		B	副	24	⑥	16	0
629	⑥	とりこむ	取籠		動	24	⑦	12	3
630	⑥	せんぢん	先陣		名	24	⑦	12	0
631	⑥	むすめ	娘		名	24	⑦	12	119
632	⑥	すむ	住		動	24	⑦	11	74
633	⑥	よくよく	能々		副	24	⑦	11	0
634	⑥	くち	口		名	24	⑦	11	42
635	⑥	みね	峰		名	24	⑦	10	24
636	⑥	しづかなり	静		形動	24	⑧	8	67
637	⑥	もつとも	最		副	24	⑧	8	0
638	⑥	いちにち	一日		名	24	⑧	8	0
639	⑥	しやうねん	生年		名	24	⑧	7	0
640	⑥	ほうげん	保元		名	24	⑧	6	0
641	⑥	みぎは	汀		名	24	⑧	5	14
642	⑥	おんありさま	御有様		名	24	⑨	4	0
643	⑥	くわん	巻	A	名	24	⑨	4	0
644	⑥	だいじん	大臣		名	24	⑨	4	24
645	⑥	うつす	移		動	24	⑨	3	0

番号	高野段階	見出し語	漢字	順	品詞	高野度数	天草段階	天草度数	源氏度数
646	⑥	しかるを	然		接	24	⑨	2	0
647	⑥	へいけものがたり	平家物語		名	24	⑨	2	0
648	⑥	おんなげき	御歎		名	24			0
649	⑥	けんじやう	勧賞		名	24			0
650	⑥	さつまのかみ	薩摩守		名	24			0
651	⑥	しんめい	神明		名	24			0
652	⑥	ひだん	左		名	24			0
653	⑥	はし	橋	B	名	23	⑥	17	4
654	⑥	まつ	松	A	名	23	⑥	17	49
655	⑥	には	庭		名	23	⑥	16	25
656	⑥	よしもり	義盛		名	23	⑦	12	0
657	⑥	くさ	草		名	23	⑦	11	35
658	⑥	ことし	今年		名	23	⑦	11	34
659	⑥	みなみ	南		名	23	⑦	11	44
660	⑥	まつたく	全		副	23	⑦	10	0
661	⑥	おんみ	御身		名	23	⑦	10	0
662	⑥	しはう	四方		名	23	⑦	9	0
663	⑥	おもし	重		形	23	⑧	8	76
664	⑥	いうなり	優		形動	23	⑧	8	6
665	⑥	きた	北		名	23	⑧	8	25
666	⑥	ことわり	理		名	23	⑧	8	181
667	⑥	さかひ	境		名	23	⑧	8	7
668	⑥	ほふぢゆうじどの	法住寺殿		名	23	⑧	8	0
669	⑥	ちつと	些		副	23	⑧	7	0
670	⑥	ぐんびやう	軍兵		名	23	⑧	7	0
671	⑥	みぎ	右		名	23	⑧	7	65
672	⑥	はつかうす	発向－		動	23	⑧	6	0
673	⑥	ほとけ	仏	A	名	23	⑧	6	100
674	⑥	よりあふ	寄合		動	23	⑧	5	1
675	⑥	こぞ	去年		名	23	⑧	5	15
676	⑥	ほどなし	程無		形	23	⑨	4	0

番号	高野段階	見出し語	漢字	順	品詞	高野度数	天草段階	天草度数	源氏度数
677	⑥	にはかなり	俄		形動	23	⑨	4	103
678	⑥	おほせくだす	仰下		動	23	⑨	4	0
679	⑥	せんぎす	僉議－		動	23	⑨	4	0
680	⑥	あした	朝		名	23	⑨	4	27
681	⑥	かしら	頭		名	23	⑨	4	23
682	⑥	おんつかひ	御使		名	23	⑨	3	0
683	⑥	あつぱれ			感	23	⑨	2	0
684	⑥	まうしあふ	申合		動	23	⑨	2	0
685	⑥	おんくるま	御車		名	23	⑨	2	0
686	⑥	おんふみ	御文		名	23	⑨	2	0
687	⑥	しんだいなごん	新大納言		名	23	⑨	2	0
688	⑥	じふにぐわつ	十二月		名	23	⑩	1	0
689	⑥	いまゐのしらう	今井四郎		名	23			0
690	⑥	おんむま	御馬		名	23			0
691	⑥	ははうへ	母上		名	23			3
692	⑥	ざつと			副	22	⑥	25	0
693	⑥	つねに	常		副	22	⑥	21	115
694	⑥	なかなか	中々		副	22	⑥	18	291
695	⑥	たうじ	当時		名	22	⑥	18	2
696	⑥	をし	惜	B	形	22	⑥	17	33
697	⑥	どつと			副	22	⑥	16	0
698	⑥	きし	岸		名	22	⑦	12	13
699	⑥	あひぐす	相具－	B	動	22	⑦	11	0
700	⑥	ないない	内々		副	22	⑦	11	0
701	⑥	いにしへ	古		名	22	⑦	11	100
702	⑥	いつしゆ	一首		名	22	⑦	10	0
703	⑥	げんぺい	源平		名	22	⑦	10	0
704	⑥	ごひやくよき	五百余騎		名	22	⑦	10	0
705	⑥	うけとる	受取		動	22	⑦	9	6
706	⑥	かく	搔	C	動	22	⑦	9	4
707	⑥	つのくに	摂津国		名	22	⑦	9	0

番号	高野段階	見出し語	漢字	順	品詞	高野度数	天草段階	天草度数	源氏度数
708	⑥	こころぼそし	心細		形	22	⑧	8	164
709	⑥	ちんぜい	鎮西		名	22	⑧	8	0
710	⑥	とり	鳥		名	22	⑧	8	42
711	⑥	たけし	猛		形	22	⑧	7	23
712	⑥	かへりまゐる	帰参		動	22	⑧	7	10
713	⑥	ふるし	古		形	22	⑧	6	34
714	⑥	かれ	彼		名	22	⑧	6	89
715	⑥	ごぐわつ	五月		名	22	⑧	6	0
716	⑥	ししや	使者		名	22	⑧	6	0
717	⑥	まつだい	末代		名	22	⑧	6	0
718	⑥	はく	帯	B	動	22	⑧	5	0
719	⑥	じふろくにち	十六日		名	22	⑧	5	3
720	⑥	ないしどころ	内侍所		名	22	⑨	4	2
721	⑥	おんいのち	御命		名	22	⑨	3	0
722	⑥	るざい	流罪		名	22	⑨	3	0
723	⑥	いつくしま	厳島		名	22	⑨	2	0
724	⑥	うつる	移		動	22	⑩	1	47
725	⑥	なりちかのきやう	成親卿		名	22	⑩	1	0
726	⑥	ぎよう	御宇		名	22			0
727	⑥	しねん	四年		名	22			0
728	⑥	てい	体		名	21	⑤	39	0
729	⑥	ねんぶつ	念仏		名	21	⑥	22	19
730	⑥	わかし	若		形	21	⑥	20	214
731	⑥	しぼる	絞		動	21	⑥	19	3
732	⑥	のす	乗		動	21	⑥	19	14
733	⑥	なぎなた	長刀		名	21	⑥	16	0
734	⑥	たび	旅	A	名	21	⑦	15	18
735	⑥	とひのじらう	土肥次郎		名	21	⑦	15	0
736	⑥	ひきしりぞく	引退		動	21	⑦	14	0
737	⑥	しゆごす	守護－		動	21	⑦	13	0
738	⑥	たうけ	当家		名	21	⑦	13	0

番号	高野段階	見出し語	漢字	順	品詞	高野度数	天草段階	天草度数	源氏度数
739	⑥	まこと	誠		名	21	⑦	13	83
740	⑥	うらむ	恨		動	21	⑦	12	151
741	⑥	めしかへす	召帰		動	21	⑦	12	0
742	⑥	かさねて	重		副	21	⑦	12	0
743	⑥	よもすがら	夜－		副	21	⑦	12	9
744	⑥	うきめ	憂目		名	21	⑦	12	0
745	⑥	しゆご	守護		名	21	⑦	12	0
746	⑥	おぼつかなし	覚束無		形	21	⑦	11	134
747	⑥	かつ	勝	A	動	21	⑦	11	4
748	⑥	つきす	尽－		動	21	⑦	11	0
749	⑥	あかつき	暁		名	21	⑦	11	53
750	⑥	てら	寺		名	21	⑦	11	40
751	⑥	むすぶ	結		動	21	⑦	9	16
752	⑥	なら	奈良	B	名	21	⑦	9	1
753	⑥	よりまさ	頼政		名	21	⑦	9	0
754	⑥	せめおとす	攻落		動	21	⑧	8	0
755	⑥	ぜんご	前後		名	21	⑧	8	0
756	⑥	ちぎり	契		名	21	⑧	8	140
757	⑥	ゑつちゆうのじらうびやうゑ	越中次郎兵衛		名	21	⑧	8	0
758	⑥	ことなり	異		形動	21	⑧	7	543
759	⑥	こし	腰	B	名	21	⑧	7	9
760	⑥	じなん	次男		名	21	⑧	7	0
761	⑥	たのもし	頼		形	21	⑧	6	66
762	⑥	かねて	予・兼		副	21	⑧	6	44
763	⑥	くもゐ	雲井		名	21	⑧	6	22
764	⑥	かくる	隠		動	21	⑧	5	60
765	⑥	わらは	童	A	名	21	⑨	3	74
766	⑥	ろくぐわつ	六月		名	21	⑨	2	0
767	⑥	やうやうなり	様々		形動	21	⑩	1	0
768	⑥	しやうくわう	上皇		名	21	⑩	1	0

番号	高野段階	見出し語	漢字	順	品詞	高野度数	天草段階	天草度数	源氏度数
769	⑥	おんむすめ	御娘		名	21			0
770	⑥	ついたう	追討		名	21			0
771	⑥	かねやす	兼康		名	20	⑤	28	0
772	⑥	おん	恩		名	20	⑥	16	1
773	⑥	かうや	高野		名	20	⑦	15	0
774	⑥	あゆむ	歩		動	20	⑦	12	6
775	⑥	すすむ	勧	B	動	20	⑦	12	18
776	⑥	かへりみる	顧		動	20	⑦	11	13
777	⑥	しやうじ	障子	A	名	20	⑦	11	0
778	⑥	すがた	姿		名	20	⑦	11	69
779	⑥	ほふし	法師		名	20	⑦	11	39
780	⑥	ゆみや	弓矢		名	20	⑦	11	1
781	⑥	いかる	怒		動	20	⑦	10	5
782	⑥	つく	突	C	動	20	⑦	10	0
783	⑥	まして	増		副	20	⑦	10	284
784	⑥	しなののくに	信濃国		名	20	⑦	10	0
785	⑥	ならびに	並－		接	20	⑦	9	0
786	⑥	おほせ	仰		名	20	⑦	9	3
787	⑥	やすむ	休	B	動	20	⑧	8	3
788	⑥	あらはる	顕・現		動	20	⑧	7	23
789	⑥	いづのくに	伊豆国		名	20	⑧	7	0
790	⑥	うつくし	美		形	20	⑧	6	134
791	⑥	まご	孫		名	20	⑧	6	1
792	⑥	たいす	帯－	A	動	20	⑧	5	0
793	⑥	なかにも	中－		副	20	⑧	5	0
794	⑥	いつかう	一向		副	20	⑨	4	0
795	⑥	かみ	神	C	名	20	⑨	4	58
796	⑥	ふしぎ	不思議		名	20	⑨	4	0
797	⑥	とりいだす	取出		動	20	⑨	3	1
798	⑥	てうか	朝家		名	20	⑨	3	0
799	⑥	あさし	浅		形	20	⑨	2	105

番号	高野段階	見出し語	漢字	順	品詞	高野度数	天草段階	天草度数	源氏度数
800	⑥	しゆつけす	出家－		動	20	⑨	2	0
801	⑥	つねまさ	経正		名	20	⑨	2	0
802	⑥	ときただのきやう	時忠卿		名	20	⑩	1	0
803	⑥	はちぐわつ	八月		名	20	⑩	1	1
804	⑥	おほち	大路		名	20			8
805	⑥	そうづ	僧都		名	20			74
806	⑥	てんせうだいじん	天照大神		名	20			0
807	⑥	をのこ	男		名	20			33
808	⑥	く	来		動	19	⑤	48	171
809	⑥	よぶ	呼		動	19	⑤	28	11
810	⑥	やる	遣		動	19	⑥	25	64
811	⑥	こころう	心得		動	19	⑥	22	56
812	⑥	おほて	大手		名	19	⑥	18	0
813	⑥	あくぎやう	悪行		名	19	⑦	13	0
814	⑥	かたみ	形見		名	19	⑦	12	52
815	⑥	ふたたび	再		副	19	⑦	11	6
816	⑥	けしき	気色		名	19	⑦	11	718
817	⑥	よそ	余所		名	19	⑦	11	57
818	⑥	たすかる	助		動	19	⑦	10	0
819	⑥	とかう			副	19	⑦	10	14
820	⑥	はじめて	始		副	19	⑦	10	11
821	⑥	もとより	元		副	19	⑦	10	68
822	⑥	あそこ	彼処		名	19	⑦	10	0
823	⑥	ごおん	御恩		名	19	⑦	10	0
824	⑥	おしならぶ	押並	B	動	19	⑦	9	0
825	⑥	どど	度々		名	19	⑦	9	0
826	⑥	かたむ	固		動	19	⑧	8	3
827	⑥	せめて	責		副	19	⑧	8	42
828	⑥	ころも	衣		名	19	⑧	8	21
829	⑥	まねく	招		動	19	⑧	7	4
830	⑥	くまの	熊野		名	19	⑧	7	1

番号	高野段階	見出し語	漢字	順	品詞	高野度数	天草段階	天草度数	源氏度数
831	⑥	さんびやくよき	三百余騎		名	19	⑧	7	0
832	⑥	しそん	子孫		名	19	⑧	7	0
833	⑥	おしはかる	推量		動	19	⑧	6	94
834	⑥	ぬらす	濡		動	19	⑧	6	11
835	⑥	なづく	名付		動	19	⑧	5	0
836	⑥	てんじやう	殿上		名	19	⑧	5	23
837	⑥	ぎよかん	御感		名	19	⑨	4	0
838	⑥	くわんばく	関白		名	19	⑨	4	0
839	⑥	じゆえい	寿永		名	19	⑨	4	0
840	⑥	むち	鞭		名	19	⑨	4	1
841	⑥	ゆゆし	由々		形	19	⑨	3	101
842	⑥	せめたたかふ	攻戦		動	19	⑨	3	0
843	⑥	とらはる	囚		動	19	⑨	3	0
844	⑥	もつて	以		副	19	⑨	2	0
845	⑥	いちゐん	一院		名	19	⑩	1	0
846	⑥	あんなり	有－		他	19			0
847	⑥	ひく	弾		動	19			56
848	⑥	いづのかみ	伊豆守		名	19			0
849	⑥	おつかひ	御使		名	19			0
850	⑥	だいふ	内府		名	19			0
851	⑥	とりつく	取付	A	動	18	⑥	21	0
852	⑥	まはる	回		動	18	⑥	17	0
853	⑥	むせぶ	咽		動	18	⑥	17	3
854	⑥	うゑもんのかみ	右衛門督		名	18	⑥	17	0
855	⑥	こよひ	今宵		名	18	⑥	17	89
856	⑥	かみ	髪	A	名	18	⑦	15	49
857	⑥	たより	便・頼		名	18	⑦	15	63
858	⑥	かひなし	甲斐無		形	18	⑦	14	0
859	⑥	よのなか	世中		名	18	⑦	14	249
860	⑥	さしあぐ	差上		動	18	⑦	13	0
861	⑥	あめ	雨		名	18	⑦	13	42

番号	高野段階	見出し語	漢字	順	品詞	高野度数	天草段階	天草度数	源氏度数
862	⑥	こふ	乞		動	18	⑦	12	7
863	⑥	いとほし			形	18	⑦	11	337
864	⑥	はかなし	果敢無		形	18	⑦	11	294
865	⑥	かけいる	駆入	A	動	18	⑦	11	0
866	⑥	あふぎ	扇		名	18	⑦	11	36
867	⑥	こけ	苔		名	18	⑦	11	9
868	⑥	しづまる	静		動	18	⑦	10	48
869	⑥	かた	肩	B	名	18	⑦	10	3
870	⑥	うたふ	歌		動	18	⑦	9	37
871	⑥	つぐ	継	A	動	18	⑦	9	5
872	⑥	すべて	全		副	18	⑦	9	81
873	⑥	たもと	袂		名	18	⑧	8	11
874	⑥	ふたつ	二		名	18	⑧	8	23
875	⑥	ふるさと	古里		名	18	⑧	8	21
876	⑥	むさしのくに	武蔵国		名	18	⑧	8	0
877	⑥	もとどり	髻		名	18	⑧	8	0
878	⑥	きこゆる	聞		連体	18	⑧	7	0
879	⑥	かなしみ	悲		名	18	⑧	6	0
880	⑥	さいかい	西海		名	18	⑧	6	0
881	⑥	みみ	耳	A	名	18	⑧	6	88
882	⑥	かたらふ	語		動	18	⑧	5	129
883	⑥	しろしめす	知召		動	18	⑧	5	21
884	⑥	つくす	尽		動	18	⑧	5	117
885	⑥	よる	夜	A	名	18	⑧	5	35
886	⑥	あぶみ	鐙		名	18	⑨	4	0
887	⑥	うたがひ	疑		名	18	⑨	4	16
888	⑥	じやうくわく	城郭		名	18	⑨	4	0
889	⑥	ごたんじやう	御誕生		名	18	⑨	3	0
890	⑥	しこく	四国		名	18	⑨	3	0
891	⑥	すすみいづ	進出		動	18	⑩	1	2
892	⑥	じふいちぐわつ	十一月		名	18	⑩	1	0

番号	高野段階	見出し語	漢字	順	品詞	高野度数	天草段階	天草度数	源氏度数
893	⑥	それ	夫		接	18			0
894	⑥	ついたうす	追討－		動	18			0
895	⑥	おんため	御為		名	18			0
896	⑥	かはののしらう	河野四郎		名	18			0
897	⑥	ほふ	法		名	18			1
898	⑥	ほふいん	法印		名	18			0
899	⑥	もくだい	目代		名	18			0
900	⑦	くわんとう	関東		名	17	⑥	27	0
901	⑦	つよし	強		形	17	⑥	21	34
902	⑦	きほふ	競		名	17	⑥	16	0
903	⑦	いまさら	今更		副	17	⑦	15	57
904	⑦	けさ	今朝	A	名	17	⑦	15	39
905	⑦	ゆくへ	行方		名	17	⑦	14	36
906	⑦	わかる	別		動	17	⑦	13	61
907	⑦	たに	谷		名	17	⑦	13	9
908	⑦	びぜん	備前		名	17	⑦	13	0
909	⑦	つたへきく	伝聞		動	17	⑦	12	8
910	⑦	のぶ	延	A	動	17	⑦	12	23
911	⑦	はなる	離		動	17	⑦	12	95
912	⑦	せんてい	先帝		名	17	⑦	12	0
913	⑦	ともかうも			副	17	⑦	11	3
914	⑦	あんない	案内		名	17	⑦	11	6
915	⑦	ひがこと	僻事		名	17	⑦	11	0
916	⑦	はげし	激・烈		形	17	⑦	10	14
917	⑦	かなしむ	悲		動	17	⑦	10	0
918	⑦	おのづから	自		副	17	⑦	10	203
919	⑦	うつつ	現		名	17	⑦	10	19
920	⑦	さきだつ	先立	A	動	17	⑦	9	8
921	⑦	しむ	締		動	17	⑦	9	0
922	⑦	さらに	更		副	17	⑦	9	262
923	⑦	なぎさ	渚		名	17	⑦	9	13

番号	高野段階	見出し語	漢字	順	品詞	高野度数	天草段階	天草度数	源氏度数
924	⑦	ひぐちのじらう	樋口次郎		名	17	⑦	9	0
925	⑦	ふしぎなり	不思議		形動	17	⑧	8	0
926	⑦	あづかる	預		動	17	⑧	8	3
927	⑦	しだい	次第	A	名	17	⑧	8	2
928	⑦	やはん	夜半		名	17	⑧	8	0
929	⑦	あまる	余		動	17	⑧	7	37
930	⑦	をさむ	治		動	17	⑧	7	25
931	⑦	うきよ	浮世・憂世		名	17	⑧	7	0
932	⑦	さんじゆ	三種		名	17	⑧	7	0
933	⑦	とも	供	A	名	17	⑧	7	0
934	⑦	いころす	射殺		動	17	⑧	6	0
935	⑦	うつたつ	‐立		動	17	⑧	6	0
936	⑦	おもひしる	思知		動	17	⑧	6	131
937	⑦	うし	憂	B	形	17	⑧	5	385
938	⑦	うたてし			形	17	⑧	5	16
939	⑦	かんず	感	B	動	17	⑧	5	1
940	⑦	しほ	潮		名	17	⑧	5	31
941	⑦	たかくらのみや	高倉宮		名	17	⑧	5	0
942	⑦	たとへば	例		副	17	⑨	4	0
943	⑦	いせのさぶらう	伊勢三郎		名	17	⑨	3	0
944	⑦	うんめい	運命		名	17	⑨	3	0
945	⑦	たうごく	当国		名	17	⑨	3	1
946	⑦	やさし	優		形	17	⑨	2	4
947	⑦	ごさん	御産		名	17	⑨	2	0
948	⑦	ぎやう	行		名	17	⑩	1	0
949	⑦	こうぶくじ	興福寺		名	17	⑩	1	0
950	⑦	かうす	号－		動	17			0
951	⑦	たる	垂		動	17			29
952	⑦	おんとし	御年		名	17			0
953	⑦	くらう	九郎		名	17			0
954	⑦	これよし	維義		名	17			0

番号	高野段階	見出し語	漢字	順	品詞	高野度数	天草段階	天草度数	源氏度数
955	⑦	もりつぎ	盛次		名	17			0
956	⑦	やま	山		名	17			0
957	⑦	ゑつちゆうのせんじ	越中前司		名	17			0
958	⑦	ゆきいへ	行家		名	16	⑥	18	0
959	⑦	ごしやう	後生	A	名	16	⑥	17	0
960	⑦	わたくし	私		名	16	⑥	17	27
961	⑦	せた	瀬田		名	16	⑥	16	0
962	⑦	かへりのぼる	帰上		動	16	⑦	14	0
963	⑦	あづく	預		動	16	⑦	12	9
964	⑦	はつ	果		動	16	⑦	12	37
965	⑦	をはる	終		動	16	⑦	12	2
966	⑦	うん	運		名	16	⑦	11	0
967	⑦	ささき	佐々木		名	16	⑦	11	0
968	⑦	ひかず	日数		名	16	⑦	11	17
969	⑦	ただよふ	漂		動	16	⑦	10	12
970	⑦	さいし	妻子		名	16	⑦	10	2
971	⑦	しゆうじゆう	主従		名	16	⑦	10	0
972	⑦	むかふ	迎	D	動	16	⑦	9	34
973	⑦	しだいに	次第		副	16	⑦	9	0
974	⑦	あらし	嵐	A	名	16	⑦	9	9
975	⑦	かはら	河原	A	名	16	⑦	9	4
976	⑦	こども	子共		名	16	⑦	9	0
977	⑦	はた	旗	A	名	16	⑦	9	1
978	⑦	ふで	筆		名	16	⑦	9	29
979	⑦	こころぐるし	心苦		形	16	⑧	8	288
980	⑦	きゆ	消		動	16	⑧	8	37
981	⑦	こたふ	答		動	16	⑧	8	6
982	⑦	しげし	茂·繁		形	16	⑧	7	98
983	⑦	なみゐる	並居		動	16	⑧	7	2
984	⑦	あまつさへ	剰		副	16	⑧	7	0

番号	高野段階	見出し語	漢字	順	品詞	高野度数	天草段階	天草度数	源氏度数
985	⑦	ことごとく	悉		副	16	⑧	7	0
986	⑦	なげき	歎		名	16	⑧	7	34
987	⑦	すくなし	少		形	16	⑧	6	71
988	⑦	あふぐ	仰		動	16	⑧	6	4
989	⑦	あふみのくに	近江国		名	16	⑧	6	0
990	⑦	しるし	験・印	A	名	16	⑧	6	94
991	⑦	はらまき	腹巻		名	16	⑧	6	0
992	⑦	さうなし	左右無		形	16	⑧	5	0
993	⑦	ひそかなり	密		形動	16	⑧	5	0
994	⑦	まかりいづ	罷出		動	16	⑧	5	7
995	⑦	き	木	A	名	16	⑧	5	29
996	⑦	たま	玉		名	16	⑧	5	39
997	⑦	ゆきむかふ	行向		動	16	⑨	4	0
998	⑦	なじかは	何		副	16	⑨	4	0
999	⑦	しやうぞく	装束		名	16	⑨	4	1
1000	⑦	じふさんにち	十三日		名	16	⑨	4	6
1001	⑦	ほとり	辺		名	16	⑨	4	15
1002	⑦	ぼだい	菩提		名	16	⑨	4	1
1003	⑦	よろづ	万		名	16	⑨	4	315
1004	⑦	いたし	甚		形	16	⑨	3	396
1005	⑦	からむ	搦		動	16	⑨	3	0
1006	⑦	せきあふ	塞敢		動	16	⑨	3	6
1007	⑦	いこく	異国		名	16	⑨	3	0
1008	⑦	こぶね	小舟		名	16	⑨	3	0
1009	⑦	さぶらひだいしやう	侍大将		名	16	⑨	3	0
1010	⑦	じふぐわつ	十月		名	16	⑨	3	0
1011	⑦	じふごにち	十五日		名	16	⑨	3	2
1012	⑦	いかばかり	如何		副	16	⑨	2	0
1013	⑦	くぐわつ	九月		名	16	⑨	2	0
1014	⑦	こと	琴	A	名	16	⑨	2	154

番号	高野段階	見出し語	漢字	順	品詞	高野度数	天草段階	天草度数	源氏度数
1015	⑦	ぐぶす	供奉－		動	16	⑩	1	0
1016	⑦	おんたづね	御尋		名	16	⑩	1	0
1017	⑦	よつて	依		接	16			0
1018	⑦	げんだいふのはうぐわん	源太夫判官		名	16			0
1019	⑦	さいとうべつたう	斎藤別当		名	16			0
1020	⑦	しんぎ	神器		名	16			0
1021	⑦	じふしにち	十四日		名	16			0
1022	⑦	だいじやうのにふだう	太政入道		名	16			0
1023	⑦	なぬかのひ	七日		名	16			0
1024	⑦	ふつかのひ	二日		名	16			0
1025	⑦	みなもと	源		名	16			1
1026	⑦	やまとのくに	大和国		名	16			0
1027	⑦	ほうでう	北条	B	名	15	⑤	28	0
1028	⑦	ひらやま	平山		名	15	⑥	25	0
1029	⑦	きかいがしま	鬼界島		名	15	⑥	20	0
1030	⑦	はぬ	刎	A	動	15	⑥	16	0
1031	⑦	のりより	範頼		名	15	⑥	16	0
1032	⑦	はやし	早	C	形	15	⑦	15	27
1033	⑦	しらす	知	C	動	15	⑦	14	58
1034	⑦	むずと			副	15	⑦	14	0
1035	⑦	よしなし	由無		形	15	⑦	12	0
1036	⑦	はづす	外		動	15	⑦	12	1
1037	⑦	あつ	当		動	15	⑦	11	4
1038	⑦	くろし	黒		形	15	⑦	10	23
1039	⑦	したし	親		形	15	⑦	10	62
1040	⑦	げぢす	下知－		動	15	⑦	10	0
1041	⑦	とぶ	飛		動	15	⑦	10	6
1042	⑦	ながらふ	存		動	15	⑦	10	53
1043	⑦	みちみつ	満々		動	15	⑦	10	0

番号	高野段階	見出し語	漢字	順	品詞	高野度数	天草段階	天草度数	源氏度数
1044	⑦	わき	脇		名	15	⑦	10	1
1045	⑦	くらし	暗		形	15	⑦	9	46
1046	⑦	うちこゆ	-越		動	15	⑦	9	0
1047	⑦	いまやう	今様		名	15	⑦	9	8
1048	⑦	ちゆうもん	中門		名	15	⑦	9	7
1049	⑦	ほうこう	奉公		名	15	⑦	9	0
1050	⑦	むしや	武者		名	15	⑦	9	0
1051	⑦	なぐさむ	慰	B	動	15	⑧	8	78
1052	⑦	へだつ	隔		動	15	⑧	8	120
1053	⑦	いき	息		名	15	⑧	8	13
1054	⑦	くびども	首共		名	15	⑧	8	0
1055	⑦	たかを	高雄		名	15	⑧	8	0
1056	⑦	みつ	三	A	名	15	⑧	8	14
1057	⑦	よろこび	喜		名	15	⑧	8	32
1058	⑦	しんべうなり	神妙		形動	15	⑧	7	0
1059	⑦	そろふ	揃		動	15	⑧	7	0
1060	⑦	のこす	残		動	15	⑧	7	26
1061	⑦	いつしか	何時		副	15	⑧	7	34
1062	⑦	かりぎぬ	狩衣		名	15	⑧	7	2
1063	⑦	むね	胸	A	名	15	⑧	7	146
1064	⑦	めい	命		名	15	⑧	7	0
1065	⑦	るにん	流人		名	15	⑧	7	0
1066	⑦	おこる	発・起		動	15	⑧	6	17
1067	⑦	おほゆか	大床		名	15	⑧	6	0
1068	⑦	おやこ	親子		名	15	⑧	6	9
1069	⑦	げんざんみにふだう	源三位入道		名	15	⑧	6	0
1070	⑦	ぜんぜ	前世		名	15	⑧	6	0
1071	⑦	ひととせ	一年		名	15	⑧	6	6
1072	⑦	ふところ	懐		名	15	⑧	6	12
1073	⑦	ほとけごぜん	仏御前		名	15	⑧	6	0

番号	高野段階	見出し語	漢字	順	品詞	高野度数	天草段階	天草度数	源氏度数
1074	⑦	ちかづく	近付		動	15	⑧	5	6
1075	⑦	せうせう	少々		副	15	⑧	5	2
1076	⑦	うらみ	恨		名	15	⑧	5	53
1077	⑦	ひる	昼	A	名	15	⑧	5	29
1078	⑦	つたふ	伝	B	動	15	⑨	4	55
1079	⑦	みづから	自（源：名詞含）		副	15	⑨	4	203
1080	⑦	しも	下	B	名	15	⑨	4	31
1081	⑦	つぎ	次		名	15	⑨	4	14
1082	⑦	を	尾	B	名	15	⑨	4	0
1083	⑦	しかれば	然		接	15	⑨	3	0
1084	⑦	おつかく	追駆・追掛		動	15	⑨	3	0
1085	⑦	きゆうせん	弓箭		名	15	⑨	3	0
1086	⑦	なりつね	成経		名	15	⑨	3	0
1087	⑦	くだく	砕・摧		動	15	⑨	2	8
1088	⑦	くわんぐん	官軍		名	15	⑨	2	0
1089	⑦	ごなう	御悩		名	15	⑨	2	0
1090	⑦	さんみ	三位		名	15	⑨	2	11
1091	⑦	だいぢから	大力		名	15	⑨	2	0
1092	⑦	こくし	国司		名	15	⑩	1	0
1093	⑦	しげどう	滋籐		名	15	⑩	1	0
1094	⑦	ところどころ	所々		名	15	⑩	1	81
1095	⑦	はしりいづ	走出		動	15			3
1096	⑦	はせきたる	馳来		動	15			0
1097	⑦	おんぱからひ	御計		名	15			0
1098	⑦	けん	兼		名	15			0
1099	⑦	けんびゐし	検非違使		名	15			0
1100	⑦	こがうどの	小督殿		名	15			0
1101	⑦	そんゑ	尊恵		名	15			0
1102	⑦	たひらのあつそん	平朝臣		名	15			0
1103	⑦	にふだうどの	入道殿		名	15			0
1104	⑦	のとのかみ	能登守		名	15			0

番号	高野段階	見出し語	漢字	順	品詞	高野度数	天草段階	天草度数	源氏度数
1105	⑦	ひとひのひ	一日		名	15			0
1106	⑦	べち	別		名	15			1
1107	⑦	むねもり	宗盛	B	名	14	④	54	0
1108	⑦	さいとうご	斎藤五		名	14	⑥	20	0
1109	⑦	あふ	敢	B	動	14	⑥	18	7
1110	⑦	さいとうろく	斎藤六		名	14	⑥	17	0
1111	⑦	えん	縁		名	14	⑥	16	2
1112	⑦	こきやう	故郷		名	14	⑦	15	0
1113	⑦	え	得	C	副	14	⑦	14	721
1114	⑦	た	誰	C	名	14	⑦	14	13
1115	⑦	いそ	磯		名	14	⑦	13	5
1116	⑦	かひ	甲斐	A	名	14	⑦	13	299
1117	⑦	あに	兄		名	14	⑦	12	3
1118	⑦	ごじつき	五十騎		名	14	⑦	12	0
1119	⑦	あらそふ	争		動	14	⑦	11	19
1120	⑦	おもひきる	思切		動	14	⑦	10	1
1121	⑦	なんぢら	汝等		名	14	⑦	10	0
1122	⑦	おゆ	老	B	動	14	⑦	9	17
1123	⑦	さやう	然様		名	14	⑦	9	0
1124	⑦	しざい	死罪	A	名	14	⑦	9	0
1125	⑦	しなの	信濃		名	14	⑦	9	0
1126	⑦	すみぞめ	墨染		名	14	⑦	9	10
1127	⑦	とももり	知盛		名	14	⑦	9	0
1128	⑦	かすかなり	幽		形動	14	⑧	8	27
1129	⑦	うかがふ	窺・伺		動	14	⑧	8	5
1130	⑦	きらふ	嫌		動	14	⑧	8	0
1131	⑦	にぐ	逃		動	14	⑧	8	8
1132	⑦	ねがふ	願		動	14	⑧	8	10
1133	⑦	もよほす	催		動	14	⑧	8	22
1134	⑦	くわん	官	B	名	14	⑧	8	0
1135	⑦	きやうだい	兄弟		名	14	⑧	7	0

番号	高野段階	見出し語	漢字	順	品詞	高野度数	天草段階	天草度数	源氏度数
1136	⑦	げらふ	下臈		名	14	⑧	7	11
1137	⑦	はたけやま	畠山		名	14	⑧	7	0
1138	⑦	むこ	婿		名	14	⑧	7	21
1139	⑦	ある	荒	A	動	14	⑧	6	32
1140	⑦	とほす	通		動	14	⑧	6	2
1141	⑦	ふむ	踏		動	14	⑧	6	2
1142	⑦	みしる	見知		動	14	⑧	6	98
1143	⑦	きつと	屹度		副	14	⑧	6	0
1144	⑦	きは	際		名	14	⑧	6	114
1145	⑦	ぎよい	御衣	B	名	14	⑧	6	1
1146	⑦	くわんぎよ	還御		名	14	⑧	6	0
1147	⑦	なつ	夏		名	14	⑧	6	21
1148	⑦	につぽん	日本		名	14	⑧	6	0
1149	⑦	びは	琵琶		名	14	⑧	6	38
1150	⑦	やすよりにふだう	康頼入道		名	14	⑧	6	0
1151	⑦	ゆんで	弓手		名	14	⑧	6	0
1152	⑦	かへしいる	返入		動	14	⑧	5	0
1153	⑦	はさむ	挟		動	14	⑧	5	1
1154	⑦	いづち	何方		名	14	⑧	5	12
1155	⑦	にぐわつ	二月		名	14	⑧	5	0
1156	⑦	ひやつき	百騎		名	14	⑧	5	0
1157	⑦	ぬし	主		名	14	⑨	4	9
1158	⑦	をぢ	叔父・伯父		名	14	⑨	4	11
1159	⑦	こはし	強		形	14	⑨	3	1
1160	⑦	あす	明日		名	14	⑨	3	21
1161	⑦	かど	門		名	14	⑨	3	23
1162	⑦	つぎに	次		接	14	⑨	2	0
1163	⑦	やぶる	破	A	動	14	⑨	2	11
1164	⑦	おんぐし	御髪		名	14	⑨	2	0
1165	⑦	さけ	酒		名	14	⑨	2	2
1166	⑦	しぐわつ	四月		名	14	⑨	2	0

番号	高野段階	見出し語	漢字	順	品詞	高野度数	天草段階	天草度数	源氏度数
1167	⑦	おもひいづ	思出		動	14	⑩	1	243
1168	⑦	じす	辞－		動	14	⑩	1	2
1169	⑦	をかす	冒・犯		動	14	⑩	1	4
1170	⑦	いまゐ	今井		名	14	⑩	1	0
1171	⑦	じやうにゐ	正二位		名	14	⑩	1	0
1172	⑦	ついで	序・次		名	14	⑩	1	228
1173	⑦	にじふはちにち	二十八日		名	14	⑩	1	2
1174	⑦	ほんざんみのちゅうじやう	本三位中将		名	14	⑩	1	0
1175	⑦	みとせ	三年		名	14	⑩	1	4
1176	⑦	ゑちぜんのさんみ	越前三位		名	14	⑩	1	0
1177	⑦	おつつく	追付		動	14			0
1178	⑦	くらうたいふのはうぐわん	九郎大夫判官		名	14			0
1179	⑦	けいか	荊軻		名	14			0
1180	⑦	ここのかのひ	九日		名	14			0
1181	⑦	ころほひ	頃		名	14			42
1182	⑦	せのをのたらう	瀬尾太郎		名	14			0
1183	⑦	だいこくでん	大極殿		名	14			0
1184	⑦	でう	条		名	14			0
1185	⑦	なほざね	直実		名	14			0
1186	⑦	はつかのひ	廿日		名	14			0
1187	⑦	ひたちばう	常陸房		名	14			0
1188	⑦	ふぢはら	藤原		名	14			1
1189	⑦	やはた	八幡		名	14			2
1190	⑦	やすより	康頼		名	13	⑥	22	0
1191	⑦	いざ			感	13	⑦	15	12
1192	⑦	うちいる	討入	B	動	13	⑦	14	0
1193	⑦	むく	向	C	動	13	⑦	12	0
1194	⑦	やぶる	破・敗	B	動	13	⑦	12	1
1195	⑦	ありわう	有王		名	13	⑦	11	0

番号	高野段階	見出し語	漢字	順	品詞	高野度数	天草段階	天草度数	源氏度数
1196	⑦	こもる	籠		動	13	⑦	10	42
1197	⑦	そる	剃		動	13	⑦	10	3
1198	⑦	はせむかふ	馳向		動	13	⑦	9	0
1199	⑦	かうにん	降人		名	13	⑦	9	0
1200	⑦	くにぐに	国々		名	13	⑦	9	4
1201	⑦	さかもぎ	逆茂木		名	13	⑦	9	0
1202	⑦	ねんらい	年来		名	13	⑦	9	0
1203	⑦	らうぜき	狼藉		名	13	⑦	9	0
1204	⑦	あくる	明		連体	13	⑦	9	4
1205	⑦	なきかなしむ	泣悲		動	13	⑧	8	0
1206	⑦	こまごまと	細々		副	13	⑧	8	6
1207	⑦	たち	館	B	名	13	⑧	8	4
1208	⑦	ゆき	雪		名	13	⑧	8	86
1209	⑦	れいぎ	礼儀		名	13	⑧	8	0
1210	⑦	はづかし	恥		形	13	⑧	7	231
1211	⑦	かくす	隠		動	13	⑧	7	72
1212	⑦	いたで	痛手		名	13	⑧	7	0
1213	⑦	こじらう	小次郎		名	13	⑧	7	0
1214	⑦	だいみやう	大名		名	13	⑧	7	0
1215	⑦	つきひ	月日		名	13	⑧	7	56
1216	⑦	ゆふべ	夕		名	13	⑧	7	37
1217	⑦	しのぐ	凌		動	13	⑧	6	0
1218	⑦	みだる	乱	B	動	13	⑧	6	98
1219	⑦	いちいちに	一々		副	13	⑧	6	0
1220	⑦	えいぐわ	栄花		名	13	⑧	6	2
1221	⑦	おそれ	恐		名	13	⑧	6	0
1222	⑦	にじふさんにち	二十三日		名	13	⑧	6	2
1223	⑦	はかま	袴		名	13	⑧	6	17
1224	⑦	ひとり	一人		名	13	⑧	6	104
1225	⑦	ふもと	麓		名	13	⑧	6	3
1226	⑦	まちかく	待掛		動	13	⑧	5	1

番号	高野段階	見出し語	漢字	順	品詞	高野度数	天草段階	天草度数	源氏度数
1227	⑦	もちゐる	用		動	13	⑧	5	12
1228	⑦	あかぢ	赤地		名	13	⑧	5	0
1229	⑦	あくしちびやうゑ	悪七兵衛		名	13	⑧	5	0
1230	⑦	くつきやう	究竟		名	13	⑧	5	0
1231	⑦	ざふしき	雑色		名	13	⑧	5	0
1232	⑦	せいびやう	精兵		名	13	⑧	5	0
1233	⑦	を	緒	A	名	13	⑧	5	11
1234	⑦	あはれむ	憐		動	13	⑨	4	0
1235	⑦	おしこむ	押籠	B	動	13	⑨	4	4
1236	⑦	げんざんす	見参－		動	13	⑨	4	0
1237	⑦	ふる	振	B	動	13	⑨	4	3
1238	⑦	あうしう	奥州		名	13	⑨	4	0
1239	⑦	しゆんくわんそうづ	俊寛僧都		名	13	⑨	4	0
1240	⑦	ためし	例		名	13	⑨	4	87
1241	⑦	ほくめん	北面		名	13	⑨	4	0
1242	⑦	おしわたる	押渡		動	13	⑨	3	0
1243	⑦	おちあふ	落合		動	13	⑨	3	0
1244	⑦	あひかまへて	相構		副	13	⑨	3	0
1245	⑦	かげ	影	B	名	13	⑨	3	0
1246	⑦	こまつのさんみのちゆうじやう	小松三位中将		名	13	⑨	3	0
1247	⑦	さんぜん	三千		名	13	⑨	3	0
1248	⑦	たぐひ	類		名	13	⑨	3	129
1249	⑦	とばのゐん	鳥羽院		名	13	⑨	3	0
1250	⑦	ほつしようじ	法勝寺		名	13	⑨	3	0
1251	⑦	なにとなし	何－無		形	13	⑨	2	0
1252	⑦	それに	其		接	13	⑨	2	0
1253	⑦	そふ	添	A	動	13	⑨	2	167
1254	⑦	ゆめゆめ	努々		副	13	⑨	2	4
1255	⑦	かげとき	景時		名	13	⑨	2	0

番号	高野段階	見出し語	漢字	順	品詞	高野度数	天草段階	天草度数	源氏度数
1256	⑦	きず	傷		名	13	⑨	2	25
1257	⑦	けん	剣		名	13	⑨	2	0
1258	⑦	しげよし	重能		名	13	⑨	2	0
1259	⑦	わうじやう	往生		名	13	⑨	2	0
1260	⑦	いだく	抱		動	13	⑩	1	21
1261	⑦	おふ	追	A	動	13	⑩	1	16
1262	⑦	あんげん	安元		名	13	⑩	1	0
1263	⑦	しくわう	始皇		名	13	⑩	1	0
1264	⑦	じふにん	十人		名	13	⑩	1	4
1265	⑦	せのを	瀬尾	A	名	13	⑩	1	0
1266	⑦	たんばのせうしやう	丹波少将		名	13	⑩	1	0
1267	⑦	べつたう	別当		名	13	⑩	1	0
1268	⑦	かたる	語		動	13			0
1269	⑦	いつかのひ	五日		名	13			0
1270	⑦	おんすゑ	御末		名	13			0
1271	⑦	おんだいじ	御大事		名	13			0
1272	⑦	おんむかへ	御迎		名	13			0
1273	⑦	かげすゑ	景季		名	13			0
1274	⑦	きそのさまのかみ	木曾左馬頭		名	13			0
1275	⑦	きもたましひ	肝魂		名	13			0
1276	⑦	くらうおんざうし	九郎御曹司		名	13			0
1277	⑦	てんが	殿下		名	13			0
1278	⑦	ねがはく	願		名	13			0
1279	⑦	のぶつら	信連		名	13			0
1280	⑦	まさかど	将門		名	13			0
1281	⑦	かねひら	兼平		名	12	⑤	39	0
1282	⑦	しゆんくわん	俊寛		名	12	⑤	29	0
1283	⑦	さねもり	実盛		名	12	⑥	22	0
1284	⑦	うぢがは	宇治川		名	12	⑥	21	1
1285	⑦	さんみにふだう	三位入道		名	12	⑥	21	0

番号	高野段階	見出し語	漢字	順	品詞	高野度数	天草段階	天草度数	源氏度数
1286	⑦	うぢ	宇治		名	12	⑦	15	33
1287	⑦	うちとる	討取		動	12	⑦	14	0
1288	⑦	ちぎる	契		動	12	⑦	14	35
1289	⑦	けんれいもんゐん	建礼門院		名	12	⑦	13	0
1290	⑦	ながる	流		動	12	⑦	12	13
1291	⑦	ふる	降	A	動	12	⑦	12	42
1292	⑦	くわんばくどの	関白殿		名	12	⑦	12	0
1293	⑦	なぬか	七日		名	12	⑦	12	11
1294	⑦	のぶとし	信俊		名	12	⑦	12	0
1295	⑦	うらめし	恨		形	12	⑦	11	81
1296	⑦	とし	疾	B	形	12	⑦	11	89
1297	⑦	うちのる	－乗		動	12	⑦	11	0
1298	⑦	らうどうども	郎等共		名	12	⑦	11	0
1299	⑦	どうしんす	同心－		動	12	⑦	10	0
1300	⑦	まふ	舞		動	12	⑦	10	16
1301	⑦	かう	剛	C	名	12	⑦	10	0
1302	⑦	ひとめ	人目	A	名	12	⑦	10	72
1303	⑦	ゆきつな	行綱		名	12	⑦	10	0
1304	⑦	さりとも	然		接	12	⑦	9	0
1305	⑦	たちかへる	立帰		動	12	⑦	9	30
1306	⑦	あんないしや	案内者		名	12	⑦	9	0
1307	⑦	かうみやう	高名		名	12	⑦	9	0
1308	⑦	げんじども	源氏共		名	12	⑦	9	0
1309	⑦	しらはた	白旗		名	12	⑦	9	0
1310	⑦	ものがたり	物語		名	12	⑦	9	192
1311	⑦	じがいす	自害－		動	12	⑧	8	0
1312	⑦	なぐさむ	慰	A	動	12	⑧	8	43
1313	⑦	うら	浦	A	名	12	⑧	8	40
1314	⑦	ごむほん	御謀叛		名	12	⑧	8	0
1315	⑦	にじふよねん	二十余年		名	12	⑧	8	1
1316	⑦	ふえ	笛		名	12	⑧	8	58

番号	高野段階	見出し語	漢字	順	品詞	高野度数	天草段階	天草度数	源氏度数
1317	⑦	まつさき	真先		名	12	⑧	8	0
1318	⑦	よはひ	齢		名	12	⑧	8	74
1319	⑦	かきくどく	－口説		動	12	⑧	7	0
1320	⑦	ひきあぐ	引上		動	12	⑧	7	26
1321	⑦	ひきつむ	引詰		動	12	⑧	7	0
1322	⑦	もる	漏	B	動	12	⑧	7	3
1323	⑦	すまひ	住		名	12	⑧	7	93
1324	⑦	あはや			感	12	⑧	6	0
1325	⑦	あきる	呆		動	12	⑧	6	20
1326	⑦	おもひやる	思遣		動	12	⑧	6	109
1327	⑦	きはむ	極		動	12	⑧	6	5
1328	⑦	さしつむ	差詰		動	12	⑧	6	0
1329	⑦	したがひつく	従付		動	12	⑧	6	0
1330	⑦	たひらぐ	平		動	12	⑧	6	0
1331	⑦	のむ	飲		動	12	⑧	6	2
1332	⑦	まさる	勝・増		動	12	⑧	6	254
1333	⑦	たきぐちにふだう	滝口入道		名	12	⑧	6	0
1334	⑦	とのばら	殿原		名	12	⑧	6	0
1335	⑦	おひおとす	追落		動	12	⑧	5	0
1336	⑦	おろす	下		動	12	⑧	5	41
1337	⑦	ゆふ	結	A	動	12	⑧	5	10
1338	⑦	えいらん	叡覧		名	12	⑧	5	0
1339	⑦	かげ	陰（源：影含）	A	名	12	⑧	5	140
1340	⑦	こずゑ	梢		名	12	⑧	5	21
1341	⑦	なかば	半		名	12	⑧	5	8
1342	⑦	おもひつづく	思続		動	12	⑨	4	65
1343	⑦	のこりとどまる	残留		動	12	⑨	4	2
1344	⑦	さめざめと			副	12	⑨	4	0
1345	⑦	あるじ	主		名	12	⑨	4	47
1346	⑦	うちもの	打物		名	12	⑨	4	1
1347	⑦	かた	形	C	名	12	⑨	4	14

番号	高野段階	見出し語	漢字	順	品詞	高野度数	天草段階	天草度数	源氏度数
1348	⑦	かね	鐘	D	名	12	⑨	4	0
1349	⑦	さが	嵯峨		名	12	⑨	4	2
1350	⑦	じやう	状	A	名	12	⑨	4	0
1351	⑦	たて	盾		名	12	⑨	4	0
1352	⑦	させる	然		連体	12	⑨	4	1
1353	⑦	やきはらふ	焼払		動	12	⑨	3	0
1354	⑦	すだれ	簾		名	12	⑨	3	27
1355	⑦	ねんぶつす	念仏－		動	12	⑨	2	0
1356	⑦	あきのくに	安芸国		名	12	⑨	2	0
1357	⑦	いちにんたうぜん	一人当千		名	12	⑨	2	0
1358	⑦	くぎやうせんぎ	公卿僉議		名	12	⑨	2	0
1359	⑦	しゆじやう	衆生		名	12	⑨	2	1
1360	⑦	じふはちにち	十八日		名	12	⑨	2	0
1361	⑦	なむ	南無		名	12	⑨	2	0
1362	⑦	もんぜん	門前		名	12	⑨	2	0
1363	⑦	わうぼふ	王法		名	12	⑨	2	0
1364	⑦	あやまつ	誤・過		動	12	⑩	1	12
1365	⑦	おどろかす	驚		動	12	⑩	1	39
1366	⑦	おひいだす	追出		動	12	⑩	1	0
1367	⑦	みだる	乱	A	動	12	⑩	1	17
1368	⑦	をがむ	拝		動	12	⑩	1	13
1369	⑦	なかんづくに	就中－		副	12	⑩	1	0
1370	⑦	さんわう	山王		名	12	⑩	1	0
1371	⑦	ざす	座主		名	12	⑩	1	6
1372	⑦	ちやう	庁	B	名	12	⑩	1	1
1373	⑦	みかはのかみ	三河守		名	12	⑩	1	0
1374	⑦	かたぶく	傾（四段）		動	12			7
1375	⑦	かたぶく	傾（下二）		動	12			1
1376	⑦	むまる	生		動	12			0
1377	⑦	ゆきあふ	行逢		動	12			4
1378	⑦	いかんが	如何		副	12			0

番号	高野段階	見出し語	漢字	順	品詞	高野度数	天草段階	天草度数	源氏度数
1379	⑦	とくとく	疾々		副	12			0
1380	⑦	なんでふ	何－		副	12			1
1381	⑦	いはく	曰		名	12			0
1382	⑦	えん	燕		名	12			0
1383	⑦	さんざい	三歳		名	12			0
1384	⑦	しげひらのきやう	重衡卿		名	12			0
1385	⑦	そうじやう	僧正		名	12			1
1386	⑦	だいなごんのすけどの	大納言佐殿		名	12			0
1387	⑦	とうぐう	東宮		名	12			97
1388	⑦	なかくに	仲国		名	12			0
1389	⑦	はちまんだいぼさつ	八幡大菩薩		名	12			0
1390	⑦	みつかのひ	三日		名	12			0
1391	⑦	みちもり	通盛		名	11	⑥	18	0
1392	⑦	あたり	辺		名	11	⑥	17	166
1393	⑦	うのこく	卯刻		名	11	⑥	17	0
1394	⑦	なかつな	仲綱		名	11	⑦	15	0
1395	⑦	たまる	堪		動	11	⑦	11	3
1396	⑦	そぶ	蘇武		名	11	⑦	11	0
1397	⑦	ひめぎみ	姫君		名	11	⑦	11	165
1398	⑦	からめとる	搦捕		動	11	⑦	10	0
1399	⑦	いとふ	厭		動	11	⑦	9	15
1400	⑦	ふく	更	B	動	11	⑦	9	56
1401	⑦	まくら	枕		名	11	⑦	9	20
1402	⑦	おもしろし	面白		形	11	⑧	8	141
1403	⑦	さりながら	然		接	11	⑧	8	0
1404	⑦	ささふ	支		動	11	⑧	8	0
1405	⑦	いちどに	一度		副	11	⑧	8	0
1406	⑦	あま	尼	A	名	11	⑧	8	51
1407	⑦	いちまんよき	一万余騎		名	11	⑧	8	0

番号	高野段階	見出し語	漢字	順	品詞	高野度数	天草段階	天草度数	源氏度数
1408	⑦	こま	駒		名	11	⑧	8	9
1409	⑦	ただきよ	忠清		名	11	⑧	8	0
1410	⑦	は	葉	A	名	11	⑧	8	10
1411	⑦	まひ	舞		名	11	⑧	8	20
1412	⑦	すごす	過		動	11	⑧	7	10
1413	⑦	そだつ	育	B	動	11	⑧	7	0
1414	⑦	たばかる	謀		動	11	⑧	7	27
1415	⑦	つらぬく	貫		動	11	⑧	7	1
1416	⑦	いちぢやう	一定	B	副	11	⑧	7	0
1417	⑦	おほかた	大方		副	11	⑧	7	194
1418	⑦	うを	魚		名	11	⑧	7	0
1419	⑦	たけ	竹	B	名	11	⑧	7	8
1420	⑦	ちよつかん	勅勘		名	11	⑧	7	0
1421	⑦	につぽんごく	日本国		名	11	⑧	7	0
1422	⑦	たやすし	ー易		形	11	⑧	6	2
1423	⑦	いおとす	射落		動	11	⑧	6	0
1424	⑦	うちすぐ	ー過		動	11	⑧	6	8
1425	⑦	ちる	散		動	11	⑧	6	34
1426	⑦	はせあつまる	馳集		動	11	⑧	6	0
1427	⑦	かいしやう	海上		名	11	⑧	6	0
1428	⑦	かみ	上（源：守含）	D	名	11	⑧	6	192
1429	⑦	さぬき	讃岐		名	11	⑧	6	1
1430	⑦	さんじつき	三十騎		名	11	⑧	6	0
1431	⑦	しよこく	諸国		名	11	⑧	6	0
1432	⑦	たたかひ	戦		名	11	⑧	6	0
1433	⑦	だいいち	第一		名	11	⑧	6	2
1434	⑦	のぞみ	望		名	11	⑧	6	3
1435	⑦	びぜんのくに	備前国		名	11	⑧	6	0
1436	⑦	ほり	堀	A	名	11	⑧	6	0
1437	⑦	やど	宿		名	11	⑧	6	47
1438	⑦	うつたふ	訴		動	11	⑧	5	0

番号	高野段階	見出し語	漢字	順	品詞	高野度数	天草段階	天草度数	源氏度数
1439	⑦	かさなる	重		動	11	⑧	5	26
1440	⑦	ききいだす	聞出		動	11	⑧	5	0
1441	⑦	よつぴく	能引		動	11	⑧	5	0
1442	⑦	もしや	若		副	11	⑧	5	0
1443	⑦	いちご	一期		名	11	⑧	5	0
1444	⑦	ぎよしゆつ	御出		名	11	⑧	5	0
1445	⑦	ごしゆつけ	御出家		名	11	⑧	5	0
1446	⑦	すゑさだ	季貞		名	11	⑧	5	0
1447	⑦	てうおん	朝恩		名	11	⑧	5	0
1448	⑦	とねり	舎人		名	11	⑧	5	8
1449	⑦	ふるまひ	振舞		名	11	⑧	5	28
1450	⑦	よしとも	義朝		名	11	⑧	5	0
1451	⑦	とりのる	取乗		動	11	⑨	4	0
1452	⑦	なだむ	宥		動	11	⑨	4	1
1453	⑦	のりうつる	乗移		動	11	⑨	4	0
1454	⑦	をしふ	教		動	11	⑨	4	67
1455	⑦	いと			副	11	⑨	4	4237
1456	⑦	いさご	砂		名	11	⑨	4	0
1457	⑦	かぶら	鏑		名	11	⑨	4	0
1458	⑦	くこく	九国		名	11	⑨	4	0
1459	⑦	ちり	塵		名	11	⑨	4	13
1460	⑦	とが	咎		名	11	⑨	4	31
1461	⑦	どうしん	同心		名	11	⑨	4	0
1462	⑦	はて	果		名	11	⑨	4	31
1463	⑦	ふゆ	冬		名	11	⑨	4	11
1464	⑦	ろくにん	六人		名	11	⑨	4	4
1465	⑦	なさけなし	情無		形	11	⑨	3	0
1466	⑦	きす	着	A	動	11	⑨	3	12
1467	⑦	ちゆうす	誅－		動	11	⑨	3	0
1468	⑦	まもる	守		動	11	⑨	3	17
1469	⑦	いくほど	幾程		副	11	⑨	3	0

番号	高野段階	見出し語	漢字	順	品詞	高野度数	天草段階	天草度数	源氏度数
1470	⑦	きよもりこう	清盛公		名	11	⑨	3	0
1471	⑦	じやうず	上手		名	11	⑨	3	41
1472	⑦	つねもり	経盛		名	11	⑨	3	0
1473	⑦	めいば	名馬		名	11	⑨	3	0
1474	⑦	やまひ	病		名	11	⑨	3	21
1475	⑦	わかれ	別		名	11	⑨	3	42
1476	⑦	うちおとす	打落		動	11	⑨	2	0
1477	⑦	うむ	生	B	動	11	⑨	2	8
1478	⑦	くる	眩	B	動	11	⑨	2	0
1479	⑦	さづく	授		動	11	⑨	2	2
1480	⑦	さむ	覚		動	11	⑨	2	30
1481	⑦	もらす	漏		動	11	⑨	2	57
1482	⑦	かへつて	却		副	11	⑨	2	0
1483	⑦	さと	里		名	11	⑨	2	49
1484	⑦	さまのかみ	左馬頭		名	11	⑨	2	0
1485	⑦	しやう	賞	B	名	11	⑨	2	0
1486	⑦	しゆりのだいぶ	修理大夫		名	11	⑨	2	0
1487	⑦	たみ	民		名	11	⑨	2	2
1488	⑦	にじふいちにち	二十一日		名	11	⑨	2	0
1489	⑦	ね	音	B	名	11	⑨	2	187
1490	⑦	のりもり	教盛		名	11	⑨	2	0
1491	⑦	もりとし	盛俊		名	11	⑨	2	0
1492	⑦	いやし	卑		形	11	⑩	1	15
1493	⑦	いれかふ	入替		動	11	⑩	1	0
1494	⑦	かへりいる	帰入		動	11	⑩	1	7
1495	⑦	まじはる	交		動	11	⑩	1	0
1496	⑦	おほだち	大太刀		名	11	⑩	1	0
1497	⑦	おんこし	御輿		名	11	⑩	1	0
1498	⑦	こそで	小袖		名	11	⑩	1	0
1499	⑦	ごぐわん	御願		名	11	⑩	1	0
1500	⑦	しゆぎやう	執行		名	11	⑩	1	0

番号	高野段階	見出し語	漢字	順	品詞	高野度数	天草段階	天草度数	源氏度数
1501	⑦	じやうかい	浄海		名	11	⑩	1	0
1502	⑦	ちやうり	長吏		名	11	⑩	1	0
1503	⑦	なんだ	涙		名	11	⑩	1	0
1504	⑦	みだう	御堂		名	11	⑩	1	0
1505	⑦	らうえい	朗詠		名	11	⑩	1	0
1506	⑦	きつくわいなり	奇怪		形動	11			0
1507	⑦	やく	焼		動	11			5
1508	⑦	むげに	無下		副	11			0
1509	⑦	うすいろ	薄色		名	11			8
1510	⑦	うんかく	雲客		名	11			0
1511	⑦	えんしやう	炎上		名	11			0
1512	⑦	おほなぎなた	大長刀		名	11			0
1513	⑦	おんゆるされ	御許		名	11			0
1514	⑦	けんわう	賢王		名	11			0
1515	⑦	ごんのすけぜうしやう	権亮少将		名	11			0
1516	⑦	さねひら	実平		名	11			0
1517	⑦	しらかはのゐん	白河院		名	11			0
1518	⑦	たうざん	当山		名	11			0
1519	⑦	たん	丹		名	11			0
1520	⑦	ぢもく	除目		名	11			2
1521	⑦	とうのちゆうじやう	頭中将		名	11			0
1522	⑦	とをかのひ	十日		名	11			0
1523	⑦	にじふににち	二十二日		名	11			0
1524	⑦	ひやうゑのすけどの	兵衛佐殿		名	11			0
1525	⑦	ひんがしやま	東山		名	11			0
1526	⑦	みちもりのきやう	通盛卿		名	11			0
1527	⑦	むまども	馬共		名	11			0
1528	⑦	やすちか	泰親		名	11			0

番号	高野段階	見出し語	漢字	順	品詞	高野度数	天草段階	天草度数	源氏度数
1529	⑦	きよもり	清盛		名	10	③	108	0
1530	⑦	わく	分	B	動	10	⑦	14	43
1531	⑦	いけずき	生食		名	10	⑦	13	0
1532	⑦	かふ	飼	A	動	10	⑦	11	3
1533	⑦	したふ	慕		動	10	⑦	9	24
1534	⑦	かづさのかみ	上総守		名	10	⑦	9	0
1535	⑦	いさむ	諫		動	10	⑧	8	35
1536	⑦	かぎる	限		動	10	⑧	8	10
1537	⑦	はるか	遥		副	10	⑧	8	0
1538	⑦	いくたのもり	生田森		名	10	⑧	8	0
1539	⑦	うれしさ	嬉		名	10	⑧	8	2
1540	⑦	こんじやう	今生		名	10	⑧	8	0
1541	⑦	そとば	卒塔婆		名	10	⑧	8	0
1542	⑦	との	殿		名	10	⑧	8	207
1543	⑦	はりま	播磨		名	10	⑧	8	2
1544	⑦	わとの	和殿		名	10	⑧	8	0
1545	⑦	すう	据		動	10	⑧	7	27
1546	⑦	すます	澄		動	10	⑧	7	8
1547	⑦	たたく	叩		動	10	⑧	7	5
1548	⑦	はる	張	B	動	10	⑧	7	4
1549	⑦	やく	焼		動	10	⑧	7	10
1550	⑦	まつさきに	真先		副	10	⑧	7	0
1551	⑦	ささきのしらう	佐々木四郎		名	10	⑧	7	0
1552	⑦	さんど	三度		名	10	⑧	7	0
1553	⑦	とば	鳥羽	B	名	10	⑧	7	0
1554	⑦	やあはせ	矢合		名	10	⑧	7	0
1555	⑦	ようち	夜討		名	10	⑧	7	0
1556	⑦	あわてさわぐ	慌騒		動	10	⑧	6	0
1557	⑦	いましむ	警・戒		動	10	⑧	6	8
1558	⑦	うかぶ	浮		動	10	⑧	6	10
1559	⑦	うちいる	討入	A	動	10	⑧	6	0

番号	高野段階	見出し語	漢字	順	品詞	高野度数	天草段階	天草度数	源氏度数
1560	⑦	そふ	添	B	動	10	⑧	6	146
1561	⑦	たく	焼	A	動	10	⑧	6	6
1562	⑦	のぶ	延	B	動	10	⑧	6	13
1563	⑦	めぐらす	回		動	10	⑧	6	3
1564	⑦	いよのくに	伊予国		名	10	⑧	6	0
1565	⑦	おんくび	御首		名	10	⑧	6	0
1566	⑦	かくめい	覚明		名	10	⑧	6	0
1567	⑦	かばね	屍		名	10	⑧	6	3
1568	⑦	かり	雁	A	名	10	⑧	6	14
1569	⑦	ここく	胡国		名	10	⑧	6	0
1570	⑦	こんねん	今年		名	10	⑧	6	0
1571	⑦	ざ	座		名	10	⑧	6	20
1572	⑦	びつちゆうのくに	備中国		名	10	⑧	6	0
1573	⑦	むざん	無慚		名	10	⑧	6	1
1574	⑦	あそぶ	遊		動	10	⑧	5	47
1575	⑦	うちかこむ	－囲		動	10	⑧	5	0
1576	⑦	けす	消		動	10	⑧	5	0
1577	⑦	ささぐ	捧		動	10	⑧	5	11
1578	⑦	さらす	曝		動	10	⑧	5	0
1579	⑦	つかふ	仕	B	動	10	⑧	5	6
1580	⑦	とりあぐ	取上		動	10	⑧	5	0
1581	⑦	はせくだる	馳下		動	10	⑧	5	0
1582	⑦	ひきぐす	引具		動	10	⑧	5	3
1583	⑦	ひろうす	披露－		動	10	⑧	5	0
1584	⑦	ふけゆく	更行		動	10	⑧	5	13
1585	⑦	おもむき	趣		名	10	⑧	5	10
1586	⑦	ちゆう	忠		名	10	⑧	5	0
1587	⑦	でし	弟子		名	10	⑧	5	21
1588	⑦	うちなす	討為		動	10	⑨	4	0
1589	⑦	おとろふ	衰		動	10	⑨	4	28
1590	⑦	かききる	掻切		動	10	⑨	4	0

番号	高野段階	見出し語	漢字	順	品詞	高野度数	天草段階	天草度数	源氏度数
1591	⑦	さきだつ	先立	B	動	10	⑨	4	2
1592	⑦	さしおく	差置		動	10	⑨	4	14
1593	⑦	つつむ	包		動	10	⑨	4	25
1594	⑦	つもる	積		動	10	⑨	4	39
1595	⑦	ながむ	眺		動	10	⑨	4	117
1596	⑦	さばかり	然		副	10	⑨	4	0
1597	⑦	あはのみんぶ	阿波民部		名	10	⑨	4	0
1598	⑦	うんか	雲霞		名	10	⑨	4	0
1599	⑦	しよじゆう	所従		名	10	⑨	4	0
1600	⑦	じやうえ	浄衣		名	10	⑨	4	1
1601	⑦	せき	関		名	10	⑨	4	13
1602	⑦	せんじゆのまへ	千手前		名	10	⑨	4	0
1603	⑦	だいだい	代々		名	10	⑨	4	2
1604	⑦	のき	軒		名	10	⑨	4	16
1605	⑦	はしら	柱		名	10	⑨	4	13
1606	⑦	をはりのくに	尾張国		名	10	⑨	4	0
1607	⑦	おこたる	怠		動	10	⑨	3	30
1608	⑦	おもひたつ	思立		動	10	⑨	3	33
1609	⑦	こむ	籠		動	10	⑨	3	21
1610	⑦	たちあがる	立上		動	10	⑨	3	1
1611	⑦	むかふ	向	C	動	10	⑨	3	0
1612	⑦	あた	怨		名	10	⑨	3	1
1613	⑦	かづさのごらうびやうゑ	上総五郎兵衛		名	10	⑨	3	0
1614	⑦	げかう	下向		名	10	⑨	3	0
1615	⑦	さんまんよき	三万余騎		名	10	⑨	3	0
1616	⑦	せめ	責		名	10	⑨	3	1
1617	⑦	ふくろ	袋		名	10	⑨	3	10
1618	⑦	みだれ	乱		名	10	⑨	3	17
1619	⑦	わづらひ	煩		名	10	⑨	3	3
1620	⑦	あやし	賤	A	形	10	⑨	2	0

番号	高野段階	見出し語	漢字	順	品詞	高野度数	天草段階	天草度数	源氏度数
1621	⑦	いでたつ	出立		動	10	⑨	2	39
1622	⑦	さしつどふ	差集		動	10	⑨	2	5
1623	⑦	しやうらくす	上洛－		動	10	⑨	2	0
1624	⑦	にぎる	握		動	10	⑨	2	1
1625	⑦	ぬる	濡	B	動	10	⑨	2	34
1626	⑦	はからふ	計		動	10	⑨	2	3
1627	⑦	てんでに	手々		副	10	⑨	2	0
1628	⑦	どうど			副	10	⑨	2	0
1629	⑦	むねと	宗		副	10	⑨	2	0
1630	⑦	かたはら	傍		名	10	⑨	2	43
1631	⑦	かつちう	甲冑		名	10	⑨	2	0
1632	⑦	しんと	新都		名	10	⑨	2	0
1633	⑦	せんれい	先例		名	10	⑨	2	0
1634	⑦	にはとり	鶏		名	10	⑨	2	1
1635	⑦	まつどの	松殿		名	10	⑨	2	0
1636	⑦	おふ	生	C	動	10	⑩	1	9
1637	⑦	げんず	現－		動	10	⑩	1	0
1638	⑦	さしつかはす	差遣		動	10	⑩	1	0
1639	⑦	ひきいだす	引出		動	10	⑩	1	2
1640	⑦	あさゆふ	朝夕		名	10	⑩	1	37
1641	⑦	いせ	伊勢		名	10	⑩	1	9
1642	⑦	えいりよ	叡慮		名	10	⑩	1	0
1643	⑦	おむろ	御室		名	10	⑩	1	0
1644	⑦	きうと	旧都		名	10	⑩	1	0
1645	⑦	くろがね	鉄		名	10	⑩	1	0
1646	⑦	ごとうびやうゑ	後藤兵衛		名	10	⑩	1	0
1647	⑦	じふににち	十二日		名	10	⑩	1	0
1648	⑦	じふねん	十念		名	10	⑩	1	0
1649	⑦	たき	滝		名	10	⑩	1	12
1650	⑦	たなごころ	掌		名	10	⑩	1	0
1651	⑦	ちよくし	勅使		名	10	⑩	1	1

番号	高野段階	見出し語	漢字	順	品詞	高野度数	天草段階	天草度数	源氏度数
1652	⑦	ないし	内侍		名	10	⑩	1	57
1653	⑦	ほのほ	炎		名	10	⑩	1	6
1654	⑦	ほんてう	本朝		名	10	⑩	1	0
1655	⑦	やさき	矢先		名	10	⑩	1	0
1656	⑦	ろくだいごぜん	六代御前		名	10	⑩	1	0
1657	⑦	ろくでうがはら	六条河原		名	10	⑩	1	0
1658	⑦	たつとし	尊		形	10			0
1659	⑦	すみやかなり	速		形動	10			0
1660	⑦	おほせなる	仰成		動	10			0
1661	⑦	とぶらふ	訪		動	10			0
1662	⑦	わかつ	分		動	10			3
1663	⑦	いせだいじんぐう	伊勢大神宮		名	10			0
1664	⑦	おほみや	大宮		名	10			39
1665	⑦	おんおとと	御弟		名	10			0
1666	⑦	おんこころざし	御志		名	10			0
1667	⑦	ぐわん	願		名	10			31
1668	⑦	けいしやう	卿相		名	10			0
1669	⑦	これもりのきやう	維盛卿		名	10			0
1670	⑦	ございゐ	御在位		名	10			0
1671	⑦	ごせつ	五節		名	10			0
1672	⑦	ごそくゐ	御即位		名	10			0
1673	⑦	ごんげん	権現		名	10			0
1674	⑦	しやうしゆん	正俊		名	10			0
1675	⑦	じんにん	神人		名	10			0
1676	⑦	せつしやう	摂政		名	10			1
1677	⑦	ぜんぢしき	善知識		名	10			0
1678	⑦	ていと	帝都		名	10			0
1679	⑦	てんだいざす	天台座主		名	10			0
1680	⑦	とうだいじ	東大寺		名	10			0
1681	⑦	とももりのきやう	知盛卿		名	10			0
1682	⑦	にじふしにち	二十四日		名	10			0

番号	高野段階	見出し語	漢字	順	品詞	高野度数	天草段階	天草度数	源氏度数
1683	⑦	のりつね	教経		名	10			0
1684	⑦	ひやくにち	百日		名	10			0
1685	⑦	ほうぎよ	崩御		名	10			0
1686	⑦	みこと	尊		名	10			0
1687	⑦	みやこうつり	都遷		名	10			0
1688	⑦	むかへ	迎		名	10			28
1689	⑦	やすさだ	康定		名	10			0
1690	⑦	をかたのさぶらう	緒方三郎		名	10			0

第三章　天草版『平家物語』の語彙（付属語）の計量的考察

〔I〕　助動詞の基幹語彙

一　はじめに

この章〔I〕の研究の目的は、天草版『平家物語』の語彙を主として計量的な方面から考察し、室町時代の日本語の話し言葉の性格を解明しようとするものである。今回は特に「た」「ぢや」「う」などの助動詞の基幹語彙を中心に語彙表を作成し、文語体を基調にした『平家物語』〈高野本〉の助動詞と比較しつつ考察する。

なお、従前『平家物語』および天草版『平家物語』の語彙の研究には『平家物語総索引』［文献1］と『天草版平家物語総索引』［文献2］を用い、単語の基準を調整して計量的比較を行なった。が、今回は次の文献を作成した上で、研究を進めた。

a『平家物語高野本語彙用例総索引』（自立語篇）［文献3］

b『平家物語高野本語彙用例総索引』（付属語篇）［文献4］

c『天草版平家物語語彙用例総索引』［文献5］

また天草版『平家物語』からの引用は漢字平仮名交じりに直して示す。ローマ字綴りの原文は『天草版平家物語語彙用例総索引』〈影印・翻字篇〉を参照されたい。

『平家物語』諸本については次の略称を用いることもある。

〈天草版平家〉〈天草版〉〈天〉……天草版『平家物語』［文献6］

〈高野本平家〉〈高野本〉〈高〉……『平家物語』〈高野本〉［文献7］

〈斯道本〉〈斯〉……『平家物語』〈斯道本〉［文献8］

〈駒大本29〉〈駒29〉…『平家物語』〈駒大本29〉［文献９］

二　助動詞の語彙の全体像

〈天草版平家〉は「扉・序・物語の本文・目録」の４部から成っている。このうちの物語の本文（３ページ～408ページ）に使用されている全部の語を集計すると、延べ語数90605になる。その内訳は自立語46893（517.55‰）、付属語43712（482.45‰）である。〈高野本平家〉に使用されている延べ語数は176068で、自立語が99367（564.37‰）、付属語が76701（435.63‰）である。〈高野本平家〉と比較すると、〈天草版平家〉の付属語の比率は増加している。

〈天草版平家〉の付属語のうち、助動詞の延べ語数は11338（125.14‰）である。〈高野本平家〉は20131（114.34‰）であるから、助動詞の比率も又〈天草版平家〉では増加している。が、１語あたりの使用度数は平均276.54で、〈高野本平家〉の544.08の半数強である。これは異なり語数が41で〈高野本平家〉の37と比較して大差はないことに起因していると言えよう。なお、『天草版平家物語語彙用例総索引』第４冊の解説Ⅱの〈表５〉は意味による細分をした語もあり、ここでの数値と異なる[1)]。

〈天草版平家〉に使用されている助動詞を主たる意味によって分類し、〈高野本平家〉と比較してみると、大略は次のようになる。

［表Ⅰ］〈天草版平家〉〈高野本平家〉の助動詞の使用語彙対照表

分類番号	主たる意味	番号	〈助動詞〉	〈天草版〉	〈高野本〉
①	受身	1	る	●	●
		2	らる	●	●
②	使役	3	す	●	●
		4	さす	●	●
		5	しむ	●	●

③	完了	6	つ	●	●
		7	ぬ	●	●
		8	り	●	●
		9	たり	●	●
		10	た	●	●
④	過去	11	き	●	●
		12	けり	●	●
⑤	推量	13	む（ん）	●	●
		14	う	●	●
		16	うず	●	●
		18	まし	●	●
		19	らむ（らん）	●	●
		21	めり	●	●
		22	べし	●	●
⑥	過去推量	23	けむ（けん）	●	●
⑦	伝聞推定	24	なり	●	●
⑧	打消	25	ず	●	●
⑨	打消推量	26	じ	●	●
		27	まじ	●	●
⑩	断定	29	たり	●	●
		30	なり	●	●
⑪	希望	32	たし	●	●
		33	まほし	●	●
⑫	比況	34	ごとし	●	●
⑮	複合語	42	ごとくなり	●	●
		46	やうなり	●	●

⑤	推量	17	ようず	●	×
		20	らう	●	×
⑨	打消推量	28	まい	●	×
⑩	断定	31	ぢや	●	×
⑬	打消過去	35	なんだ	●	×
⑭	様態推量	36	げな	●	×
⑮	複合語	43	ごとくぢや	●	×
		44	さうなり	●	×
		45	さうぢや	●	×
		47	やうぢや	●	×
⑤	推量	15	むず（んず）	×	●
⑮	複合語	37	てんぎ	×	●
		38	てんげり	×	●
		39	たんなり	×	●
		40	べかんなり	×	●
		41	まじかんなり	×	●
	異なり語数　合計			41	37

備考　表中の●印は使用されている語、×印は使用されていない語を示す。

助動詞の語彙として［表Ⅰ］のように整理したが、注意しておく点もある。

（イ）　14〔う〕は長音節の後部要素であるが、一般の日本語表記にしたがった。16〔うず〕も同様に扱った。

（ロ）　37〔てんぎ〕は〈高野本平家〉の原本で「てき」（２例）「てしか」（２例）となっている。そして新日本古典文学大系『平家物語』［文献10］では後者を「てンしか」と校訂している。ここでは『平家物語総索引』［文献１］と同様に「てんぎ」「てんじか」と解した[2)]。

（ハ） 38（てんげり）は〈高野本平家〉で多数見られる。が、〈天草版平家〉では存しない。ただ「てげる（tegeru）」が１例見られる。〈天草版平家〉の口訳原拠に近い『平家物語』〈斯道本〉［文献８］には「忠清ハニゲノ馬ニソ乗リテゲル」とあり、これは「てんげり」と解せないこともない。

〈天草版平家〉と〈高野本平家〉に共通して使用されているのは異なり語数にして31である。主たる意味によって分類すれば、①受身が２、②使役が３、③完了が５、④過去が２、⑤推量が７、⑥過去推量が１、⑦伝聞推定が１、⑧打消が１、⑨打消推量が２、⑩断定が２、⑪希望が２、⑫比況が１、⑮複合語が２である。

また〈天草版平家〉に見られるが〈高野本平家〉に存しないのは異なり語数にして10である。推量か断定の意味を有する語が多い。前者には「ようず」「らう」「まい」「げな」、後者には「ぢや」「ごとくぢや」「さうぢや」「やうぢや」「さうなり」がある。

反対に〈天草版平家〉に見られないが〈高野本平家〉に存するのは異なり語数にして６である。これらはすべて撥音を含み、〈高野本平家〉が平曲の譜本の系統の詞章であることと関連している。

三 〈天草版平家〉の各語の使用度数

［表Ｉ］に示した助動詞は〈天草版平家〉でどの程度用いられているか、各語の使用度数を記して多い順に整理すると次のようになる。なお、使用度数の右欄に記したのは助動詞全部に対する該当の語の比率（単位：‰）である。参考のため、〈高野本平家〉についても同じ項目を対照して示した。

［表Ⅱ］〈天草版平家〉の助動詞の使用度数表（〈高野本平家〉と対照）

iii　　i　　ii

			〈天草版〉			〈高野本〉	
番号	〈助動詞〉		度数	比率（‰）		度数	比率（‰）
10	た	●	2865	252.69	●	5	0.25
2	らる	●	1504	132.65	●	774	38.45
1	る	●	1385	122.16	●	1702	84.55
9	たり（完了）	●	955	84.23	●	1893	94.03
31	ぢや	●	747	65.88	×	0	0.00
25	ず	●	703	62.00	●	2080	103.32
14	う	●	670	59.09	●	80	3.97
16	うず	●	589	51.95	●	8	0.40
3	す	●	514	45.33	●	762	37.85
30	なり（断定）	●	335	29.55	●	1912	94.98
4	さす	●	254	22.40	●	393	19.52
35	なんだ	●	151	13.32	×	0	0.00
46	やうなり	●	129	11.38	●	114	5.66
27	まじ	●	89	7.85	●	111	5.51
28	まい	●	84	7.41	×	0	0.00
20	らう	●	62	5.47	×	0	0.00
22	べし	●	51	4.50	●	1082	53.75
6	つ	●	49	4.32	●	244	12.12
32	たし	●	27	2.38	●	20	0.99
34	ごとし	●	26	2.29	●	115	5.71
11	き	●	24	2.12	●	1300	64.58
44	さうなり	●	19	1.68	×	0	0.00
7	ぬ	●	17	1.50	●	782	38.85

		〈天草版〉			〈高野本〉		
番号	〈助動詞〉		度数	比率（‰）		度数	比率（‰）
42	ごとくなり	●	16	1.41	●	34	1.69
12	けり	●	12	1.06	●	4130	205.16
26	じ	●	12	1.06	●	137	6.81
13	む（ん）	●	7	0.62	●	1132	56.23
19	らむ（らん）	●	6	0.53	●	299	14.85
29	たり（断定）	●	6	0.53	●	50	2.48
23	けむ（けん）	●	4	0.35	●	220	10.93
43	ごとくぢや	●	4	0.35	×	0	0.00
47	やうぢや	●	4	0.35	×	0	0.00
5	しむ	●	3	0.26	●	27	1.34
33	まほし	●	3	0.26	●	15	0.75
36	げな	●	3	0.26	×	0	0.00
45	さうぢや	●	3	0.26	×	0	0.00
8	り	●	2	0.18	●	336	16.69
24	なり（伝推）	●	1	0.09	●	54	2.68
18	まし	●	1	0.09	●	19	0.94
21	めり	●	1	0.09	●	4	0.20
17	ようず	●	1	0.09	×	0	0.00
15	むず（んず）	×	0	0.00	●	213	10.58
38	てんげり	×	0	0.00	●	71	3.53
39	たんなり	×	0	0.00	●	6	0.30
40	べかんなり	×	0	0.00	●	4	0.20
37	てんぎ	×	0	0.00	●	2	0.10
41	まじかんなり	×	0	0.00	●	1	0.05
使用度数合計			11338	1000.00		20131	1000.00

異なり語数合計	41語	37語

備考　表の欄外の上部のⅰ，ⅱ，ⅲは並列の優先順位を示す。

使用度数が多い語として「た」が目立つ。度数2865、比率252.69‰は全体の四分の一を超える。「た」は〈天草版平家〉の助動詞を代表する語と言っても支障ないほどである。次に多いのが「らる」「る」「たり（完了）」「ぢや」「ず」「う」「うず」で、比率は50.00‰を超える。続いて、比率が5.00‰を超えるのが「す」「なり（断定）」「さす」「なんだ」「やうなり」「まじ」「まい」「らう」の8語である。他に、0.50‰を超えるのが「べし」から「たり」までの13語、それ未満が「けん」から「ようず」までの12語である。

四　〈天草版平家〉の助動詞の基幹語彙

日本語の語彙の研究における基本語彙・基幹語彙・基礎語彙の概念を、真田信治氏は従来の使用法から次のようにまとめている。

（イ）基本語彙…ある目的の上にたって人為的に選定されるべき功利性をもった語集団。

（ロ）基幹語彙…ある特定語集団を対象としての語彙調査から直接得られる、その語集団の骨格的部分集団。

（ハ）基礎語彙…特定言語の中に、その中枢的部分として構造的に存在する語の部分集団。

ここでは、「基幹語彙」を上記（ロ）の意味で用いる。
大野晋氏は平安時代の和文脈系文学作品を対象にして語彙の研究をした時、「基本語彙」という語を用いた[3)]。そして、使用率0.1‰を目安にしてそれ以上と定めた。又、西田直敏氏は『平家物語』の語彙の研究に「基幹語彙」という語を用いたが、その概念と基準は大野氏の「基本語彙」の考え方に従った［文献11］。これらはすべて自立語を対象にした研究である。ここでは付属語の助動詞を対象とするので、基準も別途に設定する必要がある。

本論では各語の使用度数を比率によって先ず4段階に分類した。50.00‰以上の語集団を高位語（第一）〈第一基幹語彙〉、5.00‰以上の語集団を高位語（第二）〈第二基幹語彙〉、0.50‰以上の語集団を中位語、それ未満の語集団を低位語として設定した。そして、一作品に使用されていない語集団を不使用として示した。

（ｉ）	高位語（第一）	$50.00 \leqq \alpha$	第一基幹語彙
（ii）	高位語（第二）	$5.00 \leqq \alpha < 50.00$	第二基幹語彙
（iii）	中位語	$0.50 \leqq \alpha < 5.00$	
（iv）	低位語	$0.00 < \alpha < 0.50$	
（ｖ）	不使用	$\alpha = 0.00$	

備考　上記の α は各段階での使用比率を示す。単位はすべて‰である。

第一基幹語彙は［表Ⅱ］の「た」から「うず」までの8語である。これらの使用度数は特に多い。累積使用度数が9418で、助動詞の全使用度数に対して830.66‰になる。そして、第二基幹語彙は「す」から「らう」までの8語である。これらを加えると、累積使用度数は11036で、助動詞の全使用度数に対して973.36‰である。

両者を合せて〈天草版平家〉の助動詞の基幹語彙とする。

五　〈高野本平家〉の助動詞の使用度数との比較

〈高野本平家〉の助動詞の各語を使用度数の多い順に並べ、全助動詞に対する比率（単位：‰）を記すと次のようになる。

［表Ⅲ］〈高野本平家〉の助動詞の使用度数表（〈天草版平家〉対照）

iii		ii			i		
		〈天草版〉			〈高野本〉		
番号	〈助動詞〉		度数	比率（‰）		度数	比率（‰）
12	けり	●	12	1.06	●	4130	205.16
25	ず	●	703	62.00	●	2080	103.32
30	なり（断定）	●	335	29.55	●	1912	94.98
9	たり（完了）	●	955	84.23	●	1893	94.03
1	る	●	1385	122.16	●	1702	84.55
11	き	●	24	2.12	●	1300	64.58
13	む（ん）	●	7	0.62	●	1132	56.23
22	べし	●	51	4.50	●	1082	53.75
7	ぬ	●	17	1.50	●	782	38.85
2	らる	●	1504	132.65	●	774	38.45
3	す	●	514	45.33	●	762	37.85
4	さす	●	254	22.40	●	393	19.52
8	り	●	2	0.18	●	336	16.69
19	らむ（らん）	●	6	0.53	●	299	14.85
6	つ	●	49	4.32	●	244	12.12
23	けむ（けん）	●	4	0.35	●	220	10.93
15	むず（んず）	×	0	0.00	●	213	10.58
26	じ	●	12	1.06	●	137	6.81
34	ごとし	●	26	2.29	●	115	5.71
46	やうなり	●	129	11.38	●	114	5.66
27	まじ	●	89	7.85	●	111	5.51
14	う	●	670	59.09	●	80	3.97
38	てんげり	×	0	0.00	●	71	3.53

		〈天草版〉			〈高野本〉		
番号	〈助動詞〉		度数	比率（‰）		度数	比率（‰）
24	なり（伝推）	●	1	0.09	●	54	2.68
29	たり（断定）	●	6	0.53	●	50	2.48
42	ごとくなり	●	16	1.41	●	34	1.69
5	しむ	●	3	0.26	●	27	1.34
32	たし	●	27	2.38	●	20	0.99
18	まし	●	1	0.09	●	19	0.94
33	まほし	●	3	0.26	●	15	0.75
16	うず	●	589	51.95	●	8	0.40
39	たんなり	×	0	0.00	●	6	0.30
10	た	●	2865	252.69	●	5	0.25
21	めり	●	1	0.09	●	4	0.20
40	べかんなり	×	0	0.00	●	4	0.20
37	てんぎ	×	0	0.00	●	2	0.10
41	まじかんなり	×	0	0.00	●	1	0.05
31	ぢや	●	747	65.88	×	0	0.00
35	なんだ	●	151	13.32	×	0	0.00
28	まい	●	84	7.41	×	0	0.00
20	らう	●	62	5.47	×	0	0.00
44	さうなり	●	19	1.68	×	0	0.00
43	ごとくぢや	●	4	0.35	×	0	0.00
47	やうぢや	●	4	0.35	×	0	0.00
36	げな	●	3	0.26	×	0	0.00
45	さうぢや	●	3	0.26	×	0	0.00
17	ようず	●	1	0.09	×	0	0.00
使用度数合計			11338	1000.00		20131	1000.00

異なり語数合計	41 語	37 語

備考　表の欄外の上部のⅰ，ⅱ，ⅲは並列の優先順位を示す。

〈高野本平家〉で使用度数の特に多い語は「けり」である。度数 4130、比率 205.16‰は全体の五分の一を超える。〈高野本平家〉の助動詞を代表する語で、比率は多少低いが〈天草版平家〉の「た」に相当する。

第一基幹語彙は［表Ⅲ］の「けり」から「べし」までの 8 語である。第一基幹語彙の使用度数が特に多いのは、〈天草版平家〉と同様である。累積使用度数は 15231 で助動詞の全使用度数 20131 に対して 756.59‰になる。が、〈天草版平家〉と同じ語は「ず」「たり」「る」の 3 語で、他の 5 語は異なる。そして、第二基幹語彙は「ぬ」から「まじ」までの 13 語である。これらを加えた累積使用度数は 19731 で、980.13‰に当る。〈天草版平家〉と共通するのは「す」「さす」「まじ」「やうなり」の 4 語である。また「らる」は〈天草版平家〉では第一基幹語彙に入っている。他の 8 語は〈天草版平家〉の基幹語彙の中に見られない。

中位語は「う」から「まほし」までの 9 語、低位語は「うず」から「まじかんなり」までの 7 語、そして「ぢや」から「ようず」までの 10 語は不使用である。

〈天草版平家〉の助動詞の基幹語彙が使用されている本文を、〈高野本平家〉の本文と比較対照してみると、次のようになる。

（イ）　第一基幹語彙

ⅰ）〈高〉でも第一基幹語彙、〈る・たり（完了）・ず〉：同語使用の比率が高い。

ⅱ）〈高〉では第二基幹語彙、〈らる〉：上記に準ずる。

ⅲ）〈高〉では中位語、〈う〉：他語使用の比率が高い。

ⅳ）〈高〉では低位語、〈うず・た〉：上記に準ずる。

ⅴ）〈高〉では不使用、〈ぢや〉：他語と対応、または口語訳の際に〈天〉

で要約・添加の部分に使用。

（ロ）　第二基幹語彙

ⅰ）〈高〉では第一基幹語彙、〈なり（断定)〉：同語使用の比率が高い。

ⅱ）〈高〉では第二基幹語彙、〈す・さす・まじ・やうなり〉：上記に準ずる。

ⅲ）〈高〉では中位語、〈ナシ〉

ⅳ）〈高〉では低位語、〈ナシ〉

ⅴ）〈高〉では不使用、〈らう・まい・なんだ〉：他語と対応、または口語訳の際に〈天〉で要約・添加の部分に使用。

（イ）第一基幹語彙のうち〈高野本平家〉でも同語の使用されている比率の高いⅰ）〈る・たり（完了）・ず〉とⅱ）〈らる〉、および（ロ）第二基幹語彙のⅰ）〈なり（断定)〉とⅱ）〈す・さす・まじ・やうなり〉は『源氏物語』でも多く見られ、平安時代から盛んに使用されていたことが判明する[4]。

また、（ロ）第二基幹語彙の中にはⅰ）〈なり（断定)〉のように活用語形の変化する語もある。

○なり（断定）

	連用形（なり・に・ん・で）	終止形（なり・な）	連体形（なる・な）	合計
〈高野本〉	70・590・5・163	593・0	112・0	1914
〈天草版〉	3・54・0・0	11・1	5・25	335

備考　表示以外の活用形の用例数は省略する。

○ぢや（断定）

	連用形（で）	終止形（ぢや）	連体形（ぢや）	合計
〈高野本〉	0	0	0	0
〈天草版〉	518	176	53	747

備考　表示以外の活用形の用例数は省略する。

「なり（断定）」は〈高野本平家〉の連用形（なり・に）、終止形（なり）、連体形（なる）が〈天草版平家〉で激減し、それらに代わって「ぢや（断定）」の連用形（で）が増加し、終止形（ぢや）、連体形（ぢや）が多数現れている。なお、〈高野本平家〉の連用形（で）と〈天草版平家〉の連用形（で）とは同じ語形であるが、終止形で整理したためこのようになった。

六　助動詞の基幹語彙と作品の性格との関係

天草版『平家物語』はイエズス会の宣教師たちが日本の言葉とイストリヤを学ぶためのテキストとして編纂された。和漢混交で文語体の『平家物語』を話し言葉に訳し、問答体に構成しなおしている。したがってそれは口語体が基調になっている。また序によれば、編者の不干ハビヤンはテニハ（助詞・助動詞など）の使用に意を注ぐように師（上長）から指示されている。このことから第三節の［表Ⅱ］で示し、第四節で説明した第一基幹語彙・第二基幹語彙を合わせた16語は、そのまま室町時代末期の京都語の話し言葉の基礎語彙（中枢部分として構造的に存する語）と解してよいであろう。

不干ハビヤンが天草版『平家物語』の本文を作成するために原拠として用いた『平家物語』については、多くの古写本・古刊本を比較すると、十二巻本系統のもので範囲により３種の本文が想定される。が、それらを厳密な意味で現存本の中から特定することはできない。原拠本に近い本文を有する古写本の名で示すと、次のようになる[5)]。

平家物語（十二巻本）の範囲		天草版『平家物語』の原拠本に近い諸本の例	天草版『平家物語』の原拠本との距離
(イ)	巻一～三巻	〈竜大本〉〈高野本〉	かなり近い
(ロ)	巻四～七巻	〈斯道本〉 〈小城本〉〈鍋島本〉	極めて近い かなり近い
(ハ)	巻　八	〈平松本〉〈竹柏園本〉	近い
(ロ)	巻九～巻十二	〈斯道本〉 〈小城本〉〈鍋島本〉	極めて近い かなり近い

上表であげた『平家物語』諸本はいずれも文語体を基調にしている。ここで比較の対照にした〈高野本平家〉は巻一～巻三の本文が原拠本にかなり近い。が、他の巻についてはそれより近い本文を持つもの、例えば(ロ)の範囲の〈斯道本〉が現存する。

〈高野本〉の［表Ⅲ］で示した第一基幹語彙の〈けり・き・む（ん）・べし〉、第二基幹語彙〈ぬ・り・らむ（らん）・つ・けむ（けん）・じ・ごとし〉は、〈天草版平家〉では中位語·低位語である。そして、これらは主として文語文で使用されていた助動詞である。室町時代末期の話し言葉では他の語を使用した表現が主流であった。

1 〈天〉（俊寛）…；今より後は何として聞かうぞと言うて，悶え，焦がれられた．(75-3)

〈高〉（俊寛）…今より後、何としてかは聞くべき」とて、もだえこがれ給ひけり。(上 143-3)

2 〈天〉鹿さへもわれらに恐れて山深う入らうずるに，(270-22)

〈斯〉鹿タニモ我等ニ恐テ山深コソ可レ入ニ、(535-7)

それでは〈べし・つ・けり・き〉などが〈天草版平家〉でなおかなり使用され、中位語の使用度数を有するのはなぜか。それは原拠にした文語体基調の『平家物語』の影が〈天草版平家〉に色濃く残存しているからである。

3〈天〉さしも艶なりし人々の三が年の間の潮風に痩せ黒み,（349-12）

〈斯〉サシモ艶ナリシ人々ノ三ケ年カ間塩風ニ痩黒、（673-4）

4〈天〉（有王が僧都の娘に）ありし様を始めより細々と語って申す.（92-4）

〈高〉（有王が僧都の娘に）有し様、始よりこまごまと申すは：（上 167-13）

これは当時文語体に使用されていた『平家物語』の基幹語彙であるから、理解することが日本語の学習に必要だと思い、〈天草版平家〉でも適宜使用したと考えられよう。因みに、同じ目的で作成された天草版『伊曾保物語』を調査すると、「けり」の用例は存せず、他の語の用例もきわめて少ない[6]。これは両者の受け持つ役割が違っていたからであろう。

〈天草版平家〉の内表紙や序文には、キリシタンの宣教師たちがこの書の編纂の目的として話し言葉の他に、日本の文化・風俗を包括した意味でのイストリヤをも学習することをあげている。彼らの最も大事なことは、日本人に「天の御法《みのり》」を伝えることであった。そのための日本語の学習であり、日本人を理解することであった。〈天草版平家〉では琵琶を弾いて語る平曲の詞章や多くの和歌がそのまま書写されている。

5〈天〉浜名の橋をも過ぎければ，池田の宿にぞ着き給ふ：（299-9）

〈斯〉浜名ノ橋ヲモ過ケレハ、池田宿ニソ着玉フ。（584-10）

6〈天〉平家（ひらや）なる棟守りいかに騒ぐらん？柱と頼む板《いた》を落として.（154-13）

〈斯〉ヒラヤナルム子モリイカニ騒ラン、柱トタノム极《スケ》ヲ落シテ。（354-10）

〈天草版平家〉の助動詞の代表は過去･完了の意味の「た」である。〈高野本平家〉では使用度数 5（0.25‰、いずれも会話文）の「た」が、なぜ〈天草版平家〉で 2865（252.69‰）になったのか。この問題に対しては、〈高野本平家〉の助動詞を代表する「けり」の使用度数 4130(205.16‰)が〈天草版平家〉で 12(1.06‰)になっていることに着目することが解決の糸口になろう。

(けり→た)

7〈天〉御所中の女房たち呆れ騒がれた.(138-6)

〈斯〉御所中ノ女房タチアキレサワカレケリ。(291-2)

このような例は他にも多数ある。要するに、原拠の『平家物語』の「けり」は〈天草版平家〉で「た」を使用して口語訳されることが多かったのである。過去・完了の助動詞「き」「つ」「ぬ」「り」「たり」も同様である。

(き→た)

8〈天〉(成親卿)…船に乗り,次の船二三十艘も漕ぎ続けてこそあったに,(55-2)

〈高〉(成親卿)…舟に乗り、次の舟二三十艘漕つづけてこそありしに、(上 104-14)

(つ→た)

9〈天〉父を諫められた言葉に従うて,わが身に勢の付くか,付かぬかのほどをも知り,(52-6)

〈高〉父をいさめ申されつる詞にしたがひ、我身に勢のつくかつかぬかの程をも知り、(上 102-11)

(ぬ→た)

10〈天〉(頼政)…、わが身も,子孫も滅びられたことは,まことにあさましい次第でござった.(143-15)

〈斯〉(頼政)…、我身モ子孫モ滅ヒヌルコソアサマシケレ。(298-15)

(り→た)

11〈天〉(維盛)…連銭葦毛な馬に金覆輪の鞍置いて乗られた。(147-24)

〈斯〉(維盛)…連銭葦毛ナル馬ニ黄覆輪ノ鞍置テ乗玉ヘリ。(347-3)

(たり→た)

12〈天〉熊谷これを見て汝は手を負うたか?(265-11)

〈斯〉熊谷是ヲ見、汝ハ手負タルカ。(会話)(527-7)

これらの語は文語文を基調にした『平家物語』でいずれも基幹語彙である。が、話し言葉では次第に勢力が衰え、代わって室町時代には「た」の勢力が増大する。そして、〈天草版平家〉における「た」は「たり」のみでなく「けり」「き」「つ」「ぬ」「り」の意味をも包括して〈高野本〉の「けり」を使用比率の上で凌ぐことになったのである。

『平家物語』は鎌倉時代に成立した作品である。平安時代末期の平氏一族の興亡を歴史の一こまとしてとらえ表現している。これを助動詞の使用度数という方面から見ると、源平の時代を回顧し、過去・完了の意味の「けり」以下の語を盛んに使用して戦闘の場面などを描いている。〈天草版平家〉に「た」の使用度数が格別に多いのは、このような『平家物語』を室町時代末期に話し言葉に訳したこと、この時代には「けり」以下の語が京都語の話し言葉の中ではすっかり衰退していたことが大きな要因になったと言えよう。

七　むすび

本章〔I〕では、室町時代末期の口語体を基調とする天草版『平家物語』の助動詞について、文語体を基調とする『平家物語』〈高野本〉と比較しながら計量的な方面から調査・集計を進めた。最初に助動詞の語彙の全体像を明らかにした。次に各語の使用度数順の語彙表を作成し、基幹語彙を設定した。第一基幹語彙は助動詞全体の使用度数に対して50.00‰以上、第二基幹語彙は5.00‰以上である。これは本章〔II〕で論じる助詞にも適用できる基準である。

〈天草版平家〉の基幹語彙は第一・第二を合せて16語で、累積使用度数の比率は973.36‰である。助動詞の受け持つ大部分の意味領域は、これらによって表現できる。〈高野本平家〉についても、これが21語、980.13‰で同様のことが言える。

〈天草版平家〉の基幹語彙のうち〈高野本平家〉でも基幹語彙に入っている語は〈る・らる・す・さす〉など9語である。これらは対応する文を比較した場合、同じ語の使用されていることが他より多い。この傾向は『平家物語』の巻四～巻七などで本文が原拠本に近い〈斯道本〉の場合、さらに顕著になる。これに対して、〈高野本平家〉で中位・低位・不使用の語も〈う・た・ぢや・なんだ〉など7語存する。これらは対応する文を比較すると、他の語が使用されていることが多い。また対応する文の存しないこともある。〈天草版〉の助動詞の代表とも言うべき「た」を例に取ると、〈高野本平家〉では「けり」との対応が多く、他に「き」「ぬ」などがある。鎌倉・室町時代にはこれらの語が話し言葉では衰退し、「た」がその役割を担うことになったからである。先の「なり（断定）」も同じ過程で「ぢや」に変り出していることを示している。

〈天草版平家〉は当時の話し言葉（口語）の研究のためには最も重要な資料であると、まえがきでも述べた。〈る・らる・す・さす・た・う・らう〉などの基幹語彙16語で見る限り、京都語の話し言葉の基礎語彙（中枢的部分として構造的に存在する語の部分集団）であると言えよう。ところが、中位語・低位語の中には〈けり・き・ん・べし〉などのように文語体で用い、〈高野本平家〉で基幹語彙の中に入る語も存する。それは口語訳の原拠にした『平家物語』の影響があることなどによるためである。〈天草版平家〉の助動詞がすべて話し言葉の資料というわけではないことは、これによって明確になった。

注

1）『天草版平家物語語彙用例総索引』第4冊の解説Ⅱ（濱千代いづみ・近藤政美執筆）の〈表5〉は、集計にあたって「る・らる・す・さす・しむ」を意味によって細分した。

2） 日本古典文学大系『平家物語』上（[文献1]の説明参照）の補注（巻一）の八（てんげり）の項の説明を参照。

3）「平安時代和文脈系文学の基本語彙に関する二三の問題」大野晋 『国語学』87集、1971年。この論文はその後の語彙研究に多くの示唆を与えた。

4）『源氏物語語彙用例総索引』（付属語篇）（上田英代ほか編、勉誠社刊行、1996年）による。ただし、「やうなり」は付録の一覧に見当たらない。「やう/なり」と区切ったためである。

5）『天草版平家物語語彙用例総索引』第1冊の解説Ⅰ（近藤政美執筆）参照。
6）天草版『伊曾保物語』の「き」「つ」「べし」の例
　1　ゲレゴの言葉よりラテンに翻訳せられしものなり．(409-5)
　2　あるほどの串柿は皆汝に与へつ．(72-23)
　3　また世にあるべうも覚えぬと自慢し：(462-16)

文献

［1］『平家物語総索引』金田一春彦・清水功・近藤政美編、学習研究社刊行、1973年。本文は日本古典文学大系『平家物語』（高木市之助・小沢正夫・渥美かをる・金田一春彦　校注、岩波書店刊行、上-1959年、下-1960年）。
［2］『天草版平家物語総索引』近藤政美・伊藤一重・池村奈代美　編、勉誠社刊行、1982年。本文は勉誠社文庫『天草版平家物語』（大英図書館蔵本の影印、勉誠社刊行、上-1977年、下-1979年）。
［3］『平家物語高野本語彙用例総索引』（自立語篇）　近藤政美・武山隆昭・近藤三佐子　編、勉誠社刊行、1996年。本文は新日本古典文学大系『平家物語』（梶原正昭・山下宏明　校注、岩波書店刊行、上-1991年、下-1993年）。
［4］『平家物語高野本語彙用例総索引』（付属語篇）　近藤政美・武山隆昭・池村奈代美・濱千代いづみ・近藤三佐子　編、勉誠社刊行、1998年。本文は新日本古典文学大系『平家物語』（前項参照）。
［5］『天草版平家物語語彙用例総索引』　近藤政美・池村奈代美・濱千代いづみ　編、勉誠出版刊行、1999年。
［6］天草版『平家物語』大英図書館蔵。文献［5］の第1冊〈影印・翻字篇〉による。
［7］東京大学文学部国語研究室蔵『平家物語』（高野辰之旧蔵）。新日本古典文学大系『平家物語』、および影印の『高野本平家物語』（笠間書院、1973年）による。文献［3］の説明を参照。
［8］慶応義塾大学付属斯道文庫蔵『平家物語』　影印の『百二十句本平家物語』（汲古書院刊行、1970年）、および原本（古写本）調査による。又、用例の所在は影印本の頁・行で示す。
［9］駒沢大学付属図書館沼沢文庫蔵『平家物語』（沼T 29、古写本）。原本調査および写真による。
［10］新日本古典文学大系『平家物語』　文献［3］の説明を参照。

[11]『平家物語の文体論的研究』西田直敏著、明治書院刊行、1978 年。

付記　この章〔I〕は岐阜聖徳学園大学『国語国文学』第 20 号（平成 13・3）掲載の論文を改稿したものである。

〔Ⅱ〕 助詞の基幹語彙

一　はじめに

この研究の目的は、天草版『平家物語』の語彙を主として計量的な方面から考察し、室町時代の日本語の話し言葉の性格を解明しようとするものである。本章〔Ⅰ〕において特に「た」「ぢや」「う」などの助動詞の基幹語彙を中心に語彙表を作成し、文語体を基調にした『平家物語』〈高野本〉の助動詞と比較しつつ考察した[1)]。この章〔Ⅱ〕では「の」(格助, 終助)・「で」(格助)・「から」(格助) などの助詞の基幹語彙を中心にして、同様の方法で語彙表を作成し、次の課題を解明する。

(イ) 助詞の語彙の全体像と基幹語彙の設定

(ロ)『平家物語』〈高野本〉の基幹語彙との比較

　a　使用度数を視点にして

　b　機能を視点にして

(ハ) 助動詞の場合との比較

(ニ) 助詞の基幹語彙と作品の性格との関係

なお、従前『平家物語』および天草版『平家物語』の語彙の研究には『平家物語総索引』[文献 1]『天草版平家物語総索引』[文献 2] を用い、単語の基準を調整して計量的比較を行なった。が、今回は〔Ⅰ〕と同様に次の文献を作成した上で、研究を進めた。

a『平家物語高野本語彙用例総索引』(自立語篇) [文献 3]

b『平家物語高野本語彙用例総索引』(付属語篇) [文献 4]

c『天草版平家物語語彙用例総索引』[文献 5]

また、天草版『平家物語』からの引用は漢字平仮名交じりに直して示すので、ローマ字綴りの原文で確かめたい場合は『天草版平家物語語彙用例総索引』第 1 冊〈影印・翻字篇〉を参照されたい。

『平家物語』諸本については次の略称を用いることもある。
〈天草版平家〉〈天草版〉〈天〉…天草版『平家物語』［文献６］
〈高野本平家〉〈高野本〉〈高〉…『平家物語』〈高野本〉［文献７］
〈斯道本〉〈斯〉…『平家物語』〈斯道本〉［文献８］
〈駒大本29〉〈駒29〉…『平家物語』〈駒大本29〉［文献９］

二　助詞の語彙の全体像と基幹語彙

〈天草版平家〉は「扉・序・物語の本文・目録」の４部から成っている。以下はこのうちの物語の本文（３ページ～408ページ）に使用されている全部の語を取り上げて集計し、論述する。その理由は、これが作品の主体をなし、語彙量も多く、口語体を基調としているからである。他の部分は語彙量が少ない。

〈天草版平家〉全体の語彙については、既に『天草版平家物語語彙用例総索引』第４冊の解説Ⅱ[2]において報告した。が、その後に一部修正したので、今回はこの数値によった。

この作品の延べ語数90605になる。その内訳は自立語46893（517.55‰）、付属語43712（482.45‰）である。〈高野本平家〉に使用されている延べ語数は176068で、自立語が99367（564.37‰）、付属語が76701（435.63‰）である。〈高野本平家〉と比較すると、〈天草版平家〉の付属語の比率はかなり高い。

〈天草版平家〉の付属語のうち、助詞の延べ語数は32374（357.31‰）である。〈高野本平家〉は助詞56570（321.30‰）であるから、助詞の比率も又〈天草版平家〉では増加している。が、１語あたりの使用度数は平均462.49で、〈高野本平家〉の754.27の６割強である。これは異なり語数が70で〈高野本平家〉の75と比較して大差はないことに起因していると言えよう。なお、上記の解説Ⅱの〈表８〉は助詞を主たる機能によって細分している語もあり、ここでの数値と異なる。

さて、〈天草版平家〉の助詞70語について各語の使用度数・使用比率・累積使用度数・順位を整理すると、次のようになる。

なお、使用比率は該当の語の助詞全部に対するもの（単位：‰）である。参考のため、〈高野本平家〉についても同じ項目(累積使用度数を除く)を対照して示した。

［表１］〈天草版平家〉の助詞の使用度数表（〈高野本平家〉と対照）

iii　　　　　i　　　　　ii

			〈天草版〉					〈高野本〉			
番号	見出し項目	助詞の分類		度数	比率(‰)	累積度数	順位		度数	比率(‰)	順位
28	て	接助	●	4658	143.88	4658	1	●	6785	119.94	3
50	の	格助,終助	●	4263	131.68	8921	2	●	9849	174.1	1
47	に	格助,接助	●	3833	118.4	12754	3	●	7411	131.01	2
82	を	格助,接助,終助	●	3689	113.95	16443	4	●	5972	105.57	4
52	は	係助,終助	●	2886	89.15	19329	5	●	4685	82.82	5
31	と	格助,接助,並助	●	2842	87.79	22171	6	●	3914	69.19	6
63	も	係助	●	2121	65.52	24292	7	●	3393	59.98	7
53	ば	接助	●	1719	53.1	26011	8	●	2424	42.85	8
3	が	格助,接助	●	1391	42.97	27402	9	●	1291	22.82	10
57	へ	格助	●	733	22.64	28135	10	●	1211	21.41	11
29	で	格助	●	424	13.1	28559	11	●	198	3.5	23
37	ども	接助	●	419	12.94	28978	12	●	732	12.94	14
21	ぞ	係助,終助(文末),並助	●	406	12.54	29384	13	●	1644	29.06	9
2	か	係助,終助(文末),並助	●	377	11.65	29761	14	●	387	6.84	18
13	こそ	係助	●	372	11.49	30133	15	●	1024	18.1	12
84	をば	複合語	●	251	7.75	30384	16	●	459	8.11	17
9	から	格助	●	246	7.6	30630	17	×	0	0	76
61	まで	副助	●	168	5.19	30798	18	●	292	5.16	20
54	ばかり	副助	●	161	4.97	30959	19	●	246	4.35	21
35	とて	格助,接助	●	136	4.2	31095	20	●	1006	17.78	13
44	など	副助	●	132	4.08	31227	21	×	0	0	77
72	や	係助,終助,間助,並助	●	120	3.71	31347	22	●	567	10.02	16
1	いで	接助（打消）	●	108	3.34	31455	23	×	0	0	78
60	ほどに	接助	●	107	3.31	31562	24	●	109	1.93	26
81	より	格助	●	107	3.31	31669	25	●	715	12.64	15
36	とも	接助	●	76	2.35	31745	26	●	149	2.63	25
59	ほど	副助	●	76	2.35	31821	27	●	74	1.31	33
78	よ	間助	●	62	1.92	31883	28	●	69	1.22	36

			〈天草版〉					〈高野本〉			
番号	見出し項目	助詞の分類		度数	比率(‰)	累積度数	順位		度数	比率(‰)	順位
15	さへ	副助	●	54	1.67	31937	29	●	21	0.37	47
71	ものを	接助,終助	●	48	1.48	31985	30	●	68	1.2	37
17	して	格助,接助	●	46	1.42	32031	31	●	210	3.71	22
43	ながら	接助	●	37	1.14	32068	32	●	82	1.45	31
6	かな	終助（詠嘆）	●	35	1.08	32103	33	●	74	1.31	34
40	な	終助（禁止）	●	34	1.05	32137	34	●	43	0.76	39
51	のみ	副助	●	30	0.93	32167	35	●	48	0.85	38
4	かし	終助	●	29	0.9	32196	36	●	70	1.24	35
45	なりとも	複合語	●	21	0.65	32217	37	×	0	0	79
75	やら	副助	●	17	0.53	32234	38	×	0	0	80
20	そ	終助（禁止）	●	16	0.49	32250	39	●	24	0.42	45
66	ものかな	終助	●	13	0.4	32263	40	●	30	0.53	44
46	なんど	副助	●	11	0.34	32274	41	●	196	3.46	24
22	だに	副助	●	10	0.31	32284	42	●	93	1.64	29
24	ぢやは	複合語	●	9	0.28	32293	43	×	0	0	81
30	で	接助（打消）	●	8	0.25	32301	44	●	94	1.66	28
56	ばや	終助	●	7	0.22	32308	45	●	81	1.43	32
8	かは	複合語	●	7	0.22	32315	46	●	37	0.65	40
49	にて	格助	●	6	0.19	32321	47	●	356	6.29	19
34	として	複合語	●	6	0.19	32327	48	●	33	0.58	43
65	ものか	終助	●	6	0.19	32333	49	●	1	0.02	63
18	しも	副助	●	5	0.15	32338	50	●	19	0.34	48
42	なう	終助	●	5	0.15	32343	51	×	0	0	82
41	な	間助	●	3	0.09	32346	52	●	15	0.27	49
27	づつ	副助	●	3	0.09	32349	53	●	12	0.21	52
26	つつ	接助	●	2	0.06	32351	54	●	96	1.7	27
33	とかや	複合語	●	2	0.06	32353	55	●	36	0.64	42
39	とよ	複合語	●	2	0.06	32355	56	●	14	0.25	50
19	ずんば	複合語	●	2	0.06	32357	57	●	4	0.07	54
62	まれ	複合語	●	2	0.06	32359	58	●	3	0.05	56
70	ものゆゑに	接助	●	2	0.06	32361	59	●	3	0.05	57
55	ばし	副助	●	2	0.06	32363	60	●	1	0.02	64
73	やな	複合語	●	2	0.06	32365	61	×	0	0	83
77	やらん	複合語	●	1	0.03	32366	62	●	88	1.56	30
32	ど	接助	●	1	0.03	32367	63	●	22	0.39	46
16	し	副助	●	1	0.03	32368	64	●	3	0.05	58
80	よな	複合語	●	1	0.03	32369	65	●	3	0.05	59
7	がな	終助（願望）	●	1	0.03	32370	66	●	1	0.02	65
38	ともがな	複合語	●	1	0.03	32371	67	●	1	0.02	66
69	ものゆゑ	接助	●	1	0.03	32372	68	●	1	0.02	67
64	もがな	終助	●	1	0.03	32373	69	×	0	0	84

			〈天草版〉					〈高野本〉			
番号	見出し項目	助詞の分類		度数	比率(‰)	累積度数	順位		度数	比率(‰)	順位
67	ものかは	終助	●	1	0.03	32374	70	×	0	0	85
48	にして	複合語	×	0	0	32374	71	●	37	0.65	41
11	ごさんなれ	複合語	×	0	0	32374	72	●	13	0.23	51
85	をや	終助	×	0	0	32374	73	●	12	0.21	53
74	やは	複合語	×	0	0	32374	74	●	4	0.07	55
10	からに	接助	×	0	0	32374	75	●	3	0.05	60
12	ごさんめれ	複合語	×	0	0	32374	76	●	2	0.04	61
76	やらう	複合語	×	0	0	32374	77	●	2	0.04	62
5	がてら	副助	×	0	0	32374	78	●	1	0.02	68
14	ごとくんば	複合語	×	0	0	32374	79	●	1	0.02	69
23	だも	複合語	×	0	0	32374	80	●	1	0.02	70
25	つ	格助	×	0	0	32374	81	●	1	0.02	71
58	べくんば	複合語	×	0	0	32374	82	●	1	0.02	72
68	ものの	接助	×	0	0	32374	83	●	1	0.02	73
79	よう	間助	×	0	0	32374	84	●	1	0.02	74
83	をして	複合語	×	0	0	32374	85	●	1	0.02	75
	合計			32374	1000				56570	1000	

備考　1表の上部のⅰ，ⅱ，ⅲは並列の優先順位を示す。
　　　2表中の●印は使用されている語、×印は使用されていない語を示す。

日本語の語彙の研究における基本語彙・基幹語彙・基礎語彙の概念は、従来必ずしも明確に区別し使用されてきたわけではない。本稿では「基幹語彙」を「ある特定語集団を対象にしての語彙調査から直接得られる、その語集団の骨格的部分集団」という意味で使用する。

大野晋氏は平安時代の和文脈系文学作品を対象にして語彙の研究をした時、「基本語彙」という語を用いた[3]。そして、使用比率0.1‰を目安にしてそれ以上と定めた。又、西田直敏氏は『平家物語の文体論的研究』において「基幹語彙」という語を用いたが、その概念と基準は大野氏の「基本語彙」の考え方に従っている。これらはすべて自立語を対象にした研究である。ここでは付属語の助詞を対象にするので、基準も別途に設定する必要がある。

本章〔Ⅰ〕の助動詞の基幹語彙の研究において、各語の使用度数を使用比率によって4段階に分類した。50.00‰以上の語集団を高位語（第一）〈第一基幹語彙〉、5.00‰以上の語集団を高位語（第二）〈第二基幹語彙〉、0.50‰以上の語集団を中位語、それ未満の語集団を低位語として設定した。そして、一作品に使用されていない語集団を不使用として示した。

〈天草版平家〉の助詞の使用比率による分類基準

（i）	高位語（第一）	$50.00 \leqq \alpha$	第一基幹語彙
（ii）	高位語（第二）	$5.00 \leqq \alpha < 50.00$	第二基幹語彙
（iii）	中位語	$0.50 \leqq \alpha < 5.00$	
（iv）	低位語	$0.00 < \alpha < 0.50$	
（v）	不使用	$\alpha = 0.00$	

備考　上記の α は各段階での使用比率を示す。単位はすべて‰である。

本章〔II〕の助詞の基幹語彙についても、この基準を適用する。
第一基幹語彙は［表1］の「て」（接助）から「ば」（接助）までの8語である。これらの使用度数は特に多い。累積使用度数が26011で、助詞の全使用度数に対して803.45‰になる。そして、第二基幹語彙は「が」（格助・接助）から「まで」（副助）までの10語である。これらを加えると、累積使用度数は30798で、助詞の全使用度数に対して951.32‰である。

両者を合せて〈天草版平家〉の助詞の基幹語彙とする。

三　基幹語彙の使用度数を視点にした〈高野本平家〉との比較

〈高野本平家〉の助詞の各語を使用度数の多い順に並べ、全助詞に対する比率（単位：‰）を記すと次のようになる。

［表２］〈高野本平家〉の助詞の使用度数表（〈天草版平家〉対照）

iii　　　　　　　　ii　　　　　　i

			〈天草版〉				〈高野本〉				
番号	見出し項目	助詞の分類		度数	比率(‰)	順位		度数	比率(‰)	累積度数	順位
50	の	格助,終助	●	4263	131.68	2	●	9849	174.1	9849	1
47	に	格助,接助	●	3833	118.4	3	●	7411	131.01	17260	2
28	て	接助	●	4658	143.88	1	●	6785	119.94	24045	3
82	を	格助,接助,終助	●	3689	113.95	4	●	5972	105.57	30017	4
52	は	係助,終助	●	2886	89.15	5	●	4685	82.82	34702	5
31	と	格助,接助,並助	●	2842	87.79	6	●	3914	69.19	38616	6
63	も	係助	●	2121	65.52	7	●	3393	59.98	42009	7
53	ば	接助	●	1719	53.1	8	●	2424	42.85	44433	8
21	ぞ	係助,終助(文末),並助	●	406	12.54	13	●	1644	29.06	46077	9
3	が	格助,接助	●	1391	42.97	9	●	1291	22.82	47368	10
57	へ	格助	●	733	22.64	10	●	1211	21.41	48579	11
13	こそ	係助	●	372	11.49	15	●	1024	18.1	49603	12
35	とて	格助,接助	●	136	4.2	20	●	1006	17.78	50609	13
37	ども	接助	●	419	12.94	12	●	732	12.94	51341	14
81	より	格助	●	107	3.31	25	●	715	12.64	52056	15
72	や	係助,終助,間助,並助	●	120	3.71	22	●	567	10.02	52623	16
84	をば	複合語	●	251	7.75	16	●	459	8.11	53082	17
2	か	係助,終助(文末),並助	●	377	11.65	14	●	387	6.84	53469	18
49	にて	格助	●	6	0.19	47	●	356	6.29	53825	19
61	まで	副助	●	168	5.19	18	●	292	5.16	54117	20
54	ばかり	副助	●	161	4.97	19	●	246	4.35	54363	21
17	して	格助,接助	●	46	1.42	31	●	210	3.71	54573	22
29	で	格助	●	424	13.1	11	●	198	3.5	54771	23
46	なんど	副助	●	11	0.34	41	●	196	3.46	54967	24
36	とも	接助	●	76	2.35	26	●	149	2.63	55116	25
60	ほどに	接助	●	107	3.31	24	●	109	1.93	55225	26
26	つつ	接助	●	2	0.06	54	●	96	1.7	55321	27
30	で	接助（打消）	●	8	0.25	44	●	94	1.66	55415	28
22	だに	副助	●	10	0.31	42	●	93	1.64	55508	29
77	やらん	複合語	●	1	0.03	62	●	88	1.56	55596	30
43	ながら	接助	●	37	1.14	32	●	82	1.45	55678	31
56	ばや	終助	●	7	0.22	45	●	81	1.43	55759	32
59	ほど	副助	●	76	2.35	27	●	74	1.31	55833	33
6	かな	終助（詠嘆）	●	35	1.08	33	●	74	1.31	55907	34
4	かし	終助	●	29	0.9	36	●	70	1.24	55977	35
78	よ	間助	●	62	1.92	28	●	69	1.22	56046	36

			〈天草版〉				〈高野本〉				
番号	見出し項目	助詞の分類		度数	比率(‰)	順位		度数	比率(‰)	累積度数	順位
71	ものを	接助,終助	●	48	1.48	30	●	68	1.2	56114	37
51	のみ	副助	●	30	0.93	35	●	48	0.85	56162	38
40	な	終助（禁止）	●	34	1.05	34	●	43	0.76	56205	39
8	かは	複合語	●	7	0.22	46	●	37	0.65	56242	40
48	にして	複合語	×	0	0	71	●	37	0.65	56279	41
33	とかや	複合語	●	2	0.06	55	●	36	0.64	56315	42
34	として	複合語	●	6	0.19	48	●	33	0.58	56348	43
66	ものかな	終助	●	13	0.4	40	●	30	0.53	56378	44
20	そ	終助（禁止）	●	16	0.49	39	●	24	0.42	56402	45
32	ど	接助	●	1	0.03	63	●	22	0.39	56424	46
15	さへ	副助	●	54	1.67	29	●	21	0.37	56445	47
18	しも	副助	●	5	0.15	50	●	19	0.34	56464	48
41	な	間助	●	3	0.09	52	●	15	0.27	56479	49
39	とよ	複合語	●	2	0.06	56	●	14	0.25	56493	50
11	ごさんなれ	複合語	×	0	0	72	●	13	0.23	56506	51
27	づつ	副助	●	3	0.09	53	●	12	0.21	56518	52
85	をや	終助	×	0	0	73	●	12	0.21	56530	53
19	ずんば	複合語	●	2	0.06	57	●	4	0.07	56534	54
74	やは	複合語	×	0	0	74	●	4	0.07	56538	55
62	まれ	複合語	●	2	0.06	58	●	3	0.05	56541	56
70	ものゆゑに	接助	●	2	0.06	59	●	3	0.05	56544	57
16	し	副助	●	1	0.03	64	●	3	0.05	56547	58
80	よな	複合語	●	1	0.03	65	●	3	0.05	56550	59
10	からに	接助	×	0	0	75	●	3	0.05	56553	60
12	ごさんめれ	複合語	×	0	0	76	●	2	0.04	56555	61
76	やらう	複合語	×	0	0	77	●	2	0.04	56557	62
65	ものか	終助	●	6	0.19	49	●	1	0.02	56558	63
55	ばし	副助	●	2	0.06	60	●	1	0.02	56559	64
7	がな	終助（願望）	●	1	0.03	66	●	1	0.02	56560	65
38	ともがな	複合語	●	1	0.03	67	●	1	0.02	56561	66
69	ものゆゑ	接助	●	1	0.03	68	●	1	0.02	56562	67
5	がてら	副助	×	0	0	78	●	1	0.02	56563	68
14	ごとくんば	複合語	×	0	0	79	●	1	0.02	56564	69
23	だも	複合語	×	0	0	80	●	1	0.02	56565	70
25	つ	格助	×	0	0	81	●	1	0.02	56566	71
58	べくんば	複合語	×	0	0	82	●	1	0.02	56567	72
68	ものの	接助	×	0	0	83	●	1	0.02	56568	73
79	よう	間助	×	0	0	84	●	1	0.02	56569	74
83	をして	複合語	×	0	0	85	●	1	0.02	56570	75
9	から	格助	●	246	7.6	17	×	0	0	56570	76
44	など	副助	●	132	4.08	21	×	0	0	56570	77

			〈天草版〉				〈高野本〉				
番号	見出し項目	助詞の分類		度数	比率(‰)	順位		度数	比率(‰)	累積度数	順位
1	いで	接助（打消）	●	108	3.34	23	×	0	0	56570	78
45	なりとも	複合語	●	21	0.65	37	×	0	0	56570	79
75	やら	副助	●	17	0.53	38	×	0	0	56570	80
24	ぢやは	複合語	●	9	0.28	43	×	0	0	56570	81
42	なう	終助	●	5	0.15	51	×	0	0	56570	82
73	やな	複合語	●	2	0.06	61	×	0	0	56570	83
64	もがな	終助	●	1	0.03	69	×	0	0	56570	84
67	ものかは	終助	●	1	0.03	70	×	0	0	56570	85
	合計			32374	1000			56570	1000		

備考　1表の上部のⅰ，ⅱ，ⅲは並列の優先順位を示す。
　　　2表中の●印は使用されている語、×印は使用されていない語を示す。

〈高野本平家〉で使用度数が最も多い語は「の」（格助・終助）である。度数9849、助詞全体に対する比率174.10‰である。〈高野本平家〉の助詞を代表する語であるが、比率は助動詞の場合の「けり」（205.16‰）ほど突出した数値でない。

第一基幹語彙は［表2］の「の」から「も」までの7語である。第一基幹語彙の使用度数が特に多いのは、〈天草版平家〉と同様である。累積使用度数は42009で助詞の全使用度数56570に対して742.60‰になる。この比率は語数を上位8語までにすれば785.45‰で、〈天草版平家〉の803.45‰に近くなる。そして、第二基幹語彙は「ば」から「まで」までの13語である。これらを加えた20語の累積使用度数は54117で、956.64‰になる。この比率を上位18語までにしても945.18‰で、〈天草版平家〉の951.32‰に近い。

助動詞の場合と異なる最大の特徴は、〈天草版平家〉の第一基幹語彙に入る8語が〈高野本平家〉の使用度数の上位8語と同じ語であることである。ただし、このことは〈高野本平家〉で考える時、第一基幹語彙が7語であるため、第二基幹語彙の1語「ば」（接助）を合せた8語ということになる。またこの中には古来助詞の代表とされた「て、に、を、は」の4語も含まれている。

〈天草版平家〉の第一基幹語彙を使用度数順に配列すると、次のようになる。なお、表の（　）に示したのは、〈高野本平家〉の使用度数の順位とそれによって分類した段階である。

参考のため助動詞の第一基幹語彙を対照して示すと、次のようになる。

［表３］　助詞の第一基幹語彙の使用度数の順位

助詞の第一基幹語彙		助動詞の第一基幹語彙	
〈天草版平家〉	〈高野本平家〉	〈天草版平家〉	〈高野本平家〉
１　て	（３、第一基幹語彙）	１　た	（33、低位語）
２　の	（１、第一基幹語彙）	２　らる	（10、第二基幹語彙）
３　に	（２、第一基幹語彙）	３　る	（５、第一基幹語彙）
４　を	（４、第一基幹語彙）	４　たり〔完了〕	（４、第一基幹語彙）
５　は	（５、第一基幹語彙）	５　ぢや	（不使用）
６　と	（６、第一基幹語彙）	６　ず	（２、第一基幹語彙）
７　も	（７、第一基幹語彙）	７　う	（22、中位語）
８　ば	（８、第二基幹語彙）	８　うず	（31、低位語）

〈天草版平家〉の助詞の第一基幹語彙は使用度数の順位も〈天草版平家〉の１、２、３位が３、１、２位になっていること以外は同じである。また、両作品における各語が助詞全体の中で占める比率を比較する時、〈天草版平家〉を基準にすると、〈高野本平家〉ではすべて75%～150%の中に収まる。このことは、第一基幹語彙の助詞の各語が両作品において担っている役割に大差ないことを示している。

そして、助動詞の第一基幹語彙では〈天草版平家〉の「た」や〈高野本平家〉の「けり」のような使用度数の突出した語の存すること、第一基幹語彙で共通するのは３語（「る」「たり（完了）」「ず」）にすぎないことなど、両作品において各語が担っている役割に大差があった。この点で第一基幹語彙の助詞は助動詞と大きな相違がある。

〈天草版平家〉の助詞の第二基幹語彙と〈高野本平家〉の第二基幹語彙を上記にならって示すと、次のようになる。

[表 4]　助詞の第二基幹語彙の使用度数の順位

助詞の第二基幹語彙		助動詞の第二基幹語彙	
〈天草版平家〉	〈高野本平家〉	〈天草版平家〉	〈高野本平家〉
9　が	（10、第二基幹語彙）	9　す	（11、第二基幹語彙）
10　へ	（11、第二基幹語彙）	10 なり〔断定〕	（3、第一基幹語彙）
11　で	（23、中位語）	11　さす	（12、第二基幹語彙）
12　ども	（14、第二基幹語彙）	12　なんだ	（不使用）
13　ぞ	（9、第二基幹語彙）	13　やうなり	（20、第二基幹語彙）
14　か	（18、第二基幹語彙）	14　まじ	（21、第二基幹語彙）
15　こそ	（12、第二基幹語彙）	15　まい	（不使用）
16　をば	（17、第二基幹語彙）	16　らう	（不使用）
17　から	（不使用）		
18　まで	（20、第二基幹語彙）		

〈天草版平家〉の助詞の第二基幹語彙は〈高野本平家〉でも第二基幹語彙であるのが 8 語、不使用と中位語が各 1 語である。第一基幹語彙と比較すれば、「から」（格助）が現れ「で」（格助）が増加するという相違がある。

第二基幹語彙では〈天草版平家〉に 10 語、そのうちの「へ」（格助）「ども」（接助）「をば」（複助）「まで」（副助）の 4 語が〈高野本平家〉との使用比率を比較すると 75% ～ 150% の中に収まる。が、それ以外の 6 語は使用比率にかなりの相違が見られる。

これらに○印を付し、〈高野本平家〉と対照して使用比率を示すと、次のようになる。なお、中位語のうちにも同じ傾向を示すものが存するので、参考のため［　］内に示す。

〔1〕使用比率が〈高野本平家〉と比較して高い語

A 2.0 倍以上

○から（格助）〈天草版〉7.60‰、〈高野本〉用例ナシ。

○で　（格助）〈天草版〉13.10‰、〈高野本〉3.50‰。

［など（副助）、いで（接助, 打消）、なりとも（複助）、やら（副助）、

さへ（副助）]

B 1.5倍以上で2.0倍未満

○が（格助、接助）〈天草版〉42.97‰、〈高野本〉22.82‰。

○か（係助、終助、並助）〈天草版〉11.65‰、〈高野本〉6.84‰。

[ほど（副助）、ほどに（接助）、よ（間助）]

〔2〕使用比率が〈高野本平家〉と比較して低い語

A 0.5倍未満

○ぞ（係助、終助、並助）〈天草版〉12.54‰、〈高野本〉29.06‰。

[して（格助、接助）、や（係助、終助、間助、並助）、で（接助）、より（格助）、とて（格助、接助）]

B 0.75倍未満で0.5倍以上

○こそ（係助）〈天草版〉11.49‰、〈高野本〉18.10‰。

[かし（終助）]

〈天草版平家〉の助詞を使用比率の高低という視点から〈高野本平家〉と比較した場合、〈天草版平家〉を作品として特徴づける語は第一基幹語彙の中には見出せない。が、第二基幹語彙の中に上記の6語を指摘することができる。また、同じ傾向の語を中位語の中から指摘することもできる。

四 〈天草版平家〉を作品として特徴づける第二基幹語彙

〈天草版平家〉の第二基幹語彙は助詞の場合5.00‰以上にして50.00‰未満の語集団である。使用比率を視点にした場合これに属する語は10語、そのうちの6語が〈高野本平家〉と比較して特徴を有すると言えよう。以下、この6語について第一基幹語彙には見られない〈天草版平家〉との深い関わりを、使用比率が〈高野本平家〉より高い語彙と低い語彙に分けて考察してみよう。

(一)〈高野本平家〉より使用比率の高い語

〔Ⅰ〕「から」(格助)〔室町時代の話し言葉〕

「から」(格助)は〈天草版平家〉で使用度数246(7.60‰)である。が、〈高野本平家〉で全く見られない[4]。この語は「より」(格助)と関係が深い。しかも、この「より」は両作品で使用されている。

	から(格助)		より(格助)	
	使用度数	使用比率	使用度数	使用比率
〈天草版〉	246	7.60‰	107	3.31‰
〈高野本〉	0	0.00‰	715	12.64‰

「より」を意味上から整理すると、次のようになる。

(a)比較の基準　(b)限定　(c)起点・経由点ほか

「から」が用いられるのは、このうちの(c)の場合のみである。これを〈天草版平家〉の口語訳の原拠に近い本文を有する『平家物語』[5]の〈高野本平家〉などと対照して整理すると、次のようになる。

i　〈天草版〉の「から」が〈高野本〉などで「より」(c)と対応

ii　〈天草版〉の「から」が〈高野本〉などで「より」以外の語と対応

iii　〈天草版〉の「から」が〈高野本〉などで対応語句なし

▼ i の例

〈天〉(俊寛僧都が都からの使いの基康に)何事ぞ?これこそ京から流された俊寛よと名のられたれば,(74-14)

〈高〉「何事ぞ、是こそ京より流されたる俊寛よ」と名乗給へば、(上141-11)

▼ ii・iii の例

〈天〉夜明けてから(ii),また(平家の侍)三十人余りの首を切りかけてから(iii),木曾殿が言れたは;(168-15〜16)

〈斯〉夜明テ後、然ルヘキ者共三十余人頸ヲ切懸テ□木曾宣ケルハ、

（431-11 ～ 432-1）

▼ iiiの例

〈天〉喜一．…大唐，日本において驕りを極めた人々の果てた様体を且つ申してから，…ことを載せたものでござる．（3-17）

〈高〉〈斯〉とも、対応箇所なし。

上記のうち、ｉの例が大変多い。室町時代の話し言葉では（ｃ）の意味で「から」が多用された。が、「より」も消滅したわけではない。〈高野本平家〉などでこの意味の「より」が、〈天草版平家〉で一部「より」と対応しているのはその証拠である。が、多くは「から」と対応している。換言すれば、口語訳の原拠にした『平家物語』には（ｃ）の意味の「より」が多く、その大部分が「から」と訳された。その結果、〈天草版平家〉では「から」が第二基幹語彙になり、反対に「より」の使用比率が低下して中位語（3.31‰）になった。

〔Ⅱ〕「で」（格助）〔「にて」（格助）の変化した語〕

「で」（格助）は〈天草版平家〉での使用度数 424（13.10‰）である。〈高野本平家〉はそれが 198（3.50‰）である。〈天草版平家〉の比率は〈高野本平家〉の 3.74 倍である。この大きな差はどこから生じたか。

	で（格助）		にて（格助）	
	使用度数	使用比率	使用度数	使用比率
〈天草版〉	424	13.10‰	6	0.19‰
〈高野本〉	198	3.50‰	356	6.29‰

〈天草版平家〉の「で」（格助）を〈高野本平家〉などとの対応から分類すると、次のようになる。

ｉ〈天草版〉の「で」（格助）が、〈高野本〉などの「で」（格助）と対応

ii 〈天草版〉の「で」（格助）が、〈高野本〉などの「にて」（格助）と対応

iii 〈天草版〉の「で」（格助）が、〈高野本〉などのその他の語句と対応

iv 〈天草版〉の「で」（格助）と対応する語句が、〈高野本〉などには存しない

▼ i，ii の例

〈天〉兼平も六千余騎で日の宮林から一度に喚いて馳せ向かふによって，(167-11)

〈高〉今井四郎が六千余騎で（i）日宮林にありけるも、同じく時をぞつくりける。(下 18-5)

〈斯〉今井四郎兼平六千余騎ニテ（ii）日宮林ヨリ一度ニオメイテ馳向。(430-8)

▼ii の例

〈天〉さうして十月二十三日の明くる日，源氏平家富士川で矢合はせと定められて，(152-15)

〈高〉…あすは源平富士河にて矢合と定めたりけるに、(上 308-11)

▼iii の例

〈天〉当家の数輩一の谷で討たれてござれば，(293-24)

〈高〉当家数輩、一谷にして既に誅せられおはンぬ。(下 209-9)

〈斯〉当家ノ数輩、於㆓摂州一谷㆒被㆑討畢ヌ。(575-8)

▼ iv の例

〈天〉右馬．その島であったことどもをもお語りあれ．(65-16)

〈高〉対応語句　なし

「で」（格助）は「にて」（格助）の音韻変化したものである。したがって意味の上では同じである。「にて」の使用度数は 6（0.19‰）で、きわめて少ない。が、〈高野本平家〉では 356（6.29‰）で第二基幹語彙に入る。〈天草版平家〉の「で」（格助）は i 、ii の例が多い。そのうち〈高野本平家〉の「にて」と対応する ii が、両本における「で」（格助）の比率の大差に影響を及ぼしている。iii、iv のような例は余り多くない。

〔Ⅲ〕「が」〔格助詞・接続助詞の使用比率〕

助詞「が」は〈天草版平家〉での使用度数 1391（42.97‰）である。〈高野本平家〉ではそれが 1291（22.82‰）である。使用度数に大きな相違はないが、〈天草版平家〉の使用比率が〈高野本平家〉の 1.88 倍である。この相違はどこから生じたか。

	「が」（合計）		が（格助）		が（接助）	
	使用度数	使用比率	使用度数	使用比率	使用度数	使用比率
〈天草版〉	1391	42.97‰	1095	33.82‰	296	9.14‰
〈高野本〉	1291	22.82‰	996	17.61‰	295	5.21‰

〈天草版平家〉の「が」には、その機能から分類すると（格助）（接助）の 2 種が存する。（格助）としての使用度数は 1095（33.82‰）である。〈高野本平家〉の 996（17.61‰）と比較すると、その使用比率は 1.97 倍である。そして、（接助）としての使用度数は 296（9.14‰）である。〈高野本平家〉の 295（5.21‰）と比較すると、1.75 倍である。（格助）（接助）の場合とも、その使用比率の倍数が増加している。

〈天草版平家〉の「が」（格助）には、主格・連体修飾格の 2 種の用法がある。それを〈高野本平家〉との対応から分類すると、次のようになる。

a i 〈天草版〉の「が」（格助）が、〈高野本〉などの主格表示の「が」と対応

a ii 〈天草版〉の「が」（格助）が、〈高野本〉などの主格表示の「の」と対応

a iii 〈天草版〉の「が」（格助）に対応する〈高野本〉などの語句に、（格助）が存しない

a iv 〈天草版〉の「が」（格助）に対応する語句が、〈高野本〉などに存しない

b i 〈天草版〉の「が」（格助）が、〈高野本〉などの連体修飾格「が」と

対応

b ii 〈天草版〉の「が」(格助) が、〈高野本〉などの連体修飾格「の」と対応

このうち特に多く見られるのは、a iii・a ivの用例である。これらが〈天草版平家〉に「が」(格助) の使用比率を高くしている主たる原因である。

▼a iiiの例

〈天〉(清盛) さればこそ行綱はまことを言うた：このことを行綱が知らせずは，清盛安穏にあらうかと言うて，(23-17)

〈高〉「さればこそ、この事行綱□しらせずは、浄海安穏にあるべしや」とて、(上 77-8)

▼a ivの例

〈天〉喜．そのことでござる．あの公家たちがこのやうなことをせらるることは，今に始めぬことでござぁる．(6-22)

〈高〉など　対応する文が存しない

第一節で述べたように、〈天草版平家〉は『平家物語』を話し言葉に書きなおすに際して問答体を採用した。また自立語で計算すると語彙量が約半分で、抜き書き的性格もある。そのため理解しやすいように、a ivの例のように原拠にない語句も添加され、要約によって生じた文も多く存する。

次に〈天草版平家〉の「が」(接助) を、〈高野本平家〉などとの対応から分類してみよう。

c i 〈天草版〉の「が」(接助) が、〈高野本〉などの「が」(接助) と対応

c ii 〈天草版〉の「が」(接助) が、〈高野本〉などのその他の語句と対応

c iii 〈天草版〉の「が」(接助) に対応する接続語句が〈高野本〉などに存しない

▼c iの例

〈天〉古へ漢王胡国を攻められた時，…三十万騎向けられたが，…官軍皆討ち滅ぼされ，(68-10)

〈高〉いにしへ漢王、胡国を攻められけるに、…三十万騎向けられたりけるが、…官軍みなうちほろぼさる。(131-2)

▼ｃⅱの例

〈天〉（有王が俊寛僧都のことを）常は六波羅の辺に佇み歩いて聞いたが，赦免あらうとも聞き出さなんだによって，(84-2)

〈高〉常は六波羅辺にたゝずみありいて聞けれ共、いつ赦免あるべし共聞出さず。(上 160-13)

〈斯〉其夜ハ六波羅辺ニタヽスミテ伺ヒ聞ケレトモ、聞出シタルコトモナシ。(184-5)

▼ｃⅲの例

〈天〉（浄妙坊の）肩をゆらりっと越えて戦うたが，一来法師はやがてそこで死んだ．(127-22)

〈高〉肩をづんどおどり越えてぞ戦いける。□一来法師討死してんげり。(上 242-3)

〈斯〉肩ヲ軽《ユラ》ト越テソ戦ケル。□一来法師ヤカテ討死シテンケリ。(278-8)

上記のうち、特に多く見られるのはｃⅰとｃⅲの例である。〈天草版平家〉は〈高野本平家〉などと比較して、一般に文が長い。それはｃⅲの例のような接続語句を多く使用しているからである。その中でも特に「が」(接助)が多く、〈天草版平家〉にこの語の多い要因になっている。なお、このような用例の多くは単純接続の意味で用いられている。が、稀に逆態接続の意味の用例も存する。

〔Ⅳ〕「か」〔係助詞・終助詞の使用比率〕

助詞の「か」は〈天草版平家〉〈高野本平家〉ともに第二基幹語彙に入る。〈天草版平家〉で使用度数 377（11.65‰）、〈高野本平家〉でそれが 387（6.84‰）である。両者の使用度数に大きな差はないが、〈天草版平家〉の使用比率は〈高野本平家〉の 1.70 倍である。この相違はどこから生じたか。

助詞「か」は機能により（係助）（終助）（並助）の３種に分類される。両作品の各の使用度数・使用比率を示すと、次のようになる。

	「か」（合計）		か（係助）		か（終助）		か（並助）	
	使用度数	使用比率	使用度数	使用比率	使用度数	使用比率	使用度数	使用比率
〈天草版〉	377	11.65‰	82	2.53‰	259	8.00‰	36	1.11‰
〈高野本〉	387	6.84‰	230	4.07‰	115	2.03‰	42	0.74‰

分類した3種の使用比率を考えてみよう。（係助）は〈高野本平家〉が高く、（終助）（並助）は〈天草版平家〉が高い。そして、〈天草版平家〉の（終助）の使用度数が多く、使用比率が〈高野本平家〉の約4倍であるので、「か」全体の使用比率は〈高野本平家〉より高くなっている。

このような結果になった原因は何か。

〈天草版平家〉の「か」（終助）が〈高野本平家〉などではどのような語句と対応しているか、整理すると次のようになる。

ⅰ〈天草版〉の「か」（終助）が、〈高野本〉などの「か」（終助）と対応

ⅱ〈天草版〉の「か」（終助）が、〈高野本〉などの「か」（係助）と対応

ⅲ〈天草版〉の「か」（終助）が、〈高野本〉などでその他の語句と対応（「や」（係助）との対応が多い）

ⅳ〈天草版〉の「か」（終助）と対応する語句が、〈高野本〉に存しない

▼ⅰの例

〈天〉（俊寛僧都が有王に）今またそちの便りにも音信のないはかうとも言はれなんだか　?(88-21)

〈高〉「今汝がたよりにも、音づれのなきは、かう共言はざりけるか」。

（上165-3）

▼ⅱの例

〈天〉義経あらはにならせらるるところに，いつの間に進んだか嗣信義経の矢面にむずとへだたるところを，(645-10)

〈高〉該当の語句なし　　（下272-2）

〈斯〉判官アラワニ成玉フ処ニ、イツノ間ニカ進ケン、佐藤三郎兵衛次信…判官ノ矢面ニ無手ト隔ル処ヲ、（645-1）

▼iiiの例

〈天〉（義経三千余騎で）ここを落さうとせらるるに，この勢に驚いたか，大鹿二つ一の谷の城の内へ落ちたれば，（270-20）

〈高〉すでに落さんとしたまふに、其勢にや驚いたりけん、大鹿二・妻鹿一平家の城郭、一谷へぞ落たりける。（下 164-11）

〈斯〉コヽヲ落ントシ玉フニ、此勢ニヤ驚タリケン、大鹿二ツ一谷ノ城ノ内ヘソ落タリケル。（535-5）

▼ivの例

〈天〉右馬．して法皇のお行方は後にも知れなんだか？（196-16）

〈高〉対応箇所なし

全体としてはiiiの例が多い。特に〈天草版平家〉の「か」（終助）が〈高野本平家〉〈斯道本〉の「や」（係助）と対応する例が目立つ。これが〈天草版平家〉の助詞「か」の使用比率を押し上げる要因になっている。同じ意味の「や」（係助）が衰退し、「か」（終助）が台頭していくのである。iiの用例は少ない。ivの用例も余り多くない。また反対に、助詞「や」が〈高野本平家〉で第二基幹語彙になっているのに〈天草版平家〉で使用比率が低くなっているのも、これと関連している。注６）の表を参照。

(二)〈高野本平家〉より使用比率の低い語

〔V〕「ぞ」〔係助詞・終助詞の比率〕

助詞「ぞ」の使用度数は〈天草版平家〉で 406（12.54‰）、〈高野本平家〉で 1644（29.06‰）である。〈天草版平家〉の使用比率は〈高野本平家〉の 0.43 倍にあたる。なぜこのような低い比率になったのか、その要因を探ってみよう。

先ず「ぞ」を機能によって（係助）（終助）（並助）の３種に分類すると、次のようになる。ただし、文末の用法は終助詞の中に含む。

	ぞ（合計）	（係助）	（終助）	（並助）
	使用比率　‰	使用比率　‰	使用比率　‰	使用比率　‰
〈天草版〉	406	30	376	0
	12.54‰	0.93‰	11.61‰	0.00‰
〈高野本〉	1644	1355	287	2
	29.06‰	23.95‰	5.07‰	0.04‰

〈天草版平家〉の助詞「ぞ」の使用比率が〈高野本平家〉と比較して特に低いのは、（係助）が0.93‰で、〈高野本平家〉の23.95‰よりも極端に低いことによる。（終助）の使用比率は逆に〈天草版平家〉の方が高く、（並助）は〈高野本平家〉に2例のみで全体の使用比率にはあまり影響していない。

〈天草版平家〉の「ぞ」（係助）と「ぞ」（終助）とが〈高野本平家〉などでどんな語句と対応しているか、また〈高野本平家〉などの「ぞ」（係助）と「ぞ」（終助）とが〈天草版平家〉でどんな語句と対応しているか、整理すると次のようになる。

a i 〈天草版〉の「ぞ」（係助）が〈高野本〉などの「ぞ」（係助）と対応
（30例の内では比較的多い）

a ii 〈天草版〉の「ぞ」（係助）を含む語句が〈高野本〉などのその他の語句と対応

a iii 〈高野本〉などの「ぞ」（係助）またはそれを含む語句が〈天草版〉のその他の語句と対応

a iv 〈高野本〉などの「ぞ」（係助）またはそれを含む語句が〈天草版〉では対応語句なし

b i 〈天草版〉の「ぞ」（終助）が〈高野本〉などの「ぞ」（終助）と対応

b ii 〈天草版〉の「ぞ」（終助）が〈高野本〉などのその他の語句と対応

b iii 〈天草版〉の「ぞ」（終助）が〈高野本〉などでは対応語句なし

▼a iの例

〈天〉剃るまでは恨みしかども，梓弓，真の道に入るぞ嬉しき．

(309-3)

〈高〉そるまではうらみしかどもあづさ弓まことの道にいるぞうれしき

（下 227-8)

（他に、〈天〉(367-15)…〈高〉（下 342-7)、〈斯〉(725-3)

▼a iiの例

〈天〉成親卿と申す人…，なんとぞして平家を滅ぼいて本望を遂げうずると企てられた．(18-17)

〈高〉（成親卿）「…。いかにもして平家をほろぼし、本望をとげむ」との給けるこそおそろしけれ。（上 45-12)

▼a iiiの例

〈天〉（俊寛僧都が娘のことを）人にも見え，宮仕ひをもして身をも育てうずるかと言うて，嘆かれたをもって，…，子を思ふ道には迷ふことも知られた．(90-10)

〈高〉人にも見え、宮仕をもして、身をもたすくべきか」とて、なかれけるにぞ、…、子を思ふ道に迷ふ程も知られける。（上 166-7)

▼a ivの例

A〈天〉（蘇武は胡国で）十九年の春秋を送って，輿にかかれて故郷へ□帰った．(70-4)

〈高〉十九年の星霜を送ッて、…輿にかゝれて古郷へぞ帰りける。

（上 132-8)

他 に、〈天〉(245-8)…〈高〉（下 132-1)、〈天〉(79-21)…〈高〉（上 157-15)

B〈天〉平家は…あわて騒いでもしや助かると，側な谷へ□こけ落つるところで，…汚し汚し，返せ返せと言ふ者も多かったれども，(167-20)

〈斯〉平家ハ…周障騒キ、若ヤ助ルト、側ノ谷ヘソ落シケル。「キタナシヤ、返セ返セ」ト云フ族ラモ多カリケレトモ、(430-11)

他に、〈天〉(244-9)…〈斯〉(495-1)

▼b iの例

〈天〉若君も，姫君も…（維盛の）鎧の袖，草摺に取り付いて，これはさていづくへござぁるぞ？(185-23)

〈高〉若公・姫君…父の鎧の袖、草摺に取つき、「是はさればいづちへとてわたらせ給ふぞ。（下 45-3）

▼b ⅱの例

A〈天〉成親卿行綱を呼うで御辺をば一方の大将に頼むぞ：(20-11)

〈高〉新大納言成親卿は多田蔵人行綱をよふで、「御辺をば、一方の大将に憑なり。(上 47-11)

B〈天〉木曾殿大きに喜うで…さらば好い敵ぞ，…とて，真っ先に進まれた．(244-14)

〈斯〉木曾殿大ニ悦ンテ、「…サラハヨイ敵ゴサンナレ。…」トテ、マツサキニコソ進マレケレ。(495-4)

▼b ⅲの例

〈天草版平家〉で問答体にしたため付加することになった文の中での例

〈天〉右馬．して木曾はなんとなったぞ？(242-5)

『平家物語』諸本には対応する文なし

〈天草版平家〉の「ぞ」（係助）の使用比率が〈高野本平家〉と比較して特に低いのは、a ⅳのような、〈高野本平家〉などに「ぞ」（係助）が存するのに〈天草版平家〉の対応箇所に存しない例が多いことである。a ⅳのAの例では、〈天草版平家〉で「ぞ」（係助）が消滅している。またBの例では、「ところで」（接続語）を補って続けるために「ぞ」（係助）が脱落することになった。このような例は多く存し、長くなる文が頻繁に見られるようになった。そして、平安時代以降に文語文で盛んに使用された（係助）としての用法は、室町時代末期の話し言葉では極端に衰退した。そして、このことが「ぞ」（終助）のｂⅱ、ｂⅲのような例がかなり存するにもかかわらず、〈天草版平家〉の助詞「ぞ」の使用比率を低くした大きな要因となったのである。

〔Ⅵ〕「こそ」（係助）〔会話文にも残存〕

助詞「こそ」の使用度数は〈天草版平家〉で 372（11.49‰）、〈高野本平家〉で 1024（18.10‰）である。〈天草版平家〉の使用比率は〈高野本平家〉の 0.63 倍にあたる。なぜこのような低い比率になったのか、その要因を探ってみよう。

	こそ（係助）		ぞ（係助）	
	使用度数	使用比率	使用度数	使用比率
〈天草版〉	372	11.49‰	30	0.93‰
〈高野本〉	1024	18.10‰	1355	23.95‰

〈天草版平家〉の「こそ」（係助）が〈高野本平家〉などでどんな語句と対応しているか、また〈高野本平家〉の「こそ」（係助）が〈天草版平家〉でどんな語句と対応しているか、整理すると次のようになる。

a i 〈天草版〉の「こそ」（係助）が〈高野本〉などの「こそ」（係助）と対応

a ii 〈天草版〉の「こそ」（係助）が〈高野本〉などの「ぞ」（係助）と対応

a iii 〈天草版〉の「こそ」（係助）またはこれを含む語句が〈高野本〉などでその他の語句と対応

a iv 〈天草版〉の「こそ」（係助）と対応する語句が〈高野本〉などに存しない

b i 〈高野本〉などに「こそ」（係助）またはこれを含む語句が存し、〈天草版〉では他の語句が対応

b ii 〈高野本〉などに「こそ」（係助）またはこれを含む語句が存し、〈天草版〉では対応する語句が存しない。

▼a i の例

〈天〉成親卿の軍兵を集めらるるも院宣とてこそ呼ばせらるれ：

(22-3)

〈高〉（行綱が清盛に）「…。成親卿の軍兵召され候も、院宣とてこそ召され候へ」。（上 76-4）

▼ a ii の例

〈天〉信俊参って見奉るに，…墨染めのおん袂を見奉るにこそ，信俊目も眩れ，心も消え入るやうで（連用形），…．（62-22）

〈高〉信俊参ッて見奉るに、…墨染の御袂を見奉るにぞ、信俊目もくれ、心も消えて覚えける。（上 113-6）

▼ a iii の例

A〈天〉母とぢ…：今生でこそあらうずれ，後生まで悪道へ赴かうことこそ悲しけれと言うて，（102-23）

〈高〉（母とぢ）「…。今生でこそあらめ、後生でだに、悪道へおもむかんずる事のかなッしさよ」と、（上 25-7）

B〈天〉清盛これを聞いて，ようこそしたれと，誉められた．（17-19）

〈高〉入道、「神妙なり」とぞのたまひける。（上 41-16）

▼ a iv の例

〈天〉そののち景清が出て，水尾谷が甲のしころを引きちぎってこそ，平家方にもそっと色を直いてあった．（338-2）

〈高〉対応語句なし（上 278-6 〜 15）のあたりを要約、〈斯〉では（651-2 〜 7）

▼ b i の例

A〈天〉（俊寛は成経の申すことに）頼みをかけて，その瀬に身をも投げられなんだ心中は，まことにおろかなことでござった．（77-2）

〈高〉（俊寛は成経の申すことに）憑をかけ、その瀬に身をもなげざりける、心の程こそはかなけれ。（上 143-5）

B〈天〉このやうに人の思ひ嘆きの積もる平家の末は何《なん》とあらうか？ 恐ろしいことぢゃ．（92-21）

〈高〉か様に人の思嘆きのつもりぬる、平家の末こそおそろしけれ。

(上 168-5)

▼ b ii の例

A〈天〉（成経は）言の葉につけても父のことを恋しげに□仰せられた.（80-11）

〈高〉（成経は）ことの葉につけて、父の事を恋しげにこその給ひけれ。（上 158-6）

B〈天〉該当の部分は省略、77 ③の次

〈高〉昔壮里・息里が海岳山へはなたれけんかなしみも、今こそ思ひ知られけれ。（上 144-11）

上記のうち使用度数の多いのは、a i、b i、b ii の場合である。そして〈天草版平家〉の使用比率が〈高野本平家〉に比較して低くなったのは、b i、b ii のような例が多いことである。b ii B の例は〈天草版平家〉が口語訳された時に、原拠本の一部が省略されたために生じたものである。そして、b i、b ii は室町時代末期の話し言葉から「こそ」（係助）の使用が衰退し出したことを示している。が、a ii、a iii、a iv のような例も少数見られ、その中には a iii B のような、口語訳の際に生じたものも存すると推測されるのである。

五　むすび

本章〔Ⅱ〕では、室町時代末期の口語体を基調にする〈天草版平家〉の助詞について、鎌倉時代からの文語体を基調にする〈高野本平家〉と比較しながら計量的な方面から調査・集計を進めた。最初に助詞の語彙の全体像を明らかにした。次に各語の使用度数順の語彙表を作成し、基幹語彙を設定した。第一基幹語彙は助詞全体の使用度数に対して 50.00‰以上、第二基幹語彙は 5.00‰以上である。これは〔Ⅰ〕で論じた助動詞の基幹語彙に関する論考と同じ基準である。そして、助詞の基幹語彙と〈天草版平家〉の作品としての性格との関係を、第二基幹語彙を中心にして口語訳の原拠に近い〈高野本平家〉〈斯道本〉などと比較しつつ考察した。

〈天草版平家〉の基幹語彙は第一（8 語）・第二（10 語）を合せて 18 語

で、累積使用度数の比率は951.32‰である。助詞の受け持つ基本的な意味領域は、大部分これらによって表現できる。〈高野本平家〉についても、これが第一（7語）・第二（13語）を合せて20語、956.64‰で同様のことが言える。

〈天草版平家〉の助詞の第一基幹語彙の8語は〈高野本平家〉の使用度数の上位8語と同じである。順序も〈天草版平家〉の1、2、3位が3、1、2位になっていること以外は同じである。このことは、助詞の各語が両作品において担っている役割に大差ないことを示している。

そして、助動詞の第一基幹語彙では〈天草版平家〉の「た」や〈高野本平家〉の「けり」のような使用度数の突出した語の存すること、第一基幹語彙で共通するのは3語にすぎないことなど、両作品において各語が担っている役割に大差があった。この点で第一基幹語彙の助詞は助動詞と大きな相違がある。

〈天草版平家〉の助詞の第二基幹語彙は〈高野本平家〉でも第二基幹語彙であるのが8語、不使用と中位語が各1語である。第一基幹語彙と比較すれば、〈高野本平家〉に存しない「から」（格助）が現れ、「で」（格助）が増加するという相違がある。しかし、不使用の3語（「なんだ」「まい」「らう」）も現れる助動詞の場合と比較すれば、その変動は小さい。

さて、第四節において第二基幹語彙の6語を作品の性格と関係の強い語として、〈高野本平家〉と比較しながら検討した。その結果を便宜上、次の2種に大別して解してみよう。

（1）意味領域・語形・機能の変化に関係する語…「から」「で」「が」

（2）係助詞の衰退に関係する語…「か」「ぞ」「こそ」

（1）の「から」は〈高野本平家〉などで「より」と対応することが多い。しかし、〈天草版平家〉では起点・経由点などの限られた意味領域で用いられる。そして、この領域では「より」を圧倒し、そのため〈天草版平家〉の「より」は使用度数が減少して中位語になった。

また「で」は「にて」の音韻変化によって語形が生じた。すでに〈高野本平家〉でも中位語で、会話文などにかなり使用されている。そして、多くは

〈高野本平家〉で第二基幹語彙の「にて」と対応している。が、「にて」は〈高野本平家〉で第二基幹語彙であったのに、口語訳で多くが「で」と書き直されたため、〈天草版平家〉では使用度数が激減して低位語になった。

ここに〈天草版平家〉で顕著に増加する語が現れると、〈高野本平家〉などで対応する語が減少するという変化を観取することができる。

他方、「が」（格助・接助）は両本とも第二基幹語彙の中に入る。けれども使用比率に大差がある。〈天草版平家〉の「が」は使用比率が〈高野本平家〉の2倍に近い。そのうちの（格助）だけを取り上げても、2倍に近い。この原因は主格の機能の用例が増加したことである。〈高野本平家〉などでは主格を示すのに助詞を用いないことが多い。が、〈天草版平家〉ではそれを明確に示すために「が」が用いられるようになった。又、「の」を用いることの多かった主格表示も一部は「が」に書き直された。さらに（接助）としての用例も2倍近くに増加している。和漢混交文の〈高野本平家〉などでは連続する二つの短い文を、口語訳の時に〈天草版平家〉では前後の意味の関係を示す接続語句でつないで長い文にした。その際多くの「が」を用いることに起因している。

（2）の（係助）の衰退に関係する語として、第一に「ぞ」が上げられる。使用比率が〈高野本平家〉の半分にも達していない。その原因は使用度数の大部分を占める（係助）としての機能が衰退したことである。（終助）としての使用度数は増加しているが、この語の使用比率にあまり影響していない。

第二基幹語彙の中でこれに続く語として「こそ」（係助）がある。この語は〈天草版平家〉では使用比率が〈高野本平家〉の半数を超える。それらの多くは会話文中で〈高野本平家〉の「こそ」と、また一部「ぞ」（係助）と対応している。全体としては（係助）衰退の流れを読み取ることができる。けれども「ぞ」とちがって、まだ話し言葉としてかなり使用されていたと言えよう。

これらと反対に、「か」は使用比率が〈高野本平家〉と比較して増加している。（係助）としては減少しているけれども、それ以上に（終助）としての用例が増加しているからである。そして多くは〈高野本平家〉などでは同じ疑問の意味の「や」（係助）と対応している。換言すると、「か」の増加は同じ語の（係助）から（終助）への機能の変化はわずかで、同じ意味で異なる語の（終助）への変化が見られるのである。そして、そこには「ぞ」と同様に「か」「や」両語の（係助）としての機能の衰退が関連しているのである。

〈天草版平家〉は序文で述べられているように、キリシタンの宣教師たちが日本語と日本のイストリヤを学ぶためのテキストとして編集された。そして、この日本語はキリストの教えを伝道するのに役立つことを目標にし、当時の都（室町時代末期の京都）の話し言葉を選んだ。が、第一基幹語彙の全語および第二基幹語彙の10語中の8語が〈高野本平家〉と共通して現れていることから、これらが口語訳の原拠にした『平家物語』でも多く用いられていたことが推測できる。又「から」「で」は当時の都で定着し出した言葉、「が」は主格や（接助）として多く用いられるようになり、「ぞ」は係助詞としての用法が衰退し終助詞として盛んに用いられたことが判明する。

（係助）の機能の衰退による使用度数の減少は「こそ」「か」にも見られる。「こそ」は（係助）としての役割が減少しても、まだ用いられていた。「か」は「ぞ」と同じように（終助）になるものも見られるが、「や」の役割をも担い、語としての使用度数が増加した。このように〈天草版平家〉の助詞の各語について意味範囲・語形・機能、（係助）の衰退の状況を検討すると、文語体の中での用法から室町時代末期の京都語の話し言葉の中の用法へと、変化し続けている現象を〈天草版平家〉の第二基幹語彙の中に明確に見ることができると言えよう。そして、それは〈天草版平家〉の作品を支える言語の面での特徴となっているのである。

注

1）　次の論文をもとにした本章〔I〕を指す。「天草版『平家物語』における助動詞の基幹語彙について―『平家物語』〈高野本〉との比較を中心にして―」近藤政美、『岐阜聖徳学園大学国語国文学』第20号(2001年3月)所収。

2）「天草版『平家物語』の語彙の特色」濱千代いづみ・近藤政美、『天草版平家物語語彙用例総索引』第4冊の解説Ⅱ参照。

3） 本章〔Ⅰ〕の注3）を参照。

4）『平家物語』〈高野本〉には「から」（格助）が存しない。しかし、「からに」（接助）が3例見られる。いずれも「だからといって」の意味で、逆接的条件を示している。

　例 （木曾義仲）「いかで車であらんがらに、すどをりをばすべき」とて、

（下 91-12）

同系統の〈竜大本〉（竜谷大学図書館蔵本）でも同様である。

5） 不干ハビヤンが天草版『平家物語』の本文を作成するために原拠として用いた『平家物語』については、多くの古写本・古刊本を比較すると、十二巻本系統のもので範囲により3種の本文が想定される。が、それらを厳密な意味で現存本の中から特定することはできない。『中世国語論考』（近藤政美著、和泉書院刊行、1989年）参照。

6） 助詞「や」を機能によって分類し、使用度数・使用比率を示すと次のようになる。

	や（合計）	（係助）	（終助）	（間助）	（並助）
	使用比率	使用比率	使用比率	使用比率	使用比率
〈天草版〉	120	41	3	48	28
	3.71‰	1.27‰	0.09‰	1.48‰	0.86‰
〈高野本〉	567	343	42	165	17
	10.02‰	6.06‰	0.74‰	2.92‰	0.30‰

文献

［1］～［9］は本章〔Ⅰ〕（助動詞）の同じ番号を参照。

付記　この章〔Ⅱ〕は岐阜聖徳学園大学『紀要』第41集（平14・2）に掲載された論文を改稿したものである。

第四章　天草版『平家物語』の文末語の計量的考察

〔Ｉ〕ピリオド終止の語およびその文の種類との相関性

一　はじめに

1．Sate Guenjiua yoccano fini Ichinotaniye yoxerareôzurude attaredomo，…，nanucano vnococuni Tçunocuni Ichinotanide Guenpei yaauaxeto sadamerareta．（254–8 頁・行を示す、以下同じ）

2．VM．Nŏ　Qiichi，sono saqi uomo matto vocatariare．（149–8）

この章［Ｉ］の目的は、天草版『平家物語』の文末語（上記の用例の ta，are など）を、文末符号のピリオドによる終止と文の種類との相関性を視点にして計量的な面から考察し、その特色を把握することである。

〈天草版平家物語〉[1)]は『平家物語』を室町時代末期の話し言葉で書きなおしたものである。ポルトガル語式の写音法によってローマ字で綴っている。この時代に来日したキリシタンの外国人宣教師たちが日本語を学習するためのテキストとして編纂されたからである。そして、現在では当時の口語を研究するのに最も重要な文献として位置づけられている。

〈天草版平家〉（略称）の文章は右馬の允が尋ね、喜一検校がそれに答えて平家の盛衰を語るという問答体の構造になっている。このような作品には、同じ作者の不干ハビヤンによる『妙貞問答』[2)]などがあり、当時としては珍しいものではなかった。が、それらの中で〈天草版平家〉は和漢混交の『平家物語』の口語訳、ポルトガル語式のローマ字綴りという点で異彩を放っている。

この章では作品の文体の特徴を解明する重要な鍵となる文末語に着目した。

文末語について論ずる場合、前提として文とは何かということを明らかにしておかなければならない。ところが、わが国古来の文法観においては、その概念は必ずしも明確にはされていない。また物語り類・抄物・記録類などにも、句点と読点との区別がない。

文についての定義は多岐にわたり、現在においてもまだ一定しない。ごく一般的なものを二つ上げてみよう。

（1）一つのまとまった判断や感情が言い表された、完結している一続きの言葉。（大野晋『日本語の文法[古典編]』[3)]）

（2）人間が思考や感情によって表現する時の、完結性の認められる最低限度の単位。（国語学会編『国語学大辞典』[4)]）

句読点が正しく記された現在の文章の中から文を抽出することは、それほど困難ではない。が、江戸時代以前のの文献においては、上記のような定義だけで明確にできない表現も多々存在する。そのような場合、漢字かな交じりで記された日本の文献と比較して、この書には次の利点がある。

(a) ピリオド・コロン・セミコロン・コンマ・疑問符・感嘆符の6種の符号が用いられている。

(b) ローマ字を用いているので、活用語の語形を誤読することがない。

これらに留意しながら、〈天草版平家〉の本文（序文・章題・目次を除外した範囲）から5365例の文を抽出した。それを文末符号・引用助詞「と」などによって分類し、全巻および巻別の使用度数を示すと、次のようになる。

以下、①のピリオドの付された1436例（26.77パーセント）を取り上げる。

そして、［表Ⅱ］（ピリオド終止による文末語の使用度数順語彙）、［表Ⅲ］（ピリオド終止による文末語の異なり語数・延べ語数・使用率）、［表Ⅳ］（ピリオド終止による文末語の品詞別の異なり語数、延べ語数）、［表Ⅴ］（ピリオド終止による文末語の文の種類別使用度数）、［表Ⅵ］（文末語の文の種類別使用度数および比率）を作成し、文末語とその用いられている文の種類（地の文、会話文、心中文など）との相関性を中心にして論ずる。

なお、〈天草版平家〉はローマ字で綴られているが、次節以降の引用に際しては片かな又は漢字平がな交じりになおして示す。

［表Ｉ］　文末符号・引用助詞などの使用度数

	①ピリオド	②疑問符	③感嘆符	④コロン	⑤セミコロン	⑥コンマ	⑦引用助詞	⑧符号ナシ	⑨脱落	⑩誤入	合計
全巻	1436	268	46	873	36	484	2134	77	10	1	5365
比率(%)	26.77	5.00	0.86	16.27	0.67	9.02	39.78	1.44	0.19	0.02	100.00
巻Ⅰ	346	59	9	167	14	106	429	13	8	1	1152
巻Ⅱ	243	48	13	128	2	89	297	7	0	0	827
巻Ⅲ	208	47	4	104	2	51	331	7	1	0	755
巻Ⅳ	639	114	20	474	18	238	1077	50	1	0	2631

二　ピリオド終止による文末語の使用度数順語彙表

〈天草版平家〉の編者は、序文を記した不干ハビヤンと言われている。が、その成立の過程においては漢字かな交じりの原稿があり、菅原範夫氏はローマ字化するのには協力者もいたとの推測をしているが、その説は取りあげない[5)]。

この書では、現代の日本人が文の終止と考える箇所に必ずしもピリオドは付されていない。コロン・セミコロン・コンマなどの場合もある。引用助詞「と」などの場合もある。ポルトガル語などの表記で用いる句読点を日本語での文章に適用したものなので、やむをえないことである。逆にピリオドの付されている場合は、和歌の前とか誤記を除けば、文の終止を示している。それ故ピリオドの付されている文を分析すれば、〈天草版平家〉文末語の重要な部分を解明することができると考え、その使用度数順語彙表を作成した。

［表Ⅱ］ピリオド終止による文末語の使用度数順語彙

群	基本形	品詞	使用度数
A（11語）	タ	ジョド	843
	ゴザル	ド・ホド	134
	マウス	ド	76
	ヂヤ	ジョド	59
	ナンダ	ジョド	53
	アル	ド・ホド	29
	ウズ	ジョド	22
	ヌ（ウチケシ）	ジョド	13
	ウ	ジョド	11
	カナ	ジョ	11
	ナイ	ケ・ホケ	11
B（9語）	ゾンズル	ド	8
	ゴザナイ	ケ・ホケ	6
	ゾ	ジョ	6
	イフ	ド	5
	ズ	ジョド	5
	タリ	ジョド	5
	ナシ	ケ	5
	マイ	ジョド	5
	マラスル	ホド	5
C（13語）	アハレナ	ケド	4
	ウズル	ジョド	4
	ケリ	ジョド	4
	マジイ	ジョド	4
	ラン	ジョド	4
	カ	ジョ	3
	タテマツル	ド・ホド	3
	ツカマツル	ド	3
	テ	ジョ	3
	フシギヂヤ	ケド	3
	ラウ	ジョド	3
	ラルル	ジョド	3
	ルル	ジョド	3
D（7語）	アハレナリ	ケド	2
	オロカヂヤ	ケド	2
	ナル	ド	2
	ノ	ジョ	2
	ハセマヰル	ド	2
	バ	ジョ	2
	ミル	ド	2
E（66語）	アコガレユク	ド	1
	アユミチカヅク	ド	1
	ウケタマハル	ド	1
	ウタテイ	ケ	1
	ウチアグル	ド	1
	ウレシ	ケ	1
	オホイ	ケ	1
	オボシメス	ド	1
	カクル	ド	1
	カシ	ジョ	1
	カタイ	ケ	1
	カヘス	ド	1
	カンエウヂヤ	ケド	1
	ガ	ジョ	1
E（左下の続き）	キ	ジョド	1
	クダサルル	ド	1
	クヤシ	ケ	1
	クル	ド	1
	ケス	ド	1
	ココロウイ	ケ	1
	コタユル	ド	1
	コト	メ	1
	コヒシ	ケ	1
	コヱ	メ	1
	ゴトグチヤ	ケド	1
	サス（ソソグ意）	ド	1
	シゴクヂヤ	ケド	1
	シホカゼ	メ	1
	スイビスル	ド	1
	スツル	ド	1
	ゾヨ	ジョ	1
	タイ	ジョド	1
	タマフ	ホド	1
	タメ	メ	1
	ツ	ジョド	1
	ツカハス	ド	1
	デヤフ	ド	1
	トドマル	ド	1
	トモガナ	ジョ	1
	ナク	ド	1
	ナサルル	ド	1
	ニ	ジョ	1
	ヌ（カンリョウ）	ジョド	1
	ハ	ジョ	1
	ヒキシリゾク	ド	1
	フジノネ	メ	1
	ヘダテナイ	ケ	1
	ベシ	ジョド	1
	マウシアグル	ド	1
	マカリトドマル	ド	1
	マシ	ジョド	1
	マレナ	ケド	1
	ムザンナ	ケド	1
	ムスメ	メ	1
	ムネンナ	ケド	1
	モノカハ	ジョ	1
	モノガタリス	ド	1
	モノヲ	ジョ	1
	ユク	ド	1
	ユラレユク	ド	1
	ヨ	ジョ	1
	ヨシナシ	ケ	1
	ヨビカヘス	ド	1
	ワクル	ド	1
	ヰコンナ	ケド	1
	ン	ジョド	1
合計	106語		1436

備考
① 活用語は室町時代末期の口語の終止形を基本形にして整理した。
　例　コタユル・ウタテイ・アハレナ・タ。
② 口語の終止形として二つの形が存する場合、各々を別の項にした。
　例　ウズル・ウズ。
③ 口語の終止形で整理するのが適当でないと考えられる語は、文語形をも別に立てた。
　例　ナシ・アハレナリ・ケリ。
④ 係助詞のゾ・ヤ・カ、疑問語、および係助詞のコソ、これらの結びになる語の連体形・已然形は、文語の終止形を基本形にして整理した。
　例　ウレシ（ゾ………ウレシキ）・タリ（コソ………タレ）。
⑤ 品詞名は、略して片かなで示した。

ド………動詞	ケド………形容動詞
ホド……補助動詞	ジョド……助動詞
ケ………形容詞	メ…………名詞
ホケ……補助形容詞	ジョ………助詞

三　ピリオド終止による文末語の異なり語数・延べ語数および口語形・文語形

〈天草版平家〉のピリオド終止による文末語を[表Ⅱ]のように使用度数順に並べ、各度数の異なり語数・延べ語数・使用率（使用度数の延べ語数の合計に対する比率）およびそれらを累積した数値を示すと、次のようになる。

[表Ⅲ]ピリオド終止による文末語の異なり語数・延べ語数・使用率

使用度数	異なり語数	累積異なり語数	延べ語数	累積述べ語数	使用率：パーミル	累積使用率：パーミル
843	1	1	843	843	587.05	587.05
134	1	2	134	977	93.31	680.36
76	1	3	76	1053	52.92	733.29
59	1	4	59	1112	41.09	774.37
53	1	5	53	1165	36.91	811.28
29	1	6	29	1194	20.19	831.48
22	1	7	22	1216	15.32	846.80
13	1	8	13	1229	9.05	855.85
11	3	11	33	1262	7.66	878.83
8	1	12	8	1270	5.57	884.40
6	2	14	12	1282	4.18	892.76
5	6	20	30	1312	3.48	913.654

4	5	25	20	1332	2.79	927.58
3	8	33	24	1356	2.09	944.29
2	7	40	14	1370	1.39	954.04
1	66	106	66	1436	0.70	1000.00
合計	106		1436		1000.00	

[表Ⅳ] ピリオド終止による文末語の品詞別の異なり語数・延べ語数

品詞名	異なり 語　数	同、 文語形	延　べ 語　数	同、 文語形
動詞・補助動詞	39	2	297	2
形容詞・補助形容詞	12	5	31	9
形容動詞	11	1	18	2
助動詞	23	10	1048	24
名詞	6	4	6	4
助詞	15	4	36	14
合　計	106	26	1436	55
比率（%）		24.53		3.83

異なり語数は合計 106、延べ語数は合計 1436 である。1 語あたりの平均使用度数は 13.55 になる。

ところがこれを越えるのは、次の 7 語（6.60 パーセント）にすぎない。

タ・ゴザル・マウス・ヂヤ・ナンダ・アル・ウズ。

これらの累積使用率は 846.80 パーミルである。中でもタ（843、587.05 パーミル）が特に多く、ゴザル（134、93.31 パーミル）・マウス（76、52.92 パーミル）がそれに続く。これらはピリオド終止による文末の表現を特徴づける語であると言えよう。又、これらを語の構成から見ると、すべて当時としては単一のものばかりである。

他方、使用度数が 1 の語の異なり語数は 66（66.26 パーセント）である。次のような語である。

アコガレユク・アユミチカヅク・ウケタマハル・ウタテイ・ウチアグル・ウレシ・オホイ…。

これらを見れば、文末の語彙が貧弱であると言い切ることもできない。

又、語の構成からは、複合語や接辞を伴う語もかなり見られる。

次に品詞別にして異なり語数・延べ語数およびそれらのうちの文語形の用例数を示してみよう。前頁の[表Ⅳ]である。

品詞別に見ると、異なり語数では動詞・補助動詞が 39（36.79 パーセント）、また延べ語数では助動詞が 1048（72.98 パーセント）で圧倒的に多い。

一語当たりの平均使用度数が 13.55 であるのに対して、動詞・補助動詞は 7.26 で、比較的小さい。これに対して助動詞は 45.57 できわめて大きい。

又、〈天草版平家〉は『平家物語』の口語訳と言っても、口語形で整理できない語もある。文語形にして整理したのは異なり語数で 26（24.53%）である。が、1 語当たりの平均使用度数は 2.12、延べ語数も 55（3.83%）で、共にきわめて小さい。

四　ピリオド終止による文末語の文の種類別使用度数表

ピリオド終止による文末語の使用度数を①地の文、②会話文、③心中文（地の文中）、④心中文（会話文中）、⑤和歌・引用文など、⑥対話文の六種に分けて示すと、[表Ⅴ]のようになる。

[表Ⅴ]ピリオド終止による文末語の文の種類別使用度数

文末語の基本形	各語の使用度数	地の文	会話文	心中文〈地〉	心中文〈会話〉	和歌・引用文など	対話文
タ	843	782	49	0	0	0	12
ゴザル	134	86	40	0	0	0	8
マウス	76	70	6	0	0	0	0
ヂヤ	59	21	30	0	0	1	7
ナンダ	53	52	1	0	0	0	0
アル	29	0	3	0	0	0	26
ウズ	22	1	16	0	0	0	5
ヌ（ウチケシ）	13	2	11	0	0	0	0
ウ	11	1	2	0	0	0	8
カナ	11	0	0	0	0	11	0
ナイ	11	2	9	0	0	0	0
ゾンズル	8	0	6	0	0	0	2
ゴザナイ	6	0	6	0	0	0	0

文末語の基本形	各語の使用度数	地の文	会話文	心中文〈地〉	心中文〈会話〉	和歌・引用文など	対話文
ゾ	6	0	5	0	0	0	1
イフ	5	2	3	0	0	0	0
ズ	5	2	2	0	0	1	0
タリ	5	0	5	0	0	0	0
ナシ	5	3	2	0	0	0	0
マイ	5	1	4	0	0	0	0
マラスル	5	0	5	0	0	0	0
アハレナ	4	4	0	0	0	0	0
ウズル	4	1	3	0	0	0	0
ケリ	4	1	0	0	0	3	0
マジイ	4	0	4	0	0	0	0
ラン	4	0	0	0	0	4	0
カ	3	2	1	0	0	0	0
タテマツル	3	3	0	0	0	0	0
ツカマツル	3	1	2	0	0	0	0
テ	3	0	0	0	0	3	0
フシギヂヤ	3	3	0	0	0	0	0
ラウ	3	3	0	0	0	0	0
ラルル	3	0	1	0	0	2	0
ルル	3	2	0	0	0	0	1
アハレナリ	2	2	0	0	0	0	0
オロカヂヤ	2	2	0	0	0	0	0
ナル	2	2	0	0	0	0	0
ノ	2	0	0	0	0	0	2
ハセマヰル	2	2	0	0	0	0	0
バ	2	0	0	0	0	2	0
ミル	2	0	1	0	0	1	0
アコガレユク	1	1	0	0	0	0	0
アユミチカヅク	1	1	0	0	0	0	0
ウケタマハル	1	0	1	0	0	0	0
ウタテイ	1	1	0	0	0	0	0
ウチアグル	1	1	0	0	0	0	0
ウレシ	1	0	0	0	0	1	0
オホイ	1	0	1	0	0	0	0
オボシメス	1	1	0	0	0	0	0
カクル	1	1	0	0	0	0	0
カシ	1	0	1	0	0	0	0
カタイ	1	0	1	0	0	0	0
カヘス	1	1	0	0	0	0	0
カンエウヂヤ	1	0	1	0	0	0	0
ガ	1	0	0	0	0	1	0
キ	1	0	0	0	0	1	0

文末語の基本形	各語の使用度数	地の文	会話文	心中文〈地〉	心中文〈会話〉	和歌・引用文など	対話文
クダサルル	1	1	0	0	0	0	0
クヤシ	1	0	0	0	0	1	0
クル	1	1	0	0	0	0	0
ケス	1	1	0	0	0	0	0
ココロウイ	1	0	0	1	0	0	0
コタユル	1	1	0	0	0	0	0
コト	1	1	0	0	0	0	0
コヒシ	1	0	0	0	0	1	0
コヱ	1	0	0	0	0	1	0
ゴトクヂヤ	1	1	0	0	0	0	0
サス（ソソグ意）	1	1	0	0	0	0	0
シゴクヂヤ	1	1	0	0	0	0	0
シホカゼ	1	0	0	0	0	1	0
スイビスル	1	0	1	0	0	0	0
スツル	1	0	1	0	0	0	0
ゾヨ	1	0	0	0	0	0	1
タイ	1	0	0	0	0	0	1
タマフ	1	1	0	0	0	0	0
タメ	1	0	0	0	0	1	0
ツ	1	0	0	0	0	1	0
ツカハス	1	1	0	0	0	0	0
デヤフ	1	1	0	0	0	0	0
トドマル	1	1	0	0	0	0	0
トモガナ	1	0	0	0	0	1	0
ナク	1	0	0	0	0	1	0
ナサルル	1	0	1	0	0	0	0
ニ	1	1	0	0	0	0	0
ヌ（カンリョウ）	1	1	0	0	0	0	0
ハ	1	0	0	0	0	1	0
ヒキシリゾク	1	1	0	0	0	0	0
フジノネ	1	0	0	0	0	1	0
ヘダテナイ	1	0	1	0	0	0	0
ベシ	1	0	0	0	0	1	0
マウシアグル	1	0	1	0	0	0	0
マカリトドマル	1	0	1	0	0	0	0
マシ	1	0	0	0	0	1	0
マレナ	1	1	0	0	0	0	0
ムザンナ	1	1	0	0	0	0	0
ムスメ	1	1	0	0	0	0	0
ムネンナ	1	0	1	0	0	0	0
モノカハ	1	0	0	0	0	1	0
モノガタリス	1	0	0	0	0	1	0

文末語の基本形	各語の使用度数	地の文	会話文	心中文〈地〉	心中文〈会話〉	和歌・引用文など	対話文
モノヲ	1	0	0	0	0	1	0
ユク	1	0	0	0	0	1	0
ユラレユク	1	1	0	0	0	0	0
ヨ	1	0	0	0	0	0	1
ヨシナシ	1	0	0	0	0	1	0
ヨビカヘス	1	1	0	0	0	0	0
ワクル	1	1	0	0	0	0	0
ヰコンナ	1	0	1	0	0	0	0
ン	1	0	0	0	0	1	0
合　　計	1436	1081	230	1	0	49	75

備考
① 「地の文」というのは、口語訳の原拠になった『平家物語』[6]において地の文と対応する部分を言う。
② 「会話文」「心中文」「和歌・引用文など」も、上記に準ずる。
③ 「対話文」というのは、『平家物語』にその叙述がなく、問答形式にしたため付加された部分のことである。

五　ピリオド終止による文末語と文の種類との相関性

ピリオド終止の文末語の使用度数を文の種類別に示すと、次のようになる。

表 VI　文末語の文の種類別の使用度数および比率

	使用度数の合計	①地の文	②会話文	③心中文〈地〉	④心中文〈会話〉	⑤和歌・引用文など	⑥対話文
ピリオド終止の使用度数	1436	1081	230	1	0	49	75
同上の比率(%)	100.00	75.28	16.02	0.07	0.00	3.41	5.22
文全部の使用度数	5365	1706	2842	301	165	198	153
同上の比率(%)	100.00	31.80	52.97	5.61	3.08	3.69	2.85
文全部に対するピリオド終止の比率(%)	26.77	63.36	8.09	0.33	0.00	24.75	49.02

地の文では異なり語数は 54、延べ語数 1081(75.28 パーセント)である。他の種類の文と比較してその比率はきわ立って高い。又、地の文全部の延べ語数(1706)に対するピリオド終止の文末語の延べ語数の比率も 63.36 パーセ

ントで、他の符号などによる文の延べ語数と比較して大変高い。換言すると、〈天草版平家〉では地の文とピリオドによる文の終止とが、きわめて強い相関性を示す。

地の文の文末語の使用度数を語別に見ると、タ(782)が圧倒的に多い。喜一検校が原拠の『平家物語』と同じように、平家の盛衰を過去のこととして語っていることと深く関わっている。ナンダ(52)および「…タトマウス」(マウスの中に含む)などを加えると、過去の時制として語られる表現は多くなる。

（1）浄妙坊が心には一条，二条の大路のやうに振る舞うた．(127-8)
〈斯道本〉[7]…振舞ケレ。

（2）残る五人は鎧はいろいろに見えたれども，面魂，骨柄いづれも劣らなんだ．(240-21)　〈斯道本〉…劣ラサリケリ。

次いで使用度数の多いのがゴザル(86)マウス(70)という丁寧な言葉使いに用いる語である。地の文でヂヤ(21)よりゴザルが、イフ(5)よりマウスがはるかに多いことは、喜一検校が聞き手の右馬の允を意識した表現で、問答形式で書かれた〈天草版平家〉の構造と深く関わっている。

（3）斎藤五，斎藤六というて兄は十九，弟は十七になる侍がござった．これは篠原で討たれた実盛が子どもでござる．(186-15)
〈斯道本〉…子トモナリ。

（4）そこでも平家はうち負けて，みな屋島へ渡られたと，申す．
(324-14)
〈斯道本〉…四国ノ地ニ渡ントス。

文末語として全体の使用度数が多いのに、地の文で見られない語がある。アル・カナである。又きわめて少ない語としてヌ〈打消〉（2）・ナイ(2)・ウズ(1)・ウ(1)などがある。

会話文では異なり語数が38、延べ語数が230(16.02パーセント)である。地の文に次いで多い。が、その比率はかなり低い。ピリオド以外の符号などによるものをも合わせた、文全部の延べ語数(5365)に対する会話文の延べ語数(2842)の比率は52.97パーセントで、最も高い。にもかかわらず、会話文全部に対するピリオド終止の延べ語数の比率が8.09パーセントという低い数値を示す。その理由は、会話文における文の終止の多くが引用の助詞「と」などによって続けられるからである。換言すると、会話文とピリオドによる文の終止との相関性は、地の文の場合よりはるかに弱い。

次に会話文の文末語の使用度数を語別に見ると、タ(49)・ゴザル(40)・ヂヤ(30)が多いのは地の文と共通している。しかし、地の文のタのように突出しているものは存しない。次いでウズ(16)、ヌ〈打消〉(11)、ナイ(9)が多い。

(5) 仏申したは：…，障子にいづれか秋にあはで果つべきと書きおかせられた筆の跡をげにもと思うて悲しう存じた.（105-9）

(6) (実盛)都を出さまに宗盛へ参って申したは：近年所領について武蔵の長井に居住つかまつってござる. …と，申したれば，(172-23)

(7) 俊寛言はるるは：…，俊寛がかやうになるといふも，御辺の父大納言殿のよしない謀反のゆゑぢゃ.（74-20）

(8) 木曽大きに腹を立てて，…，今度は木曽が最後の軍(いくさ)であらうず. …と言うて，(221-2)

(9) 樋口涙を押しのごうて申したは：さござあればこそその様を申さうとすれば，不覚の涙が先だって申しえまらせぬ.（171-23）

(10) (松殿が木曽を呼んで)悪行ばかりで世をもつことは大唐にも，日本にもその例がない. …と，言はれたれば，(227-11)

会話の中におけるピリオド終止の文末語は、文がいくつも連なる場合にその最後のものを除いたところに現れる。

又、上記の語と反対に全体の使用度数が比較的多いのに会話文で見られない語はカナ、少ないのはナンダ(１)である。

心中文での文末語は、抽出した5365の文のうちで使用度数が地の文に301、会話文に165であるが、ピリオド終止によるものは前者に１例含まれるのみである。

(11) 三位の中将…穢土を厭うに便りがある：…，当来では地獄に落ちょうことが心憂い．…妄念を離れて自害せうにはしくまじいと定められたと，聞こえまらした．(290-20)　〈高野本〉[8]…とぞ泣々かたり給ひける。　〈斯道本〉…トゾ定メ玉ヒケル。

この例は、〈斯道本〉など口語訳の原拠に近い『平家物語』をも参考にして、心中文とした。が、〈高野本〉などの覚一本系の諸本では、対応する文が会話中のものと解せられる。

心中の思いを述べる部分は一般に短く、文が連なることも少ない。それ故に多くは引用の助詞「と」などに続く。ピリオド終止による文末語がほとんど見られないのである。

和歌・引用文などでの文末語は異なり語数が30、延べ語数が49(3.41%)である。各語の使用度数を見ると、比較的多いのはカナ(11)である。他に文語文で用いる助動詞のラン(４)、ケリ(３)、助詞のテ(３)が目立つ。これらは文末語として和歌に多く用いられるものである。

(12) さざ波や滋賀の都は荒れにしを，昔ながらの山桜かな．(183-9)

(13) 月を見し去年の今宵の友のみや，都にわれを思ひ出づらん．(200-19)

(14) 埋もれ木の花咲くこともなかりしに，みのなる果てぞ悲しかりける．(133-7)

(15) 平家なるむねもりいかに騒ぐらん？柱とたのむ板を落として．

（154-14）

ピリオド終始の文末語全体から見ればこれらの使用度数はきわめて少ない。この種類の文が〈天草版平家〉の中で占める割合の小さいことにも原因があろう。又、全体の使用度数が多いのにこの項に属する文に見られないのがタ・ゴザル・ナンダ・アル・ウズなどで、きわめて少ないのがヂヤ（1）である。これらは口語文で多く用いられる語である。

和歌・引用文などは『平家物語』の語句をそのままに写したものが多い。その結果として室町時代末期の口語訳としての〈天草版平家〉の中では、当時の口語に最も遠いものになった。

対話文での文末語は異なり語数が13、延べ語数が75（5.22％）である。各語の使用度数を見ると、比較的多いのはアル（26）、タ（12）、ゴザル（8）、ウ（8）、ヂヤ（7）、ウズ（5）である。すべて肯定的意味を有する語である。

（16）右馬．おくたびれあらずは，まっとお語りあれ．（275-23）
（17）喜．心得まらした．（60-3）
（18）喜．………：冥加もないお茶でこそござれ：極と見えまらしてござる．（285-1）
（19）喜．さらば夜が更けまらせうずれども、語りまらせう．（42-3）
（20）喜．そのおことぢゃ．（173-15）
（21）喜．………：とてものことに平家断絶のところも語りはたしまらせうず．（403-10）

この項に属する文末語も全体から見ればそれほど多くはない。が、『平家物語』に原拠の語句が存せず、〈天草版平家〉を問答形式で編纂するために新たに付加した部分である。それ故、これらは室町時代末期の口語の文末語を最もよく反映していると言えよう。

又、全体の使用度数が多いのにこの項に属する文に見られない文末語もある。マウス・ナンダ・ヌ〈打消〉・カナ・ゴザナイである。否定的意味を持つ語や文語文で用いられる語が含まれている。このことも〈天草版平家〉の問答形式の性格の一面を反映するものである。

六　むすび

以上、〈天草版平家〉における文末語について、ピリオド終止の語とその文の種類との相関性を視点にして、主として計量的な面からその特色を論じた。最後に計量的な面を符号に変換して示そう。

（イ）ピリオド終止による文末語と文の種類との相関性

第二節の[表Ⅱ]のA・B・Cの三群（使用度数3以上）の33語のうち、[表Ⅴ]の6種類の文の中の一つに3以上の使用度数を有する28語を抽出する。そして、各々の文の種類の使用度数の合計に対する比率を次の基準によって符号に転換すると、[表Ⅶ]のようになる。

符号　基準

◎：5.00％以上

○：2.50％以上で、5.00％未満

△：1.25％以上で、2.50％未満

×：　　　　　　　1.25％未満

[表Ⅶ]　ピリオド終止による文末語の文の種類別使用度数

文末語の基本形	各語の使用度数	地の文	会話文	心中文〈地〉	心中文〈会話〉	和歌・引用文など	対話文
タ	843	◎	◎	×	×	×	◎
ゴザル	134	◎	◎	×	×	×	◎
マウス	76	◎	○	×	×	×	×
ヂヤ	59	△	◎	×	×	△	◎

ナンダ	53	○	△	×	×	×	×
アル	29	×	△	×	×	×	◎
ウズ	22	×	◎	×	×	×	◎
ヌ	13	×	○	×	×	×	×
ウ	11	×	△	×	×	×	◎
カナ	11	×	×	×	×	◎	×
ナイ	11	×	○	×	×	×	×
ゾンズル	8	×	○	×	×	×	○
ゴザナイ	6	×	○	×	×	×	×
ゾ	6	×	△	×	×	×	△
イフ	5	×	△	×	×	×	×
タリ	5	×	△	×	×	×	×
マイ	5	×	△	×	×	×	×
マラスル	5	×	△	×	×	×	×
ウズル	4	×	△	×	×	×	×
ケリ	4	×	×	×	×	◎	×
マジイ	4	×	△	×	×	×	×
ラン	4	×	×	×	×	◎	×
テ	3	×	×	×	×	◎	×

[表Ⅷ]　文末語の文の種類別の使用度数および比率

	①地の文	②会話文	③心中文 〈地〉	④心中文 〈会話〉	⑤和歌・引 用文など	⑥対話文
ピリオド終止の語の比率（%）	◎	○	×	×	△	△
同上の語の文全部に対する比率（%）	◎	△	×	×	○	◎

（ロ）ピリオド終止と文の種類と相関性

第五節の[表Ⅵ]からピリオド終止の使用度数の比率、および文全部（コンマ・コロンなども含む）の使用度数に対する比率を、次の基準にしたがって符号に転換すると、上記の[表Ⅷ]のようになる。

符号　　基準
◎　：25.00%以上
○　：10.00%以上で、25.00%未満
△　： 2.50%以上で、10.00%未満
×　：　　　　　　　2.50%未満

この二つの表によって、ピリオド終止およびその文末語と文の種類との相関性の強弱を明確に知ることができる。これらの相関性は◎印で示した間において最も強い。以下、○印・△印・×印の順に弱くなっている。

〈天草版平家〉の文末語については、活用語（動詞・形容詞など）の活用形、文語形・口語形などとの相関性についても解明する必要がある。この問題については本章[Ⅱ]で論じる。

注

1）『天草版平家物語』 天草学林、1593刊。不干ハビヤン識語（1592）の序がある。影印本（勉誠社、昭51刊）を用い、大英図書館蔵の原本と照合した。本書の原本の写音法については、付録を参照。

2）『妙貞問答』慶長10年（1605）成立。

3）『日本語文法〔古典編〕』角川書店、昭63刊。

4）『国語学大辞典』 東京堂出版、昭59刊。

5） 菅原範夫「キリシタン版ローマ字資料の表記と読み―ローマ字翻訳者との関係から―」（『国語学』第156集、平１・３）では、翻字は約100ページずつ４人によってなされたと推測している。福島邦道氏はこの考えを短絡的な発想として否定している。（『天草版平家物語業録』笠間書院、平15刊）。

6） 近藤政美『中世国語論考』（和泉書院、平1刊）参照。

7）〈斯道本〉慶応義塾大学付属斯道文庫蔵の『平家物語』。以下は影印本（汲古書院、昭45刊）を用い、原本と照合した。

8）〈高野本〉東京大学国語研究室蔵の『平家物語』影印本(笠間書院、昭48刊)を用いた。

付記　本章〔Ⅰ〕は『愛知県立大学文学部論集』第43号（平６・２）を一部改稿したものである。

〔Ⅱ〕ピリオド終止の場合の品詞・活用形などと文の種類との相関性

一　はじめに

（1）Figuchi namida uo voxinogôte mŏxitaua : sagozàreba coso sono yŏ uo mŏsŏ to sureba, fucaqu no namida ga saqidatte mŏxi yemaraxenu.
（171-23 頁・行を示す、以下同じ）

（2）V M. Satemo auarena cotode atta nŏ : sono Nhôynno vocoto uo mo machitto vocatariare.（394-19）

この章〔Ⅱ〕の目的は、〈天草版平家〉[1)]のピリオド終止の文末語（上記の用例の nu，are など）について、〔Ⅰ〕に続いて、品詞・活用形などと文の種類との相関性を主として計量的な面から考察し、その特色を把握することである。

〈天草版平家〉については、本章〔Ⅰ〕の第一節（はじめに）において説明したので省略する。

この書の文章は右馬の允が尋ね、喜一検校がそれに答えて平家の盛衰を語るという問答体の構造になっている。そして、当時の漢字かな交じりで記された日本の文献と比較して、文末の箇所を判断する上で次の利点がある。

(a)　ピリオド・コロン・セミコロン・コンマ・疑問符・感嘆符の 6 種の符号が用いられている。

(b)　ローマ字を用いているので、活用語の語形を誤読することがない。

これらに留意しながら、天草版平家物語の本文（序文・章題・目次を除外した範囲）から 5365 例の文を抽出した。それを文末符合・引用助詞「と」などによって分類し、全巻の使用度数を示すと、次のようになる。

[表Ⅰ] 文末の符合・引用助詞などの使用度数

	①ピリオド	②疑問符	③感嘆符	④コロン	⑤セミコロン	⑥コンマ	⑦引用助詞	⑧符合ナシ	⑨脱落	⑩誤入	合　計
使用度数	1436	268	46	873	36	484	2134	77	10	1	5365
比率(%)	26.77	5.00	0.86	16.27	0.67	9.02	39.78	1.44	0.19	0.22	100.00

以下、①のピリオドの付された1436例（26.77%）の文を取り上げる。

なお、〈天草版平家〉を次節以降で引用する際には、片かな又は漢字平がな交じりになおして示す。

二　文末語の品詞・活用形などによる分類使用度数

〈天草版平家〉においては、現代の日本人が文の終止と考える箇所に必ずしもピリオドは付されていない。コロン・セミコロン・コンマなどの場合もある。引用助詞「と」などの場合もある。当時のポルトガル語などの表記で用いていた句読点を日本語の文章に適用したものなので、やむをえないことである。逆にピリオドの付されている場合は、和歌の前とか誤記を除けば、文の終止を示している。それ故ピリオドの付されている文を分析すれば、〈天草版平家〉の文末語の重要な部分を解明することができると考え、本章〔1〕[2)]でその使用度数順語彙表を作成した。

ここでは各々の文末語を更に品詞・活用形などによって分類し、その使用度数を示そう。

［表Ⅱ］文末語の品詞・活用形などによる分類使用度数〈ピリオド終止の用例〉

基　本　形	語別使用度数	品詞・活用形など	分類使用度数	基　本　形	語別使用度数	品詞・活用形など	分類使用度数
アコガレユク	1	10	1	キ	1	33	1
アハレナ	4	10	4	クダサルル	1	10	1
アハレナリ	2	11	1	クヤシ	1	31	1
アハレナリ	*	40	1	クル	1	10	1
アユミチカヅク	1	10	1	ケス	1	10	1
アル	29	10	3	ケリ	4	11	2
アル	*	20	26	ケリ	*	31	2
イフ	5	10	4	ココロウイ	1	10	1
イフ	*	40	1	コタユル	1	10	1
ウ	11	10	10	コト	1	61	1
ウ	*	34	1	コヒシ	1	32	1
ウケタマハル	1	10	1	コヱ	1	61	1
ウズ	22	10	22	ゴザナイ	6	10	6
ウズル	4	10	1	ゴザル	134	10	126
ウズル	*	40	3	ゴザル	*	40	8
ウタテイ	1	10	1	ゴトクヂヤ	1	10	1
ウチアグル	1	10	1	サス（ソソグ意）	1	10	1
ウレシ	1	31	1	シゴクヂヤ	1	10	1
オホイ	1	10	1	シホカゼ	1	61	1
オボシメス	1	10	1	スイビスル	1	10	1
オロカヂヤ	2	10	2	スツル	1	20	1
カ	3	50	3	ズ	5	11	5
カクル	1	10	1	ゾ	6	50	6
カシ	1	50	1	ゾヨ	1	50	1
カタイ	1	10	1	ゾンズル	8	10	8
カナ	11	50	11	タ	843	10	843
カヘス	1	10	1	タイ	1	10	1
カンエウヂヤ	1	10	1	タテマツル	3	10	2
ガ	1	64	1	タテマツル	*	31	1

基本形	語別使用度数	品詞・活用形など	分類使用度数	基本形	語別使用度数	品詞・活用形など	分類使用度数
タマフ	1	31	1	マウシアグル	1	10	1
タメ	1	61	1	マウス	76	10	75
タリ	5	40	5	マウス	*	40	1
ヂヤ	59	10	59	マカリトドマル	1	10	1
ツ	1	11	1	マシ	1	34	1
ツカハス	1	10	1	マジイ	4	10	4
ツカマツル	3	10	2	マラスル	5	10	5
ツカマツル	*	40	1	マレナ	1	10	1
テ	3	64	3	ミル	2	20	2
デヤフ	1	10	1	ムザンナ	1	10	1
トドマル	1	10	1	ムスメ	1	61	1
トモガナ	1	50	1	ムネンナ	1	10	1
ナイ	11	10	11	モノカハ	1	50	1
ナク	1	31	1	モノガタリス	1	21	1
ナサルル	1	20	1	モノヲ	1	50	1
ナシ	5	11	5	ユク	1	31	1
ナル	2	10	2	ユラレユク	1	10	1
ナンダ	53	10	53	ヨ	1	50	1
ニ	1	64	1	ヨシナシ	1	11	1
ヌ（ウチケシ）	13	10	13	ヨビカヘス	1	10	1
ヌ（カンリョウ）	1	11	1	ラウ	3	10	2
ノ	2	50	2	ラウ	*	32	1
ハ	1	50	1	ラルル	3	20	3
ハセマヰル	2	10	2	ラン	4	32	2
バ	2	64	2	ラン	*	34	2
ヒキシリゾク	1	10	1	ルル	3	10	2
フシギヂヤ	3	10	3	ルル	*	20	1
フジノネ	1	61	1	ワクル	1	10	1
ヘダテナイ	1	10	1	ヰコンナ	1	10	1
ベシ	1	11	1	ン	1	11	1
マイ	5	10	5	合　計	1,436	*	1,436

備　考

① 活用語（動詞・形容詞・形容動詞・助動詞）は室町時代末期の口語の終止形を基本形にして整理した。
例　コタユル，ウタテイ，アハレナ，タ．

② 口語の終止形として二つの形が存する場合、各々を別の項にした。
例　ウズル，ウズ．

③ 口語の終止形で整理するのが適当でないと考えられる語は、文語形をも別に立てた。
例　ナシ，アハレナリ，ケリ．

④ 係助詞のゾ・ヤ・カ、疑問語、および係助詞のコソ、これらの結びになる語の連体形・已然形は、文語の終止形を基本形にして整理した。
例　ウレシ（ゾ…ウレシキ），タリ（コソ…タレ）．

⑤「品詞・活用形など」の項は、数字に変換して示した。各々の数字の変換前の語句は、次の通りである。なお、＊＊印を付した項の例はピリオド終止の場合に見当たらない。

10　終止形（口　語）
11　終止形（文　語）
20　命令形（口　語）
21　命令形（文　語）
31　連体形（ゾ結び）
32　連体形（ヤ結び）
33　連体形（カ結び）
34　連体形（疑問語結び）
＊＊35　連体形（結びの変形・下略）
40　已然形（コソ結び）
＊＊41　已然形（結びの変形）
50　終助詞
61　名　詞
＊＊62　副　詞
＊＊63　感動詞
64　助　詞（終助詞を除く）
65　連用形

三　文末語の品詞・活用形などによる分類の異なり語数・延べ語数および口語形・文語形

〈天草版平家〉のピリオド終止による文末語を、［表Ⅱ］のように品詞・活用形などによって分類して異なり語数、延べ語数およびその比率を示すと、次のようになる。

［表Ⅲ］文末語の品詞・活用形などによる分類の異なり語数・延べ語数

〈ピリオド終止の用例〉

変換数字	品詞・活用形など	異なり語数	延べ語数・比率(%)	
10	終止形（口　語）	61	1304	90.81
11	終止形（文　語）	9	18	1.25
20	命令形（口　語）	6	34	2.37
21	命令形（文　語）	1	1	0.07

31	連体形（ゾ結び）	7	8	0.56
32	連体形（ヤ結び）	3	4	0.28
33	連体形（カ結び）	1	1	0.07
34	連体形（疑問語結び）	3	4	0.28
35	連体形（変形・下略）	0	0	0.00
40	已然形（コソ結び）	7	20	1.39
41	已然形（結びの変形）	0	0	0.00
50	終助詞	11	29	2.02
61	名　詞	6	6	0.42
62	副　詞	0	0	0.00
63	感動詞	0	0	0.00
64	助　詞（終助詞を除く）	4	7	0.49
65	連用形	0	0	0.00
合　　計			1436	100.00

文末語を品詞・活用形などによる分類から見ると、終止形（口語）がきわだって多い。異なり語数が 61、延べ語数が 1,304（90.81%）である。［表Ⅱ］によって語別に使用度数をあげると、タ（843）、ゴザル（126）、マウス（75）、ヂヤ（59）、ナンダ（53）が多い。

他の項はきわめて少ない。延べ語数をあげると、命令形（口語）が 34（2.37%）、終助詞が 29（2.02%）、已然形（コソ結び）が 20（1.39%）、終止形（文語）が 18（1.25%）などである。そして、各々の項の主な語の使用度数をあげると、命令形（口語）ではアル（26）、終助詞ではカナ（11）、已然形（コソ結び）ではゴザル（8）、終止形（文語）ではズ・ナシ（共に５）である。

［表Ⅱ］では備考に記したように、終止形・命令形について口語の終止形を基本形にして整理するのが適当でないものを、文語の基本形を立てて整理した。これは当時の口語・文語の別と大概は重なる。が、次のことにも留意

しておかなければならない。

A　文語の項で整理した語の中に少数ながら会話文で用いられたものを含んでいる。

（3）滝口申したは：………．東方朔が九千歳も名をのみ聞いて，目には見ず．（306-21）

（4）ややあって重景涙を押しのごうて申したは：………？　西王母が三千歳も昔語りで，今はなし．（314-24）

B　已然形（コソ結び）は当時の口語でもまだ多く用いられていた。

（5）妓王………，これほど穢土を厭うて，浄土を願はうと深う思ひおいりあったこそまことの大道心とは見えたれ．………と言うて，（107-5）

このように見ると、終止形（口語）・命令形（口語）を合わせた使用度数1,338（合計1,436の93.18%、活用語1,369の97.74%）を超える文末語を口語として説明できることになる。

四　文末語の品詞・活用形などと文の種類との相関性

文を次の6種に分類し、それぞれと文末語の品詞・活用形などとの相関性を考察するために、2つの表を作成した。

文の種類

① 地の文（口語訳の原拠になった『平家物語』[3]における地の文と対応する部分）

② 会話文（同上の会話文と対応する部分）

③ 心中文（地の文中）（同上の心中文（地の文中）と対応する部分）

④ 心中文（会話文中）（同上の心中文（会話文中）と対応する部分）

⑤ 和歌・引用文など（同上の和歌・引用文などと対応する部分）

⑥ 対話文（『平家物語』にその叙述がなく、問答形式にしたために付加

された部分）

［表Ⅳ］文末語の品詞・活用形などと文の種類との相関使用度数

〈ピリオド終止の用例〉

変換数字	品詞・活用形など	使用度数	地の文	会話文	心中文〈地〉	心中文〈会話〉	和歌・引用など	対話文
10	終止形（口　語）	1304	1062	197	1	0	1	43
11	終止形（文　語）	18	7	4	0	0	7	0
20	命令形（口　語）	34	0	4	0	0	3	27
21	命令形（文　語）	1	0	0	0	0	1	0
31	連体形（ゾ結び）	8	3	0	0	0	5	0
32	連体形（ヤ結び）	4	1	0	0	0	3	0
33	連体形（カ結び）	1	0	0	0	0	1	0
34	連体形（疑問語結び）	4	0	1	0	0	3	0
35	連体形（変形・下略）	0	0	0	0	0	0	0
40	已然形（コソ結び）	20	3	17	0	0	0	0
41	已然形（結びの変形）	0	0	0	0	0	0	0
50	終助詞	29	2	7	0	0	15	5
61	名　詞	6	2	0	0	0	4	0
62	副　詞	0	0	0	0	0	0	0
63	感動詞	0	0	0	0	0	0	0
64	助　詞（終助詞を除く）	7	1	0	0	0	6	0
65	連用形	0	0	0	0	0	0	0
使用度数合計		1436	1081	230	1	0	49	75
比　率（%）		100.0	75.28	16.02	0.07	0.00	3.41	5.22

［表Ⅴ］文末語の品詞・活用形などと文の種類との相関使用度数〈全用例〉

変換数字	品詞・活用形など	使用度数	地の文	会話文	心中文〈地〉	心中文〈会話〉	和歌・引用など	対話文
10	終止形（口　語）	3121	1431	1288	178	120	34	70
11	終止形（文　語）	279	147	78	4	2	48	0
20	命令形（口　語）	387	1	336	1	4	18	27
21	命令形（文　語）	23	0	17	0	0	6	0
31	連体形（ゾ結び）	14	4	3	0	0	7	0
32	連体形（ヤ結び）	27	3	15	4	1	4	0
33	連体形（カ結び）	3	0	0	0	0	3	0
34	連体形（疑問語結び）	55	8	32	4	3	8	0
35	連体形（変形・下略）	2	0	0	1	0	1	0
40	已然形（コソ結び）	187	14	165	4	0	2	2
41	已然形（結びの変形）	1	0	1	0	0	0	0
50	終助詞	1017	76	750	77	21	39	54
61	名　詞	109	16	60	10	6	17	0
62	副　詞	64	1	43	15	5	0	0
63	感動詞	15	0	15	0	0	0	0
64	助　詞（終助詞を除く）	57	5	37	3	3	9	0
65	連用形	4	0	2	0	0	2	0
使用度数合計		5365	1706	2842	301	165	198	153
比　率（%）		100.00	31.80	52.97	5.61	3.08	3.69	2.85

［表Ⅳ］は文末にピリオドの付された用例のみを、［表Ⅴ］は文末語のすべての用例を、それぞれ集計したものである。

文末語の品詞・活用形などと文の種類との相関関係を一瞥して把握できるように、次のような基準を設定して、［表Ⅳ］・［表Ⅴ］の使用度数を符号化することを試みた。

相関度の基準

◎　きわめて高い………25.00％以上

○　高　い………………10.00％以上で、25.00％未満

△　低　い……………… 2.50％以上で、10.00％未満

×　きわめて低い……… 0％を超え、　2.50％未満

なお、次の2つの表の中の＊印は用例数が僅少のため判定不可であることを示す。

［表Ⅵ］文末語の品詞・活用形などと文の種類との相関度〈ピリオド終止の用例〉

変換数字	品詞・活用形など	使用度数	地の文	会話文	心中文〈地〉	心中文〈会話〉	和歌・引用など	対話文
10	終止形（口　語）	1304	◎　◎	○　○	＊　×	×　×	×　×	◎　△
11	終止形（文　語）	18	×　◎	×　○	×　×	×　×	○　◎	×　×
20	命令形（口　語）	34	×　×	×　○	×　×	×　×	△　△	◎　◎
21	命令形（文　語）	1	×　×	×　×	×　×	×　×	×　＊	×　×
31	連体形（ゾ結び）	8	×　◎	×　×	×　×	×　×	○　◎	×　×
32	連体形（ヤ結び）	4	×　＊	×　×	×　×	×　×	△　◎	×　×
33	連体形（カ結び）	1	×　×	×　×	×　×	×　×	×　＊	×　×
34	連体形（疑問語結び）	4	×　×	×　＊	×　×	×　×	△　◎	×　×
35	連体形（変形・下略）	0	×　×	×　×	×　×	×　×	×　×	×　×
40	已然形（コソ結び）	20	×　○	△　◎	×　×	×　×	×　×	×　×
41	已然形（結びの変形）	0	×　×	×　×	×　×	×　×	×　×	×　×
50	終助詞	29	×　×	△　○	×　×	×　×	◎　◎	△　○
61	名　詞	6	×　◎	×　×	×　×	×　×	△　◎	×　×
62	副　詞	0	×　×	×　×	×　×	×　×	×　×	×　×
63	感動詞	0	×　×	×　×	×　×	×　×	×　×	×　×
64	助　詞（終助詞を除く）	7	×　＊	×　×	×　×	×　×	○　◎	×　×
65	連用形	0	×　×	×　×	×　×	×　×	×　×	×　×
使用度数合計		1436	1081	230	1	0	49	75
比　率（％）		100.0	75.28	16.02	0.07	0.00	3.41	5.22

［表Ⅶ］文末語の品詞・活用形などと文の種類との相関度〈全用例〉

変換数字	品詞・活用形など	使用度数	地の文	会話文	心中文〈地〉	心中文〈会話〉	和歌・引用など	対話文
10	終止形（口　語）	3,121	◎　◎	◎　△	◎　△	◎　△	○　×	◎　×
11	終止形（文　語）	279	△　◎	△　◎	×　×	×　×	○　○	×　×
20	命令形（口　語）	387	×　×	○　◎	×　×	×　×	△　△	○　△
21	命令形（文　語）	23	×　×	×　◎	×　×	×　×	△　◎	×　×
31	連体形（ゾ結び）	14	×　◎	×　○	×　×	×　×	△　◎	×　×
32	連体形（ヤ結び）	27	×　○	×　◎	×　○	×　△	×　○	×　×
33	連体形（カ結び）	3	×　×	×　×	×　×	×　×	×　＊	×　×
34	連体形（疑問語結び）	55	×　○	×　◎	×　△	×　△	△　○	×　×
35	連体形（変形・下略）	2	×　×	×　×	×　＊	×　×	×　＊	×　×
40	已然形（コソ結び）	187	×　△	△　◎	×　△	×　×	×　×	×　×
41	已然形（結びの変形）	1	×　×	×　×	×　×	×　×	×　×	×　×
50	終助詞	1017	△　△	◎　◎	◎　△	○　×	○　△	◎　△
61	名　詞	109	×　○	×　◎	×　△	△　△	△　○	×　×
62	副　詞	64	×　×	×　◎	×　○	△　△	×　×	×　×
63	感動詞	15	×　×	×　◎	×　×	×　×	×　×	×　×
64	助　詞（終助詞を除く）	57	×　○	×　◎	×　○	×　△	△　○	×　×
65	連用形	4	×　×	×　＊	×　×	×　×	×　＊	×　×
使用度数合計		5365	1706	2842	301	165	198	153
比　率（%）		100.00	31.80	52.97	5.61	3.08	3.69	2.85

表中においては、１つの欄に２つの符号が記されている。左は文の種類から見た場合の品詞・活用形などの比率、右は品詞・活用形などから見た文の種類の比率を示す。例えば、［表Ⅵ］の最左列の上段の［◎◎］は、地の文から見た場合も終止形（口語）から見た場合も、使用度数が25.00％以上の比率で、両者の相関度が〈きわめて高い〉ことを示す。

これらの表によって、文末語の品詞・活用形などと文の種類との相関関係を両方向から見て相関度を判定した。［表Ⅵ］〈ピリオド終止の用例〉を見て顕著な点を示すと、次のようになる。

なお＊＊印は［表Ⅶ］〈全用例〉の場合と異なるものである。

（イ）　きわめて高い

　①終止形（口語）と　地の文　　例文(7)参照

＊＊②命令形（口語）と　対話文　　例文(2)参照

＊＊③終助詞と和歌・引用文など　　例文(6)参照

（ロ）　高　い

　①終止形（口語）と　会話文および対話文
　　例文(1)(8)参照

　②終止形（文語）と　和歌・引用文など
　　例文(9)参照

　③連体形（ゾ結び）と　和歌・引用文など
　　例文(10)参照

　④已然形（コソ結び）　と　会話文　　例文(11)参照

（6）はかなしや，主は雲居を別るれば，あとは煙と立ちのぼるかな．(193-5)

（7）浄妙坊が心には一条，二条の大路のやうに振る舞うた．(127-8)

（8）喜．………：冥加もないお茶でこそござれ：極と見えらましてござる．(281-1)

（9）岩根踏み誰かは問はん楢の葉の，そよぐは鹿の渡るなりけり．(374-2)

(10) 埋もれ木の花咲くこともなかりしに，みのなる果てぞ悲しかりける．(133-7)

(11) 行綱近う寄り，小声になって申したは：その儀ではござない，ひたすら御一家の上とこそ承ってござれ．(22-1)

上記の相関度の基準は大概を把握するためのものである。ここでは25.00％以上を〈きわめて高い〉としている。が、(イ)①は地の文の中の使用度数の合計の98.24％、(イ)②は対話文の中の使用度数の合計36.00％、(イ)③は和歌・引用文などでの使用度数の30.61％である。同じ範疇の間に大きな差が存することもある。

五　むすび

以上、〈天草版平家〉の文末語について、ピリオド終止の場合の品詞・活用形などと文の種類との相関性を考察した。最後に他の調査や掲載しなかった表をも参考にして、この論文に対する私見を述べたい。

（イ）〈天草版平家〉は和漢混交の文語文でかかれた『平家物語』を室町時代末期の口語に訳したものである。活用語に限れば、97.74％を超える文末語を口語として説明できる。

（ロ）本章〔Ⅰ〕でピリオド終止の文末表現を特徴づける語として、タ，ゴザル，マウス，ヂヤ，ナンダ，アル，ウズの7語をあげた。そのうち始めの5語は終止形（口語）で地の文の中の用例が大部分である。又、アルは命令形（口語）で対話文、ウズは終止形（口語）で会話文の中の用例が大部分である。

（ハ）平家の盛衰は過去のこと、歴史の中の出来事として語られている。そのため、地の文の文末が終止形（口語）のタで結ばれている例がきわだって多い。ナンダ，マウス（大部分が、……タトマウス）も多い。

（ニ）ゴザル，マウスが終止形（口語）で地の文に多いことは，口語訳の原拠にした『平家物語』と異なる。問答体にしたために、相手に対する敬意を添える語が多くなった。

（ホ）使用度数の比較的少ない分類項の中にも、〈天草版平家〉の特徴をよく表しているものがある。問答体にしたために用いることになったオカタリアレ（命令形（口語）・対話文）、室町時代末期の話し言葉でまだ用いられていた已然形（コソ結び）、『平家物語』からそのまま写し取られた終助詞カナ（和歌・引用文）などである。これらはすべて口語訳、問答体、過去の叙述、日本語学習のテキストといった〈天草版平家〉の文章の構造や成立の事情と深く関わっている。

注

1）　本章〔Ⅰ〕の注1）参照。

2）　本章〔Ⅰ〕を参照。

3）『平家物語』の巻一～巻三は覚一本系の〈高野本〉など、巻四～巻七および巻九～巻十二は〈斯道本〉、巻八は〈平松本〉などが〈天草版平家〉の原拠本に近い。近藤政美著『中世国語論考』（和泉書院、平1刊）参照。

付記　本章〔Ⅱ〕は愛知県立大学『説林』第43号（平7.2）に掲載した論文を一部訂正したものである。関連する先学の調査・研究として、次の2編がある。

1　佐藤茂「天草本平家物語の文末表現」『福井大学教育学部紀要』（国語・国文学編）第19号（昭44.10）所収。

2　出雲朝子「天草版平家物語における句読点の用法」『青山学院女子短期大学紀要』第39輯（昭60.11）所収。

第五章　天草版『平家物語』の語法の考察

――原拠本との比較を中心にして――

一　はじめに

室町時代には、語法史の上から見た場合、近代語としての特徴が現れ始める。それは特に動詞、助動詞、更には助詞の一部において顕著に見られる。天草版『平家物語』は、室町時代末期に外国人宣教師たちのためにローマ字で書かれた日本語学習などの教科書で、当時の口語法を研究する資料として貴重なものである。

以下、口語訳のもとになった『平家物語』の諸本と比較しながら特に注意すべき点について説明する。

なお、『平家物語』は鎌倉時代に成立したもので和漢混交の文語体を基本にしている。また、『平家物語』には多くの古写本・古刊本が現存するが、〈天草版平家〉との比較にはそのうち口語訳の原拠になった本文に近いものを選んで使用する（本書の第一部参照）。また、用例の後の（　　）内には資料として用いた文献の巻・頁・行を示す。

[表Ⅰ]〈天草版平家〉の原拠本に近い『平家物語』諸本

『平家物語』（十二巻本）の範囲	〈天草版平家〉の原拠本に近い諸本の例	〈天草版平家〉の原拠本の本文との距離
[イ]巻　一～　三	〈竜大本〉〈高野本〉	かなり近い
[ロ]巻　四～　七	〈斯道本〉 〈小城本〉〈鍋島本〉	極めて近い かなり近い
[ハ]巻　八	〈平松本〉〈竹柏園本〉	近い
[ロ]巻　九～十二（灌頂巻を含む）	〈斯道本〉 〈小城本〉〈鍋島本〉	極めて近い かなり近い

備考　『平家物語』諸本からの用例の出典を示すのには、次のような略称をも用いる。
〈天草版平家〉〈天草版〉〈天〉、〈高野本平家〉〈高野本〉〈高〉、
〈斯道本〉〈斯〉、〈小城本〉〈小〉、〈鍋島本〉〈鍋〉、
〈平松本〉〈平〉、〈竹柏園本〉〈竹〉、

二　動詞について

a．終止形の連体形との合一化、および命令形の語尾

（ｉ）動詞をはじめ全般にわたって終止形が連体形と同形に変移する点は、古代語から近代語への転換期ともいえるこの時代の現象である。が、古い終止形もそのままの形で見られる。その多くは助詞「な」（禁止）、助動詞「まい」などを下接する用法で、他は和歌の中や古典の語句の引用に限られる。

1〈天〉熊谷これを見て，平山討たすまいとて続いて駆くる．(264-24)
　〈斯〉熊谷…、平山討セシト、続テ駆ク。(527-1)

2〈天〉弟の次郎これを見て，敵に首を取らすまいと思うたか，(269-14)

3〈天〉時至って行はざれば，かへってその禍を受くといふ本文がござる．(145-4)

また、次のように、終止形と連体形が逆転している例もある。

4〈天〉いとけない者ども忘るるとも，人はよも忘る暇はあるまじい：(288-7)
　〈斯〉幼き者トモハ忘ルヽトモ、人ハヨモ忘ルヽ隙アラシ。(568-10)

(ⅱ) 動詞の命令形の語尾は、「－い」という形が目立つ。そして延べ語数では「－よ」という従前の形をしのぐ勢いである。特に下二段の語ではそれが顕著である。

5〈天〉旗を先に立ていと言うて, (165-4)

〈斯〉旗ヲ先ニ立ヨトテ、(425-7)

異なり語数はほぼ同数であるが、サ変などでは「－よ」の方が多い。また、上一段・上二段のように語幹末の母音がイ音である場合は「－よ」の形をとるのが特徴である[1)]。

[表Ⅱ] 動詞の活用の種類別の命令形語尾

括用の種類	－よ		－い	
	異なり語数	延べ語数	異なり語数	延べ語数
上一段	3	13		
上二段	1	2		
下二段	13	14	21	47
サ変	7	7	3	23
カ変			1	2
合計	24	36	25	72

これらのうち次の5語には両形が見られるが、いずれも「－よ」の形は1例のみである。

下さる（よ1例・い8例), す（よ1例・い14例), 立つ（よ1例・い2例), まらする（よ1例・い8例), まゐらす（よ1例・い3例）

6〈天〉成親卿言はれたは…甲斐なき命を助けさせられて下されよ：(31-7)

〈高〉…かひなき命をたすけさせおはしませ。(上84-6)

7〈天〉俊寛言はるるは：…この船に乗せ，九国の地へ着けて下されい：(74-22)

〈高〉…此舟に乗せて、九国の地へつけて給《タ》べ。（上 142-16）

b．音便の種類と各々の特徴

（i）イ音便、ウ音便、促音便、撥音便の4種が存する。活用の行から見ると、カ・ガ行－イ音便、タ・ラ行－促音便、ナ行（ナ変）－撥音便となっている。例外としてカ行の「行《い》く」が促音便となる例が「行《ゆ》く」のイ音便より多く存する。

音便の例

8〈天〉成親卿の北の方は…，菩提院といふ寺へ行《い》って，（64-18）

9〈天〉長茂…行方知らず落ちて行《ゆ》いたによって，（161-6）

（ii）次のように「いて」「いた」の形が4例見られる。当時の京都方言での促音tの脱落を反映するものである。

10〈天〉志保坂の手がおぼつかないにいざ yte（行て）見ょうとて，（168-18）

11〈天〉さては知らぬ人かとこそ思うたれ：yte（行て）尋ねうと出らるるほどに，（387-3）

〈斯〉　サテハ知ラヌ人カトコソ思フタレ、行テ尋ントテ出ツル。（753-3）

12〈天〉名草にゐらるると聞いたれば，やがて追っ駆け ita（行た）が，（249-4）

13〈天〉　乳母の女房はそこはかともなうあこがれ yta（行た）に：（386-14）

〈斯〉　乳母ノ女房はソコハカトモナク浮《アコカレ》 行。（752-7）

（iii）ハ・バ・マ行は、「忍うで」「呼うで」のようにウ音便が一般的である。その中でバ・マ行は、語幹末の母音がuのときは撥音便、それ以外のときはウ音便となることが明らかにされており[2]、現在一般に受け入れられている[3]。これらバ行四段・マ行四段の動詞については、当時の都の言葉を反映して原拠の『平家物語』からの口語訳に際しウ音便化が積極的に推し進められたという報告もある[4]。〈天草版平家〉では、「飛ぶ（撥音便8例）」「及ぶ

（ウ音便 10 例、撥音便 3 例）」「ふしまろぶ（ウ音便 3 例、撥音便 1 例）」「喜ぶ（ウ音便 16 例、撥音便 1 例）」の 4 語がこの原則に外れている。又、文語文で書かれた序文の中では、「臨む（本文中ウ音便 1 例）」「読む（本文中ウ音便 9 例）」にも撥音便の例がある。

14〈天〉五百人余りの首を取って，夕べに及んで京へ上るが，（136-10）

〈斯〉…夕ヘニ及ンテ京へ入ル。（288-7）

15〈天〉これほどの御大事に及うでござれば，ただ疾う疾う出させられいと，（138-10）

〈斯〉是ホトノ…御大事ニ候ヘハ、…、（291-3）

ハ行のうち、「言ふ（ウ音便 336 例）」「従ふ（ウ音便 7 例）」「向かふ（ウ音便 24 例）」の 3 語には、本文中に促音便が 1 例ずつ存する。「従ふ」は序文中にも促音便 1 例が見られる。ウ音便の場合との差は、特に認められない。

16〈天〉雨原憲が枢に潤すとも言っつべしい：（396-15）

〈斯〉雨 潤《ス》二原憲枢一トモ謂ツヘシ。（762-8）

17〈天〉漸う人とならるるにしたがって，力も世にすぐれて強う，（157-1）

〈斯〉漸《ヤウヤウ》人トナルママニ、力モ世ニスグレテツヨク、（387-11）

18〈天〉軍《いくさ》に合ふこともござるまい，再び鎌倉へ向かっても参るまじい：（231-4）

〈斯〉…、二タヒ鎌倉へ向テ参ルマシク候。（480-2）

（iv）サ行はすべてイ音便形を取る。ただし、他の行の動詞と比べて、非音便形が非常に多い。次のように、両形を有するものも少なくない。

打ち越す（−い 2・−し 1），押す（−い 1[5)]・−し 2），

落とす（−い 4・−し 4），越す（−い 1・−し 2），

倒れ伏す（−い 3・−し 4），尽くす（−い 2・−し 3），

為す（−い 11・−し 15），滅ぼす（−い 7・−し 5），

伏す（−い 3・−し 3），生《む》す（−い 2・−し 2）

19〈天〉雁一つ…玉章《たまづさ》を食ひ切って落といたを，（69-11）

〈高〉雁一《ひとつ》…玉章をくひきッてぞ落しける。（上 131-16）

20〈天〉平家《ひらや》なる棟守りいかに騒ぐらん？柱と頼む板《いた》を落として.

(154-14)

c．活用形式の特徴

（ｉ）活用の種類の変化

同一の動詞で、活用形式の種類の異なった語も少数存する。次はそれぞれ下二段活用に助動詞「さす」の接続した「－せさせ」が転じて四段活用となったものである。

21〈天〉女院もお手を合はさせられて，喜ばせられて，(139-10)

22〈天〉清盛の御定に軍《いくさ》をば上総の守に任させられいとあった：(149-17)

〈斯〉…軍ヲハ忠清ニ任セサセ玉ヘト候ヒシソカシ。(350-1)

漢語サ変動詞に助動詞「さす」の接続した「－せさす」が転じて「－さす」となったものは、『〈天草版〉語彙用例総索引』では原則として漢語と動詞「さす」とに分けて掲出した（例「寄進させ（124-15)」「奏聞させ（240-10)」等)。ただし次の例は、一字漢語「臆」の独立度が低いものとみなして、この索引では連語として扱った。

23〈天〉君の無勢にならせられたによって，臆させられたゆゑでござる：

(246-6)

〈斯〉…臆セサセ玉フニコソ候へ。(497-6)

他には、「飛ばす」「怪しむ」（四段）の下二段の例「飛ばせて」「怪しめて」や、「参らす」（下二段）の四段の例「馴れまゐらした」、「生く」（上二段）の四段の例「命生かう」、「相具す」「感ず」（サ変）の上二段の例「相具しさせて」「感じられた」などが見られる。

更に、連用形が名詞化する場合、エ段の音とイ段の音とが交代する場合もある。「迎ふ」の名詞化形は17例すべて「迎ひ」である。「仕ふ」「揃ふ」を後部要素とする複合語の名詞化形はそれぞれ「宮仕へ」１例に対し「宮仕ひ」５例、「勢揃へ」「船揃へ」各１例に対し「勢揃ひ」２例である。「勇む」は複合語「勇みののしる」「おごり勇む」ともに四段だが、名詞化形は「勇め」が１例存する。また、「構ふ」を含む副詞「相構へて」（３例）は、「相構ひて」の形も２例存する。

（ⅱ）活用する行の転化

室町時代の語法の特徴の一つにハ行下二段の語がヤ行に転じて用いられる現象が挙げられる。これは、〈天草版平家〉においても、次の10語に見られる。

与ふ（２例）与ゆ（１例），訴ふ（５例）訴ゆ（１例），
押さふ（18例）押さゆ（２例），数ふ（１例）数ゆ（１例），
変ふ（28例）変ゆ（３例），こしらふ（８例）こしらゆ（１例），
答ふ（８例）答ゆ（２例），供ふ（１例）供ゆ（１例），
整ふ（４例）申し整ゆ（１例），唱ふ（７例）唱ゆ（１例）

24〈天〉（文覚）天の与ふるを取らざれば，かへってその禍を受く，（145-1）

25〈天〉　義経に天の与ゆる文ぢゃ：(331-4)

このように整理するとハ行の方が多い。が、上の例のうち、「あたふる」１例を除けば、すべて「－へ（ye)」の形であり、ヤ行と解することもできる。

ハ行上二段のヤ行化は見られない。現代語の「用いる」については、「mochij」の形で５例存するが、上一段の「用ゐる」として扱った。

ワ行下二段のヤ行化は「射据ゆ」１例（「射据ゆれ」の形）が見られる。ただし、「据う」「舁き据う」「並み据う」「引き据う」「揺り据う」については「－ゑ」「－ゑよ」の形のみなので、ワ行として扱った。

なお、活用行の転化ではないが、複合語の後部要素の「あふ」が「やふ」となった語も少なくない。

「あふ」「やふ」両形見られる語…落ち－，出－，申し－，参り－，寄り－，
「やふ」の形のみ見られる語…ころび－，ざざめき－，とけ－，憎み－，
似－，はやり－，ふるひわななき－，回り－，まろび－，みだれ－，
行《ゆ》き－，言《ゆ》ひ－，笑ひ－，

また、「あはす」が「やはす」となった「見やはす」も存する。

（ⅲ）二段活用の一段化

二段活用の一段化は、「経《へ》る」１語２例（已然形「へれ」の形）のみが見

られる。もっとも、下二段「経《ふ》」の終止形「ふ」13 例、已然形「ふれ」2 例も見られ、まだ珍しい現象である。このような音節数の少ない語は、一段化が早いとされている[6]。

26〈天〉日数経れば（fereba），駿河の国浮島にかからせらるるに，（360-21）

〈斯〉　日数経《フ》レハ、…、（711-7）

d．敬語の特徴

（i）この時代の特色を示す敬語として「ござる」716 例（「ござぁる」10 例、「ござない」69 例は除く）、「おぢやる」27 例、「おりやる」3 例、「おしやる」1 例、「たまうる」2 例、「まらする」328 例、「まらしやる」1 例、「そろ（候）」1 例が存する。前の 3 語は「ある」「居る」「来る」などの意を表す敬語であるが、「ござる」が数の上でも格別に多く、敬意度も高い[7]。

27〈天〉さりながらもおん命ばかりは申し請けてござるとの文を送られた.（55-18）

〈高〉　さりながらも、御命ばかりは申うけて候　」とて、…、（上 106-7）

28〈天〉丹波の少将殿や，俊寛御坊，また康頼などはござらぬかと，（73-6）

〈竜〉　丹波少将殿、法勝寺執行御房、平判官入道殿やおはすると、（上 213-7）

29〈天〉関より東は頼朝のござぁれば，申すに及ばず，（368-20）

30〈天〉硯も，紙もござないによって，お返事にも及ばれず：（92-8）

〈高〉　硯も紙も候はねば、御返事にも及ばず。（上 167-15）

31〈天〉頼朝は…と思はじことなう案じ続けおぢゃるところに，（147-2）

〈斯〉頼朝又…ト、思ハジコトナウ、案シツヽケテヲワシケル処ニ、（345-8）

32〈天〉白袴に練貫二重引き巻いておりゃったが，（283-17）

33〈天〉新中納言のおしゃったは：都を出てまだ一日も経ぬに，（188-22）

34〈天〉子細があって来た，披露して給うれと，言はれたれば，(206-6)

〈平松〉…入セ給テ候ト申ス。(614-7)

35〈天〉むつからせらるるによって，やがてこれをば出だしまらしゃって，(198-15)

〈平松〉…、疾々トテ出進サセ給ヌ。(585-2)

36〈天〉二位の大納言に上がって，年も既に四十に余り候《そろ》，(31-5)

〈高〉…、歳既《すでに》四十にあまり候。(上 84-5)

(ii) また、「御－あり」形式の敬語で、中に入る連用形の動詞が複合語の場合、その真中に「御」の入る用法が多く見られる。その場合、〈天草版〉の『語彙用例総索引』では複合語とせず、「御」の前で切って掲出した。

37〈天〉浄土を願はうと深う思ひお入りあったこそまことの大道心とは見えたれ．(107-4)

38〈天〉声をはかりに喚き，お叫びある声が門の外まで聞こえたれば：(187-4)

39〈天〉北の方幼い人をも迎ひお取りあって，一所でいかにもおなりあれとあれども，(288-22)

40〈天〉三月十五日の暁忍うで屋島の館を紛れお出あって，(305-16)

41〈天〉所領あまた給はられて，六月六日に都へ帰りお上りあるに，(322-2)

〈斯〉…、六月六日都へ帰リ上リ玉フニ、(621-1)

(iii) なお、「ござる」の打消しは「ござない」「ござらず」の 2 形が存するが、「ござない」(69 例) が「ござらず」(9 例) より多い。「ござる」の打消し過去も「ござなかった」(27 例) が「ござらなんだ」(4 例) より多い。一方、「ござる (ござぁる)」の打消し推量は「－まい (まじい)」(12 例) のみで、「ござない＋推量の助動詞」の形は存しない。

三　形容動詞について

(i) 形容動詞のうち、タリ活用は次の 7 語である。語幹はすべて漢語で、

「－と」「－たる」の形になっている。

悠々と（１例），浩々と（１例），峨々と（４例），茫々と（１例），渺々と（１例），漫々と（２例），漫々たる（２例），尪弱《わうじやく》たる（１例）

42〈天〉下れば青山峨々として岸高う，(260-1)

〈斯〉下レハ青山峨々トシテ岸高シ。(520-8)

43〈天〉漫々たる湖上に引く網を見させられて，(371-6)

〈斯〉 漫々タル湖上ニ網ヲ見玉ヒテ、(733-7)

（ⅱ）ナリ活用は「ぢや」系統のものも含めて166語531例が存する。活用の語形別に整理してその度数を示すと、次のようになる。

［表Ⅲ］ナリ活用形容動詞の語尾の活用形

未然	連用			終止			連体		已然	合計
なら	なり	に	で	なり	な	ぢや	なる	な	なれ	
27	1	315	23	3	21	17	28	88	8	531

ナリ活用の語は終止形と連体形が一般に同形の「－な」となる。が、終止形の方は「－な」とほぼ同数の「－ぢや」も用いられ、並存している。

（ⅲ）次のように、古形の「なり」「なる」も見られる。

①連用形の「なり」

44〈天〉さしも艶なりし人々の三が年の間の潮風に瘦せ黒み，(349-11)

〈斯〉サシモ艶ナリシ人々ノ、三ケ年カ間ノ塩風ニ瘦黒、(673-4)

過去の助動詞「き」は24例しか見られない。しかも、和歌の中や文語調の文の中がほとんどである。この１例は口語訳の原拠にした『平家物語』の語句を踏襲してしまったためである。

②終止形の「なり」

45〈天〉琵琶の秘曲を伝へけん：藁屋の床の旧跡も思ひやられてあはれなり．(298-21)

〈斯〉…、藁屋ノ床ノ旧跡モ想像レテ哀ナリ。(584-5)

46〈天〉三河の国八橋にもなりしかば，蜘蛛手にものをとあはれなり：
(299-8)

〈斯〉…蜘蛛手ニ物ヲト哀也。(584-9)

上の2例はいずれも重衡の東下りの章中のものである。ここは節を付けて語ったとされている。

③連体形の「なる」

28例中22例は「いかなる」という慣用的な用法である。ただし、「いかなり」の連体形は「いかな」も6例見られる。これらを除けば連体形は「－な」が主流だと言えよう。

47〈天〉行綱なましひなること言ひ出だいて證人にか引かれうと恐ろしさに…，(22-10)

48〈天〉形見こそなかなか今はあだなることよと言うて，伏し転うで泣かれたれば，(64-2)

〈高〉 かたみこそ中々今はあたなれとて、…。(上114-7)

(iv)「ぢや」系統のみの語は次の7語10例である。語幹は漢語が多く、活用形は終止形が多い。

大様げで（1例），不覚で（1例），まばらで1例），
肝要ぢや（1例）大事ぢや（2例），無益ぢや（1例），
もつともぢや（3例）

49〈天〉行綱この謀反に与《くみ》することは，無益ぢゃと，思ふ心が付いて，
(20-28)

〈高〉多田蔵人行綱、此事無《ム》益《ヤク》なりと…・。(上75-4)

(v) 両系統が並存して用いられているのは次の表の18語89例である。

この中で前半の9語は、連用形の語尾に「－に」「－で」両形を有する。その用法は必ずしも整然と区別されているわけではない。「－に」には副詞法がやや多く、「－で」には中止法が多いということは言えよう。

[表Ⅳ]「なり」「ぢゃ」両系統を有する形容動詞の語尾

形容動詞の語幹	なり					ぢや		
	に	な終止	な連体	なる	なれ	で	ぢや	合計
あらは	2					2		4
優	3	1	3			1		8
おぼろけ	1					1		2
かすか	6		1			1		8
様々	11					1		12
静か	6		1			1		8
不思議	1		3			1	3	8
まちまち	1					1		2
名残惜しげ	1					1 *		2
おぼろ					1	1		2
愚か			4	1		4	3	12
心苦しげ			1			1		2
幸ひ	1						1	2
さすが	1				1		2	4
上手					1	1	1	3
まれ		1	3			1		5
ゆゆしげ			1			1		2
狼籍			2			1		3

備考　*印は「お名残惜しげで」である。

50〈天〉鹿の声かすかにおとづれて虫の声々絶え絶えにあった.（372-21）

〈斯〉　鹿ノ音幽ニ音信テ、…。(375-2)

51〈天〉苔の細道はかすかで，嵐の誘ふ折々は，梅の花かとおぼえ，（260-2）

〈斯〉　苔ノ細道幽ナリ。…、(520-9)

四　形容詞について

（ⅰ）動詞と同様、近代語では終止形と連体形とが同形となり、大勢は語尾が「－い」となった。そして、ク活用・シク活用も区別がなくなって一本化の方向へ進むことになる。ただし、連用形は「－う」という音便形が一般的になる。

〈天草版平家〉では、連用・終止・連体それぞれの原形の用いられた例も少なくない。中でも終止形はその三分の一ほどが原形の「－し」である。が、用法上では違いは見られない。

（ⅱ）また、シク活用の語の中には次のように「－しし」の形も存する。

52〈天〉世の聞こえも恐ろししとあって，急ぎ高雄へ送り奉られた.
（393-24）

〈斯〉　世ノ聞ヘモ怖シトテ、…・。（760-5）

53〈天〉もとより諍《あらが》はぬ上に責めは厳しし，残りなう申したを白状四五枚に記いて，（27-6）

〈高〉　もとより…・、糺問はきびしかりけり、…。（上 80-7）

（ⅲ）ところで、シク活用の終止形に、「－しい」「－しし」ばかりでなく、「－し」の形がかなり残っているのならば、ク・シクの活用の別もまだ存する事になる。しかし、シク活用の終止形の「－し」の例を見てみると、慣用的な連体法の「同じ」以外は、次のような場合である。

54〈天〉これを見て，あらあさましや！女房の海へ入らせられたぞやと，申せば：（283-6）

〈斯〉是ヲ見テ、穴浅猿や、…、（283-6）

55〈天〉奉公をいたさうずると，申したれば，宗盛いかにも嬉しさうで内に入られた．（118-16）

これらは、普通に言うク活用の語幹に相当する用法である。

56〈天〉家に諫むる子あれば，その家必ず正しといふことは，もっともぢゃ：（52-24）

57〈天〉経盛の歌には．恋しとよ去年の今宵の夜もすがら，契りし人の思ひ出られて，(200-12)

これらは典拠のある語句、および和歌の中におけるものである。

58〈天〉中将北の方のお文よりも，若君，姫君の恋し恋しと書かれたを見て，(290-12)

これは普通の書簡とは異なり、子どもの情感を記したもので、次の用例と通じるものである。

59〈天〉若君姫君…：あらおん恋しや，おん恋しやと言葉も変はらず，二人ともに同じ言葉に書かれた．(290-8)

〈斯〉…アナ恋シヤ恋シヤト言ハモ替リ玉ハス、…。(571-1)

以上から、ク・シクの活用は、口語における区別が消滅しかけていたと考えてよいであろう。

五　助動詞について

『平家物語』〈高野本〉と比較して使用度数の減少している語がある一方で、室町時代の口語の特色とされる「げな」「さうなり」「ぢや」「なんだ」「ようず」などの語が加わり、「た」「う」「うず」などが増加した。また、用言と同様に終止・連体の両形は同形が一般的になった。その他、終止形に接続する助動詞の中には、上接する動詞によって接続方法が一定でないものもある。

a.「る・らる」と「す・さす」

(ｉ) 尊敬を表す助動詞には、「る・らる」と「す・さす」とがある。「る・らる」の終止形には、「る」「らる」も各１例ずつ存する。

60〈天〉中宮御産のおん祈りによって，非常の赦行はる：(73-20)

61〈天〉帝王のお位を持たせらると申すは，ひとへに内侍所のゆゑぢゃ：(293-8)

(ⅱ)「す・さす」は受身の意に通じる用法が『平家物語』に多く見られる。武士言葉とも言われる。この用法を口語に訳した〈天草版平家〉にも存する[8]。

62〈天〉畠山馬の額を篦深（のぶか）に射させて馬をば川の中より流いて，(236-3)

〈斯〉畠山馬ノ額ヲ篦深ニ射セテ、馬ハ河ノ中ヨリ流ヌ。(486-1)

63〈天〉次郎申したは：…兄を討たせて証拠に立たうと申さうずるに，弓矢取る法によいと申さうずるか？(268-9)

〈斯〉次郎申ケルハ、…兄ヲ討セテ、證拠ニ立ント申ンスルニ、弓矢トル法ニ能シト云候ナンヤ。(530-8)

64〈天〉有国は敵に馬の腹を射られてしきりに跳ねるによって，(169-19)

〈斯〉三郎左衛門有国ハ敵ニ馬ノ腹ヲ射サセテ、頻ニハネルハ、(433-3)

(iii)「る・らる」「す・さす」の命令形は動詞と同様「－よ」と「－い」の形が並存するが、いずれも「－い」形が優勢である[1]。

る	れよ…５例（受身３例、尊敬２例）	れい…12 例（尊敬のみ）
らる	られよ…２例（尊敬のみ）	られい…75 例（尊敬のみ）
す	せよ…１例（使役）	せい…６例（使役のみ）
さす	させよ…無し	させい…２例（使役のみ）

(iv)「す」「さす」のうち、「さす」は上一・上二・下一・下二・カ変・サ変の各動詞の未然形につくのが一般的であるが、次のように四段についたものが２例ある。

65〈天〉重の字をば松王に下さるるとあって，重景と名のらさせられた．(313-7)

〈斯〉重景トハ名乗セマシマシケリ。(604-7)

66〈天〉形見としてもこれまで持たさせられたれども，(353-2)

〈斯〉記念《カタミ》トテ是マテ持セ玉ヒシカトモ、(677-8)

(v)「る・らる」と「す・さす」とは、その重なる位置によって、ほぼ意味が固定している。また、「す・さす」が尊敬の意を表すのはすべて未然形で「らる」を伴った場合のみである。他の活用形はすべて使役の意を表す。

①「す・さす」が上位で「らる」が下位

ⅰ）使役－尊敬…5例

ただし、上位の「す・さす」は尊敬と解することが可能な例も多い。

67〈天〉宰相殿からと言うて，使ひが来た．…具し奉れと，あると言はせられたれば…（35-16）

〈高〉宰相殿よりとて使あり。…具して奉れと候」と言はせられたりければ、（上88-7）

68〈天〉射よと申すことでござらうず；…扇をば急いで射させられうずるかと申せば：（335-19）

前の〈天〉65の例などもここに入るが、「せさせられた」の転とも考えられる。

ⅱ）尊敬－尊敬…228例

69〈天〉宮は蟬折れ，小枝といふ漢竹の笛を二つ持たせられたが，（124-3）

〈高〉宮は，…，ふたつもたせ給へり。（上237-16）

70〈天〉宮は…とかうして暁方に三井寺へ入らせられて…，（114-13）

〈斯〉宮ハ…暁方園城寺ヘコソ入セ玉ヘ。（256-3）

②「る・らる」が上位で「さす」が下位

ⅰ）受身－尊敬（－尊敬）…29例

ただし、すべて次のように更に「らる」の続く形である。

71〈天〉少将殿を始め，君達も皆捕られさせられうずると聞こえたれば：（33-16）

〈高〉少将をはじめまいらせて、君達《キンダチ》も皆とられさせ給ふべしとこそ聞こえ候へ。（上86-14）

72〈天〉また法皇も押し籠められさせられてござれば，なんとあらうか，知らねども，（146-18）

ⅱ）尊敬－尊敬…1例

ただし、次のような特殊な例である。「討たれ」の「れ」（受身）に続く3語で高い尊敬の意を表すもので、規範的用法とは言えない。

73〈天〉伏し沈んで嘆かれ，一定討たれられさせられたとは聞きながら，

(280-4)

〈斯〉…、一定討レサセ給ヌトハ聞ナカラ、(554-6)

③「る」が上位で「らる」が下位

受身－尊敬…10 例

74〈天〉今度の合戦に討たれられた一門の人々通盛をはじめ，….

(279-4)

〈斯〉此度ノ合戦ニ討レ玉フ人々、…。(553-3)

以上から、次のようなことが言える。

1)「す・さす」が上位の時は原則として尊敬である。使役の例もあるが、尊敬と解することも可能なものが多い。その場合、下位の「らる」はすべて尊敬である。

2)「る・らる」が上位の時は原則として受身である。その場合下位の「さす」はすべて尊敬で、必ず「らる」を伴う。

3)「る」と「らる」とが重なった場合、上位は受身で下位は尊敬である。

b．「ず」と「なんだ」

(i) 打消しの助動詞としては「ず」が、また過去の打消しとして室町時代には「なんだ」が多く使用されるようになった。

次のような「ない」も存するが、形容詞とした。

75〈天〉三位の中将も隔てない. 頼朝をうち頼うでおぢやつたならば,

(323-24)

〈斯〉惟盛モ隔ナシ。…、(623-6)

(ii)「ず」を用いた打消しの過去は、次のように和歌の中や節をつけて語る文語調の文の中の 2 例のみであり、「なんだ」151 例が圧倒的に多い。

76〈天〉終にかく背きはてける世の中を，疾く捨てざりしことぞ悔やしき.

(65-9)

(iii)「ず」の終止形は、連体形と同形の「ぬ」(83 例) の他に、ほぼ同数の「ず」(81 例) も並存する。連体形の「ざる」は序文中にしか存在しない。また、次のように「ぬ」の音便形「ん」が 1 例のみ見られる。注意を要する。

77〈天〉御所の体《てい》もしかるべからんところで，礼儀を行はれうずることでなければ，(228-16)

〈斯〉御所の躰、然ルヘカラス、サル所ニテ、礼儀…。(477-2)

(iv) 已然形の「ざれ」は『史記』を典拠とする語句の引用中に2例存する。

78〈天〉天の与ふるを取らざれば，かへってその禍を受く，時至って行はざれば，かへってその禍を受くといふ本文がござる．(145-2 ～ 3)

已然形「ね」に「ば」の付いた「ねば」には2種ある。一般に已然形についた「ば」は、多くの場合確定順接条件の意になっている。が、逆接の意と解してもよいものがある。次の例は、上に「も」が入って強められており、「申しも終はらぬに」とほぼ同じ意と考えられる。

79〈天〉東国の武士とおぼしいと申しも終はらねば，義経門の前に馳せ寄せて，(240-7)

〈斯〉　東国ノ兵ト覚候ト申モ終ネハ、…、(490-5)

c.「べし」と「まじ」の承接

推量の助動詞「べし」と打消し推量の助動詞「まじ（まい）」とは、ともに終止形（ラ変は連体形）接続が基本である。しかし、平安時代以後はイ段音やエ段音に接続する用法が生じたことも知られている。

〈天草版平家〉では、「べし」51例の中にイ段音に接続した1例が存する。

80〈天〉今は見《み》べいほどのことは見はてつ，…と仰せらるれば；(347-13)

〈斯〉今ハ見ルヘキ程ノコトハ見ハテツ、…。(669-7)

また、「まい」84例、「まじ」89例中、四段動詞・ラ変動詞および形容詞への接続はすべて原則通りである。

上一段・上二段の動詞への接続は11例すべてイ段音である。

81〈天〉近江の湖から流れ出る川なれば，待つとも待つとも水は干《ひ》まい；(234-15)

〈斯〉…、マツトモマツトモ、水ヒマジ。(484-3)

82〈天〉今の都福原へ上らうずるに三日には過ぎまじい：(146-4)

下二段動詞への接続は17例中12例がエ段音である。下二段型活用の助動詞のうち「す」はエ段音接続と終止形接続が各１例、「る・らる」(12 例) はすべてエ段音接続である。

83〈天〉知らせまいと押さゆる袖の隙から余って涙がこぼれた．(101-1)

〈高〉知らせじとおさふる袖のひまよりも、…。(上 23-12)

84〈天〉熊谷これを見て，中を割られまじいと親子間《ま》もすかさず立ち並うで，(266-2)

サ変動詞の場合は７例中１例のみが未然形接続である。

85〈天〉梶原天性この殿に付いて軍《いくさ》をばせまじいものをと呟《つぶめ》いた．

(327-6)

〈斯〉梶原…軍セシトソツブヤキケル。(637-6)

d．「う」と「うず」と「らう」

(ｉ) 推量の助動詞は主として「む」「むず」の変化した「う」「うず」が用いられる。「うず」の終止・連体の両形とも「うず」「うずる」が並存し、已然形「うずれ」も見られる。

86〈天〉何とぞしておん供をつかまつらうずことでござったれども，

(62-3)

〈高〉何共して御供仕うど申候しか共、(上 112-11)

87〈天〉関白殿を是非とも恨み奉らうずると言はれたれば，(15-21)

〈高〉殿下を恨奉らばや」との給へば、(上 40-10)

88〈天〉さこそあらうずれとて，いよいよ心細げに思はれたと，聞こえてござる．(188-20)

〈斯〉サコソアラメトテ、弥心細ケニ思レケリ。(463-5)

(ii)「う」「うず」は、発音の上で前の音節と合して長音節となっている。上一段活用の動詞に下接した場合「よう」「ようず」と翻字したが、１例のみ「ようず」の形で現れている。助動詞「よう」の成立に続く例と思われる。

89〈天〉その儀ならば，北面の輩矢をも一つ射ようずる．(43-6)

〈高〉…、矢をも一《ひとつ》射てンずらん。(上 94-13)

(iii) 推量の助動詞には他に「らむ」の変化した「らう」も見られる。多くは「うず」「つ」に下接した「うずらう」「つらう」の形で現れる。

90〈天〉今さらいかなるおん目にか合はせられうずらうと言うて,

(37-14)

〈高〉いかなる御目にかあはせ給はんずらん」となく。(上 89-16)

91〈天〉清盛はこのやうに人々をあまた警め置いても，なほ心行かずや思はれつらう：(42-5)

〈高〉…、なを心ゆかずや思はれけん、(上 93-8)

e.「た」と「たり」

過去・完了の助動詞としては、主として「た」が用いられる。「た」は終止・連体の両形が同じ形であり、次のように過去と完了の使い分けも消滅している。

92〈天〉平家の侍どもが並み居たが，その中からある者が，いや，その馬は一昨日まではあったものをと申せば，又ある者が昨日もあったものを，今朝も庭乗りしたものをなどと，口々に申せば，(116-2 ～ 6)

〈斯〉平家ノ侍ヒ並居タリケルガ、有ル者ガ、哀レ其ノ馬ハ一昨日及ハ有ツルモノヲト申ス。又アルモノガ昨日モ候シモノ、ケサモ庭乗シ候ツルナンド、口々ニ申セハ、(257-5 ～ 7)

原形の「たり」も「た」の三分の一ほど存するが、已然形が 913 例（95.6%）で、専ら「たれば」「たれども」の形で現れる。又未然形も 23 例中 20 例が「たらば」、終止形も 9 例中 8 例が「たりとも」というように、かなり固定的に用いられている。

f.「なり」と「ぢや」

（i）断定の助動詞としては「なり」と「ぢや」が多い。「たり」は漢文訓読的表現に用いられた 6 例が存する。

93〈天〉君君たらずと言ふとも，臣もって臣たらずんば，あるべからずと…．(52-11)

「なり」には次の 1 例のみ、伝聞推定の用法が見られる。

94〈天〉山里はものの寂しきことこそあるなれども，世の憂きよりは住みよからうずるものを…と．(372-11)

〈斯〉山里ハ物ノ孤シキコトコソアンナレトモ、…、(734-8)

「なり」は多く未然形・已然形に「ば」の付いた「ならば」「なれば」の形で用いられる。そのうち「ならば」は 90 例中用言の連体形についた接続助詞的用法が 59 例存し、82 例中 79 例が体言につく「なれば」とは対照的である。

95〈天〉今度あの宗康を捨てて行くならば，たとひ命生きて二度平家の味方へ参ったりとも，(215-9)

〈平〉今度ハ小太郎ヲ捨テ行クニヤ、…、(627-6)

(ⅱ) また、未然・已然形には、次のように終助詞「ぞ」に下接し、意味上いったん完結した上位句（疑問反語が多い）を受ける用法も 7 例存する。これも接続助詞的用法である。

96〈天〉童は見忘れたれ共、俊寛はなぜに忘れうぞなれば，これこそそよと言ひもあへず，(86-13)

〈高〉…、僧都は争《イカデ》忘《わする》べきなれば、…、(上 162-12)

97〈天〉何ごとかこれに過ぎた思ひ出はあらうぞなれども，関より東は頼朝のござぁれば，(368-19)

〈斯〉何事カ是ニ過タル思出アルヘキナレトモ、…、(726-8)

(ⅲ) 連用・終止・連体の各活用形は、次のように「ぢや」系の「で」「ぢや」が多い。

[表Ⅴ]「なり」「ぢや」の連用・終止・連体の各活用形

連用			終止			連体		
で	なり	に	ぢや	なり	な	ぢや	なる	な
518	3	54	178	11	1	51	5	25

この中で、連用形の「なり」3 例すべてと連体形「なる」のうち 4 例は、和

歌・今様などにおける例である。また「なる」以外の連体形では、連体法および準体法には「な」が、助詞などに続く場合には「ぢや」が用いられるというように、使い分けが見られる。

98〈天〉古里の花のもの言ふ世なりせば，いかにの昔のことをとはまし．(80-19)

99〈天〉今様を一つ歌うた：…お前の池なる亀岡に鶴こそ群れ居て遊ぶめれと，(96-6)

100〈天〉妓王は二十一で尼になり，嵯峨の奥な山里に柴の庵を引き結んで，(103-7)

〈高〉祇王廿一にて尼になり、嵯峨の奥なる山里に、…、(上 103-11)

101〈天〉これこそ安大事《やすだいじ》のことぢやがなんとせうぞと，言はれたれば，(175-5)

〈斯〉是コソ安大事ノコトナレ、イカニセントソ宣イケル。(440-10)

又、次の例の「窺ふで」は従来「窺うで」(「で」は助詞「て」の連濁）と考えられていた。が、『平家物語』の流布本系統の版本の中にも「伺フ身ニテコソアラメ」という表現が見られ、ここでは「ぢや」の連用形と解した。

102〈天〉詮ずる所は便宜を窺ふでこそあらうずれと言うて，(117-12)

〈斯〉所《ロ》レ詮スルハ、便宜ヲ伺フ身ニテコソアラメトテ、(258-10)

g.「さうなり（ぢや)」と「げな」

様態の助動詞には「さうなり（ぢや)」「げな」が用いられる。

「さうなり（ぢや)」は活用語の終止形を受ける場合、伝聞を表すが、〈天草版平家〉にはその用法は見られない。活用語の連用形を受けて様態を推定的に表す場合（８例）と、形容詞・形容動詞の語幹について様態を表す場合(14 例）とに限られる。

103〈天〉しかれども催しばかりでこの謀叛かなひさうにも見えなんだところで，(20-21)

〈高〉此謀反かなふべうも見えざりしかば、…。(上 75-3)

「げな」は終止・連体の両形につく３例のみで、連用形につく例は見られない。

104〈天〉宗盛憎いことぢゃ，さては惜しむげなぞ：(116-7)

〈斯〉右大将、憎シ、サテハ惜ムゴサンナレ。(257-7)

他に、形容詞・形容動詞の語幹を受ける場合があるが、その場合は一語の形容動詞と認めて扱った。

105〈天〉民の家のあさましげな柴の庵に入れ奉った．(56-14)

〈高〉民の家のあさましげなる柴の庵にをき奉る。(上 107-2)

六　助詞について

助動詞と同様、いくつか室町時代の口語の特色とされる語が見られる。

a．格助詞

語そのものは従来と殆ど変わりないが、用法上では、「の」「が」による主格の明示、目的格「を」の発達、「へ」が「に」を圧倒する傾向、などが著しい。

106〈天〉それによって、諸人の目を澄まいてこれを見まらした：(5-7)

〈高〉諸人▼目をすましけり。(上 7-5)

107〈天〉上れば白雲が浩々として聳え，…，　(259-24)

〈斯〉上レハ白雲▼浩々トシテ聳へ、…。(520-8)

108〈天〉(義経が熊王に) やがて物の具をさせ，馬に乗せて…：(260-24)

〈斯〉ヤカテ物具▼セサセ、馬ニ乗セテ、…。(521-9)

109〈天〉木曾殿へお目にかかりたい子細があって来た，(206-5)

〈平〉木曾ニ宣可レ合事有テ御在ケルニ、(614-6)

他には、〈高野本〉で見られなかった「から」が多数存すること、また格助詞的用法の「をもって」の変化した「をもて」が１例存することも注目される。

110〈天〉搦手は如意が峰から呼び返す．大手は松坂から取って返すに，(123-17 ～ 18)

〈斯〉如意峯ヨリ呼返ス。大手ハ松阪ヨリ取テ返ス。(273-3 ～ 4)

111〈天〉宮は比叡の山と，奈良を以《も》て（vomote）こそさりともと思はせられたれ：(124-8)

〈斯〉宮ハ山門・南都ヲ以テコソサリトモト思召レツレ。(124-7)

b．接続助詞

従来の逆接の助詞「ど」は１例のみで、ほぼ「ども」に統一された。他に接続助詞的用法の「によって」「ところで」も多数存する。

112〈天〉成親卿…存《ながら》へられうずとは見えねども，さすが霜の命は消えやらいで，(56-10)

〈高〉新大納言…ながらふべしとはおぼえねど、…、(上 106-16)

113〈天〉散々に射るによって，面を向けうずるやうはなかったれども，(213-17)

〈平〉散々ニ射ケレハ、…。(318-2)

114〈天〉忠盛…始めて昇殿いたされたところで，公家たちがこれを妬み憤って，(4-17)

〈高〉忠盛…始て昇殿す。雲の上人是を猜み、…、(上 6-11)

打消の助詞としては、「で」はわずか８例で、一般に「いで」が用いられるようになった。

115〈天〉斎藤五，斎藤六ものをさへ履かいで足にまかせて下り行くに，(390-10)

〈斯〉斎藤五、斎藤六、物ヲタニモハカズシテ、…、(756-7)

c．副助詞・並列助詞

「すら」は見られず、「だに」は減少する。また連語「なりとも」が現れ、増加する。

116〈天〉(成親卿) 今は余所ながらもこの有様を見送る者のないことの悲しさよとて，(54-19)

〈高〉いまはよそにてだにも、此有さまを見をくる者のなかりけるか

なしさよ」とて…、（上 104-10）

117〈天〉いく度なりともそれがしが命のあらう限りは…，（257-4）

〈斯〉何度ニテ候トモ…、（517-5）

118〈天〉せめて一本なりとも都あたりへ揺られ行けかしと言うて，（66-21）

〈高〉せめては一本成共《なりとも》、…とて、（上 128-10）

〈斯〉願者、此ノ率塔婆一本ナリ共、…トテ、（136-1）

「やら」は「やらん」と共に主に「と」に続く形で副助詞として用いられるが、次の〈天〉120 のような例は二つの不定の事柄の並列である。

119〈天〉お布施は先帝の御衣とやらであったを上人泣く泣く賜って，（352-22）

〈斯〉御布施ハ先帝ノ御直衣トカヤ、上人賜テ、（677-10）

120〈天〉波の立つやら風の吹くやらも知らいで，（159-11）

〈斯〉波ノ立ヤラン、風ノ吹ヤラン、知ラサル躰ニテ、（414-10）

「やらん」は〈天草版平家〉にも 1 例（61-20）あるが、「やら」と同じように、副助詞的に用いられている。

他に並列の助詞としては、連語として自立語の部で扱った「なんのかの」中の「の」、あるいは、助詞の部で連語として扱った「ぢやは」などの語も注目される。

121〈天〉奥州の嗣信ぢゃは，忠信ぢゃは，弁慶ぢゃはなどといふ者ども…，（327-16、17）

〈斯〉　奥州佐藤三郎兵衛、四郎兵衛、武蔵房弁慶ナント申者トモ、（637-10）

また、〈高野本平家〉では「なんど」として多数見られた「など」は、格助詞「と」を伴った「などと」という形が多く 58 例も存する（上記〈天〉の用例 121 参照）。

d．終助詞

「の」（9 例）「なう」（5 例）が存する。これらのうち、次の〈天〉122 を除く 13 例は、すべて、物語の中に聞き手として登場する右馬の允の言葉の中で用いられている。

122〈天〉いかに佐々木殿, 御辺は生食を賜はられたなうと言葉をかくるところで, (232-17)

〈斯〉…、御辺ハ生数寄玉ハラレテケリト、詞ヲカク。(481-10)

123〈天〉右馬. さて平家の悪行はかからぬことぢゃの？　喜. そのことでござる：(18-11)

「もがな」と、それに代わる「がな」が 1 例ずつ並存する。

124〈天〉あっぱれよからう敵もがな：最後の軍してお目にかけうと見回すところに, (245-17)

〈斯〉アッハレヨカラン敵モカナ。…、(496-10)

125〈天〉熊谷はよからう敵がな一人と思うて, 待つところに…. (276-5)

〈斯〉熊谷次郎直実ハヨカラン敵カナ、一人ト思テ待処ニ、…。(548-3)

「な」の承接は上接語によって動揺している。「まい（まじい）」に類似の様相で、34 例中、四段（14 例）・サ変（8 例）・助動詞「す・さす」(3 例) からの承接はすべて終止・連体の両形からの接続、下二段は 3 例中 1 例が、助動詞「る・らる」は 6 例中 2 例がエ段音からの接続である。

126〈天〉清盛少将をばこの内へは入れらるるな（raruruna）と, 言はるるによって, (38-5)

〈高〉丹波少将をば此内へはいれらるべからず」との給ふ間、(上 90-8)

127〈天〉かまへて念仏を怠らせられな（rarena）と, 互に心を戒めて…, (104-17)

〈高〉相かまへて念仏おこたり給ふな」と、…、(上 26-15)

e．間投助詞

間投助詞「や」「な」の合した「やな」が 2 例存する。これは覚一本系の諸本では少ない。が、〈斯道本〉との対応箇所には 1 例見られる。

128〈天〉さても果報な妓王やな！同じ遊び女とならば，誰も皆あのやうでこそありたけれ：(94-5)

〈高〉あなめでたの祇王御前の幸《サイハイ》や。…。(上17-13)

〈斯〉アナ目出タノ義王カ幸《サイワイ》ヤ。…。(18-6)

129〈天〉長兵衛，ものも知らぬ奴ばらが言《ゆ》ひやうやな！(111-3)

〈斯〉長兵衛尉、物モ覚ヘヌ奴原カ申スヤウヤナ。(252-4)

七　おわりに

以上、天草版『平家物語』の語法について、用例付き語彙索引と関連して、近代語的特色を示すものを中心に見てきた。この書は外国人宣教師のための教科書として編纂されたため、語彙の面からも語法の面からもかなり規範性が強いが、必ずしも一律に口語訳されているわけではない。いろいろな表現が見られる。現代の言葉で言えば、多様である。それゆえ室町時代の話し言葉の研究を進めるにあたって、『平家物語』と対照して述べることができるので〈天草版平家〉や〈高野本平家〉の用例付き総索引の果たす役割は大きい。

注

1）　近藤政美・池村奈代美「天草版平家物語における活用形の命令形語尾「よ」「い」について」『解釈』第46巻542・543号（平12・6)。

2）　大塚光信「バ四・マ四の音便形」『国語国文』24巻3号（昭30・3)。

3）　土井洋一「近代の文法 I」参照。『講座国語史4　文法史』（築島裕編、大修館書店、昭57刊）所収。

4）　青木和江「天草版平家物語におけるバ行・マ行の四段活用動詞の音便について」『解釈学』第二輯（平1・11)。

5）「押い」の1例は「銀箔をおいて」の形で現れる。これは「置いて」と解することも可能であるが、天草版『平家物語』刊行の段階では「押いて」の意味と考えるべきであろう。近藤政美著『中世国語論考』（和泉書院1989刊）第一部第三章「問題の語句の解釈をめぐって」参照。この説に坂梨隆三氏は肯定的である。『江戸時代の国語（上方語)』(東京堂出版、昭 62 刊)。

6）　坂梨隆三「近代の文法Ⅲ」参考。『講座国語史４　文法史』所収。また、同じキリシタン物の一つ『こんてむつすむん地』では、「得」「寝」などの５語８例が見られる。(『中世国語論考』第二部第一章「国字本『こんてむつすむん地』における動詞の上下二段活用の一段化について」参照)。

7）　出雲朝子「キリシタン物の文法」参照。『国文法講座５』（山口明穂編、明治書院、昭 62 刊）所収。

8）　近藤政美著『中世国語論考』(和泉書院、平１刊）第三部第三章「助動詞「す」「さす」の受動を表わす用法について」参照。

備考　〈平松本〉の用例の所在は『平松家本平家物語の研究』翻字本文編（山内潤三著、清文堂、昭 50 刊）による。

第六章　む　す　び

第二部は〈天草版平家〉の語彙について、第二章で自立語、第三章で付属語（助動詞・助詞）を計量的な視点から総合的に考察した。また、第四章では文末語を文語形・口語形の分類の視点から、第五章では〈天草版平家〉の本文を原拠本と対照して、語法の特色を把握しようと試みた。

まず自立語については大野晋・西田直敏両氏の理論を参考にし、基幹語彙（第一・第二）と段階の単位を設定した。

基幹語彙　　　　…作品の延べ語数の0.1‰以上
基幹語彙（第一）…作品の延べ語数の0.5‰以上
基幹語彙（第二）…作品の延べ語数の0.1‰以上で0.5‰未満

段階…作品の延べ語数を10%ずつに分け、多い順に①②③…⑩の段階とする。

作品名　→ 指定範囲 ↓	〈天草版〉	〈高野本〉	〈源氏〉	各作品の条件をすべて満たす語数
（イ） 第一基幹語彙	○	○	○	119
（ロ） 第一基幹語彙＋⑥段階	○	○	× 使用度数３以下	128
（ハ） 第一基幹語彙＋第二基幹語彙	○	× 使用度数２以下	× 使用度数２以下	159
（ニ） 第一基幹語彙＋⑥段階	× 使用度数２以下	○	…	100

（イ）の条件（３作品ですべて第一基幹語彙）に入る語 — こと，もの，人，これ，言ふ，…。大部分が和語。日本語の中の基礎語である。

（ロ）の条件に入る語 — 敵，いくさ，射る，駆く，／平家，義経，木曾（地名），鎌倉，…。全体的に見ると、これらは戦闘に関係のある語、および武士・武家、地名である。前者は広く軍記物語に見られ、後者は特に２作品に多く使用されている特色のある語群である。

（ハ）の条件に入る語 — ござる，まらする、／喜．（喜一検校），右馬（右馬の允），／づ（出），落ちやふ，／なぜ（何故），それから，…。ｉ）敬語の変遷により生じた語、ii）作品を問答体にしたために使った人名、iii）音韻変化によって生じた語形、iv）現代語に通じる語群など、〈天草版平家〉の特色となる語群である。

（ニ）の条件に入る語 — ｉ）候ふ，さぶらふ，おはす，のたまふ，ii）入道相国，判官，iii）むま（馬），けぶり（煙），iv）あな〈感動〉，など〈副詞〉，…。これらは〈天草版平家〉には少なく、その多くは（ハ）の語群の口語訳の際の原拠になった語句である。両作品の本文を対照してみると、敬語、音韻変化を伴う語句等でそのことは明確である。

私は今回の研究で『平家物語高野本語彙用例総索引』（自立語篇）と『天草版平家物語語彙用例総索引』を基本にして計量的集計を行った。そして、『古典対照語い表』を用いて『源氏物語』とも比較してみた。ここで更に白井清子氏の調査データを利用させていただくと、次のような結果が出た。

（a）〈旧大系平家〉と〈高野本平家〉とは、名詞・動詞・全語彙の各々の異なり語数·延べ語数・平均使用度数の比率は近似している。

（b）〈天草版平家〉と〈高野本平家〉との1語あたりの平均使用度数は名詞・全語彙総数は近似、動詞は〈高野本平家〉が高い。

（c）〈源氏〉の1語あたりの平均使用度数が名詞・全語彙総数は〈天草版平家〉や〈高野本平家〉の約3倍である。又、動詞は〈天草版平家〉の1.6倍、〈高野本平家〉の約1.2倍である。

（d）基幹語彙は1語あたりの使用度数が〈天草版平家〉で全語彙の3～4倍、〈高野本平家〉で5～6倍である。

これらについては基幹語彙を設定したが、各作品の語彙量、内容、文体、接頭語、接尾語、補助動詞、複合語の扱い方なども影響すると推測される。

付属語（助動詞・助詞）の場合も使用度数順の語彙表を作成し、基幹語彙を設定した。

第一基幹語彙　　助動詞（または助詞）全体の延べ語数に対して
50.00‰以上

第二基幹語彙　　助動詞（または助詞）全体の延べ語数に対して
5.00‰以上

〈天草版平家〉の基幹語彙は助動詞が第一・第二を合せて16語、累積使用度数の比率は973.36‰である。助動詞の受け持つ大部分の意味領域はこれらによって表現できる。〈高野本平家〉についても21語、980.13‰で同様のことが言える。

〈天草版平家〉の基幹語彙のうち〈高野本平家〉でも基幹語彙に入っている語は〈る・らる・す・さす〉など9語である。これらは対応する文を比較した場合、同じ語の使用されていることが他より多い。この傾向は『平家物語』の巻四〜巻七相当の範囲などで〈斯道本〉の場合、さらに顕著になる。これに対して、〈高野本平家〉で中位・低位・不使用の語も〈う・た・ぢや・なんだ〉など7語存する。これらは対応する文を比較すると、他の語が使用されたり、対応する文の存しないこともある。〈天草版平家〉の助動詞の代表とも言うべき「た」を例に取ると、〈高野本平家〉では「けり」との対応が多く、他に「き」「ぬ」などがある。鎌倉・室町時代にはこれらの語が話し言葉では衰退し、「た」がその役割を担うことになったからである。

〈天草版平家〉は当時の話し言葉（口語）の研究のためには最も重要な資料であると、まえがきでも述べた。〈る・らる・す・さす・た・う・らう〉などの基幹語彙16語で見る限り、京都語の話し言葉の基礎語彙であると言えよう。ところが、中位語・低位語の中には〈けり・き・む・べし〉などのように文語体で用い、〈高野本平家〉で基幹語彙の中に入る語も存する。それは口語訳の原拠にした『平家物語』の影響があることなどによるためである。〈天草版平家〉の助動詞がすべて話し言葉の資料というわけではないことは、これによって明確になった。

助詞の場合も助動詞の基幹語彙と同じ基準を設定した。そして、助詞の基幹語彙と〈天草版平家〉の作品との関係を、第二基幹語彙を中心にして口語訳の原拠に近い〈高野本平家〉〈斯道本〉などと比較しつつ考察した。

〈天草版平家〉の助詞の第一基幹語彙の8語は〈高野本平家〉の使用度数の上位8語と同じである。上位の3語も同じで、助詞の第一基幹語彙が両作品において担っている役割に大差ないと考えてよい。

そして、助動詞の第一基幹語彙では〈天草版平家〉の「た」や〈高野本平家〉の「けり」のような使用度数の突出した語の存すること、第一基幹語彙で共通するのは3語にすぎないことなど、両作品において各語が担っている役割に大差があった。この点で第一基幹語彙の助詞は助動詞と大きな相違がある。

〈天草版平家〉の助詞の第二基幹語彙は〈高野本平家〉でも第二基幹語彙であるのが8語、不使用と中位語が各1語である。第一基幹語彙と比較すれば、〈高野本平家〉に存しない「から」（格助）が現れ、「で」（格助）が増加するという相違がある。しかし、不使用の３語（「なんだ」「まい」「らう」）も現れる助動詞の場合と比較すれば、その変動は小さい。

さて、第二基幹語彙の６語を作品の性格と関係の強い語として、〈高野本平家〉と比較しながら検討した。その結果は便宜上、次の２種に大別できる。

（１）意味領域・語形・機能の変化に関係する語…「(より⇒）から」「(にて⇒）で」「が（主格・接続助詞の増加)」

（２）係助詞の衰退に関係する語…「か〈係助〉⇒や〈終助〉」「ぞ〈係助〉⇒衰退」「こそ⇒衰退」

（２）の（係助）の衰退に関係する語として、第一に「ぞ」が上げられる。使用比率が〈高野本平家〉の半分にも達していない。その原因は使用度数の大部分を占める（係助）としての機能が衰退したことである。（終助）としての使用度数は増加しているが、この語の使用比率にあまり影響していない。

第二基幹語彙の中でこれに続く語として「こそ」（係助）がある。この語は〈天草版平家〉では使用比率が〈高野本平家〉の半数を超える。それらの多くは会話文中で〈高野本平家〉の「こそ」と、また一部「ぞ」（係助）と対応している。全体としては（係助）衰退の流れを読み取ることができる。けれども「ぞ」とちがって、まだ話し言葉としてかなり使用されていたと言えよう。

これらと反対に、「か」は使用比率が〈高野本平家〉と比較して増加している。（係助）としては減少しているけれども、それ以上に（終助）としての用例が増加しているからである。そして多くは〈高野本平家〉などでは同じ疑問の意味の「や」（係助）と対応している。換言すると、「か」の増加は同じ語の（係助）から（終助）への機能の変化はわずかで、同じ意味で異なる語の（終助）への変化が見られるのである。そして、そこには「ぞ」と同様に「か」「や」両語の（係助）としての機能の衰退が関連しているのである。

（係助）の機能の衰退による使用度数の減少は「こそ」「か」にも見られる。「こそ」は（係助）としての役割が減少しても、まだ用いられていた。「か」は「ぞ」と同じように（終助）になるものも見られるが、「や」の役割をも担い、語としての使用度数が増加した。このように〈天草版平家〉の助詞の各語について意味範囲・語形・機能、（係助）の衰退の状況を検討すると、文語体の中での用法から室町時代末期の京都語の話し言葉の中の用法へと、変化し続けている現象を〈天草版平家〉の第二基幹語彙の中に明確に見ることができると言えよう。そして、それは〈天草版平家〉の作品を支える言語の面での特徴となっているのである。

〈天草版平家〉の文末語については、ピリオド終止の語を中心にしてその特色を計量的に分析した。

前半は文末符号のピリオドによる終止の語と文の種類との相関性を、また後半は品詞・活用形などと文の種類との相関性をそれぞれ計量的な面から考察した。

先ず文末の符号・引用助詞などを集計し、10種に分類した。①ピリオド、②疑問符、③感嘆符、④コロン、⑤セミコロン、⑥コンマ、⑦引用符号、⑧符号ナシ、⑨脱落、⑩誤入、合計は5365例である。そして、ここで問題として取り上げるのは、①ピリオド終止の前の語である。異なり語数が106、延べ語数が合計1436である。1語あたりの平均使用度数は13.55になる。これを超えるのは次の7語である。

タ843・ゴザル134・マウス76・ヂャ59・ナンダ53・アル29・ウズ22

使用度数が1の語の異なり語数は66（アコガレユク・アユミチカヅク・ウケタマハル…など）である。これを見れば、文末の語彙が貧弱であると言い切ることもできない。また、〈天草版平家〉が『平家物語』の口語訳だと言っても、口語形で整理できない語もある。文語形で整理した語数が26である。

ピリオド終止の文末語を①地の文、②会話文、③心中文〈地〉、④心中文〈会話〉、⑤和歌・引用文など、⑥対話文、と分類してみた。

地の文の文末語の使用度数を語別にみると、「タ」が782で圧倒的に多い。喜一検校が原拠の『平家物語』と同じように、平家の盛衰を過去のこととして語っていることと深く関わっている。「ナンダ」「…タトマウス」などを加えると、過去の時制として語られる表現は更に多くなる。次いで使用度数が多いのは、「ゴザル」「マウス」という丁寧な言葉使いに用いる語である。地の文で「ヂヤ」より「ゴザル」が、「イフ」より「マウス」が多いことは、喜一検校が聞き手の右馬の允を意識した表現で、問答体形式で書かれた〈天草版平家〉の構造と深く関わっている。

次に会話文の文末語の使用度数を語別にみると、「タ」「ゴザル」「ヂヤ」が多い。和歌・引用文では「カナ」が比較的多く、続いて「ラン」「ケリ」「テ」が目立つ。対話文では「アル」「タ」「ゴザル」など肯定的意味を有する語が多い。全体的には使用度数が多いのにここに見られない文末語がある。「ナンダ」「ゴザナイ」「マウス」「カナ」など、否定的意味を持つ語や文語文で用いる語が含まれている。これは〈天草版平家〉の問答形式の性格の一面を反映するものである。

続いて後半は品詞・活用形などと文の種類との相関性について論じてみよう。

(イ)〈天草版平家〉は和漢混交文体の『平家物語』を室町時代の口語に訳したものである。活用語に限れば、97.74%を超える文末語を口語として説明できる。

(ロ) 前述したように、ピリオド終止の文末表現を特徴づける語として「タ」「ゴザル」「マウス」など7語がある。そのうちの始めの5語は終止形（口語）で、地の文中の用例が大部分である。又、「アル」は命令形（口語）で対話文、「ウズ」は終止形（口語）で会話文の中の用例が大部分である。

(ハ) 平家の盛衰は過去のこと、歴史の中の出来事として語られている。そのため地の文の文末が終止形（口語）の「タ」で結ばれている例が際立って多い。「ナンダ」「マウス」（大部分が、…タトマウス）も多い。

(ニ) ゴザル、マウスが終止形（口語）で地の文に多いことは、口語訳の原拠にした『平家物語』と異なる。問答体にしたために、相手に対する敬意を添える語が多くなった。

(ホ) 使用度数の比較的少ない分類項の中にも、〈天草版平家〉の特徴をよく表しているものがある。問答体にしたために用いることになったオカタリアレ（命令形（口語）・対話文)、室町時代末期の話し言葉でまだ用いられていた已然形（コソ結び)、『平家物語』からそのまま写し取られた終止形カナ（和歌・引用文）などである。

文末語のこれらの特徴は計量的分析により捉えたものであるが、すべて口語訳、問答体、過去の叙述、日本語のテキストといった〈天草版平家〉の文章の構造や成立の事情と深く関わっている。

語法の考察では、（ｉ）原拠本に近い諸本との本文の比較、および（ⅱ）計量的比較調査によって特色を把握しようと試みた。

（ｉ）の例

①　動詞をはじめ全般にわたって終止形が連体形と同形に変移する点は、古代語から近代語への転換期ともいえるこの時代の現象である。

〈天〉熊谷…，平山討たすまいとて続いて駆くる.

〈斯〉熊谷…、平山討セシト、続テ駆ク。

②　助詞では、語そのものは従来と殆ど変わりないが、用法上で「の」「が」による主格の明示、目的格「を」の発達、「へ」が「に」を圧倒する傾向、などが著しい。

〈天〉上れば白雲が浩々として聳え，…，

〈斯〉上レハ白雲▼浩々トシテ聳へ、…。

③「す・さす」は受身の意に通じる用法が『平家物語』に多く見られる。武士言葉とも言われる。この用法を口語で記した〈天草版平家〉にも多くはないが存する。

〈天〉畠山馬の額を篦深（のぶか）に射させて…，

〈斯〉畠山馬ノ額ヲ篦深ニ射（さ）セテ、…。

（ⅱ）の例

④　動詞の命令形の語尾は「－い」という形が目立つ。異なり語数は「－よ」24、「－い」25 で、ほぼ同数であるが、延べ語数はまだ「－よ」の方

が多い。

〈天〉 旗を先に立ていと言うて，〈斯〉 旗ヲ先ニ立ヨトテ、

⑤ 断定の助動詞としては「なり」と「ぢや」が多い。終止・連体の各活用形は、次のように「ぢや」系の使用度数が特に多い。「ぢや」は終止 178・連体 51、「なり」は終止 11・連体なる 5 ・な 25 である。

〈天〉頼朝物の具して乗らうずる馬ぢゃ：

〈斯〉頼朝物具シテ乗ヘキ馬ナリ。

これらの用例は鎌倉時代の和漢混交文体の『平家物語』と室町時代末期の〈天草版平家〉とを比較することにより、近代語へと変遷する日本語を捉えたものである。

この書は外国人宣教師のための教科書として編纂されたため、語彙の面からも語法の面からもかなり規範性が強いが、必ずしも一律に口語訳されているわけではない。いろいろな表現が見られる。現代の言葉で言えば、多様である。その中から原拠本の本文と語法の使用度数という 2 つの視点から用例をあげながら、語法の特色を捉えようとした。

あとがき

本書は天草版『平家物語』に関する既発表の論文を基にして構成した。これらの論文は、昭和60年から今日に至るまでの長い間にわたって執筆し、また改稿している。共同執筆であったものは私の考えを生かして研究を進めた。第一部は原拠本の調査・研究を主とし、第二部は語彙の計量的比較研究を中心にした。当初は『平家物語』諸本との比較を主眼とする語彙・語法の解釈の問題も考えたが、諸般の事情でかなわなかった。また表記法も横書きにそろえたが、資料の性質や論述の相違もあり、句読点なども無理に整理することを避けた。

本書に収録した論文の旧稿名・掲載紙は次の通りである。

第一部　天草版『平家物語』の原拠本の研究

第二章　「天草版『平家物語』の原拠本の研究史」『愛知県立大学文学部論集』〈国文学科編〉第38号　平成2年2月

第三章

〔I〕「天草版『平家物語』巻Iと百二十句本系諸本との語句の照応について」 名古屋大学『国語学国文学』第58号　昭和61年7月

〔II〕「天草版『平家物語』巻II第1章（妓王）と百二十本系諸本との語句の照応について」『松村博司先生喜寿記念国語国文学論集』 右文書院　昭和61年11月

〔III〕「「世のため、家のため、国のため、君のため」の原拠」『愛知県立大学文学部論集』（国文学科編）第36号　昭和63年2月、『国文学年次別論文集』昭和63年度

第四章　「天草版『平家物語』の原拠本について―［ロ］の範囲（巻II第2章～巻III第8章、および巻IV第2章～第28章の範囲―」 名古屋大学『国語学国文学』第67号　平成2年12月

第五章　「天草版『平家物語』の原拠本について―巻Ⅲ第９章から巻Ⅳ第１章まで―」『愛知県立大学文学部論集』（国文学科編）第 40 号　平成４年２月

第二部　天草版『平家物語』の語彙・語法の考察

第二章　「天草版『平家物語』の語彙の特色」『愛知県立大学大学院国際文化研究科紀要』第１号　平成 12 年２月

備考　濱千代いづみ氏との共同執筆を基にし、今回は大野晋氏の語彙の基準の設定、分析の方法を参考にし、『源氏物語』をも比較対照に入れるなど、全面的に書きなおした。

第三章

〔Ⅰ〕「天草版『平家物語』の助動詞の基幹語彙について―『平家物語』〈高野本〉との比較を中心にして―　『岐阜聖徳学園大学国語国文学』第 20 号　平成 13 年３月

〔Ⅱ〕「天草版『平家物語』の助詞の基幹語彙について―『平家物語』〈高野本〉との比較を中心にして―」『岐阜聖徳学園大学紀要』第 41 集　平成 14 年２月、『国文学年次別論文集』平成 14 年版

第四章

〔Ⅰ〕「天草版『平家物語』の文末語の計量的考察―ピリオド終止の語および文の種類との相関性―」『愛知県立大学文学部論集』（国文学科編）第 42 号　平成６年 12 月、『日本語学論説資料』第 31 号

〔Ⅱ〕「天草版『平家物語』の文末語の計量的考察―ピリオド終止の場合の品詞・活用形などと文の種類との相関性―」　愛知県立大学『説林』第 43 号　平成７年２月、『日本語学論説資料』第 32 号

第五章　解説Ⅲ「天草版『平家物語』の語法の特色」『天草版平家物語語彙用例総索引』（勉誠出版、平成 11 年刊行）所収

備考　池村奈代美氏との共同執筆を基にし、今回は『平家物語』の〈高野本〉〈斯道本〉などとの比較対照を組み入れて大幅に改稿した。

今から50年前、私は名古屋大学で金田一春彦先生に御指導たまわり、国語学を専攻した。卒業論文は『平家物語』に関するものであった。その後、中学・高校での教員生活を経て愛知県立大学に転勤した。そして、昭和48年に金田一先生・清水功氏との共編で『平家物語総索引』〈学研版〉を世に送った。そして、これを利用して『平家物語』の語彙・語法の研究を続けた。また中世国語を解明する上でキリシタン資料が重要だと考え、『コンテムツス・ムンヂ』に着目した。『聖書』に次いで多くの人々に読まれ、日本語版にはローマ字本と国字本が現存する。比較対照ができるので、資料として有用である。続いて『天草版平家物語総索引』（近藤政美ほか編、勉誠社版）を刊行した。その間、パソコンを使用しての語彙・用例付きの総索引を作成することが可能になった。国語学の研究に寄与できるものと考え、早速『平家物語語彙用例総索引』の（自立語篇）（付属語篇）、および『天草版平家物語語彙用例総索引』の作成に取り掛かった。文部省（現文部科学省）の出版助成をたまわり、武山隆昭・池村奈代美・濱千代いづみ諸氏の参画をお願いして完成した。本書の第二部の論文・資料は主としてこれらを使用してできあがったものである。

また、愛知県立大学勤務中には尾崎知光先生から『国語学史の基礎的研究』を紹介する機会が与えられた。くりかえし読んで宣長をはじめとする近世国学者の国語に関する学説の成立にいたる過程を重視した、斬新な研究方法には感服した。これは第一部の天草版『平家物語』の原拠本の探求方法を考えるヒントにもなった。この頃には山下宏明先生が『平家物語』の諸本研究を精力的に進めておられた。古写本・古版本の探求のため全国を歩いて回られた先生からご指導をいただき、第一部の調査方法を学んだ。合せてまた、諸本の系統と語句の体系とは必ずしも一致しないこと、しかし参考になることを知った。若き日に愛知県から派遣された東京大学では築島裕先生から文献資料の取り扱い方を学んだ。そして、一等資料を重視する研究方法には感銘した。また、山口明穂先生には天草版『平家物語』を『平家物語』〈斯道本〉と対照して解釈する方法、学説をよく読んで徹底的に思考することの重要なことをご指導いただいた。第一部は諸先生からのご指導によって成り立ったものである。

この書の刊行には和泉書院社長の廣橋研三氏から格別のご尽力をたまわった。又、名古屋大学大学院生の加藤早苗氏には校正など、いろいろお世話になった。

これらの多くの方々のご厚意に対して衷心から感謝申しあげる。

平成 20 年 3 月吉日

近　藤　政　美

付記　本書の出版にあたり、岐阜聖徳学園大学から学術図書出版助成金の交付を受けました。厚く御礼申し上げます。

〔付録〕 天草版『平家物語』の日本語の音節のローマ字綴り

天草版『平家物語』では日本語がローマ字で綴られている。室町時代末期におけるイエズス会の日本の教会ではポルトガル人が主体になって活動していたので、この書の綴り方もポルトガル語式の写音法を基本にしている。

本書の日本語の各音節の綴り方は次のようになっている。但し、表中の大文字はすべて小文字に直して示した。

[イ] 短音節

〈a〉 直音の短音節

ア	a	イ	i, j, y	ウ	v, u	エ	ye	オ	vo, uo
カ	ca	キ	qi	ク	cu, qu	ケ	qe	コ	co
サ	ſa	シ	xi	ス	ſu	セ	xe	ソ	ſo
タ	ta	チ	chi	ツ	tçu	テ	te	ト	to
ナ	na	ニ	ni	ヌ	nu	ネ	ne	ノ	no
ハ	fa	ヒ	fi	フ	fu	ヘ	fe	ホ	fo
マ	ma	ミ	mi	ム	mu	メ	me	モ	mo
ヤ	ya	…	…	ユ	yu	…	…	ヨ	yo
ラ	ra	リ	ri	ル	ru	レ	re	ロ	ro
ワ	wa	ヰ	イと同	…	…	ヱ	エと同	ヲ	オと同
ガ	ga	ギ	gui	グ	gu, gv	ゲ	gue	ゴ	go
ザ	za	ジ	ji	ズ	zu	ゼ	je	ゾ	zo
ダ	da	ヂ	gi	ヅ	zzu	デ	de	ド	do
バ	ba	ビ	bi	ブ	bu	ベ	be	ボ	bo
パ	pa	ピ	pi	プ	pu	ペ	pe	ポ	po

備考

1　ア行のイエオとワ行のヰヱヲは同音で、綴りも区別されない。

2　ウはｖと綴られるのが一般的で、ｕは稀である。

3　クはcu,quと２通りに綴られる。一般に活用語の語尾はqu、他はcuで綴られる。

例(1)究竟（cucqiŏ112-1），詳しう（cuuaxŭ112-16），

(2)行く（yuqu 37-8），強くは（tcuyoquua 327-20），

4　サスソの子音は古体のſが一般的で、ｓは稀である。

〈b〉拗音の短音節

キャ	qia	キュ	（欠）	キョ	qio，qeo
シャ	xa	シュ	xu	ショ	xo
チャ	cha	チュ	（欠）	チョ	cho
ニャ	（欠）	ニュ	（欠）	ニョ	nho
ヒャ	fia	ヒュ	（欠）	ヒョ	fio
ミャ	（欠）	ミュ	（欠）	ミョ	（欠）
リャ	ria	リュ	（欠）	リョ	rio，rea
クヮ	qua	…	…	…	…
ギャ	guia	ギュ	（欠）	ギョ	guio
ジャ	ja	ジュ	ju	ジョ	jo
ヂャ	gia	ヂュ	（欠）	ヂョ	gio
ビャ	bia	ビュ	（欠）	ビョ	（欠）
ピャ	pia	ピュ	（欠）	ピョ	（欠）
グヮ	gua	…	…	…	…

備考

1　表中に（欠）と記したものの多くは、他のイエズス会の関係文献の中では散見される。

例(1)ニャ（nha）　Nhacuſô（若僧〈日葡〉），

(2)ミャ（mia,mea）　Qetmiacu（血脈〈日葡〉），Meacu（脈〈日葡〉），

2　キョはqio,qeoの２通りの綴りがある。これらは音韻上では同じであろう。

3　リャ・リョにもria,reaとrio,reoの２通りの綴りがある。ともに前項のキョの場合と同様であろう。

〈c〉促音と入声韻尾 t

促音は原則として同一子音を表す2つの文字を重ねて示している。が、中には異なった字形、異なった文字のものもある。、

（1）t （続く子音も合わせて示すと、tt・tq） きっと（qitto 23-23），
三十騎（ſanjitqi 218-4），

（2）c （同上、cc・cq） 引っ込うで（ficcôde 226-14），出家（xucqe 11-3），

（3）x （同上、xx） 一首（yxxu 82-24），

（4）ſ （同上、ſſ・ſs） あまっさへ（amaſſaye 68-12），
切っ先（qiſsaqi 112-2），

（5）p （同上、pp） あっぱれ（appare 245-16），

漢字の入声韻尾が t の場合、母音を添えない語がある。これらは語中・語尾ともに t と綴られている。

（6）出来（xutrai 226-8），結願（qetguan 79-8），

（7）退屈（taicut 107-17），見物（qenbut 148-5），

漢字音の韻尾が t であるのに後続音に引かれて促音と同じように綴られる場合がある。

（8） 一方（ippŏ 20-10），（yppŏ 243-9），例（3）の一首（yxxu），

（9） 無骨さ（bucoſſa 205-20），例（2）の出家（xucqe），

〈d〉 撥音

次の3種の綴りがある。

n，m，˜（鼻音符）

これらに音韻上の整然とした使い分けはない。通常 n を宛てる。が、バ行音の前では m を用いることが多い。

（1） n の例 日本（Nippon 59-8），運命（vnmei 45-7），
跳んで（tonde 112-7），

（2）m の例 時んば（toqimba 362-10），童（varambe 223-24），子たらずんば（co tarazumba 52-13），

（3）˜（鼻音符）の例　なくんば（naqũba 86-16），念仏（nẽbut 106-9），

（4）3通り存する語　関白殿（Quanbacudono 13-11，Quambacudono 14-22，Quãbacudono 16-3）

（5）2通り存する語　うち涙ぐんで（vchinamidagunde 317-7，vchinamidagũde 230-23）

［ロ］長音節

〈a〉直音の長音節

アウ	uŏ，vŏ	ウウ	ŭ	オウ	uô，vô	アア	à
カウ	cŏ	クウ	cŭ	コウ	cô	…	…
サウ	ſŏ，sŏ	スウ	ſŭ，sŭ	ソウ	ſô，sô	サア	ſà
タウ	tŏ	ツウ	tçŭ	トウ	tô	…	…
ナウ	nŏ	ヌウ	nŭ	ノウ	nô	…	…
ハウ	fŏ	フウ	fŭ	ホウ	fô	ハア	hà，hâ
マウ	mŏ	ムウ	（欠）	モウ	mô	…	…
ヤウ	yŏ	ユウ	yŭ	ヨウ	yô	ヤア	yà
ラウ	rŏ	ルウ	rŭ	ロウ	rô	…	…
ガウ	gŏ	グウ	gŭ	ゴウ	gô	…	…
ザウ	zŏ	ズウ	（欠）	ゾウ	zô	ザア	zà
ダウ	dŏ	ヅウ	（欠）	ドウ	dô	…	…
バウ	bŏ	ブウ	（欠）	ボウ	bô	…	…
パウ	pŏ	プウ	（欠）	ポウ	pô	…	…

備考

1　表中では仮名表記を次のようにした。

ⅰ）オ列の長音は開音をアウ，カウ，サウ，……，合音をオウ，コウ，ソウ，……。

ⅱ）ウ列の長音はウウ，クウ，スウ，……。

ⅲ）ア列の長音はアア，サア，……。

2　表中に（欠）と記したものも、他のイエズス会の関係文献の中では散見される。

（1）プウ（pŭ）　junpŭ（順風〈日葡〉）

（2）土井忠生ほか編訳『邦訳日葡辞書』注1）には、ムウ（mŭ），ヅウ（zzŭ）も上げられている。

3　hà, hâ はハアと読むべきだとする説に従う．が、私は à と同じ語の異表記だと推測し、『中世国語論考』注2）などでその論拠を挙げた。

〈b〉拗音の長音節

キャウ	qiŏ	キュウ	qiŭ	キョウ	qiô，qeô
シャウ	xŏ	シュウ	xŭ	ショウ	xô，xeô
チャウ	chŏ	チュウ	chŭ	チョウ	chô
ニャウ	（欠）	ニュウ	nhŭ	ニョウ	nhô，neô
ヒャウ	fiŏ，feŏ	ヒュウ	（欠）	ヒョウ	fiô
ミャウ	miŏ	ミュウ	miŭ	ミョウ	miô，meô
リャウ	riŏ	リュウ	riŭ	リョウ	riô，reô
クヮウ	quŏ	…	…	…	…
ギャウ	guiŏ	ギュウ	（欠）	ギョウ	guiô，gueô
ジャウ	jŏ	ジュウ	jŭ	ジョウ	jô
ヂャウ	giŏ	ヂュウ	giŭ	ヂョウ	giô，deô
ビャウ	biŏ	ビュウ	（欠）	ビョウ	biô，beô
ピャウ	（欠）	ピュウ	（欠）	ピョウ	（欠）
グヮウ	（欠）	…	…	…	…

備考

1　表中に（欠）と記したものの多くは、他のイエズス会の関係文献の中では散見される。

（1）ギュウ（guiŭ）　guiŭba（牛馬〈日葡〉）

（2）ピョウ（peô，piô）　xenpeô．l，xenpiô（先表〈日葡〉）

2　仮名表記は次のようにする。

ｉ）オ列の拗長音の開音をキャウ，シャウ，チャウ，……、合音をキョウ，ショウ，チョウ，……。

ii）ウ列の拗長音をキュウ，シュウ，チュウ，……。

iii）カ行・ガ行の合拗長音をクヮウ・グヮウ。

3　２通りの綴りのある拗長音のうち、ヂョウ（giô，deô）のみに使用上の差が認められる。deô は出ウ，出ウズルなどに限って用いられている。

（1）出う（deô 103-6），

（2）出うずるに（deôzuruni 97-16），

注

1） 土井忠生ほか編訳『邦訳日葡辞書』 岩波書店刊行、昭和 55 年。長崎版『日葡辞書』（刊行は本編が 1603 年、補遺が 1604 年）の日本語訳。

2） 近藤政美著『中世国語論考』 和泉書院刊行、平成元年。

参考 〈天〉 Hà（はぁ）, これはかたじけない：冥加《みやうが》もないお茶でこそござれ：(284-22)。他の例 Hâ（299-20)、『サントスの御作業』『コンテムツス・ムンジ』などにも散見される。

昭和 57 年版『天草版平家物語総索引』で私は Hà, Hâ を「アア」と翻字した。が、その後、私説に対する森田武氏の『室町時代語論考』（三省堂刊行昭和 60 年）の反論が出て、支持する人も現れた。そこで本書では大勢に従って「はぁ」と翻字したが、H を無音とする考えを捨てているわけではない。福島邦道氏も『サントスの御作業』翻字・研究篇で「あ」と翻字しており、私信では『中世国語論考』で上げた例以外に、H を無音とする根拠が存するということである。

付記

〈天草版平家〉における日本語の音節のローマ字綴りについては、『天草版平家物語総索引』（近藤政美ほか編、勉誠社、昭和 54 年）の解説に発表した。その後、再調査して、『天草版平家物語語彙用例総索引』（近藤政美ほか編、勉誠出版、平成 11 年）の解説にも記した。が、今回も利用者の便を考えて、本書にも簡約して掲載することにした。

■著者紹介

近藤政美（こんどう・まさみ）

昭和 11 年　愛知県に生まれる。
昭和 34 年　名古屋大学文学部（国語国文学専攻）卒業
愛知県立大学文学部教授、学外派遣研究員（東京大学文学部）、大学院国際文化研究科教授を経て
現在　岐阜聖徳学園大学教育学部教授、
大学院国際文化研究科教授

編著書『中世国語論考』和泉書院、1989 刊
『平家物語語彙用例総索引（自立語篇）』勉誠社、1996 刊、共編（編者代表）
『平家物語語彙用例総索引（付属語篇）』勉誠出版、1998 刊、共編（編者代表）
『天草版平家物語語彙用例総索引』勉誠出版、1999 刊、共編（編者代表）
『学生・教師・社会人のための　漢字ハンドブック』和泉書院、2006 刊、共編
『校注平家物語選』和泉書院、2007 刊、共編

研究叢書 376

天草版『平家物語』の原拠本、
および語彙・語法の研究

2008 年 3 月 25 日　初版第 1 刷発行（検印省略）

著　者　近　藤　政　美
発行者　廣　橋　研　三
〒 543-0002　大阪市天王寺区上汐 5 － 3 － 8
発行所　有限会社　和　泉　書　院
電話 06-6771-1467
振替 00970-8-15043

印刷／太洋社　製本／大光製本所

ISBN978-4-7576-0461-2　C3381